Alexander Baumgartner

Joost van den Vondel

Ein Bild aus der niederländischen Literaturgeschichte

Alexander Baumgartner

Joost van den Vondel
Ein Bild aus der niederländischen Literaturgeschichte

ISBN/EAN: 9783743621077

Hergestellt in Europa, USA, Kanada, Australien, Japan

Cover: Foto ©Raphael Reischuk / pixelio.de

Manufactured and distributed by brebook publishing software (www.brebook.com)

Alexander Baumgartner

Joost van den Vondel

Joost van den Vondel,

sein Leben und seine Werke.

Ein Bild

aus der

Niederländischen Literaturgeschichte.

Von

Alexander Baumgartner, S. J.

Mit Vondels Bildniß.

Freiburg im Breisgau.
Herder'sche Verlagshandlung.
1882.
Zweigniederlassungen in Straßburg, München u. St. Louis, Mo.

Entered according to Act of Congress, in the year 1882, by
Joseph Gummersbach of the firm of **B. Herder**, St. Louis, Mo.,
in the Office of the Librarian of Congress at
Washington, D. C.

Buchdruckerei der Herder'ſchen Verlagshandlung.

Vorwort.

Vondel, der größte der niederländischen Dichter, wird in unsern verbreitetsten Literatur-Handbüchern so wenig und so ungünstig erwähnt, daß ich ihn lange zu jenen ehrwürdigen literarischen Mumien rechnete, von deren näherer Bekanntschaft sich jeder Gebildete wohlgemuth dispensiren darf. Erst als mich die Ausweisung unserer Gesellschaft aus Deutschland nach Holland führte, und ich nun doch ein wenig holländisch lernen wollte, griff ich zu seinen Werken, und fand mich in sehr angenehmer Weise enttäuscht. Sie waren viel lebendiger, viel reicher und mannigfaltiger, als ich mir vorgestellt hatte. Indem ich mich in des Dichters Zeit zurückzuversetzen suchte, erregten sie mein lebhaftestes Interesse und bereiteten mir manche angenehme Stunde. So entstanden die Aufsätze, die ich 1880 in den „Stimmen aus Maria-Laach" veröffentlichte (XVIII. 66. 195. 533. XIX. 10. 143. 258. 349. 520). Ohne daß ich es beabsichtigte, gestalteten sie sich zu einer umfangreicheren Biographie Vondels, als sie sonst bis jetzt in Deutschland vorliegt. Die Aufmerksamkeit, welche der hochwürdigste Herr Bischof Dr. Räß (Convertiten XIII. 510 ff.) meiner kleinen Arbeit zollte und directe Aufforderung von verschiedener Seite veranlaßten mich, dieselbe durch eine Separatausgabe auch

weiteren Kreisen zugänglich zu machen. Ich habe deßhalb
die Aufsätze noch einmal sorgfältig durchgesehen, manche
Partien neu durchgearbeitet und bedeutend erweitert, die
Zahl der eingeflochtenen Uebersetzungen vermehrt, kleine
Irrungen zu berichtigen gesucht und auch die Vondel-Litera=
tur, soweit sie mir erreichbar war, in den Rahmen der
Darstellung hineingezogen.

Ist die Biographie hiedurch auch keine solche geworden,
wie sie Vondel verdient und wie ich selbst sie wünschte, so
ist doch für weitere Arbeiten ein Grund gelegt und ein
deutsches Buch vorhanden, worin man die wichtigsten An=
gaben über Vondels Leben und Werke beisammen findet.
Die Uebersetzung der eingestreuten Proben habe ich selbst
geliefert, da mir anfänglich keine andern Uebersetzungen zu
Gebote standen. Ich hatte bei denselben hauptsächlich den
biographischen Zweck im Auge und wählte deßhalb bald
eine freiere, bald eine strengere Form. Eine freiere Be=
handlung schien mir in manchen Fällen günstiger, um den
eigentlichen Gehalt der Dichtungen unserer heutigen Auf=
fassungsweise näher zu bringen.

Für liebevollste Unterstützung meiner Studien durch
Rath und That bin ich meinem Ordensgenossen P. H. J.
Allard, S. J., Professor der Kirchengeschichte in Maestricht,
zu großem Danke verpflichtet.

Blijenbeck bei Afferden (Limburg, Holland), den
5. Februar 1882.

Der Verfasser.

Inhalt.

Beilagen.

Zum Titelbild.

Daſſelbe ſtellt Vondel in ſeinem 78. Lebensjahr dar, nach einem Gemälde (Bruſtbild in Lebensgröße), das der Maler Philipp de Koning 1665 ausführte, und das ſich im Beſitz Ihr. E. Hartſen in Amſterdam befindet.

Verzeichniß der aus Vondel mitgetheilten Stücke.

—

Joost van den Vondel.

Einleitung.

———

Die niederländischen Meister des 17. und 18. Jahrhunderts haben bekanntlich nicht bloß artige Frühstücks-
bilder, anmuthige Blumenstücke, köstliche Genrescenen und
treffliche Porträts geliefert, sie haben, und zwar gerade die
bedeutendsten unter ihnen, ihr reiches Künstlertalent vor
Allem den höchsten und anziehendsten geschichtlichen und
religiösen Stoffen gewidmet. Es ist wahr, nicht Jedermann sagt ihre derb-realistische Naturnachahmung zu. Ihre
Madonnen sind keine ätherischen Lichtgestalten, die kräftige
Muskulatur ihrer Heiligenbilder trägt mehr das Gepräge
dieser Erde, als jenes der Verklärung. In Bezug auf ideale
Formschönheit stehen sie weit hinter den Italienern zurück.
Doch darin stimmt auch das allgemeine Urtheil überein,
daß die Rubens, van Dyck, Rembrandt große, ächte Künstler
gewesen, daß sich in ihren Werken neben hoher technischer
Vollendung ein mächtiges Schönheitsgefühl, Kraft, Leidenschaft, Phantasiefülle und eine bewundernswerthe Pro-
ductionskraft kundgibt. Die alttestamentlichen Darstellungen
Rembrandts athmen die kräftige Poesie der Bibel. Rubens'
Kreuzaufrichtung und Kreuzabnahme predigen mit erschütternder Gewalt das große Grundgeheimniß des Christenthums. Was den realistischen Zug dieser Meister betrifft,
hat man mit Recht darauf hingewiesen, daß sie darin mit

Baumgartner, Vondel. 1

Albrecht Dürer verwandt sind und daß dieser Zug über=
haupt der deutschen Eigenart nicht fremd steht.

Während so die niederländischen Maler noch immer in
hohem Ansehen stehen, hat Deutschland den holländischen
Dichtern im Ganzen wenig Ehre bewiesen. Die Koryphäen
der neueren Literatur nahmen von ihnen kaum Notiz.
Göthe studirte in seinen alten Tagen noch Persisch; das
Holländische scheint nie seine Neugier erweckt zu haben.
A. W. von Schlegel fand mit Shakespeare und Calderon
kein Ende; Vondel, den angesehensten holländischen Dichter,
verwies er zu Gryphius in die dramatische Rumpelkammer.

Nur vereinzelt trifft man da und dort für die nieder=
ländische Literatur wohlwollendes Interesse und ein wenig=
stens billiges Urtheil. So schrieb P. F. L. Eichstorff
im Jahre 1821:

„Zu Anfang des 17. Jahrhunderts, da andere Nationen
noch keinen geläuterten Begriff der Poesie hatten, lebte in der
holländischen Republik ein Vondel, dessen fruchtbares Genie,
dessen kühne und kräftige Sprache ihm mit Recht den Ruhm
erwarben, der ihn überleben wird, so lange seine herrlichen Ueber=
setzungen, Satiren und Tragödien verständlich sein werden. Man
lese seine Chöre: unter anderen in seinem Lucifer den Gesang
der Engel: ‚Wer ist es, der so hoch ꝛc.‘; man gedenke der Zeit,
in welcher dieses Genie erstand, und man wird erstaunen über
die Fülle der Sprache und der Gedanken!“ [1]

Viel genauer hat vor einigen Jahren Ernst Martin
die Stellung Vondels in der Weltliteratur angedeutet, wenn
er sagt:

„Auch die ästhetische Beurtheilung Vondels, die Würdigung
seiner Kunstform muß vom historischen Standpunkt ausgehen.
Er muß verglichen werden nicht mit dem, was zu anderen Zeiten

---

[1] Feller. 's Hertogenbosch 1848. 42. Deel. p. 538.

und bei anderen Völkern geleistet worden ist, sondern mit seinen
Zeit= und Landesgenossen. Ueber die gleichzeitigen Dichter aber,
nicht nur in den Niederlanden, ragt er weit hinaus.
Wir werden, und zwar in Uebereinstimmung mit der hollän=
dischen Kritik, Vondel als Dramatiker nicht in die erste Reihe
stellen; dagegen ihn als tiefergriffenen, sprachgewaltigen Dichter
vollkommen anerkennen. Und wenn nach einem oft gebrauchten
Bilde die neuere Dichtung, die sich an die Wiedergeburt des
classischen Alterthums anschließt, als ein Concert anzusehen ist,
in welchem die Stimme bald jenes, bald dieses Volkes hervor=
tritt, so werden wir nicht vergessen, daß die Niederländer zuerst
diesseits der Alpen die neue Weise angestimmt haben. Vondel
ist ein älterer Zeitgenosse des Corneille." [1]

Andere neuere Kritiker haben dagegen über die hollän=
dische Literatur noch rücksichtsloser den Stab gebrochen, als
es Schlegel gethan. So schrieb z. B. Herr Rückert, Professor
zu Jena, anno Domini 1873 in die „Grenzboten":

So wenig wir diesem Volksgeist (dem holländischen) wie
irgend einem anderen eine bestimmte poetische Anlage auch ab=
sprechen (!) können, so ist doch zwischen ihr und ihrer wirksamen
Darstellung als poetische Kunst noch ein weiter Zwischenraum.
Es scheint, als habe der holländische Sprachgeist nicht die Fähig=
keit besessen, ihn durch eine auch objectiv gültige und insofern
classisch zu nennende Gestaltung seiner Formen auszufüllen.
Denn die holländische Sprache, trotz ihrer innigsten Verwandt=
schaft mit den niederrheinischen Idiomen, sowie trotz ihrer un=
mittelbaren Herkunft aus dem Mittelniederländischen, also trotz
ihrer Berührung mit zwei für poetische Darstellung sehr glücklich
angelegten Sprachmassen, ist doch das allerunpassendste
Organ für den poetischen Ausdruck, das man sich
denken kann. Sie steckt viel zu fest in der Schablone eines

---

[1] Vondel's Palamedes. Archiv für Literaturgesch. Leipzig,
Teubner. 1874. III. 224.

durch und durch prosaischen und pedantischen Satzbaues und
einer nicht weniger prosaischen Auffassung der Wortbedeutungen.
Auch unsere eigene neuere Sprache leidet an diesen Mängeln,
aber theils ist es die unvergleichliche Genialität unserer größten
Dichter, die sie zu überwinden verstand, theils hat sich daneben
noch der Ausdruck des gewöhnlichen Lebens sehr viel frische Ori=
ginalität bewahrt, die dann wieder in der rechten Hand der
Poesie, aber auch der Prosa zu Gute kommt."

Das heißt in kürzerem, einfacherem Deutsch: Die Hol=
länder haben keine Classiker, keine classische Literatur, keine
Genialität, keine literaturfähige Sprache, ja nicht einmal
so viele frische Originalität, als sie gleich der nächstwoh=
nende niederdeutsche Bauer hinter den weiß=schwarzen Grenz=
pfählen besitzt. Arme, arme Holländer!

Nun, Gottlob! unsere wackeren Nachbarn haben kräftige
Nerven und einen guten Humor. Sie werden sich durch
solche Kathedralsprüche nicht um ihren Vondel, um ihre
Literatur und Sprache bringen lassen, um fürder in Jena
unvergleichliche Genialität zu holen. Ein Protest gegen
derartige Absprecherei ist deßhalb überflüssig. Wohl aber
erweckt sie den Wunsch, das literarische Geistesleben eines
so verwandten Volkes nicht nach der Schablone einer marmor=
kalten Classicität, sondern nach seiner geschichtlichen, lebens=
frischen Eigenart beurtheilt zu sehen. Diesem Wunsch sind
die folgenden Skizzen entsprungen, und wenn sie eines oder
das andere Vorurtheil beseitigen, so ist es genug.

1. Rheinische Jugendeindrücke und niederländisches Stillleben.

Joost van den Vondel[1] wurde am Feste des hl. Gregorius des Wunderthäters, den 17. November 1587, dem Todesjahre Maria Stuarts, in der heiligen Stadt Köln am Rhein[2] geboren, wie der älteste Lebensbeschreiber genauer angibt: in de straat, genaamt de wysgass, daar de viool uithing, b. h. in der heutigen großen Witschgasse, welche von der Matthiasstraße nach dem Rhein hinführt. Das Haus, dessen Geschichte in's 13. Jahrhundert hineinreicht, hieß „zum Veilchen" (Viole). Heute ist es ein bloßes Lagerhaus; ein einfacher Gedenkstein, im Jahre 1879 daran angebracht, erinnert an den Dichter, der hier zur Welt kam[3].

---

[1] Der Name kommt in sehr verschiedenen Formen und Fassungen vor: Vondel — Van Vondel — Van den Vondel — Van Vondelen — Van Vondelens. Das Wort bezeichnet im Brabant'schen eine kleine Brücke an Schleusen, in Holland vlonder oder vlunder, in Friesland vonder genannt. Lennep I. 7.

[2] Auf alle diese Momente legte der Dichter später viel Gewicht. Köln ehrte er als seine Vaterstadt, den hl. Gregorius als seinen Geburtstagsheiligen, für Maria Stuart hegte er eine besondere Vorliebe, unter andern Gründen auch deßhalb, „weil er, dessen unwürdig, sein Geburtsjahr nach Maria's Ermordungsjahr (Jahr des Martyriums muß man sagen) oder lieber Geburtsjahr zähle". Werken. Ed. Van Vloten, I. 738.

[3] Da das Andenken Vondels in Köln ganz abhanden gekommen war, so erforderte es lange Nachforschungen, bis man sich über Haus

Die Eltern stammten aus Antwerpen. Der Vater, eben=
falls Joost genannt, war seines Zeichens hoedestoffeerder,
d. i. Hutmacher. Die Mutter, Sara mit Namen, war die
Tochter eines Rederijkers (d. i. etwa Meistersängers) Peter

---

und Straße wieder genau vergewissert hatte. Lennep erklärte den
Hausnamen viool anfänglich als Saiteninstrument, I. 10; doch cor=
rigirte er diese Annahme schon II. 548 zu dem Vers: Van bloemen
hem, die 't licht eerst sagh in een viool (Van Vloten. I. 225.
Anm. 13), indem er die Viole als Blume bezeichnete. Ebenso er=
klärte er dann auch die Stelle im Olivenzweig an Gustav Adolph, III.
148; dagegen glaubte er wysgass ·mit Weißgasse gleichbedeutend.
H. J. Koenen erklärte diesen Namen als Waisenhausgasse.
A. Alberbingk=Thijm (Dietsche Warande 1871. IX. 80) gab
nach Forschungen, die in Köln gemacht worden waren, die richtige
Gasse an, nämlich die große Witschgasse, und war auch dem richtigen
Haus auf der Spur, von dem es in alten Registern heißt: „Item,
ein Haus zur Fyolen benennt, dem Licentiato Gerlich zuständig"; die
Abbildung indeß, welche er seiner Notiz (l. c.) beifügte, ist nicht die=
jenige des richtigen Hauses, da dieses nicht mehr steht. In Köln
selbst hatte schon früher Dr. August Reichensperger weitere
Forschungen angeregt, auch dafür gesorgt, daß Vondels Bild unter
den Fresken im Treppenhaus des Wallraff'schen Museums eine Stelle
fand. Genauere Angaben über das Haus brachten 1863 die Köln.
Blätter Nr. 183. 24. Mai, Beil. v. Nr. 166. 12. Juni; die
Köln. Zeitung Nr. 159 10. Juni; sodann der Kölner J. J. Merlo,
welcher in den „Annalen des histor. Vereins für den Niederrhein 1871,
Heft 23, die Lage des Hauses aus den „Schreinsbüchern" (Bezirks=
büchern) sicher feststellte. An seine Angaben schließen sich die Mit=
theilungen der Frau Lina Schneider, Dietsche War. 1874 X.
418 ff. — Die vollständigsten Notizen sammelte Dr. L. Ennen in
Köln zur Vondelfeier in den Köln. Nachrichten, 21. Jan. 1879; nur
irrte er wohl, wenn er die Viole wieder als Musikinstrument auf=
faßte. Dieß läßt sich kaum mit den angeführten Gedichten Vondels
Olijftak und Geboortklok aan Willem van Nassau reimen,
worin der Dichter ganz ausdrücklich auf das Hauszeichen als auf
eine Blume anspielt.

be Kranen. Beide Familien waren mennonitisch. Als ihre
Heimathstadt nach der berühmten Belagerung 1585 von den
Spaniern unter Alexander Farnese genommen warb, mußte
Joost van den Vondel der Aeltere auswandern, Peter be
Kranen aber in aller Eile mit seinen Kindern fliehen.
Denn die Rederijker galten als ganz besonders rebellische
und gefährliche Subjecte. Daß ihm im Falle mißglückter
Flucht das Aeußerste gedroht hätte, läßt sich daraus ab=
nehmen, daß seine zurückgebliebene Frau sofort festgenommen
und auf den „Stein", das Stadtgefängniß, gebracht wurde.
Sie entging dem Tode nur dadurch, daß sie eines ihrer
Kinder, die schon erwachsene Sara, schleunig zurückkommen
und katholisch taufen ließ. Erst hierauf wurde sie freige=
lassen und traf ihren Mann und ihre übrigen Kinder wieder
in Köln, wo Kranen und Vondel unterdessen ein vorläufiges
Asyl gefunden hatten. Noch im selben Jahre heirathete der
Hutmacher Vondel die katholisch getaufte Sara Kranen;
1586 wurde ihnen das erste Kind, ein Mädchen, geboren
und Clemenßken genannt. Am 17. November 1587 wurden
sie mit einem Knaben beschenkt, der des Vaters Namen er=
hielt. So hatte der Dichter denn eine Mutter, die aus
Furcht für kurze Zeit katholisch geworden war, aber nach
glücklich entschwundener Gefahr wieder wie ehedem mit der
übrigen Familie der mennonitischen Secte anhing.

In Köln standen sich die niederländischen Flüchtlinge
nicht übel, da der Rath zwar den Nichtkatholiken sehr ab=
hold war, viele Zünfte aber sie nicht nur unter ihre Mit=
glieder aufnahmen, sondern sogar ausgesprochene Gönner der
Augsburgischen Confession in den Rath wählten. So fand
auch Joost van den Vondel — oder, wie er zu Köln ge=
nannt warb, „von den Funden" — Aufnahme in die Zunft
der Hutmacher und konnte ungehindert sein Gewerbe treiben.

Zwar wurde er mehr denn einmal als Wiedertäufer denun=
cirt. Das erste Mal war es ein gewisser Peter Wyß, der
ihn angab, ein Mann, der wegen Weintrinkens von den
Mennoniten aus ihrer Gemeinschaft ausgestoßen worden
war, aber dennoch dieses Bekenntnisses wegen gerichtlicher
Verfolgung nicht entging. Befragt, welche Wiedertäufer er
in der Stadt kenne, antwortete er, „daß es in Köln breier=
lei Wiedertäufer gebe: oberländische, amelunkische und nieder=
ländische; zu der niederländischen Compagnie gehörten etliche
Posamentmacher, dann viele Verlaufene, welche zerstreut
seien, so daß er keinen davon kenne; er halte aber dafür,
daß Joost von den Funden unter Wappensticker, Hutmacher,
darunter gehöre“. Vondel blieb indeß unbehelligt. Auch
1595, als der Rath einen eigenen Fiscal aufstellte, um über
die Andersgläubigen Geldbußen und Gefängnißstrafen zu
verhängen, die Wiedertäufer aber sammt und sonders aus
der Stadt zu weisen, kam er mit einer Geldstrafe davon
und wurde weiter nicht beunruhigt, woraus sich ergibt, daß
ihm eine äußere Verbindung mit der Secte wenigstens nicht
nachgewiesen werden konnte, wenn er mit derselben vielleicht
auch nicht thatsächlich gebrochen hat.

In Köln wurde dem Antwerpener Hutmacher noch ein
Kind geboren: Sara, 1594. Erst später wurde die Familie
noch durch einen Sohn, Wilhelm, vermehrt. Sehr wohl=
habend scheint der alte Vondel nicht gewesen zu sein. In
den Aufzeichnungen des Fiscals von 1595 wenigstens heißt
es: „Dienstag den 27. Juni hat Joost von den Funden,
unter golden Wagen wohnhaft, vor mir sich erklärt, daß
er nicht gemeint sei, contra fiscum zu litigiren, weil er
gegen den Inhalt der publicirten Morgensprache gehandelt,
und weil er großen Schaden gelitten und unmöglich die ihm
auferlegte Strafe zu bezahlen im Stande sei, bitte er um

Gnade und biete dem Fiscus zwölf Gulden an." Es war schon
die dritte Wohnung, welche er um diese Zeit bezogen hatte:
erst das Haus zur Viole, dann eine Wohnung „unter Wappen=
sticker" (an der heutigen Hochstraße), endlich ein Haus „unter
golden Wagen" (an einem anderen Theil der Hochstraße) [1].
Bei sehr behäbigen Leuten kommt so häufiger Wechsel seltener
vor. Offenbar war Meister Vondel darauf angewiesen, in an=
gestrengter Gewerbsthätigkeit sich und den Seinen das tägliche
Brod zu verdienen, und die Verhältnisse, in welchen der junge
Joost aufwuchs, waren dem entsprechend bescheiden und prosaisch.

Doch was ist prosaisch für ein seliges Kind, in dessen
frohem Gemüth ein künftiger Dichter schlummert? Die
Fremde ward ihm zum Vaterland, das Haus des Verbann=
ten zur lieben Heimath. Der Rheinstrom sang ihm Wiegen=
lieder und rauschte in des Knaben erste Träume hinein.
Die Glocken von hundert Kirchen, Klöstern und Kapellen
läuteten fröhlich zu den ernsten Bibelsprüchen, mit welchen
die „taufseligen" Eltern ihren Liebling aufzogen, und der
alte Dom starrte wie ein merkwürdiges Räthsel in die alt=
testamentliche Welt hinein, in welcher der Irrglaube der
Seinigen sich ebenso phantastisch als unbeugsam abschloß.
Gerade durch diese religiös=poetischen Jugendeindrücke wurde
ihm Köln — wie Byron so schön von Rom sagt — zu
einer Heimath seiner Seele. Mit lebhafter Innigkeit und
Begeisterung kehrt die Erinnerung an das liebe Keulen und
an den Vater Rhein in seinen Dichtungen öfters wieder,
vor Allem in seinem kräftigen Liede an den Rheinstrom,
das er noch vor seiner Conversion (das Datum 1629 ist
zweifelhaft) gedichtet zu haben scheint.

---

[1] Diese bisher meist unbekannten Daten hat zuerst Dr. L. Ennen
mitgetheilt. Kölnische Nachrichten, 21. Jan. 1879.

1**

„Erlauchter Rhein! Mein süßer Traum!
Wohin soll sich dein Sänger stellen,
Um dich zu preisen? Heimathstrom!
Du kommst aus Schweizer Alpenquellen,
Pulsader von Europa's Land.
Die Donau, dein abwend'ger Bruder,
Hat eilends ostwärts sich gewandt,
Du nordwärts, als dieselbe Mutter,
Von Regen, Eis und Schnee geschwellt,
Vor Alters euch gebar zur Welt.

„Des Urwalds wirres Netz umschlang
Germanien noch mit Nacht und Grauen,
Bis Menschenhand den Forst bezwang
Und lichtend schuf zu frohen Auen.
Dann durftest du, streitbarer Rhein!
Den Tiberstrom zum Wettkampf laden:
Er beugt' sich dir, als Konstantin
Aufbrach von deinen Felsgestaden
Zum Weltkampf mit Roms Herrlichkeit
Und mit dem Wahn der alten Zeit.

„Du nahmst das Joch des Heilands an —
Es schallte jauchzend dein Gestade,
Wetteifertest mit dem Jordan:
Dein Wasser ward zum Bronn der Gnade;
Und Christi Kreuz fiel deinem Rücken
So schwer nicht, leichter; mehr behagt'
Es dir, als Cäsars Heeresbrücken,
Als Drusus, der — Gott sei's geklagt! —
Mit fünfzig Burgen schwer von Stein
Schloß beine beiden Ufer ein.

„Doch wie das Gold im Feuer soll
Dein Christenglaube sich bewähren:
Dich übertäubend, wirr und toll
Naht Attila mit seinen Heeren,
Und färbet mit unschuld'gem Blut,

Dämmt deinen Grund mit keuschen Leichen [1],
Wankt trunk'nen Fußes, voller Wuth
Hin über den zerstörten Reichen,
Und wirst, da Alles er geraubt,
Die Fackel sengend dir auf's Haupt.

„Da schrieest du mit heis'rer Kehl'
Den Himmel an, um Trost verlegen;
Der sandte Karl [2], das Reichsjuwel,
Den stets bedrohten Strand zu fegen
Von frechem und undeutschem Schaum,
Wie Konstantin zuvor der Große:
Da ward an deinen Ufern Raum,
Und sammelnd die verstreuten Steine
Sahst du den Kaiser halten Rast
An deiner Lust, im Lustpalast. —

„O Müller, aller Ruhe bar,
O Städtebauer, Schiffeträger,
Reichsgrenze, Schirmherr in Gefahr,
Weinschenker, Fährmann, Ufernager! [3]
Aus deinen Mühlen — schaff' Papier,
Damit ich deinen Ruhm kann schreiben;
Dein Wasser wird zur Gluth in mir,
Und meine Sinne spielen, treiben
Mit dir zur Wette, wie ein Schwan,
Verwöhnt auf weinbepflanztem Plan.

„Ein ird'scher Regenbogen strahlst
Im Kleide du lebend'ger Farben:
Der droben, wie so froh du prahlst,
Scheint, dich beneidend, nun zu darben.

---

[1] Anspielung auf die Legende der hl. Ursula und ihrer Gefähr=
tinnen, welche der Dichter später in einem Drama behandelte.

[2] Karl der Große.

[3] Oeverknager — ein weniger anmuthiges Attribut, das aber doch
in seiner Art das Bild vervollständigt, das der Dichter von der ge=
waltigen Thätigkeit des Stromes geben will.

Die Städtekron', die Locken kränzt
Dir blau, roth, weiß ein Kranz von Trauben,
Wie frisch der Muskateller glänzt!
Die Flüsse zieh'n mit Rebenlauben,
Rings um dich, träufelnd von dem Naß,
Und bieten dir ihr volles Faß.

„Da ist der Main, des Tannwalds Sohn,
Die Mosel mit den Obstgeflechten,
Die Maas mit Mitra, Stab und Kron' [1],
Dir, Rhein, den Vorrang abzurechten;
Der Neckar, froh mit Wein bekränzt,
Die Ruhr, ihr Haar von Ried umfangen,
Die Lipp', mit feuchtem Moos umgrenzt,
Von Eichenbüschen grün behangen;
In Laubschmuck und Cyanenflor
Drängt sich die Schaar der kleinern vor.

„Du streckst den Fuß zum Bergeswall,
Wo oft der Schweizer hat gerungen
Und sich erwehrt der Feinde Schwall;
Die Nordsee hält dein Arm umschlungen,
Darin das Helden=Eiland liegt,
Wo Bato's [2] Herd so fröhlich dampfte,
Sein Volk, stets frei und unbesiegt,
So manchen fremden Schädel stampfte,
In dem Gefühle, daß der Rhein
Geschaffen ward, um frei zu sein!"

Neun Jahre alt war der Knabe, als der alte Joost
den Wanderstab weitersetzte — nach Frankfurt — nach
Bremen — nach Utrecht. Da verweilte die Familie ein
Jahr (1596). Der Kleine erhielt seinen ersten Unterricht.
Aber des Bleibens war nicht. Im folgenden Jahre ging

---

[1] Die fürstbischöfliche Stadt Lüttich.
[2] Bato, der mythische Stammvater der Niederländer, woher
Batavia.

es weiter — nach Amsterdam, wo der Vater sich endlich
in's Porterbuch (Bürgerbuch) eintragen ließ. Nun war
das Wandern, aber für den wißbegierigen Knaben auch
zugleich der Schulunterricht zu Ende. Er mußte mithelfen
im Geschäft, d. h. in dem Strumpfhandel, welchen sein
Vater in der Warmoesstraat zu Amsterdam eröffnet hatte.
Doch die poetische Ader war da und begann zu fließen,
wie bei Hans Sachs unter Schuhen, so bei Vondel unter
Strümpfen. Die älteste uns erhaltene Probe ist aus dem
Jahre 1605 ein Hochzeitslied im Stile der damaligen
„Rederijkers".

Diese „Rederijkers" (Redekünstler, rhétoriciens) stehen,
wie der Zeit so auch dem Charakter nach, zwischen unsern
Meistersängern und Sprachgesellschaften. Ihre „Kammern"
(zuerst Batementen, Esbastements, genannt) — gemüthliche Kränzchen, in welchen Freunde der Dichtkunst sich
sowohl zu poetischen Uebungen und Vorträgen, als auch
dramatischen Aufführungen (von Blij- en Kluchtspelen,
Lustspielen und Possen) und heiterer Unterhaltung zusammen-
thaten — rühren aus dem Anfang des 14. Jahrhunderts
her. Hervorragende Männer aus dem Adel trafen da mit
Leuten der bürgerlichen Kreise zusammen. Der Ton ihrer
Dichtungen war anfänglich ein vorwiegend volksthümlicher,
gerieth aber durch die zunftmäßige Gestaltung dieser Clubs
in ein ähnliches Schablonenwesen, wie die Meistersänger;
gegen Ende des 16. Jahrhunderts drang mit einem verdienstvollen Streben, die Sprache von ausländischen Bestand-
theilen zu reinigen, auch gelehrte Schulpoesie in sie ein.
In politischer Hinsicht waren sie während der religiösen
Kämpfe des 16. Jahrhunderts dadurch bedeutend, daß ihre
Mitglieder meist auf Seite der protestantischen Bewegung
standen und ihren literarischen Einfluß zu Gunsten derselben

geltend machten. Sie schmuggelten unter literarischem Aus=
hängeschild die neuen Ideen ein und machten vorzugsweise
die Sitten des Klerus zur Zielscheibe ihres Spottes. So
wurde schon im December 1533 zu Amsterdam eine Kammer
gehalten, worin die Geistlichkeit „mehr als sinnig", d. h.
gröblich durchgehechelt und beschimpft wurde. Die Regierung
entzog deßhalb den Kammern ihre Gunst, neun Mitglieder
der erwähnten Kammer wurden zu einer Bußfahrt nach
Rom verurtheilt, das Theaterspielen aber fürder einer Censur
unterstellt. In Amsterdam schrumpfte in Folge dessen die
Zahl der Kammern zusammen und es blieb zuletzt nur noch
die „älteste" derselben bestehen. Umsomehr blühten sie in
andern Städten und Provinzen und kämpften im Sinne
der Neuerung ebensowohl mit Brandreden, als mit Spott=
liedchen und satirischen Possen. Sie galten den Spaniern
als Hauptherde der revolutionären Agitation und wurden
darum allenthalben, wo die spanischen Waffen siegten, unter=
drückt. So geschah es auch zu Antwerpen, nach der be=
rühmten Belagerung durch Alexander Farnese, 1585. Zahl=
reiche Rederijker, Kaufleute und andere hervorragendere
Bürger siedelten nach Amsterdam über und stifteten dort
zwei brabantische Rederijkers=Kammern: „zur Lavendelblume"
mit der Devise Uit levender Jonst (aus lebendiger Gunst)
und „zum Feigenbäumchen" mit dem Wahlspruch Het soet
vergaeren (das Süße sammeln). Neben diesen beiden
Dichterzünften besaß Amsterdam zu Anfang des 17. Jahr=
hunderts auch noch seine ältere einheimische, die „oude
Kamer" oder die Kammer „zur Hagebutten" (Eglantieren)
mit dem Wahlspruch: „In Liebe blühend"[1].

---

[1] „Diese Kammer," erzählt Brandt in „Hoofts Leben" 5, „be=
stand nicht aus Leuten, die sich für Geld dingen ließen, um Andern

Vondel schloß sich erst seinen Landsleuten, den Braban=
tern, an, doch ging er ziemlich bald zu der älteren holländischen
Kammer über. Dieser Kammer wird schon im Jahre 1518
Erwähnung gethan. Sie wurde später von Kaiser Karl V.
bestätigt. Wahrscheinlich wäre indeß auch sie gleich den
andern Kammern unterdrückt worden, hätten die Spanier
nicht 1578 Amsterdam verloren. Das rettete ihren Bestand.
Im Wappen führte sie einen Hagebuttestrauch, dessen Zweige
in der Mitte ein schönes Bild des Gekreuzigten umrahmten.
Unter diesem tiefreligiösen, noch von dem Ende des Mittel=
alters herstammenden Wappen und der Devise „In Liebe
blühend" versammelten sich die verschiedensten und wider=
sprechendsten socialen Elemente, Hoch und Niedrig, Protestan=
tisch und Katholisch, wie sie das Durcheinander der Revo=
lution in der belebten Handelsstadt zusammengeführt. Zu
ihren Mitgliedern zählten noch viele Häupter der Staats=
umwälzung, wie Willem Bardes, Cornelis Pieterszoon Hooft,
Laurens Jakob Reael, Dirk Volkertszoon Coornhert, Adrian
Pauw und viele andere der „Alten Geusen", der Vorkämpfer
des Protestantismus, die früher mit dem Schwerte wie mit
der Geißel der Satire Spanien und Rom bekämpft hatten.
Ihnen schlossen sich zahlreiche angesehene städtische Magistrats=
personen, Bürgermeister, Schulzen und Schöffen an, wie
Egbert Pietersen, Jakob Boeliszen, Jakob van Nek, Jan
Jakob Huydecoper, Jan Cornelis Hooft, Hermann Roden=
burg u. A. Wie jedoch talentvolle Geschäftsleute, Krämer
und Handwerker von der heitern Poetenzunft nicht ausge=
schlossen waren, so hatten auch Katholiken darin Zutritt.

Reime aufzusagen und durch die Flecken ihres ungeregelten Lebens
die Kunst verunstalteten, sondern aus Männern von Achtbarkeit und
tabellosem Wandel, so daß im Jahre 1631 fünf Bürgermeister und
acht Schöffen Mitglieder dieser Kammer waren."

Ja, unter den drei hervorragendsten Literaten der Kammer
war nur einer, Coornhert, Protestant, die zwei andern:
Hendrik Laurensz Spieghel und Roemer (Romanus)
Visscher, hingen noch der alten Kirche an. Obwohl als
einer der berühmtesten Männer des Aufstandes gegen die
Spanier tief in die Politik verwickelt, fand Dirk V. Coorn=
hert, ein merkwürdig vielseitiger Kopf, noch Zeit, sich da=
neben in Mußestunden mit Theologie, klassischen Studien,
Kupferstecherei und Musik abzugeben, seine Landsleute mit
Homer, Cicero und Boethius bekannt zu machen, zu dichten
und die Volkssprache von dem durch die Vlamländer einge=
schleppten Fremdenthum zu läutern. Spieghel und Roemer
Visscher waren reiche Kaufleute, welche ihre Muße der
Poesie und literarischen Studien widmeten. Spieghel gab
Neujahrslieder heraus, dann 1591 eine Reimchronik, 1615
den später von Vilderdijk umgearbeiteten Hertspieghel und
andere Gedichte. Roemer Visscher erwarb sich durch zahl=
reiche Epigramme den Namen eines holländischen Martial.
Wahrscheinlich zusammen gab das Triumvirat 1584 einen
Dialog über niederdeutsche Grammatik und 1585 einen
sprachlich-stilistischen Leitfaden (Ruygh Bewerp van de Re-
dekavelinge) heraus, wodurch es der neuen anbrechenden
Literaturperiode keinen geringen Dienst leistete. Van Lennep
steht nicht an, hauptsächlich dem Einfluß und der Arbeitsam=
keit dieser Männer es zuzuschreiben, daß sich aus der Amster=
damer Kammer heraus die neue Literaturperiode entwickelte.
Zwei Katholiken, die Stammhalter der alten Rederijker=
kammer, waren also die ersten Begründer der neueren nieder=
ländischen Literatur. Unter ihrem Einfluß verfaßte Vondel
seine ersten Gedichte, noch schwache Anfänge, welche jedoch
nicht verhinderten, daß er in der Kammer schon einige Auf=
merksamkeit erregte und Anerkennung fand.

Weit entfernt, sein prosaisches Gewerbe mit der Lauf=
bahn eines tollen Liebesritters oder eines rasenden Literaten
zu vertauschen, blieb Vondel übrigens ruhig in seines Vaters
Geschäft. Als dieser 1608 das Zeitliche segnete, übernahm
er es selbst, und wie seine spätere Wohlhabenheit beweist,
mit gutem Erfolge. Zwei Jahre später — im Alter von
23 Jahren — sah er sich nach einer Frau um und hei=
rathete wie ein gewöhnlicher, prosaischer Christ. Es setzte
keine langen Gemüthsqualen, Rivalitäten, Feindschaften, Ver=
söhnungen, Ueberschwänglichkeiten und Vernüchterungen ab.
Vondel hielt den Ehebund für eine heilige, religiöse Ange=
legenheit, geweiht und geadelt durch den Erlöser und dessen
göttliche Brautliebe zur Kirche. Das steht in seinem ersten
Jugendgedicht. Seine Frau, die wackere Kölnerin Mayken
(Maria) be Wolf (Schwester des Hans be Wolf, der drei
Jahre zuvor seine ältere Schwester Clemensken geheirathet
hatte), bewies sich als eine kreuzbrave Hausfrau, hielt Keller
und Küche und das ganze Hauswesen in freundlicher Ord=
nung, beaufsichtigte mit großer Klugheit das Geschäft, er=
wies ihrem Manne die herzlichste Liebe und Treue und
stand ihm in allen Mühen und Beschwerden des Lebens
mit der aufopferndsten Dienstwilligkeit zur Seite. So fand
er neben seinem prosaischen Geschäft Zeit und Muße, der
Poesie zu pflegen, zu welcher der Drang seines Herzens ihn
hinzog, und durch anbauerndes Studium eine Bildung zu
erwerben, welche vollständig auf der Höhe seiner Zeit stand
und ihn mit den tüchtigsten Männern seines Volkes in Ver=
bindung brachte. Die Poesie, die diesem gemüthlichen, an=
spruchslosen Leben entquoll, hat nicht den meteorhaften
Glanz, nicht die leidenschaftliche Erregtheit, nicht die abge=
messene Harmonie vieler anderer moderner Dichter, aber sie
ist der sonnige, freundliche Wiederschein einer gesunden,

wackern Seele, die, das Schöne in Natur und Menschen=
leben kraftvoll erfassend, ihrer eigenen Leidenschaften Herr
war. Als nach 25jähriger, glücklicher Ehe der Tod dem
gemüthlichen Dichter die brave Gattin entriß, schien aller=
dings für einen Augenblick sein ganzer Lebensmuth zusammen=
zubrechen: er übergab ein begonnenes Epos, dessen Vollen=
dung er als eine Art Lebensaufgabe betrachtete, den Flammen.
Doch auch in diesem tiefen Schmerz raffte er sich wieder
auf wie ein Mann, wandte sich ernster als zuvor der Re=
ligion zu und gesundete im Schooß der katholischen Kirche
zu neuer, jugendfrischer Thätigkeit.

Von den vier Kindern, welche ihm seine Gattin schenkte,
starben die zwei letzten, Konstantijntje und Saartje, in
frühen Jahren. Er hat ihnen in herzlichen Liedern voll tief=
religiösen Sinnes ein Andenken gestiftet, so in dem Gedichte
„Die Kinderleiche" nach dem Tode des kleinen Konstantin:

> „Konstantinchen, selig Kindchen,
> Lacht mit freudehellem Blick
> Hoch vom Himmel in's Getümmel
> Dieser eitlen Welt zurück:
>
> ‚Mutter,' spricht es, ‚Mutter, weine
> Nicht um deine Kinderleich'!
> Oben leb' ich, oben schweb' ich
> Engelein im Himmelreich.
>
> ‚Und da blink' ich, und da trink' ich,
> Was das höchste, ew'ge Gut
> Schenkt den Sel'gen, die dort schwelgen
> Jubelnd in der Wonne Fluth.
>
> ‚Aufwärts ringe, aufwärts schwinge
> Dich vom Staub zum Königszelt.
> Aus dem flücht'gen Tand der Erde,
> Aus dem Nichts zur ew'gen Welt.'"

Harte Prüfungen bereitete ihm im höheren Alter das
zweite seiner Kinder, ein Sohn, der leider mit des Vaters
Namen die ausgezeichneten Eigenschaften seines Geistes und
Herzens nicht geerbt zu haben scheint und dem schwergeprüf=
ten Greis vielleicht den Schmerzensschrei erpreßte:

> „Ach! Eltern ziehen auf
> Ihr Kind mit Sorg' und Schmerz;
> Das kleine tritt auf's Kleid,
> Das große tritt auf's Herz!"

Dafür erlebte er um so mehr Trost an seiner ältesten
Tochter Anna, einem ebenso reichbegabten als guten und
frommen Kind, das ihm in den harten Tagen seines Alters
mit unverbrüchlicher Treue zur Seite stand.

2. Das Pascha und der Palamedes.

Die Zeit, in welcher Vondel zuerst als Dichter auftrat, war für seine Heimath eine große und glänzende: der Anfang der bedeutsamsten Periode, welche ihr in der europäischen Geschichte zu Theil ward. Der lange, opferreiche Freiheitskampf hielt vorläufig inne. Durch den Waffenstillstand von Antwerpen (1609) trat die Bundesgenossenschaft der sieben vereinigten niederländischen Republiken thatsächlich unter die europäischen Mächte ein. Der König von Spanien erkannte die bisher als rebellisch bekämpften Provinzen, wenn auch nicht förmlich, so doch thatsächlich als unabhängigen Staat an. Indem er ihren Unterthanen ausdrücklich freien Handel und Schifffahrt in Europa zugestand, durch geheime Stipulation aber diese Rechte nur mit geringen Beschränkungen auch in Bezug auf alle außereuropäischen Staaten ausdehnte, ward zugleich das Feld anerkannt, auf dem die junge Nation in Kurzem ihre größte Macht und Thätigkeit entfalten sollte. Was die Religion betraf, so wurde den noch katholisch gebliebenen Theilen Brabants zwar rechtlich ihr Bekenntniß gesichert; die Republik indeß trat, dem vorwiegenden Bekenntniß ihrer Angehörigen und ihrem eigenen Ursprung entsprechend, in die Reihe der protestantischen Staaten ein. Noch lebten viele der Männer, welche Antwerpen gegen Farnese und Giambelli vertheidigt; noch lebten Greise, die Egmont und Hoorn gekannt und unter Wilhelm dem Oranier die ersten Kämpfe

gegen die Spanier gestritten. Doch die Bilderstürmer und
ihre Söhne waren keine landflüchtigen Rebellen mehr, sie
waren jetzt große, vornehme Herren. Ihre Staatsmänner
vernahmen die Gesandten der europäischen Mächte mit Würde
und Majestät. Ihre Feldherren und Admiräle wetteiferten
mit jenen Spaniens, Englands und Frankreichs. Die Sou-
veränität des neuen Staates, in merkwürdiger Weise zwischen
dem Bundesstaat und den einzelnen Gliedern vertheilt, erschien dem Volke um so glorreicher und herrlicher, als die
Träger desselben aus seiner Mitte hervorgingen und keinen
wichtigen Beschluß fassen konnten, ohne die sieben Einzelstaaten zu befragen. Auf allen Gebieten ward dem Talent,
dem Fleiß, dem Ehrgeiz, dem Patriotismus ein weiter
Spielraum eröffnet. Handel und Schifffahrt blühten neu
auf, Gewerbe und Künste nahmen einen frohen Aufschwung.
Das kräftige Bürgerthum, in dessen Hand vorzugsweise
das Geschick des Landes lag, machte durch rege Streb-
samkeit nach allen Seiten seinem germanischen Ursprung
alle Ehre.

Im Jubel dieser hoffnungsreichen Neugestaltung dichtete
Vondel (1612) sein erstes größeres Werk: „Das Pascha
oder die Erlösung der Kinder Israels aus Aegypten, in
tragi-komödischer Weise, einem Jeden zur Belehrung, auf
die Bühne gebracht“. Ein angehängter Epilog erklärt, daß
dem jugendlichen Dichter Philipp II. als Pharao, die neue
Republik der vereinigten Niederlande als Volk Israel vorschwebte. Noch im selben Jahre ließ er auch einen begeisterten „Hymnus oder Lobgesang auf die weitberühmte
Schifffahrt der vereinigten Niederlande“ erscheinen. Was
die beiden Dichtungen zunächst auszeichnet, ist ihre kräftige,
patriotische Begeisterung. Gott, Vaterland und Freiheit
sind, wie bei Klopstock und den Dichtern des Hainbundes,

die leitenden Sterne des Dichters. Eine sichtbare und darum poetische Kirche fehlt ihm. Aber deßhalb wird ihm die Religion keineswegs zum abstract verschwommenen Ge= dankenbild. Er geht — wie Milton — in den alten Bund zurück. Da spricht der Herr aus dem flammenden Dorn= busch zu dem Führer und Befreier des israelitischen Volkes. Sein allmächtiger Arm greift in alle Gesetze und Mächte der Natur ein, um den Trotz des irdischen Tyrannen zu brechen. Dieser Gott der Heerschaaren lebt noch. Er hat jetzt die Niederländer zu seinem Volk erkoren. Er hat das Joch der Spanier gebrochen. Er hat dem kleinen Land die Herrschaft über die fernsten Meere verliehen.

Was den Dichter hemmte, seine reichen Anlagen auch in der Form glänzender zu entfalten, war einestheils der Mangel einer vollständigen humanistischen Durchbildung, andererseits der Wirrwarr, Sturm und Drang, in welchem sich die werdende Literatur in ihren ersten Anfängen befand. Aus den Kammern der Rederijkers waren wohl tüchtige Agitatoren und Volksredner hervorgegangen, den Spaniern ebenso gefährlich als die Fäuste der niederländischen Bauern, über welche ihre geübten Zungen verfügten; aber in der Poesie waren sie vielfach in dem hergebrachten Schablonen= wesen befangen. Von der Herrschaft des Reims und stereo= typer Formeln eingeschnürt, gelangte das kräftige Volksele= ment nicht zum vollen Durchbruch. Ehe es eine selbständige Entwicklung gewann, sahen sich die Gebildeteren dieser Poeten nach alten und ausländischen Mustern um und vermehrten und verwirrten noch die Zahl der bunt durcheinander gäh= renden Elemente.

Der talentvolle Bürgermeistersssohn Peter Corneliszoon Hooft (geb. den 17. März 1581 zu Amsterdam und schon mit 16 Jahren Mitglied der Alten Kammer) brachte von

einer italienischen Reise (Juni 1598 bis Mai 1601) die
lebhafteste Begeisterung für die Renaissance und für ita=
lienische Literatur mit nach Hause, studirte unter den an=
regenden Eindrücken dieser Reise die Alten, vorab Polybios,
Cäsar und Suetonius, schrieb in italienischer Manier das
Schäferspiel Graniba, versuchte in den Schauspielen Baeto
und Geraardt van Velzen ein nationales Drama zu schaffen,
ließ sich im „Warenar mit seinem Topf", einer Nachahmung
von Plautus' Aulularia, zur niedrigsten Komik herab, schlug
in zahlreichen Liebesliedern bald einen frisch natürlichen, bald
einen humanistisch gekünstelten Ton an, warf sich auf Ge=
schichtschreibung („Niederländische Geschichte"; „Geschichte
Heinrichs IV. von Frankreich"; „Unglücksfälle des Hauses
Medici") und erwarb sich endlich durch die Uebersetzung
des großen lateinischen Geschichtschreibers den Namen eines
holländischen Tacitus. Während Hooft vorzugsweise unter
dem Einfluß der italienischen Renaissance stand, führte der
als Dissenter verbannte Engländer Jan Starter (1594
zu London geb.), des Holländischen bald vollständig mächtig,
englische Elemente in die neue Literatur ein. Gerbrand
A. Breberoo (geb. 1585) stellte den zahlreichen Nach=
ahmungen Seneca's urwüchsige Schauspiele in englischer
Manier, mit derber Komik untermischt, und noch derbere
Possen entgegen. Durch Uebersetzungen drang schon in den
ersten Decennien des 17. Jahrhunderts das romantische
Drama der Spanier in Holland ein. Jakob Cats (geb.
1577) brachte in unermüdlicher philiströser Kleinmalerei das
niederländische Stillleben zu Ehren. Am stärksten war indeß
unter den damaligen Poeten und Schöngeistern der Classi=
cismus vertreten. Fast alle hatten in Leyden oder sonst an
einer Hochschule ihre gelehrten Studien gemacht, widmeten
ihre Muße lateinischer und griechischer Lectüre, übersetzten

alte Claſſiker und machten wohl auch lateiniſche Verſe. So
der angeſehene Stadtſecretär Daniel Moſtert von Amſter=
dam, die katholiſchen Juriſten Joan Vechters (Victorijn)
und Corn. Gijsberts;. Plemp, der Arzt Samuel Coſter
und der Diplomat Konſtantin Huygens, Vater des be=
rühmten Phyſikers. Als der bedeutendſte Humaniſt aber
ragt aus dieſem Kreiſe Caspar van Baerle (Varläus)
hervor, ein ſein ganzes Leben hindurch verliebter Poet und
heiterer Lebemenſch, deſſen lateiniſche Gedichte indeſſen nicht
ſelten Balde's Eleganz, wenn auch nicht deſſen Schwung
und Kraft erreichen. Obwohl er in ſeiner Mutterſprache
nicht viel leiſtete, war er doch durch ſeinen Einfluß auf
Hooft und Huygens von nicht geringer Bedeutung für die
einheimiſche Literaturentwickelung. Das claſſiſche Element
behielt die Oberhand. Die Alten wurden als höchſte Kunſt=
normen aufgeſtellt, doch anfänglich ohne tiefere und ein=
ſichtigere Kritik, ſo daß das nach Seneca benannte latei=
niſche Drama ebenſo begeiſtert nachgeahmt wurde, als die
erſt allmählich zugänglichen griechiſchen Tragiker. Von Frank=
reich her bürgerte ſich als Hauptversmaß für Drama, Epos
und Didaktik der Alexandriner ein, ohne daß man ſich
darüber genauere Rechenſchaft gegeben hätte.

Als Autobidakt aus dem Volke ſtand Vondel unter all
dieſen gelehrten Herren ziemlich vereinzelt da. Obwohl an
poetiſchem Talent und an Sinn für die Volksſprache ihnen
allen voraus, glaubte er um ihrer Gelahrtheit willen ihnen
nachzuſtehen. Er dachte nicht daran, konnte auch kaum
daran denken, ſie auf neue Bahnen zu lenken. Neben ſei=
nem proſaiſchen Gewerbe her ſich ſelbſt bildend, hatte er
vollauf zu thun, durch wahren Bienenfleiß den Mangel
längerer Studien zu erſetzen. Schon über die Jünglings=
jahre hinaus, trieb er neuere Sprachen, vor Allem Fran=

zöfifch (die Dedication des Pafcha an Jean Michiels Vaer-
laer mon singulier amy ift fogar franzöfifch gefchrieben)
— dann Latein, Griechifch, Alles von der Pike auf, ohne
in der eigenen Sprache bedeutende Mufter vor fich zu
haben; fuchend, taftend; zu fehr vom kaum Gelernten ab=
hängig, um strenge Kritik zu üben; zu fehr von der Schul-
poefie feiner Zeitgenoffen beeinflußt, um die Gefchmacklofig-
keiten alle abzuftreifen, mit welchen die Nachrenaiffance auf
allen Gebieten die kaum wiederaufgelebten Claffiker über=
kruftet hatte. So arbeitete und ftudirte er Jahre und
Jahre lang, ftets bemüht, feinem Studium felbftändige
Früchte abzugewinnen. Die Früchte reiften indeß nur fehr
langfam.

Zu den Liebhabereien der damaligen Welt gehörten
Bilderbücher oder, wie man das feiner nennt, illuftrirte
Werke mit finnreichen Verfen und Emblemen. Mehrere
Dichter, wie Coornhert, R. Bifscher, Cats, Hooft, de Brun,
erachteten es nicht unter ihrer Würde, zu folchen didaktifchen
Sinnbildern und Bilderfammlungen Sprüche und kleinere
Gedichte zu verfaffen. So ließ fich 1613 auch Vondel
herbei, auf den Wunfch des Buchdruckers Dirk Pieterszoon
ein beliebtes Bilderwerk jener Tage, „die kleine Welt" genannt, 74 Nummern ftark, mit neuen Gedichten in dem
gewohnten Alexandriner zu verfehen. Das fo neu auf=
geputzte Werk hieß nun „Der goldene Laden des
kunftliebenden Niederländers". Großen Werth
haben diefe Gedichte nicht, die biblifchen Infchriften con-
traftiren oft wunderlich zu dem mythologifchen Inhalt, die
epifche Erzählung läuft meift in etwas trockene Moral aus;
aber die Arbeit war infofern keine unnütze, als Vondel fich
dabei rafch in eine Menge der fchönften poetifchen Fabeln
des Alterthums hineinlebte, wie Prometheus' Strafe, Her-

kules am Scheideweg, Oedipus und die Sphinx, Ulysses
und Circe, Penelope's Treue, Damon und Pythias. Er
hatte daran wahrscheinlich mehr Freude und Anregung,
als unsere heutige Gymnasialjugend, der diese dichterischen
Mythen zur Uebung im Conjunctiv, in Bedingungssätzen
und Partikeln qualvoll eingetrichtert werden. Es ist kaum
eine dieser Mythen, die nicht später in seinen Werken le=
bendig und begeisterungsvoll wiederkehrt.

An diese größere Arbeit, welche dem literarischen Pionier
viel Mühe gekostet haben mag, reihen sich eine Anzahl
religiöser Lieder: „Die vier letzten Dinge", „Das
jüngste Gericht", „Neujahrslied", „Himmelfahrtsfang", „Zwei
Pfingstlieder", „Andächtige Betrachtung über Christi Lei=
den" (aus dem Hochdeutschen übertragen), „Sittengedicht
von der Eitelkeit der Menschen und der Wandelbarkeit der
Königreiche", „Brautfang zwischen Gott und der gläu=
bigen Seele".

Am 13. Januar 1616 wurde der fromme Dichter in
der Mennonitengemeinde der Waterlander als „Dienaar"
(Diakon) vorgeschlagen, am 27. als solcher erwählt. Wie
Lennep vermuthet, hat ihn diese Ernennung für längere
Zeit nicht nur der Dramatik entfremdet, sondern auch vom
Besuch der Rederijker=Kammern abgezogen, wenigstens wurde
nur ein paar Jahre zuvor (am 21. August 1614) ein ge=
wisser Corn. Jansen von dem Kirchenrath der Waterland'=
schen Gemeinde streng darüber zurechtgewiesen, „daß er viel
mit den Rederijkern auf der Kammer verkehre, ja sogar ein
‚Prinz' unter ihnen sei". Jedenfalls hat Vondel in dieser
Zeit nichts Dramatisches gedichtet. Dagegen übersetzte er
zwei Stücke aus den zwar von Göthe belobten, aber nichts=
destoweniger überladenen und geschmacklosen Dichtungen des
französischen Calvinisten Bartas: „Abrahams Opfer"

und „Die Herrlichkeit Salomons", eine Arbeit, die
ſeiner poetiſchen Entwickelung nicht zum Vortheil gereichte.
Er wurde ſchwerfällig, gezwungen und dunkel, wie Bartas
ſelbſt, dem es auch nicht half, daß ihn ein paar Jahr=
zehnte ſpäter (1640) die „zehnte Muſe" von Nordamerika,
die Puritanerin Anna Brabſtreet, in's Engliſche überſetzte.

Im folgenden Jahre lieferte Vondel wieder eine Arbeit
auf Beſtellung, einen neuen Text nämlich zu den 125 Bil=
dern von Thierfabeln, welche Markus Geeraerts von Brügge
ſchon 1566 geſtochen hatte, und die mit Text in den ver=
ſchiedenſten Sprachen durch ganz Europa hin im Umlauf
waren. Das Fabelbuch trägt den Titel: „Fürſtlicher
Luſtgarten der unvernünftigen Thiere" (Vor=
ſtelijke warande der onvernuftige dieren). Dem Text
gebricht es nicht an künſtleriſcher Auffaſſung, Lebendigkeit
der Darſtellung und Reichthum der Sprache; aber was
würde ſelbſt aus Lafontaine, wenn er alle ſeine Fabeln in
Alexandrinern geſchrieben hätte und alle gleich lang?

Die nächſten zwei Jahre arbeitete Vondel in der Stille,
ohne etwas zu veröffentlichen. Erſt 1620 erſchien ein bib=
liſches Epenbuch mit 38 ziemlich gleich langen Nummern,
je mit einem Bibelſpruch davor: „Die Gotteshelden
des Alten Bundes". Hier paſſen die Bibelſprüche ſchon
beſſer, als im „Goldenen Laden". Der epiſche Stoff iſt
durchweg neu, kräftig, lebendig aufgefaßt. In Stil und
Sprache hat ſich der Dichter glücklich von dem Schwulſte
des Bartas befreit und die eigene natürliche Sprache wieder
gefunden.

Gleichzeitig hatte es der Waterland'ſche Diakon auch
gewagt, ſich wieder der Dramatik zuzuwenden und widmete
noch in demſelben Jahr dem Altbürgermeiſter Corn. Pietersz.
Hooft, einem der toleranteſten Staatsmänner der Republik,

sein „Zerstörtes Jerusalem" (Jerusalem verwoest),
eine Tragödie in fünf Acten mit Chören. Der Geist, der
im Pascha waltete, erscheint hier neu aufgelebt, erstarkt,
entfaltet. „Welch eine Gluth der Phantasie, des Gefühls,
der Leidenschaft, der Darstellung, des Wortes!" ruft Beets
in Bezug auf dieses Stück aus, und das ist vollkommen
wahr. Die tragischen Momente des gewaltigen Gottes=
gerichts sind in zwar einfacher, aber ergreifender Weise durch=
geführt, die Sprache ist lebendig und fließend; lebensfrisch
und voll ächter Poesie sind vor Allem die Chöre, das
wilde stürmische Chorlied der römischen Soldaten (1), der
ergreifende Wechselgesang der jüdischen Frauen und Jung=
frauen über die wachsende Noth der Stadt, das Trauerlied
der Priester, der Abschied der fliehenden Frauen von
ihrem geliebten, heiligen Jerusalem. Das friedliche Schaffen
des Künstlers wurde indeß um diese Zeit durch die reli=
giös=politischen Wirren seiner Heimath gestört. Sein glühen=
der Patriotismus und sein religiöser Ernst zogen auch ihn
in die hochgehenden Wogen.

Der starre, finstere Calvinismus, unter dessen Bannern
das Volk der Niederlande seine Dome gestürmt, seine Schutz=
heiligen und seine Kunstschätze zertrümmert, seine legitimen
Herrscher besiegt und vertrieben hatte, rief nach kurzem
Freiheitsrausch eine mächtige Gegenbewegung hervor. Tiefer
blickenden Geistern begann zu grauen über den schrecklichen,
zur Verzweiflung treibenden Fatalismus, welcher der Lehre
Calvins zu Grunde lag. Von Kanzel und Studirzimmer
drang der Zweifel in die gebildeten Stände. Politische
Bestrebungen mischten sich, wie früher beim Freiheitskampf,
in die religiöse Frage. Privatleidenschaft schürte den Auf=
ruhr, den sie hervorrief. Bald stand nicht mehr bloß Theo=
loge gegen Theologe — Arminius, der Mann der Toleranz,

gegen Gomarus, das Haupt der alten, unduldsamen Recht=
gläubigkeit. Die ganze Nation hatte sich in zwei aufgeregte
Lager getheilt: das eine rief nach Milderung der Lehre und
nach Duldung, das andere rief die Staatsgewalt in's Feld,
um mit Feuer und Schwert die kaum erkämpfte Staats=
religion zu retten. Auf der Dordrechter Synode (1618
bis 1619) gelangte diese zum Sieg. Das politische Haupt
der Remonstranten, der Rathspensionär Oldenbarnevelbt,
wurde am 13. Mai 1619 hingerichtet, seine Freunde Hugo
de Groote (Grotius) und Hogerbeets zu lebenslänglichem
Gefängniß verurtheilt. Die arminianischen Städte wurden
durch militärische Gewalt zur Annahme der Dordrechter
Satzungen und zur Absetzung ihrer bisherigen Magistrate
gezwungen. Die Remonstranten, die sich nicht unterwerfen
wollten, wurden verfolgt, mußten in die Verbannung gehen
oder sich verstecken [1].

Obwohl Mennonit, hatte sich van den Bondel seit An=
fang der Bewegung auf Seite der in Minderheit stehenden
Remonstranten gestellt und hielt treu bei ihnen aus, auch
als der grimmige Haß der alten Calvinisten das Blut
Oldenbarnevelbts forderte und Acht und Bann über seine
Anhänger erging.

In treffenden Sinngedichten äußerte er seine Verehrung
für die Führer der Remonstranten, Jakob Arminius, Johann
Uijtenbogaert, Simon Episcopius (Bißschop); in einem wahr=
haft geharnischten Sonett klagte er die Gomaristen wegen

---

[1] Mehr als Einem warb die Verfolgung ein Anlaß zu tieferer
Einkehr in sich selbst und zur Wiedervereinigung mit der Mutter=
kirche, so dem Leidener Professor Peter Bertius und dem Remonstranten=
Prediger Peter Engelraeve. S. deren Biographie von P. Allarb in
den Studien op godsdienstig etc. gebied. 1870 und 1872. Vergl.
Räß, Convertiten IV. 500 ff.

Mißbrauch des Kirchenbanns an. Tiefer aber als Alles
ging ihm das tragische Loos Olbenbarnevelbts zu Herzen. .
Das war der Mann, der die kaum entstandene Republik
im Jahre 1587 vor den ehrgeizigen Plänen Leicesters er=
rettet, der 1598 Heinrich IV. von Frankreich bewogen, keinen
Frieden mit Spanien zu schließen, der 1609 bei dem Waffen=
stillstande von Antwerpen den Spaniern die thatsächliche
Anerkennung der Vereinigten Niederlande abgenöthigt hatte,
der kraftvollste, klügste, uneigennützigste Repräsentant des
neuen Freistaats. Mit Argusaugen hatte er alle Schritte
des ehrgeizigen Moritz von Nassau überwacht, mit weiser
und berechneter Energie war er all seinen diplomatischen
Schachzügen entgegengetreten und hatte den Waffenstillstand
mit Spanien auf Kosten des kronbegierigen Feldherrn durch=
gesetzt. Umsonst versuchte Moritz diesen ihm abscheulichen
Republikaner durch Schmähschriften und Schandlibelle beim
Volk verhaßt zu machen, durch anonyme Drohbriefe ihn ein=
zuschüchtern. Das Volk hing an dem wackern Patrioten
und er selbst wich nicht zurück. Erst den Theologen gelang
es, unter religiösem Aushängeschild, gegen ihn Partei zu
machen. Vierundzwanzig käufliche Richter verurtheilten ihn
zum Tode. Da mußte denn der beste der holländischen
Patrioten, ihr erster republikanischer Staatsmann, als Greis
von 70 Jahren das Blutgerüste besteigen. Gebrochen von
Mühen und Jahren, konnte er nur an seinem Krückenstock die
Treppe hinaufkommen zu dem Block, auf dem er den Un=
dank der Welt erfahren sollte. Das war eine Scene, die
nicht aus Vondels Geiste wich. Er war auch Republikaner
und zwar von ganzem Herzen. Er sah in dem greisen
Staatsmann die ächte Bürgertugend niedriger Ehrsucht und
feilem Sectenhaß als Opfer geschlachtet Die Lieder, die er
dem Dahingeschiedenen widmete, strömten aus voller Brust.

Wie ein Prophet der Rache donnert er in seiner „Geusenvesper" den vierundzwanzig Richtern zu:

> „Ruhig nur, holt Präbicanten,
>   West und Ost!
> Geht und sucht bei Dort'schen Santen [1]
>   Heil und Trost!
> 's ist umsonst, der Herr kömmt klopfen
>   Und sein Richterwort,
> Niemand kann die Wellen stopfen,
>   Sühnen diesen Morb!

Naiv, wie die Klage eines Kindes, ertönt sein Lied an
das Krückenstöcklein Oldenbarnevelbts:

Oldenbarnevelbts Stöckchen.

> Gott erhalt dich unversehrt,
> Liebes Stöcklein! Kein Verräther
> War er, den du treulich stütztest
> Am Schaffotte, sondern unsrer
> Freiheit Stütze, Hollands Vater,
> Als er vor dem blut'gen Schwerte
> Knieen mußt' wie Seneca,
> Nero's grimmem Haß geweiht,
> Zur Betrübniß aller Wackern!
> Zeugen sollst du noch nach Jahren
> Von dem Tode dieses Helden,
> Wie zur Schmach der Unterbrückten
> Die Gewalt das Recht durft' beugen.
> O wie oft als dritter Fuß
> Bist du ihm vorangegangen,
> Hoch hinauf am Hof der Staaten
> Steile Treppen, wenn von Sorgen,
> Schriften und Papier belastet,
> Von der Bürde seiner Heimath,

---

[1] Bei ben Heiligen (Santen) von Dorbrecht.

Mühsam nur der Greis emporstieg
Wer, so hart gebeugt, belaben,
Könnte da noch aufrecht wandeln!
Ruh' nun aus von beinen Mühen.
Stöcklein, ba bein Herr geknickt
Durch bes Bluraths bitters Unrecht
Ging zur Ruh. Nur meinem Liebe
Diene noch als Stab und Stütze!

Diese und ähnliche Gebichte, auf Flugblättern in's Volk
gestreut, trugen nicht wenig bei, bas Andenken bes einst
hochgefeierten, so grausam hingemorbeten Staatsmannes neu-
zubeleben. Doch Vonbel wollte ihm auch in einem größern
Werke ein bebeutenberes, bleibenbes Denkmal stiften. Ein
solches Denkmal setzte er ihm in bem Trauerspiel „Palamebes ober Die gemorbete Unschulb".

Die nächste Anregung zu biesem Stück gab Albert Koen-
raetsz Burgh, ber burch Prinz Moritz 1618 in ben Rath
gebracht worben war und zuerst für einen Anhänger bes-
selben galt. Sei es inbeß, baß er vorher seine wahre Gesinnung verheimlicht hatte ober seine politischen Anschauungen
nachher veränberte, genug, als er einmal im Rath war,
begünstigte er die unterbrückte Partei. Er sprach sich
ganz unverhohlen zu Gunsten Barnevelbts aus. Als er
einmal über das tragische Enbe bes großen Patrioten
mit Vonbel rebete und bieser sich in seiner Weise heftig
gegen Moritz und bie Richter ausließ, fragte ihn Burgh,
warum er benn kein Trauerspiel hierüber machte? „Es
ist noch nicht an ber Zeit," antwortete Vonbel. „Gut,"
erwiberte Burgh, „bann mach' es unter anbern Namen."
Diesen Gebanken nahm Vonbel mit Lebhaftigkeit auf, ohne
lange zu überlegen, baß es ihm vielleicht theuer zu stehen
kommen könnte, für Burgh bie Kastanien aus bem Feuer
zu holen. Nachbem er sich in ber alten Sagenwelt umge-

sehen, wählte er den Palamedes [1] und entwarf rasch eine
dramatische Skizze. Während er an der Arbeit war, er=
krankte Prinz Moriz, sein „Agamemnon", und starb. Als
ihm seine Frau eines Morgens unten von der Treppe herauf
zurief: „Mann! der Prinz liegt im Sterben!" da antwor=
tete er: „Laßt ihn nur ziehen; ich läute ihm schon wacker." [2]

Der neue Statthalter Friedrich Heinrich, der während
der Regierung seines Bruders die Remonstranten begünstigt
hatte, wurde von diesen mit froher Hoffnung begrüßt.
Vondel sang ihm sein frisches, frohes „Prinzenlied" und
eine längere, feierliche Begrüßungshymne. Im ersteren legte
er dem Prinzen selbst das Friedens= und Freiheitsprogramm
in den Mund, das die Remonstranten von ihm wünschten:

> „Des Landes Recht und Freiheit
> Will bringen ich in Schwang.
> Es·soll den Bund der Städte
> Nicht mehr Gewissenszwang,
> Nicht Tyrannei bedrücken!
> Die wackere Republik,
> Die treuen Bürgerschaften,
> Vereine Lieb' und Glück!

> „Von meinen Kindertagen
> Führt' ich der Freiheit Schwert,
> Hab' ich den Harnisch tragen
> Für unsrer Heimath Herd.
> Will treu das Banner schwingen
> Mit Hollands tapferm Leu,
> Will Waisen, Wittwen schirmen
> Mit dem Oranje Mey." [3]

---

[1] Ovid. Met. XIII. 56.   [2] Lenn. II. 297.

[3] v. Vloten I. 187. Wie Lennep II. 313 bemerkt, sollte man
kaum glauben, daß Vondel im selben Jahre die Amsterdam'sche He=
cuba und die Gedichte auf Friedrich Heinrich geschrieben. So schwer=

Unter der frohen Anregung solcher Hoffnung arbeitete Vondel ruhig am Palamedes weiter; im November gab er das Stück heraus, das unter antiken Namen und Charakteren ein Bild der religiös=politischen Wirren seiner Zeit entrollt.

Eine Ausgabe des Palamedes von 1736[1] gibt zum Personenverzeichniß folgende Erklärungen:

Palamedes	J. van Oldenbarnevelbt.
Chor der Euböer . .	Remonstrantische Anhänger Barnevelbts.
Chor der Ithaker . .	Zeuw'sche Anhänger des Prinzen.
Megäre	Reinier Pauw.
Sisyphus . . .	Duik.
Ulysses	Fr. A. van Aerssen, Herr von Sommelsdijk.
Diomedes	Graf Wilhelm von Friesland.
Chor der Peloponnesier	Holländische Präbicanten und Günstlinge des Prinzen.
Eurypylus	Triglandt.
Agamemnon . .	Prinz Moritz von Nassau.
Nestor	Der Rathsherr Abrian Junius ober der unparteiische Richter.
Ajax	Herr von Matenes van Schagen.
Oates	Herr van der Mijle, Barnevelbts Schwager.
Thersites	Herr van Zanten ober ber Herr mit seinen Zähnen.
Kalchas	Bogerman, Vorsitzender ber Synode.
Bote.	
Neptun	Der göttliche Zorn über das Schelmenstück.
Priamus	Erzherzog Albert.
Hecuba	Isabella Clara Eugenia, Erzherzogin.
Chor trojanischer Jungfrauen . .	Spanische ober brabantische Gemeinde.

---

fällig und überladen bie Nachahmung Seneca's, so lebendig und gemüthlich strömt das Lied aus des Sängers eigener Brust.

[1] J. v. Vondels Palamedes of vermoorde Onnoozelheid.

Der Inhalt des Stückes aber ist kurz folgender:

Palamedes, König von Euböa (Johann von Olden=
barnevelbt), durch Weisheit und Tüchtigkeit zum hervor=
ragendsten Führer der Griechen vor Troja geworden, erregt
gerade durch diese bevorzugte Stellung den Reid des Ober=
königs Agamemnon (Prinz Moritz von Oranien), des Kal=
chas, der Priester und Wahrsager (Bogerman, Triglaud
und anderer heftigen Präbicanten der calvinistischen Partei).
Durch Aufbeckung einer gemeinen · List macht er sich auch
Odysseus (Herr van Sommelsdijk) zum wüthenden Feinde.
Dieser und Kalchas stiften durch allerlei Lügengerüchte sowohl
Agamemnon als das Volk gegen Palamedes auf; dann
spinnen Diomedes und Odysseus (Graf Willem Ludwig von
Nassau und Herr van Sommelsdijk) eine Intrigue aus,
um dem verhaßten Feldherrn offen den Proceß machen zu
können. Es ist die in der antiken Sage schon gegebene.
Palamedes wird durch Agamemnon auf eine Unternehmung
ausgeschickt. Odysseus und Diomedes vergraben unterdessen
einen Schatz in seinem Zelte, schmieden einen angeblichen
Brief des Priamos (des Erzherzogs Albrecht) an Palamedes
und schicken ihn durch einen trojanischen Gefangenen in's
Lager. Diomedes greift ihn auf und schleppt ihn in die
Volksversammlung. Die meisten Fürsten lassen sich täuschen
— doch steigen Zweifel auf. Odysseus beseitigt sie durch
Aufgrabung des Schatzes. Palamedes wird vor ein Gericht
gestellt, in welchem außer Nestor (Abrian Junius) nur
seine erklärtesten Todfeinde sitzen (die vierundzwanzig Richter
Oldenbarnevelbts). Während sie noch Rath halten, kommt
Kalchas und die Priesterschaft (die calvinistischen Präbican=

Treurspel. Met anteckeningen uit's Dichters mond opge-
schreven. 't Amersfoort, bij Pieter Brakman.

ten) mit einer Schaar aufgehetzten Volkes, reißen Palamedes als angeblich erklärten Verräther heraus und steinigen ihn. Oates, des Getödteten Bruder (van der Mijle), ruft Neptun um Rache an; dieser tröstet ihn mit der Ehre, die dem Ge= morbeten werden soll, und dem schweren Geschicke seiner Verfolger. In Troja (Spanien) großer Siegesjubel über Palamedes' Tod.

Chorgesänge der Euböer (Remonstranten), der Pelopon= nesier und Ithaker (Contra=Remonstranten) und trojanischer (spanischer) Jungfrauen unterbrechen nach jedem Act die fünfactige Tragödie.

Eine der berühmtesten Stellen ist der Chor der die Nachtwache haltenden Euböer am Schluß des IV. Actes, wo Vondel, mit einem herrlichen Morgenhymnus beginnend, dem glücklichen Bild des idyllischen Landlebens das verhängniß= volle Loos des republikanischen Staatsmánnes gegenüberstellt:

Chor der Euböer.

Dünner gesä't schon, entflieh'n die Gestirne
Und es ermattet ihr feuriger Strahl,
Rückwärts sinkend ziehen die Schatten
Mit der weichenden Nacht zu Thal,
Flimmernd treibt die himmlischen Schaaren
Der Stern des Morgens vor sich her,
Und es wendet zur Flucht die Deichsel
Der Fuhrmann in dem großen Bär.
Golden steigt der Gott des Tages
Auf blauem Gespann aus tiefer Fluth,
Es zittert auf Ida's walbigen Hügeln
Das Blättermeer in sonniger Gluth.

––––––––––

Willkommen, süße Morgenstunde,
Endlose Wonne bringst du mit dir,

Dem, der mit frohem, lächelnden Munde
Spielend sich freut deiner himmlischen Zier,
Rüstig und lustig und immer zufrieden,
Deines Zaubers liebend sich freut,
Betend den ehrt, der im Bilde hienieden,
Ewiger Schönheit Strahlen nur beut.

––––––––

Wer auf lieblicher Au,
Am rauschenden Silberbach
Sein Häuslein baut,
Die ländliche Wohnung,
Ist er nicht ein seliger König!
Eitles Lob begehrt er nicht;
Allen Wünschen genügt
Das stille Gehöfte.
Fröhlich schlürft sein Ohr
Der Vögel erwachenden Schlag,
Wenn in langen Zeilen
Schwer der Morgenthau
In hellen, schimmernden Tropfen
Auf frisch erblühten Rosen strahlt,
Wenn tausend Düfte sich entfalten,
Tausend Blumen ihren Farbenschmelz
Zum frischen, lebendigen Bilde weben,
Schöner als Iris im bräutlichen Kleid.
Er pflanzt, er setzt, er versetzt,
Belagert die Vögel mit seinem Netze,
Oder sorglich sich überlehnend
Zieht er mit der gebogenen Angel
Aus dem Weiher den zappelnden Fisch.
Und ist des muntern Spiels er satt,
Steigt er zu Pferd, bevor es tagt,
Und belagert das Wild mit seinen Hunden;
Oder beim hellen Sonnenscheine
Sprengt er durch das Labyrinth
Der durch's Feld sich schlängelnden Wege.
Hier blüht ein Garten, zierlich abgezäunt,

Dort lacht der Klee, die fette Weide,
Gegürtet an die Reihe der Bäume.
Dort melkt der wackre Knecht die Kühe,
Hier pflügt der Bauer keuchend den Acker um,
Dort trägt man zu Haufe die reiche Ernte.
Buchweizen sät jener, dieser Flachs,
Hier wogt, von stachlichten Dornen umhegt,
Das Korn in vollen, goldnen Aehren,
Dort über's Meer zieht spielend der Nachen;
Hier raucht ein Dörflein, drüben entschwindet
In Duft das ferne Schloß
Und darüber die blauen Berge.

Weit irrt von diesem Leben ab,
Den vom Abend bis zum Morgen
Die Sorge nagt und quält
Und nicht rasten läßt,
Bis hin zum Grab.
Der arme Sklave des freien Staats,
Der für Aller Wohl
Die Kosten rechnet und trägt,
Und hundertfach widerstrebenden Sinn
Zur Einheit soll bringen:
Neid nagt an ihm,
Wie fromm und ehrlich er sich plage.
Ehrenvoll ziert, ich gesteh' es, die Toga,
Würde thront auf dem Sessel des Raths.
Aber auch welche Last und Bürde!
Mühe nistet unter dem Dach,
Wo Jeder geizt nach höherem Stuhle
Und der Menschheit Schwäche sich offenbart.

All diesem Unheil entgeht der Landmann!
Nicht trinkt er aus Gold und Perlenmutter
Gift noch Drachenblut,
Das quälend das Herz dir bricht;

Nicht braucht er Dolche zu scheuen,
Die, hinter den Tapeten lauernd,
Dem Staatsmann das Leben aufkünbigen
Und sein Glück zertrümmern.
Keine Furcht verbittert sein Leben.
Des Volkes Gunst, die ewig wandelbar,
Und flatterhaft
Jetzt ihren Herren streichelt,
Jetzt ihn erstickt,
Mag ohne Herzenskummer er entbehren.
Keiner scheucht ihn halbtaumelnd vom Bette auf,
Keiner füllt schon des Morgens
Seine Hände mit Schriften ihm,
Keiner bekrittelt seinen Umgang.
Seine Penaten beleidigt Niemand,
Auch stört ihn keiner durch viele Reden,
Wenn er, verschanzt in seinen Papieren,
Seines knechtlichen Dienstes waltet.
Nicht braucht er zu zittern
Vor der Stimme des Priesters,
Der seine Bosheit an ihm fegt,
Des Landes Herrn als Buben schilt,
Sich selber aufwirft zum Gesandten Gottes!

Einsam treibt auf sturmbewegten Wellen
Zwischen Wogengischt und Felsenriff —
Jeden Augenblick kann es zerschellen —
Todgeweiht des Palamedes Schiff.
Unversöhnt der Läst'rer Reden gellen,
Rastlos hetzt der Götzenpfaffen Kniff.
Sänftigt Neptun nicht auf unser Flehen
Mit dem Dreizack die erregte Fluth,
Muß das Schiff in tausend Stücke gehen,
Und versinken in des Sturmes Wuth.

Die Anspielungen waren deutlich genug. Eine tiefe Ab-
neigung gegen den Statthalter Moritz von Oranien, der

Oldenbarnevelbt seiner ehrgeizigen Politik geschlachtet, hatte
sie eingegeben. Die Regierung ließ alsbald nach dem Dichter
fahnden. Er suchte Schutz und Zuflucht im Hause seines
Schwagers Hans de Wolf und seiner Schwester Clemensken.
Aber, wie sein ältester Lebensbeschreiber, G. Brandt, erzählt,
wollten sich diese Freunde mit seinen Sachen nicht bemühen,
indem sie vielmehr über seine Schreibsucht stichelten. Sie
meinten, daß es ihm eher zukäme, seinem Hause vorzustehen,
auf seinen Unterhalt zu schauen und all das Schreiben und
Reiben (schryven en wryven) bleiben zu lassen. Er sagte:
„Ich werde diesem Pöbel die Wahrheit noch schärfer sagen!"
und schrieb darauf zu Hause noch beißendere Spottgedichte,
die er aber nachher auf seiner Schwester inständige Bitten
in's Feuer warf, was ihn nachmals jedoch reute.

Die Zuflucht, welche ihm die Seinigen verwehrten, bot
ihm die Familie Baeck auf ihrem Landhaus Scheibeeck, bis
er durch Dazwischenkunft des Amsterdamer Raths mit einer
Geldbuße von 300 Gulden und einer scharfen Vermahnung
der hohen Obrigkeit weiterer gerichtlicher Verfolgung ent=
ging. Die Vermahnung fruchtete jedoch wenig. In ein
paar Jahren erlebte die „Ermordete Unschuld" (Vermoorde
Onnoozelheid) dreißig Auflagen. Trotz der Geldbuße,
welche der Palamedes gekostet, vervielfältigte der Dichter
seine Angriffe gegen die unduldsamen Contra=Remonstranten.
So schrieb er 1626, als dieselben den Remonstrantenpastor
Hanekop absetzten, den „Rommelpot van 't Hanckot";
1627 erließ er gegen den Alt=Bürgermeister Reinier Pauw
„Das Märlein von Reintje de Vos", 1630 an verschiedene
Adressaten „Die Medaille des Ketzermeisters von Dordrecht",
den „Roßkamm" und die „Harpune", 1631 gegen die Prä=
destinationslehre Calvins selbst das zornglühende „Decretum horribile". Diese Zündbomben schlugen ein und wirkten

mit, die öffentliche Meinung zu Gunsten der Arminianer umzustimmen, die 1630 den Bau einer Kirche in Amsterdam wagen konnten, 1636 endlich freie Religionsübung erhielten.

Es war kein kleinliches, persönliches Interesse, was Vondel in den Kampf der streitenden Parteien hineingezogen hatte. Es war der tiefe Freiheitsdrang einer gesunden, gewaltigen Mannesseele, die sich unwillkürlich aufbäumte gegen die fürchterliche, dämonische Tyrannei, welche Calvins finsterer Geist in die Rathschlüsse und das Wesen der Gottheit selbst hineingetragen hatte. Tyrann war er selbst, zum Tyrannen machte er den ewigen Gott der Liebe: seiner Theologie und seinem Regimente drückte er gleichermaßen diesen Stempel auf. Wo sie hinkam, in Frankreich, in Schottland, in den Niederlanden, in den amerikanischen Colonien führte sie unter demokratischem Aushängeschild zur Gewaltherrschaft mit Schwert und Feuer. Instinctiv kämpfte dieser Tyrannengeist gegen die christliche Kunst an, welche im schwachen Nachbild die Schönheit, Güte, Liebenswürdigkeit Gottes zu verkörpern strebte. Er drückte dem Rebellen die Brandfackel zum Bildersturm in die Hand, um alsdann den Bilderstürmer selbst der Tyrannei des eigenen Hasses zu überliefern. Dieser unliebenswürdigen Theologie stand Vondel gegenüber, als er (1631) sein „Decretum horribile" schrieb.

> „Gott reißt die Unschuld von der Mutterbrust,
> Wirft sie in's ew'ge Feuer! Welch ein Pfuhl!
> Welch off'nes Grab! Vor seinem Schwefeldampf
> Wo find' ich Schutz? Durst' dieses Ungeheuer
> Die Tatzen sich verbrennen an Servet,
> Und ihn hinunterstoßen in den Abgrund
> Als Läst'rer, er, der dieses Buch [1] der Schande

---

[1] Die *Institutio* Calvini, welcher Lib. III. cap. 23 sect. 7

Mit grausem Fluch dem Himmel warf in's Antlitz?
Wo bin ich? Unter Theologenlampen?
Nicht eher im schwarzen Qualme Lucifers?
Ist dieß das Loos des heil'gen Weihrauchfasses?
Ist dieß der Kranken Trost und Christi Wort?"

Das Gedicht war nur ein glühender Protest seiner
Künstlerseele gegen jene Verzerrung des Christenthums, welche
in der ganzen inneren und äußeren Entwickelung des Cal=
vinismus zu Tage trat. Ein solcher Protest war ganz
positiver Natur. Eine würdigere Vorstellung von Gott,
Freiheit, Menschenwürde, Tugend, Christenthum und Kunst
gab ihn ein. Vondel griff nur zur Geißel der Satire, um
die gespenstischen Ausgeburten des calvinistischen Systems
von sich abzuwehren. Sobald der Freiheit Raum geschaffen
war, wandte sich sein Geist wieder dem Schönen, Großen
und Erhabenen zu: der Christusreligion, wie sie ihm in ed=
leren, reineren Zügen schon vorschwebte; dem Vaterlande,
das sich aus dem inneren Kampfe wieder zu neuer Kraft
erhob, und der Kunst, zu welcher der angeborene Genius
ihn hintrieb.

---

von dem göttlichen Decret in seiner Prädestinationslehre selbst schreibt:
„Fateor, *horribile* esse *decretum*."

3. Die Anfänge der holländischen Bühne.
Gijsbrecht van Aemstel.

Die holländische Bühne war damals noch in ihren An=
fängen, so einfach oder noch einfacher, als die englische vier=
zig Jahre zuvor. Als die Blackfriars Company in London
1594 das Globe=Theater errichtete — ein sechseckiges Holz=
gebäude, in welchem die Zuschauer unter freiem Himmel
saßen, nur die Bühne durch ein Dach geschützt war, hatten
die Amsterdamer noch gar kein Theater. Bloß in den
Stuben der Rederijkers wurde zur Kurzweil etwas Theater
gespielt, wobei aber nur die Zunftgenossen und ihre Familien
sich betheiligten.

Hier herrschte bis 1615 eine bunte Demokratie. Mit
der höheren Bürgerschaft der Stadt, welche sich schon all=
mählich aus der Revolution heraus zu einem privilegirten
Stande emporarbeitete, trafen da nicht nur begabtere Leute
des Mittelstandes, wie Vondel, zusammen, sondern auch eine
Menge talentloser Streber (vrolijke jongens, wie sie Lennep
nennt), bloße Parasiten um Lob und Gunst, welche mit
ihren nichtssagenden Reimereien das literarische Leben nur
störten und hinderten. Die tüchtigen Männer zogen sich
zurück, die „fröhlichen Jungen" erlangten das Uebergewicht.
Umsonst stellte Hooft an den Schöffen Jan ten Grooten=
huis den Antrag: „Die Onnutten en Ongebondenen, die
nur gegen alle Geregeltheit scharrfüßen, im Namen der
Herren Magistraten zu zwingen, sich, unter gewaltsamer

Buße, der Kammer zu enthalten, bis selbige Obrigkeit ihnen
etwas Anderes zu wissen thue." Das half indeß nicht.
Breberoo klagt in Gedichten, daß die besten Namen
der Stadt hier mit dem wahren Abschaum derselben zu=
sammenkämen. Nur langsam bereitete sich eine Reorgani=
sation vor.

Der Mann, der sich hierum die größten Verdienste er=
warb, war der Arzt Samuel Coster, Doctor der Medicin,
dabei eifriger Poet und Literat. Sein Vater war einer der
alten Geusen, der bei Heiligerlee für die Freiheit mitgestritten
und es dann zu einer der ersten Magistratswürden gebracht
hatte. Coster scheint erster Vorstand in der alten Kammer
gewesen zu sein. Brandt lobt ihn sehr; doch gehen seine
dramatischen Stücke nicht über das Mittelmäßige hinaus.
Um so mehr leistete er im Verein mit Breberoo u. A. für
Hebung der Kammer und ihrer dramatischen Aufführungen.
Als praktische Holländer sorgten sie vor Allem für Geld,
setzten für die Theatervorstellungen ein kleines Eintrittsgeld
fest und brachten es schon 1615 zu einem Ueberschuß von
2000 fl. Allerdings erhoben sich nun neue Schwierigkeiten,
sowohl seitens vieler Rederijker, welche Costers Rührigkeit
mit unzufriedenen Augen ansahen, als auch seitens der cal=
vinistischen Klerisei, deren Ehrgeiz und Herrschsucht er 1618
in seiner „Iphigenie" scharf auf der Bühne geißelte. Coster
ließ sich jedoch nicht stören; er trennte sich mit seinen intelli=
genteren Freunden von der alten Kammer, schloß mit zwei
Wohlthätigkeitsstiftungen, dem Oude Manhuis und dem
Waisenhaus, einen Vertrag ab, nach welchem diese Stiftungen
alle Kosten künftiger Aufführungen zu tragen hatten, dafür
aber ein Drittel der Theatereinnahme erhalten sollten. In
dem neuen Bau, den er gegründet, constituirte Coster nun
eine Art neuer Kammer, welcher bald die besten Talente

beitraten. Sie wurde Costers Akademie genannt. Zur Einweihung spielte man ein Vorspiel „Apollo, von Siesfribus" und das Stück „Der Mord, begangen an Willem, Prinz von Oranien", von G. van Hoogendorp, am andern Tage Hoofts „Warenar mit dem Pot". Wie primitiv die Einrichtungen dieses Theaters waren, ersieht man aus einem Vertrag, welchen Coster im August 1622 mit dem Waisenhaus abschloß und zufolge welchem dasselbe den gesammten Theaterapparat der Akademie übernahm. Das Inventar[1] umfaßt nur folgende Stücke:

„Alle die gemachten drehbaren Coulissen (Doecken) auf der Bühne, d. h. 22 Wappen der vornehmsten Fürsten auf Ovalen gemalt, neun vierkantige Wappen von der Union und sechs Prinzenwappen auf Tuch, zwei große Schilde daran die Lampen hangen, auf der andern Seite bemalt, mit ihrem Holzwerk und Korbeln; das Himmelwerk, das man herablassen kann, mit seinen Hebestangen, Korbeln und Hölzern; drei Vorrichtungen, um das Stehparterre mit seinen Schragen und Bänken einzufriedigen; noch eine niedere Tafel mit zwei Schragen; drei Stücke, womit die Bühne vergrößert wird; eine Gefängnißthür, gitterweise gemacht; zwei große Holzgitter in dem Spiel Herzilia gemacht; der Plafond für das Himmelwerk; zwei große schwarzlinnene Vorhänge, mit denen die Bühne geschlossen wird; alle die losen Theile auf dem höchsten Söller; das Grab des Achilles; der Triumphwagen; das viereckige Altärchen; die Formen von Zimmerwerk, die auf dem Söller liegen."

Seit der Stiftung von Costers Akademie gerieth die Kammer Wt levender Jonst immer mehr in Verfall. Die Alte Kammer hielt sich noch länger, obwohl die verdienstlicheren Leute zur Akademie übertraten. 1632 wurde

---

[1] Lennep II. 146.

sie durch Vermittlung des Bürgermeisters mit der Akademie vereinigt. 1635 verkaufte das Waisenhaus ⅓ des Theater= apparats und der Costüme an das sogen. Alte Mannenhaus (Spital für Greise). Die beiden Stiftungen beschlossen, ein neues Theater zu errichten. Nach bürgermeisterlichem Spruch sollte das Waisenhaus ⅔, das Alte Mannenhaus ⅓ der Kosten tragen, dann auch den entsprechenden Antheil am Gewinn haben.

Das Wappen von Costers Akademie, ein Bienenkorb mit der Inschrift Yver, wurde jetzt mit dem Wahlspruch der Kammer vereinigt: Yver in liefde bloeyende.

Die Kosten beliefen sich auf 29 103 Gulden. — Der Bau wurde Ende 1637 vollendet und hieß nun Schouwburg, d. h. Theater. Es wurde ein stattlicher Bau, der dem Architekten Nicolaus van Kampen Ehre machte und als eine würdige Zierde der großen Stadt begrüßt ward.

Den Eingang schmückten dorische Säulen. Darüber standen in Gold zwei Verse Vondels:

De wereld is een speeltooneel,
Elk speelt zijn rol en krijgt zijn deel.

Weiter oben am Frontispiz prangte in großen Lettern das Wort

SCHOUWBURG.

Nördlich von diesem Thor war das Billetbureau, darüber außerhalb zwei Laternen, nach innen zwei Statuetten, Brust= bilder von Heraklit und Demokrit. Nach Süden befand sich die Wohnung des Kastellans mit verschiedenen gut eingerich= teten Zimmern. An der Pforte der Kastellanswohnung hingen drei Gedichte, zwei von Vondel, eines von dem katholischen Glaser und Theaterdichter Jan Vos[1].

---

[1] Bei van Vloten I. 333 Nr. II. und Nr. III. Der Vers von Jan Vos lautet:

Bühne und Zuschauerraum hatten nicht getrennte Struc=
tur, sondern dasselbe gemeinschaftliche Gebälk, das mit dem
Mittelgewölbe durch das ganze Gebäude lief. Wo die letzten
Sitzplätze aufhörten, begannen die ersten Coulissen. In der
Mitte befand sich ein freier, halbkreisförmiger Raum —
nur mit Stehplätzen; rund um diesen Raum liefen über=
einander zwei Reihen Logen, geräumig, je durch zwei ele=
gante Pilaster getrennt. Ueber den Logen waren die Gallerien
mit steil übereinander gereihten Bänken. Der Bühne gegen=
über stand ein halbkreisförmiges großes Fenster — wie ein
Kirchenfenster. Man wollte Licht haben. Denn die Vor=
stellungen begannen Abends 4 Uhr, so daß neun Monate
des Jahres bei Tageslicht (mit niedern Kosten und ohne die
Fährlichkeit der heutigen Theater) gespielt werden konnte.

Die Scenerie war eine stabile und hierdurch von der
heute gebräuchlichen weit verschieden. Die erste Seitenwand
(Coulisse kann man nicht sagen) links und rechts stellte ein
Gefängniß vor. Erheischte das Stück nun diese Decoration,
so ließ man einen Vorhang, der unmittelbar dahinter über
den zwei Seitenmauern in zwei Stücken aufgerollt war,
herunter und zog ihn zu: das Gefängniß war fertig. Für
andere Scenen wurde der Vorhang wieder auseinander=
gezogen und auf den Gallerien zusammengewickelt, welche
die beiden Seitenmauern trugen. Dann hatte man vorn
die Seitenscenerie des Gefängnisses, dahinter rechts und
links zwei Vorhallen eines Renaissancehauses, im Hinter=
grunde einen Thron, über welchem ein paar Säulen einen
Balkon trugen, der hinten mit einer Art Altar abgeschlossen

De Godsdienst roept de ziel: het lijf de zorgh voor 't leven:
Elck heeft haar eijgen tijt: wie die hier tegen streven?
Wie tijt in tijden vint, wort geen tooneel ontzeijt,
Zoo leert men door het spel noch deught in ledigheijt.

war. Sollte eine der handelnden Personen von einer Stadt=
mauer oder aus einem Fenster reden, so begab sie sich auf
einen der Balkone rechts oder links über der Seitenmauer;
spielte die Scene in der Luft, so erschien sie auf dem mittlern
Balkone. Der Thron in der Mitte kam in vielen Stücken
und Scenen zu praktischer Verwendung. In Scenen, zu
welchen er nicht paßte, blieb es dem Zuschauer überlassen,
ihn sich wegzudenken. Für Lustspiele ließ man den Vor=
hang nieder und die beiden Gefängnißmauern wurden durch
Möbel und Draperien ein wenig maskirt[1]. Alles war
höchst primitiv. Scenische Täuschung hatte man ebenso
wenig als optische im Auge. Der Phantasie wurde nur
ein geringer Anhaltspunkt geboten, um sich in die vor=
getragene Scene hineinzudenken. Das Meiste mußte sie
selbst thun. Ein tiefer Nachtheil für das eigentliche Wesen
der Dramatik war es nicht. Shakespeare führte seine Stücke
mit einem ähnlich ärmlichen Behelf aus. Die Poesie selbst
mußte sich um so wirksamer erweisen und hat es auch gethan.

Während man in London nur an Werktagen spielen
durfte — es war dort 1583 an einem Sonntage eine Holz=
gallerie zusammengestürzt: was dem Privy Council als ein
Gottesgericht erschien und ein strenges Verbot der Sonn=
tagsvorstellungen zur Folge hatte —, wurde in Amsterdam
nur am Sonntag Nachmittag gespielt. Hier wie dort
wurden aber viele Jahrzehnte lang die Frauenrollen durch
Männer gegeben.

Das neue Theater wurde 1637 mit einem Stücke Joost
van den Vondels eröffnet: „Gijsbrecht van Aemstel,
der Untergang seiner Stadt und seine Verbannung"; dem
schwedischen Gesandten in Paris, Hugo Grotius, gewidmet.

---

[1] Lennep III. 319 ff.

„Mijn Heer," schrieb der Dichter am 16. Oct. 1637
in der Widmung, „das Emporsteigen unserer neuen Schau-
burg, gefördert durch die Herren Waisenväter und besonders durch den Eifer des Rathsherrn Nikolaus van Kampen,
nicht unbewandert in der Baukunst und ein Liebhaber aller
schönen Geister und Wissenschaften, hob unser Verlangen,
dieses ansehnliche Gebäude einzuweihen mit einem Werke,
das dieser Stadt und Bürgerschaft behagen möchte: weßhalb wir unsern Stoff hernehmen aus der jämmerlichen
Verwüstung Amsterdams und der Verbannung Gijsbrechts
van Aemstel, damals Herrn selbiger Stadt:

> Genus a quo principe nostrum:
> De rechte stam van Amsterdam."

Die urältesten, wie die neueren Dichter, meinte er,
hätten ihre Gedichte dem Volke dadurch schmackhaft zu
machen gesucht, daß sie die Sachen auffrischten, die ihre
Fürsten und Vorväter betroffen hätten. Es sei auch nicht
unbillig, „daß uns unsere eigenen Sachen mehr zu Herzen
gehen, als die der Fremden und Ausländer". Dabei schwebte
ihm auch, wie Dante, sein lieber Virgil vor. Jener hatte
die Fahrt in die Unterwelt weiter ausgeführt, er wollte den
Brand von Troja in neuen Farben auflodern lassen.

Der Gang des Stückes ist ungefähr folgender:

Gijsbrecht van Aemstel, Herr von Amsterdam und Aemstel-
land — lange verbannt wegen Theilnahme an dem Fang
des Grafen Floris von Holland, der den alten Adel unterdrückt und an seinen eigenen Verwandten schändliche Ge-
waltthat verübt hatte — kehrt endlich wieder in seine Stadt
zurück. Doch die Anhänger des Grafen belagern ihn nun
ein ganzes Jahr lang. Da sie mit Gewalt nicht zum Ziele
kommen, greifen sie um Weihnachten 1296 zu derselben List,

wie die Griechen Virgils. Sie stellen sich, als wollten sie
abziehen, lassen aber, von den Amsterbamern verfolgt, einen
durchtriebenen Spion — einen zweiten Sinon — Namens
Vosmeer, von diesen fangen. Gijsbrecht forscht diesen zwar
aus, läßt sich aber von seinen verschmitzten Antworten hinter=
gehen, schenkt ihm Leben und Freiheit und erlaubt ihm so=
gar, sein angebliches Reiseschiff, das „Seepferd" — ein
zweites trojanisches Pferd, vollgepfropft mit der auserlesensten
feindlichen Kriegsmannschaft, in den Hafen zu bringen und
auszuladen. Es ist Mitternacht — Christnacht. In echt
mittelalterlicher Gemüthlichkeit wallt der Chor der Edelleute
(am Ende des II. Actes) zur Kirche:

> „Froh ziehen wir, wir Edelleut',
> Zum schönen Fest zur Kirche heut',
> Den neugebor'nen Herrn zu grüßen,
> Zu knieen zu den kleinen Füßen
> Des Kindes, das Herodes scheut;

> „Des Kindes, das der Stern verheißt,
> Der hell den Pfad den Königen weist
> Zum dunkeln Platz, wo es geboren,
> Sie führt zu Bethlems alten Thoren,
> Wo Hoheit still die Demuth preist."

Während aber die nichts Arges ahnenden Bürger alle zur
Kirche geeilt sind, brechen die Kriegsleute der Kennemers
und Waterlanders aus ihrem Schiff hervor und nehmen das
Haarlemer Thor. Vosmeer steckt von seinem Schiffe aus
die Stadt in Brand. Dietrich von Haarlem, der sich heim=
lich im Karthäuser=Kloster Aufnahme verschafft, und Wil=
helm von Egmont, der spät am Abende mit dem ganzen Heer
zurückgekehrt war, rücken ein. Herr Peter, Dekan der Haupt=
kirche, bringt die erste Botschaft in's Schloß, wo Gijsbrechts
Frau über einen Unglückstraum in schwere Angst gerathen.

Ergreifend klingt (zum Schluß des III. Actes) abermals
der Festgedanke der Weihnacht in den Wirrwarr der zu=
nehmenden Gefahr hinein. Der Chor der Clarissen singt:

„O Christnacht, schöner als das Tageslicht!
Herodes' Aug' erträgt die Sonne nicht,
Die hell durch deine Finsternisse bringt,
Die froher Jubel grüßt und Festgebete.
Sein stolzer Sinn verschließt sich jeder Rede,
Wie laut sie auch zu seinen Ohren bringt.

„Um den Unschuldigen zu treffen, fährt
Auf die Unschuldigen das Todesschwert;
Wehruf ertönet weit durch Stadt und Land,
In Bethlehem und rings um seine Mauern,
Und Rachels Geist geht um in Klag' und Trauern,
Auf Wies' und Au, im Wald, am Bachesrand;

„Gespenstisch wandert er nach West und Ost.
Wer bringt der armen, armen Mutter Trost?
Der lieben Kinder ist sie ja enterbt;
Die trauten Kleinen, kaum zur Welt geboren,
Sieht bluten sie, für immer ihr verloren,
So manches Schwert ja sieht sie roth gefärbt.

„Noch sieht die Milch sie glänzen mild und weich
Auf den erstorb'nen Lippen, kalt und bleich,
Der Mutterbrust entrissen mit Gewalt;
Sie sieht die letzten zarten Thränen hangen,
Thautröpfchen gleich, auf den entfärbten Wangen,
Entstellt und todt die liebliche Gestalt.

„Die Brauen senken sich so matt und schwer,
Die frohen Aeuglein öffnen sich nicht mehr,
Die freudenhell das Mutterherz entzückt,
Wie Sterne, die mit fröhlichem Gewimmel
Das Kindesantlitz schufen ihr zum Himmel,
Bis Wolkenflor dem Blicke sie entrückt'.

„Ha! wie die Sense in das Kornfeld schlägt,
Ha! wie der Sturm die grünen Blätter fegt,

3*

Wenn brausend das Gewitter tobt im Wald!
Was kann in blinder Wuth der Ehrgeiz brauen,
Wenn zürnend er verloren das Vertrauen?
Vor keiner Schandthat macht sein Rasen Halt.

„Doch, Rachel, traure drum nicht immerdar!
Als Martyrer stirbt deine Kinderschaar,
Als Erstlinge der Ernte, die dir blüht,
Die herrlich ihrem Blute wird entsprießen,
Die Frühlingssegen wird um dich ergießen,
Die keines Freolers Hand dir mehr entzieht."

Gijsbrecht eilt inzwischen mit seinen Verwandten und den
tüchtigsten Mannen der Besatzung an den Damm und sucht
hier die Ordnung herzustellen, Kirche und Markt zu vertheidigen. Alles umsonst. Das Rathhaus wird vom Feinde
gestürmt. Gijsbrecht eilt nun zum Clarissenkloster, um seinen
Oheim, den greisen Bischof Gozwijn von Utrecht, und seine
Nichte, die Aebtissin des Klosters, zu retten. Die Scene ist
nicht ohne Interesse, wenn man bedenkt, daß ein protestantischer Dichter sie verfaßt hat und daß sie vor einem Audi-
torium von Geusen aufgeführt wurde, deren Väter vor
wenigen Jahrzehnten alle Bilder zertrümmert, alle Klöster
gestürmt und alle Erinnerungen der katholischen Kirche mit
Schwert und Feuer auszutilgen gesucht hatten. Sie spielt
im Chor des Klosters, wo der greise Bischof, aufgescheucht
von dem nächtlichen Tumult, mit der Aebtissin Claris und
deren Schwestern zusammentrifft.

Gozwijn.

Mit Amsterdam geht es, ihr hört's, zu Ende,
Und unsrer harrt das allgemeine Loos,
Es sei, daß alle wir Vorsorge treffen.
Ich — ich bin alt und müd, mir ziemt nicht Fluch;
Dieß Leben ist so vieler Müh' nicht werth,
Gefällt es Gott, er komme! Sein Diener harrt,

Er hol' mich in ſein Reich zu ſüßer Raſt.
Doch, meine Töchter, ihr habt Lebensluſt,
Steht in der Blüthe noch der jungen Jahre,
Ihr müſſet flieh'n — und Jeſus mög' euch retten
Aus dieſer Noth! — Clariſſa, reine Magd,
Du trägſt des Vaters Belzen Unrecht nicht,
Noch Haß. Drum flieh'! Die Andern ſollen folgen!
Der Feind, von Rache blind, wird grimmig wüthen,
Zumeiſt gen dich. Drum, Mutter, du mußt fliehen.
Ich will euch beiſteh'n mit Gebet und Thränen;
Mein Herz ſoll folgen euch, kann's nicht der Fuß.
Zieh' hin, Mathilde's Tochter; denn — und Gott
Schaff' eine Zuflucht dir — ihr macht mir Kummer.

Claris.

Ach, Vater Gozwijn! Wofür gelt' ich Euch?
Ziemt's mir, in ſolcher Noth Euch zu verlaſſen?
Ihr ſeid verwandt mir doch durch Leib und Geiſt.
Zum Raub ſoll ich Euch laſſen hier allein,
Der Ihr mir Vater war't, den Chriſtenglauben
Von Kindheit auf mir prägtet in das Herz,
Mich Chriſto neu gebar't, die Seele ſtärktet,
Den Leib in heil'ger Reinheit mir bewahrtet?
Ich flieh' nicht, nie — —

Chor der Clariſſen.

Schutz beut uns der Altar!

Gozwijn.

O edle Jungfrau! Wie biſt du von Art
So ganz wie Clara ſelbſt, nach der du heißeſt!
Wo iſt ein Unterſchied bei dieſer Aehnlichkeit?
Das Saracenenheer bemeiſterte die Stadt,
Wo Clara wohnte. Was that ſie? Voll Muth
Trat ſie an ihres Kloſters ſtille Pforte
Und ſah den Feind — ſo raſch er kam — verſchwunden.
Ihr Muth, ihr ſtarker Glaube, ihr Gebet

Ward ihr zum Schwert, zum Harnisch und zum Helm!
So mögt auch ihr, vom selben Geist beseelt,
Hier am Altar, mit mir, den Feind erwarten.
Doch, daß mein Tod sei frei von Schmach und Schande,
Zieht mir erst an das herrlichste Gewand,
Wie es dem Bischof ziemt, bevor sie kommen.
Setzt mir die Mitra auf: sie paßt nicht übel
Auf mein gesalbtes Haupt. Steckt an die Hand,
Die bebende, mir auch den gold'nen Ring,
Der mich der Braut des Stifts, der röm'schen Kirche,
Vermählte einst. Gebt mir den Hirtenstab,
Die Stütze meines Alters: treu hat er
Geleitet und geweidet Gottes Heerde.
Durch Zwang nur, nicht freiwillig legt' ich ab
Des Bischofs Schmuck, leb' ich auch als Verbannter,
Räumt' ich auch Heinrich meinen Platz und Wilhelm
Und den zwei Hansen. Klein war der Verlust,
Hätt' man nur Ehr' und Namen mir verkürzt,
Nicht Christenblut verspritzt und so viel Saaten
Durch Mann und Roß zerstampfen lassen. Mußte
Unschuldig Volk die Schuld der Herren büßen? — —
Nun setzt euch, Kinder, hier, und Jede singe
Mit mir das Lied des greisen Simeon.

Chor der Clarissen.

Erhör', o Herr, des Dieners Flehen,
   Schenk' Urlaub ihm und laß ihn zieh'n,
Laß frieblich ihn von dannen gehen
   Zum Hof des ewigen Friedens hin.

Ich hab' mit meinen eig'nen Augen
   Den Welterlöser ja geschaut;
Der Herzen ew'ge Lebenssonne
   Scheint Allen nun so licht und traut.

Sie flammt, die hehre Gottessonne,
   Hin durch der Heiden düstre Nacht,
Füllt Jakobs Zelt mit Licht und Wonne,
   Stärkt Israel mit Gottesmacht.

Jetzt stürmt Gijsbrecht van Aemstel aus dem Gewirre
der brennenden Stadt in das Chor der stillen Klosterkirche
hinein und fordert zu schleunigster Flucht auf. Weder der
Bischof noch die Clarissen wollen fliehen. Gijsbrecht wirft
sich dem greisen Bischof zu Füßen und beschwört ihn, seinen
Vorsatz zu ändern.

Gijsbrecht van Aemstel.

Bei ihm fleh' ich, der lebend an dem Kreuz
Genagelt hing vor Sions harten Mauern,
Bei seiner Hände, seiner Füße Wunden,
Bei seines Herzens Wundmal bitt' ich dich,
Und bei der Dornenkrone, die sein Haupt erdrückte,
Und bei dem Speer, der ihm die Brust durchstach:
Vergönn' mir diesen Trost in so viel Leid,
Daß ich dein Leben rette, theurer Vater,
Und schuldlos sei an euer Aller Blut.
Das ist mein einz'ger Wunsch Und kann kein Flehen,
Kein Bitten, keine Thräne euch bewegen,
So ruf' ich Gott und seine Heil'gen auf
Zu Zeugen, daß mich keinerlei Gefahr,
Selbst nicht der grimme Tod, abhalten soll,
Das Leben euch in dieser Noth zu retten.

Gozwijn.

Ihr habet Eure Pflicht an uns erfüllt,
Mein frommer Neffe! Werd's Euch nicht vergessen
Vor Gott und seinen Heil'gen. Doch allein
Dem großen Gott im Himmelreich sei Ehre!
Wir bitten Euch, steht auf, Ihr thut uns Unrecht,
Daß Ihr vor Sterblichen zur Erde knieet. —
Welch schönern Tod kann ich nach langem Leben
Mir wünschen, denn als sel'ger Martyrer
An heil'ger Statt, im feurigsten Gebet,
Am hehren Feste, da Gott uns ward geboren,

Ihm, meinem Herrn und Gott, mein Blut zu opfern?
Was zögert noch der Tod? Rein ist mein Herz,
Längst sehn' ich mich zur Ruhstatt aller Seelen. — —

Die Scene wird nun durch die hereinstürmenden Be-
lagerer unterbrochen. Gijsbrecht flüchtet über die Binnen-
Aemstel in's Schloß. Da sieht er die Neustadt verloren,
die Altstadt in Brand, er hört schon die feindliche Reiterei
die Doelbrücke heraufkommen. Eine Schreckensbotschaft
drängt die andere. Die Besatzung des Schlosses versucht
einen Ausfall, wird jedoch zurückgeschlagen, Arend van
Aemstel, Gijsbrechts Bruder, tödtlich verwundet. Der Herr
van Voren fordert zur Uebergabe auf. Nun erhebt sich
der letzte Conflict. Gijsbrecht will seine Frau und seine
Kinder auf ein Schiff bringen und sie retten, um selbst als
Vertheidiger ruhmvoll auf den Mauern des Schlosses zu
fallen. Aber die treue Gattin will sich um keinen Preis
von ihm trennen. Als der Kampf zwischen treuer Gatten-
liebe und ritterlichem Patriotismus unlöslich geworden,
erscheint der Erzengel Raphael und befiehlt Gijsbrecht, nach
Preußen zu fliehen und dort eine Stadt, Namens Holland,
zu gründen, tröstet ihn aber zugleich mit der künftigen
Größe Amsterdams und dem Glücke seiner einstigen Nachkommen:

„Noch eh' dreihundert Jahr' verlaufen, soll
Das Volk von Holland sich durch mächt'gen Bund
Mit andern Völkern stärken, Roms Altar
Mit freier Kraft aus seinen Kirchen schleudern,
Aufkünd'gen seinen Grafen Recht und Pflicht,
Und herrschen selbst als Staat. Ein heiß' Gefecht,
Endlosen Krieg und Sturm wird das erwecken:
Die ganze Christenheit starrt d'rob in Blut.
Doch mitten in des Kampfes Müh'n und Gluthen
Hebt eure Stadt die Kron' empor zum Himmel,

Und stolz zieht sie hinaus durch Eis und Feuer,
Um neue Welten über'm Meer zu finden,
Es donnert ihr Geschütz nach allen Winden!"

Da endlich verläßt der gottesfürchtige Held sein Schloß
und zieht in die Fremde.

So schließt das Drama, mit welchem 1637 das neue
Amsterdamer Theater eröffnet ward. Es lag ein wunder-
licher Widerspruch zwischen der Prophezeiung des protestantischen Erzengels und dem im großen Ganzen mittelalterlich, katholisch gedachten Stück, welches die jetzige Größe
und Herrlichkeit der Vaterstadt in dem ritterlichen Heldenmuth und der Frömmigkeit der katholischen Vorzeit motivirte.

Hugo Grotius wünschte von Paris aus der Stadt
Glück, „so Viele darin sind, die dieß Werk nach seinem
Werthe schätzen können". „Der Koloneische Oedipus des
Sophokles," meinte er, „und die bittenden Frauen des Euripides haben Athen keine größere Ehre erworben, als
Amsterdam hierdurch genießt." Den Amsterdamern gefiel
das Stück vortrefflich. Es wurde in den folgenden Jahren
häufig gespielt, später wenigstens einmal jährlich, am Sylvesterabend, und zwar bis auf den heutigen Tag. Weder
die Conversion des Dichters, noch seine ausgesprochen „ultramontane" Geistesrichtung hat es davon vertrieben.

Wer das Stück mit den Dramen vergleicht, durch welche
nur wenige Jahrzehnte zuvor Shakespeare die englische
Bühne bereicherte, wird sicher Vieles daran auszusetzen
finden. Doch wozu der Vergleich? Das ganze Genre, in
dem es gehalten ist, ist ein anderes. Es nähert sich weit
mehr den religiösen Dramen Calderons. Wer das lyrische
und oratorische Element in diesen nicht verurtheilen will,
der wird auch über das religiös-patriotische Weihnachtsspiel
Vondels nicht den Stab brechen dürfen. Der Gedanke, in

3**

Stoff und Anschauungsweise auf die mittelalterliche Ge=
schichte und Sage zurückzugreifen, war gewiß weder anti=
national noch unpoetisch. In der Ausführung hat Vondel
unläugbar den Geist des Mittelalters, diesen zugleich ritter=
lich=patriotischen und tiefreligiösen, mit der Kraft und Innig=
keit der alten niederländischen Meister erfaßt. Jedenfalls
ist dieses Zug um Zug mittelalterlich gedachte Drama, mit
der katholischen Weihnachtsfeier in der Mitte, mit seinen
Rittern und Prälaten, mit seinen Mönchen und Nonnen,
von einem protestantischen Dichter nicht zum Spott, sondern
mit Liebe und Verehrung in die nationale Sage verwoben
— als erstes nationales Drama [1] einer protestantischen
Nation — in einer Stadt, deren calvinistische Prädicanten
noch keine zwanzig Jahre zuvor einen etwas milder denken=
den Staatsmann auf's Schaffot gebracht — kaum achtzig
Jahre, nachdem dieß Volk die Bilder der Heiligen stürmte,
die Kirchen schändete, Priester, Mönche und Nonnen fort=
jagte — dieses Stück, aufgeführt vor den Vornehmsten der
protestantischen Hauptstadt und seitdem wiederholt Jahr für
Jahr an jedem Sylvesterabend bis auf unsere Tage — das
ist zum mindesten eine sehr merkwürdige literaturgeschicht=
liche Erscheinung, die in ihrer Art einzig dasteht. Sie wird
dadurch weder beseitigt noch erklärt, daß man Vondel mit
Gryphius in die Rumpelkammer, Holland in die Zahl der
zurückgebliebenen Nationen verweist.

---

[1] Denn Hoofts *Geeraardt van Velzen* (1613) und *Baeto
of Oorsprong der Hollanderen* (1626) verdienen diese Benennung
nicht.

4. Zwischen Protestantismus und Katholicismus.

Als Vondel (1637) seinen Gijsbrecht van Aemstel schrieb, war er noch Protestant und trug kein Bedenken, seinen ritterlichen mittelalterlichen Vorfahren durch den Erzengel Raphael die Reformation als das beglückendste Ereigniß der Zukunft weissagen zu lassen [1]. Die äußern Umstände schienen eine Aenderung seiner religiösen Anschauungen wenig zu begünstigen.

Gleich seinen Eltern [2] hatte er sich den Mennoniten angeschlossen und zwar der freisinnigsten Secte derselben, „den Waterlandern". Er nahm das Amt eines Diakons an und blieb der Gemeinde treu, auch als er politisch für die Remonstranten in's Feld rückte und sich, unbekümmert um jede Gefahr, ihrer verpehmten und unterdrückten Sache annahm. Daburch verfeindete er sich allerdings mit den unbulbsamen, unversöhnlichen Häuptern der Contraremonstranten, aber doch keineswegs mit dem ganzen protestantischen Lager. Unter den Rathsherren, welche über seinen

---

[1] Nach seiner Conversion fügte er freilich der Weissagung die Mahnung bei:

> „Valt u 't verwoesten der godsdienstigheid te lastig,
> Volhard bij 't oud geloof en Gods altaar standvastig,
> Op't spoor der ouderen, u moedig voorgetreên:
> Zoo draaft men recht naar God, door alle starren heen."
>
> (Ed. van Vloten. I. 358.)

[2] Die Mutter war zwar katholisch getauft.

„Palamedes" zu Gericht ſaßen, ſuchten ihn zwei, Burgh und
Ernſt Roeters, gänzlich von Schuld und Strafe freizu=
ſprechen. Der Statthalter Prinz Friedrich Heinrich von
Oranien, der den Remonſtranten perſönlich nicht gerade ab=
geneigt war, ließ ſich insgeheim von ſeinem Günſtling van
der Myle (einem Schwiegerſohn Oldenbarneveldts) den
Palamedes vorleſen und konnte ſein Gefallen daran nicht
verbergen. Vondel ſeinerſeits beſang in den nächſten Jahren
(1628 und 1629) ganz begeiſtert des Prinzen Waffen=
thaten, vor Allem die Einnahme von Grol (19. Aug. 1628)
und des Siegers Einzug in Amſterdam, ſichtlich erfreut,
daß nach den langen innern Fehden der Proteſtanten unter
ſich die nationale Sache ſie wieder einigermaßen zuſammen=
brachte. Den dreißigjährigen Krieg, der damals in Deutſch=
land wüthete, ſah er ganz nach proteſtantiſchen Berichten
und mit proteſtantiſchen Augen an. In ſeinem „Todten=
opfer von Magdeburg" verfolgt er Tilly, den „Magde=
mörder", mit demſelben glühenden Zorn, den das Decretum
horribile gegen Calvin verräth. Die „Grabſchrift auf
Pappenheim" häuft auf das Grab dieſes wackern kaiſerlichen
Reitergenerals allen Schimpf und alle Schande, die ein
edelfühlendes Dichterherz nur immer gegen einen herzloſen
Blutmenſchen ſchleudern kann. Dagegen iſt Guſtav Adolph
ſein Held, ein zweiter Alexander Magnus, ein wahrer Aus=
bund von Weisheit, Tugend und Tapferkeit, ein Wunder=
menſch, deſſen glorreiches Loos über alle menſchlichen Be=
griffe hinausgeht:

„Die ſterbliche Zunge ſtammelt von einem Gott!"

Er hofft von ihm den vollſtändigen Triumph über
Papſtthum und Kaiſerthum, die Wiederherſtellung des
Gothenreiches in Rom. Erſt als der ſiegreiche Schweden=

König 1632 seine Geburtsstadt Köln zu bedrohen schien, wurden die alten Jugenderinnerungen wach und siegten über die sonst so entschieden protestantischen Sympathien.

Oelzweig an Gustav Adolph,

um Seine Majestät zu bewegen,

daß Sie Köln, meine Geburtsstadt, verschone.

Waldvöglein singt in freien Aetherwogen:
  „Die ganze Luft ist mein!"
  Und doch seufzt es, zu sein
Beim lieben Nest, wo es einst ausgeflogen.

Ich mit. Und hab' ich noch so weit verloren
  Mich über Hag und Zaun,
  Zieht es mich heimlich, traun!
Nach Köln doch hin, der Stadt, wo ich geboren.

Da bin zuerst nach Honig ich geflogen
  Rund um den blonden Rhein,
  Bepflanzt mit rhein'schem Wein,
Und hab' dabei auch Veilchenduft[1] gesogen.

Aus dieser Milch wird Sorge mir geboren:
  Die Schwedenfahne fliegt,
  Wo ich ward aufgewiegt,
Geschützesdonner dröhnt mir schon zu Ohren.

Wie möcht' als Rheinschwan singend ich bezähmen,
  Die Brust in kühler Fluth,
  Des Kriegsgotts Drang und Wuth,
Den wilden Lauf, den seine Rosse nehmen!

Vom jähen Fall von Tyrus' stolzen Mauern
  Erzittert in der Rund'
  Weit Asiens Felsengrund
Und ruft: daß nichts gemacht ist, um zu dauern.

---

[1] Anspielung auf sein Geburtshaus „Zur Viole".

Gebeugt läßt Sion seine Schilde hangen;
   Das heil'ge Priesterthum
   Thut an den Festschmuck, um
Den tapfern Sieger herrlich zu empfangen.

Da naht er. Jabbus tritt ihm entgegen
   Mit gottgeweihter Pracht,
   Der Zierde höh'rer Macht,
Den grimmerfüllten Feldherrn zu bewegen.

Der junge Kriegsheld bleibt verwundert stehen,
   Schaut all' die Herrlichkeit,
   Der Priester Festgeschmeid —
Und Zorn und Wuth vor diesem Blick vergehen.

Er sieht Jehovahs theuern Namen prangen
   Am Stirnband, auf dem Hut,
   Er sieht der Steine Gluth,
Das Purpur=Opferkleid, von Gold umfangen.

Demüthig steigt er von dem hohen Pferde
   Und ehrt den Priestergreis
   Und Salems Tempelfels
Gebeugten Haupts, mit abgelegtem Schwerte.

Jerusalem, geschmückt mit grünen Maien,
   Den König grüßt und seinen Troß;
   Als Freund zu Davids Schloß
Zieht er im Festzug durch des Volkes Reihen.

So friedlich, wünsch' ich, mög' mit Flöt' und Cither
   Mein Köln begegnen dir
   In priesterlicher Zier,
Mit röm'schem Bischofstab, mit weißer Miter;

Daß es erblasse nicht vor deinem rothen Banner,
   Die Farbe halte brav,
   Und grüße dich, Gustav,
Als einen gottgetrieb'nen Alexander!

Ihr greises Alterthum sollst du verschonen,
   Wenn treu die Stadt und mild

Dir zeigt ihr Wappenschild:
Das blut'ge Feld, geweiht mit gold'nen Kronen.

Das ist der ew'ge Ruhm der Perserweisen,
Die lieb= und dankdurchglüht
Mit Weihgeschenk und Lieb
In Bethlems Stall den höchsten König preisen.

Das kündigt dir, daß sie getauft einst worden,
In schmerzensreicher Fluth,
In keuschem Jungfrau'nblut,
Vergossen durch entmenschte Kriegerhorden.

Schließ' nicht wie Attila und seine Rotten
Dem Ruf der Gnade dich,
Erob're minniglich
Die Herzen mit der Weisheit deiner Gothen.

So wird dein Sieg dir nicht durch Fluch verkümmert,
Dir nicht der Spott zu Theil:
„Hier hat des Gothen Beil,
Was Agrippin'scher Fleiß gebaut, zertrümmert."

Mehr wird dein Ruhm denn Alexanders schwellen,
Der Pindars Haus geschützt,
Wenn mein Gesang beschützt
Die Stadt voll Volks, voll Kirchen und Kapellen![1]

Wie in dieser schönen Ode das katholische Element zu=
letzt über protestantische Anschauungen und Sympathien
obsiegt, so ist das mit Vondels Poesie bis zum Jahre
1640 vielfach der Fall. Den verhältnißmäßig wenigen
Aeußerungen protestantischer Denkweise geht eine ganze
Reihe von Dichtungen zur Seite, welche eine stets wachsende
Annäherung an die katholische Kirche bekunden.

Was den Mann von Anfang an charakterisirt, ist, wie
schon hervorgehoben wurde, eine tiefwurzelnde, das ganze

---

[1] Wörtlich „En **stad** vol volks, vol kloosters en vol kerken".

Leben beherrschende Religiosität — die Religiosität eines
gläubigen Christen. Freilich war es ein arg zersetztes, gar
lückenhaftes Christenthum, in welchem er geboren ward, in
welchem er aufwuchs, das Bekenntniß einer nicht nur von
der alten Kirche, sondern auch von den größeren protestan=
tischen Gemeinschaften abgefallenen, ja noch in sich selbst
zersplitterten Secte, das Credo eines Knipperdolling, nur
von der ersten phantastischen schwärmerischen Wuth auf
ruhigere Bahn gelangt. Statt einer Kirche demokratisches
Conventikelwesen, statt einer göttlichen Lehrgewalt phanta=
sirende Privateingebung — von der reichen christlichen
Heilsökonomie noch zwei Sacramente, Taufe und Abend=
mahl, auch diese noch entstellt. Was indeß der Irrglaube
des Menno Simons und die theologische Quacksalberei seiner
Nachfolger noch von christlichen Glaubenswahrheiten übrig
gelassen, die Idee eines übernatürlichen Erkennens, den
Glauben an die göttliche Eingebung der Heiligen Schrift,
den Glauben an die Wunder und Weissagungen des Neuen
Testaments, den Glauben an ihre Erfüllung in dem Gott=
menschen Christus, den Glauben an die Erbsünde und die
Wiederherstellung durch den Erlöser, den Glauben an die
Nothwendigkeit des Gehorsams und an die Verdienstlichkeit
guter Werke (wie Almosen, Krankenbesuch, Ertheilung
guten Rathes) — — das Alles warf Vondel nicht mit
skeptischem Stolze von sich, er grübelte nicht hochmüthig
darüber, er hütete das Alles wie einen durch den Lauf der
Jahrhunderte von Gott selbst zu ihm gelangten Schatz. Er
möchte dessen nicht entrathen. Er wollte lieber noch mehr
haben. Was er von der alten Christusreligion hat, um=
faßt er mit fester Ueberzeugung des Verstandes, mit begei=
sterter Gluth und Innigkeit des Herzens. Das gilt ihm
als das Liebste und Höchste hienieden, das ist die Leitschnur

und der Trost seines Lebens, die eigentliche Seele seiner
Poesie.

Dieser Geistesrichtung entsprechend, war ein großer Theil
seiner Dichtung unmittelbar religiös, aus der innigsten Vertrautheit mit der Bibel hervorgegangen, von ihr genährt,
von ihren Vorstellungen durchdrungen. So schon sein erstes
größeres Werk, das „Pascha oder die Erlösung der Kinder
Jsraels". Mit nicht geringerer Begeisterung übersetzte er
dann aus dem Französischen die biblischen Stücke des Herrn
von Bartas: „Abrahams Opfer" und „Die Herrlichkeit
Salomons", aus dem Hochdeutschen eine überaus schöne
„Andächtige Betrachtung über das Leiden Christi". Von
den vier letzten Dingen und vom jüngsten Gerichte singt er
wie Einer, der tief von dem Ernste dieser Wahrheiten durchdrungen ist. Seine Festlieder auf Neujahr, Pfingsten,
Himmelfahrt sind von der Lebendigkeit katholischer Anschauungsweise angeweht. Ein „Brautsang zwischen Gott und
der gläubigen Seele" erinnert an die naiven religiösen
Minnelieder der umbrischen Franciscaner. Mächtiger und
gewaltiger wogt die religiöse Begeisterung in den „Helden
des Alten Bundes". Weil der Dichter durch und durch
von der Göttlichkeit des Christenthums durchdrungen ist,
strahlt ihm die wundervolle Typik des Alten Bundes in
ihrer vollen Majestät — kein todtes Glasgemälde, noch
heute Licht und Leben. In diesem Geiste läßt er die Patriarchen, Richter, Könige, Propheten und Glaubenshelden
des Alten Bundes an unserem Auge vorüberziehen. „Sehe
ich den irdischen Adam gefallen," so sagt er in der Einleitung zu diesem biblischen Bildercyclus, „so denke ich an den
andern, himmlischen, der durch seine vollkommene und unbe-
fleckte Gerechtigkeit den gefallenen Menschen, gemäß seinem
gethanen Versprechen, wieder hat aufgerichtet." Die „Zer-

ftörung Jerufalems" verfolgte diefe großartige Auffaffung
der Weltgeschichte weiter auf dem Boden der urchriftlichen
Zeit. Mit diefer Auffaffung war auch Vondels fittliche
Lebensanschauung gegeben: es ift diejenige einer echt chrift=
lichen Ascefe. Anmuthig hat er fie in einem eigenen Ge=
dichte „Hymnus vom chriftlichen Ritter" gezeichnet. Das
Stück lautet wie ein Paffus aus einem mittelalterlichen
Myftiker. Dem chriftlichen Ritter gibt die ewige Minne,
die „Weisheit" felbft den Ritterschlag. Sie waffnet ihn
mit dem Helm der Hoffnung, mit dem Schild des Glau=
bens, mit dem Panzer der Gerechtigkeit, mit dem Schwerte
des göttlichen Wortes.

> „En d'hoeksteen Christus is, waarop in al zijn doen
> Zich vrij verlaten mag de christen kampioen."[1]

Lockend naht ihm die ftolze Verführerin Welt in aller
Herrlichkeit ihres trügerischen Glanzes, schmeichelnd fingt
ihm Sinnlichkeit, das träge und gemeine Weib, ihren Si=
renengefang, drohend schreckt ihn der Erbfeind der Menfch=
heit mit allen Schreckniffen feines Zornes — Alles um=
fonft. Der Ritter Chrifti befteht fiegreich den dreifachen
Kampf und erhält von den Engeln die verdiente Krone.

> „Nimm, wack'rer Ritter, hin von deinem Herrn den Kranz
> Und theil' mit ihm fein Kreuz und feinen Siegesglanz!"

Das waren keine leeren Worte. Viel Erdengunft gab
Vondel preis, viel Kampf und Kreuz nahm er auf fich,
um nicht der Welt, fondern Chriftus, feinem Herrn, zu
dienen. Er wäre unzweifelhaft nicht nur der modernen
Kritik, fondern auch vielen feiner Zeitgenoffen mundgerechter

---

[1] Und der Eckftein Chriftus ift's, auf den in all feinem Thun
Sich wohlgemuth verlaffen kann der chriftliche Kämpe.

geworden, wenn er sich, wie Breberoo, der Spaßmacherei in
recht realistischem Sinne zugewandt hätte. Lebendigkeit,
Witz, Wortfülle standen ihm reichlich zu Gebot. Er hätte
auch die reiche Idealität seines Geistes der damaligen
herrschenden, intoleranten Calvinistenpartei zu Diensten
stellen mögen. Er stand als Mennonit frei zwischen den
beiden streitenden Parteien. Aber als wahrhaft freier, nach
Wahrheit ringender Mann schloß er sich lieber dem
Schwachen gegen den Starken, dem Unterdrückten gegen
den Unterdrücker an — und setzte sich lieber selbst der
Verfolgung aus, als still zu schweigen vor dem sich spreizen=
den Unrecht. „Pro libertate!" (Für die Freiheit!) war
sein Wahlspruch.

5. Polemik und Satire.

Ein Geist, der alle Ereignisse des Lebens, frohe wie
düstere, private wie öffentliche, religiöse wie politische, mit
solchem Ernst und mit solcher Frömmigkeit auffaßte, wie
Vondel, konnte von den religiösen Zuständen, welche der
Protestantismus in Holland geschaffen, unmöglich erbaut
und befriedigt werden. Zelotische Unduldsamkeit einerseits,
leidenschaftlicher, unklarer Widerstand andererseits. Seine
eigene Secte sah der Mennoniten-Diakon durch mehrfache
Spaltungen zerrissen. Man bot sich wohl gegenseitig
„Olivenzweige" an, aber man konnte zu keiner Vereinigung
kommen, ohne Punkte, die den Getrennten als wesentlich
erschienen, ausdrücklich oder stillschweigend preiszugeben und
so den christlichen Glaubensinhalt immer trauriger zu ver-
dünnen. Eine entscheidende Lehrgewalt war eben nicht da.
Alle schrieen nach Gewissensfreiheit und Alle wollten die
Andersdenkenden bestmöglichst geknebelt wissen oder wenigstens nicht zur Geltung kommen lassen. Eine unbeschränkte
Gewissensfreiheit forderte noch Niemand: dazu war das
christliche Bewußtsein noch zu stark, aber Alle wollten mehr
oder weniger ihr Privatchristenthum auf den Thron heben.

Wie immer in unruhigen Zeiten, spielte da auch der
Volkshumor, die Satire, Spottgedicht und Carricatur ihre
Rolle. Das Volkslied hatte sich nach dieser Seite hin in
den Niederlanden schon früh entwickelt. Manche Spott-
lieder der Rederijker waren meisterhaft in der Form. So

lang es gegen die Spanier ging, war das den Präbicanten
schon recht. Denn die Rederijker waren mit wenigen Aus=
nahmen „gute" Geusen. Doch sobald der Zwist im In=
nern losbrach, waren die Poeten den frommen Herren schon
meist nicht orthodox und fromm genug. Die Synode von
Delft (1596) schon klagte sie der Ausgelassenheit an und seit=
dem stand das Literatenthum zum größern Theil im Gegensatz
zur herrschenden „Kirche". Nur sehr wenige Kammern,
wie die zu Haarlem, traten den Contraremonstranten bei. Doch
fanden diese immer auch ihre Poeten, die den Liedchen der
Remonstranten antworteten, während die Prediger von der
Kanzel gegen sie donnerten. Der Lärm wuchs nach Olden=
barneveldts Tod. Moritz von Nassau wurde als Mof
(Muff) ausgeschrieen und mit dem Herzog von Alba ver=
glichen. Beide Parteien wandten sich an's Volk; in Verschen
wurde dasselbe zur Plünderung aufgehetzt; auf die Melodie
von Psalmen und Volksliedchen wurde den Remonstranten
Muth eingesprochen, ihren Präbicanten zur glücklichen Flucht
gratulirt oder die Lehre der Reformirten verspottet. An
Stoff zur Heiterkeit fehlte es nicht, da die herrschsüchtigen
kleinen Päpste sich unaufhörlich Blößen gaben. Einige aus
ihnen, vor Allem die ersten „Kirchensäulen" Amsterdams,
die Pastore Smout und Triglandt, waren die vollständigsten
Vorfahren und Vorbilder des Gottesmannes Götze von
Hamburg, unermüdlich im Verketzern, Bannen und Ver=
fluchen. Als einmal die grauen Geusen eine Remonstranten=
kirche plünderten, nannte Smout sie „die Instrumente,
welche Gott zu diesem durchaus nöthigen Werk, der Aus=
rottung der Ketzerei, gebraucht und antreibt". Von poli=
tischer Raison wollte er nichts wissen; alle sollten sich blind=
lings dem Evangelio, d. h. ihm und seinen Amtsbrüdern,
unterwerfen. „Man achtet uns wie Kothjungens," pre=

bigte er. „Man leiht sein Ohr viel lieber einem Haufen
Poeten, Oratoren, Juristen, Politikern, als uns. Das ist
verkehrt. Sie holen ihre Sache aus Gründen, kaiserlichem
Rechte u. s. w. Wir sagen bloß: Der Herr sagt es.
Wir haben Gott's Wort; hört drum, was wir euch sagen."
Wegen seines Polterns machte er sich bald bei seiner eigenen,
der oranischen Partei, verhaßt, während sein Genosse Jakob
Triglandt, der, katholisch erzogen und wahrscheinlich zum
Priesterthum bestimmt, aber früh zu den Reformirten ab=
gefallen war, sich durch schlauere Politik 24 Jahre im Amt
zu behaupten und den Laieneinfluß zu bekämpfen wußte.
Um so mehr aber war er ob seines geistlichen Hochmuths
verhaßt. Wegen seiner röthlichen Gesichtsfarbe, welche
auf häufigen und reichlichen Weingenuß deutete, erhielt er
vom Volk den Namen „Truthahn".

Vondel hielt sich in diesem unerquicklichen Wirrwarr
von Sectenhaber und Glaubenstyrannei anfänglich an seine
freisinnigere Secte, nahm sich dann der Remonstranten an,
ohne zu deren Bekenntniß überzugehen, und stellte sich in
den Zwisten der Mennoniten auf die Seite der Freisin=
nigeren und Aufgeklärteren. Aber es wurde nachgerade zu
arg, um still dem Treiben zuzusehen, zumal für einen geist=
reichen, lebhaften Mann, der an allen öffentlichen Ereig=
nissen regen Antheil nahm und gewohnt war, bald in Oden
und Liedern, bald in Episteln oder Epigrammen seiner
Stimmung über Alles Luft zu machen.

So verfaßte er in den Jahren, welche zwischen dem
Palamedes und Gijsbrecht liegen (1625—1637), jene sati=
rischen Gelegenheitsgedichte, deren wir schon erwähnt haben.
Sie sind mitunter launig, mitunter sehr scharf und derb
und zeichnen nicht nur die Schwächen der orthodoxen Pre=
bigerpartei, sondern, ohne daß der Dichter es beabsichtigte,

ben Widerspruch und Wirrwar, den das Privaturtheil in
den religiösen Angelegenheiten überhaupt anstiftete. Da
macht er sich bald über die ohnmächtigen Bannstrahlen
lustig, womit die calvinistischen Päpstlein ihre Widersacher
verblitzten; bald über den Seelenzwang, den sie durch Staats=
becrete auszuüben versuchten; bald über das vielstimmige
Hahnengeschrei, mit dem sie jeden Augenblick neue Ketzer
benuncirten; bald über den endlosen Hader, den sie unter
einander führten[1]:

> „Ohne Knurren, ohne Klagen
> Können sie keinen Knochen nagen.
> Jeder schnappt nach dem besten Stück,
> Jeder mißgönnt dem Andern sein Glück;
> Trinken, Gießen, Schwelgen, Prassen,
> Auf Synoden und in Klassen,
> Mit dem wohlwattirten Leib,
> Das ist all ihr Zeitvertreib.
> Rührend Unschuld zu empfehlen,
> Zu verfluchen fromme Seelen,
> Das ist ihnen das erste Werk.
> Gleicht das noch einer Christen Kerk?"

Von Triglandt, dem unduldsamen Führer der Contra=
remonstranten, ging die Sage, daß er seine eigene Frau
prügle:

> „Hört, ihr Herren, hört und laßt euch sagen:
> Der Truthahn hat sein eigen Weib geschlagen.
> Die Magd, die vorlaut ist und macht sich gerne wichtig,
> Meint: ‚Mit der Frau ist's oben nicht mehr richtig!'"

---

[1] Um den Protestanten „Vondel" zu zeichnen, wie er wirklich
war, sind wir gezwungen, auch von diesen satirischen Aeußerungen
eine oder die andere Probe zu geben, wobei wir indessen von den
derberen derselben Umgang nehmen.

‚Schweig!' sagt der Herr, ‚ich folge meiner Ordonnanz:
Nur nichts, was den Verdacht erweckt der Toleranz!'"

Den Volkswitz über Triglandts röthliche Gesichtsfarbe
faßte Vondel in folgende Verse:

> „Een zuiver geus,
> Omdat die Rijnsche muskadel
> Met al het zuiver nat
> Van 't Heidelbergsche vat
> Trekt in zijn neus;
> En daarom buldert hij zoo fel
> Als Goliath de Reus."[1]

Gar heiter muthete es den Dichter an, als der Prädicant Otto Babius in seinen Predigten über das Amsterdamer Theater, die sogenannte Coster'sche Akademie, los-
wetterte, während er selbst auf Freiersfüßen stand und
einer reichen jungen Dame aus Costers Familie den Hof
machte:

> „Nu, was ist Ottchens Herz so grün?
> Nu, was ist Ottchens Herz so grün?
> Was klingt sein Predigtwort so kühn?
>   O jemi, o jemi!
> Des Bogaerts Tochter gilt sein Bemüh'n,
>   Drum predigt er von der Akademie.
>   Unser Ottchen ist kein stummer Hund,
>   Unser Ottchen ist kein stummer Hund,
>   Er wuchert mit seines Meisters Pfund.
>   O jemi, o jemi!
>   Der Geifer läuft ihm aus dem Mund,
>   So schilt er die Akademie!

———   ———   ———

[1] Ein saub'rer Geuse, dieweil der rheinische Muskateller mit all
seinem saubern Naß aus dem Heidelberger Faß zieht nach seiner
Nas', und darum poltert er so grimmig wie Goliath der Riese.

Ach, Bogaerts Tochter, lauf' ihm nach,
Ach, Bogaerts Tochter, lauf' ihm nach,
Und sag dem lieben Ottchen Ja.
O jemi, o jemi!
Kriegt'st du ihn nicht, 's wär' Sünd' und Schad',
So schruppt er die Akademie."

Bei weitem das bedeutendste von Vondels polemischen
Gedichten ist das Decretum horribile. Am meisten ge=
fielen den Zeitgenossen Hooft und Reael der „Rommelpot
van 't Hanekot" und das „Sprüchlein von Reineke
Fuchs". Das erstere knüpft sich an einen Aufruhr, der
am Ostermontag 1626 zu Amsterdam stattfand. Von den
gomaristischen Predigern aufgewiegelt, hatte nämlich der
Pöbel an diesem Tage eine Remonstrantenwohnung gestürmt
und deren Dach heruntergerissen. Der Magistrat ließ
Militär aufmarschiren und der Major Hasselaer trieb das
Volk auseinander. Sobald die Soldaten jedoch sich wieder
verzogen hatten, begann das Zerstörungswerk von Neuem,
und das Gebäude wurde völlig demolirt. Darüber be=
lobten die gomaristischen Prediger den süßen Pöbel von
der Kanzel herab; nur einer wagte tadelnd gegen den schänd=
lichen Friedensbruch und Tumult seine Stimme zu erheben:
der kürzlich von Breda nach der Einnahme dieser Stadt
herübergekommene Prediger Hanekop. Doch er that das
nicht ungestraft. Die ganze Klerisei erhob sich wider sein
liberales Unterfangen, er wurde seiner Pfarrstelle entsetzt
und mußte sich aus dem Staube machen. Diesen unge=
heuern Prädicantenlärm wider Hanekop faßte Vondel unter
dem Bilde eines Hühnerhofs und zeichnet mit köstlichem
Volkshumor die sämmtlichen Hähne, den Puterhahn an der
Spitze:

„Puterhahn kräht voll Empören:
,Muß mit meinen Flügeln schla'n!

Diesen Reuling geht ihr hören,
Diesen uns wildfremden Hahn —
Und ihr alten Kräher wicht,
Litt ich für eure Schwachheit nicht!"

Zum Schluß ruft der Dichter das Bild des hl. Petrus am Gasthaus an der Grimmenesseschleuse an:

„Und zum Schluß denn, Gasthauspeter,
Frag' ich deinen alten Hahn,
Sieht dieß Geckenspiel er an,
Thun's die jungen Hahnen besser,
Als der alte Gockel dein:
Ich weiß, kopfschüttelnd kräht er: Nein!"

In dem „Sprüchlein von Reineke dem Fuchs" schildert der Dichter im anmuthigsten Volkston das frühere Glück Amsterdams:

„Die freien Amstelburen
Die hatten eine Henn',
Mit der sie herrlich fuhren;
Ich keine bess're kenn'.
Bunt war ihr Federkleid,
Sie hieß zu Aller Freud'
Des Lands Gemeines Wohl:
Daß der Teufel das Füchslein hol'!

„Die Henn' legt alle Tage
Ein artig golden Ei;
Da war nicht Zeit zu Klage,
So lang sie legte frei.
In Wiese, Feld und Weide
War helle Kirmeßfreude,
Und fuhr der Bau'r zum Melken aus,
Bracht' er nur Butter und Rahm nach Haus."

Da kommt aber der böse Reineke Fuchs [Reinier Pauw, der Alt=Bürgermeister, der mit über Oldenbarneveldt zu

Gericht gesessen], stiehlt die Henne und verzehrt sie mit den
übrigen Füchsen (d. h. den Prädicanten). Es bleibt nur
die Warnung, künftig die Henne besser zu bewachen:

> „Nehmt, Bauern, ein Exempel
> Und wachet vor dem Fuchs,
> Sitzt ihm vor seinen Tempel
> Und jagt ihn in den Busch.
> Ob er schwarz sei oder roth,
> Er bracht' uns das Dorf in Noth;
> Laßt ihn nimmermehr in's Haus,
> Brecht dem Dieb die Zähne aus!"

Der „Roßkamm" und die „Harpune" sind lange nicht so
scharfe und grausame Satiren, als man aus dem Titel
schließen sollte. Vondel war viel zu gemüthlich, um poe=
tische Dolchstiche zu versetzen. In dem einen Gedicht, das
seinem Freunde Hooft gewidmet ist, entwirft er das Bild
eines wackern toleranten republikanischen Staatsmannes
nach seinem Herzen, in dem andern das Bild eines ebenso
duldsamen und friedliebenden Theologen. Wie van den
Brink, der beste Commentator dieser „Hekeldichten", be=
merkt, sind dieselben durchweg weit mehr lyrische Stim=
mungsbilder, als berechnete Anfälle auf bestimmte Personen.
Mag die vorübergehende Stimmung aber launig, heiter,
oder etwas bitter, oder die eines gerechten Zornes sein,
immer liegt derselben ein tiefer Ernst zu Grunde. Die
religiöse Frage ist dem Dichter keine bloße politische Tages=
frage, kein zufälliger Anlaß zu Scherz, Satire oder Humor,
sie ist seine tiefste Herzensangelegenheit, der Grundton
seines ganzen Geisteslebens.

Auch innerhalb der eigenen kleinen Secte, welcher Vondel
angehörte, fand er den Frieden nicht, welchen der Herr den
Seinen verheißen. Auch hier ging in den Jahren 1625

unb 1626 ber Kirchenrumor los, indem Nittert Obbes, ein
Lehrer zu Amſterdam, gegen die frömmeren Mennoniten
eine Schrift erließ mit bem Titel: „Spinnenbeſen, um
einige Mennonitenſcheuern zu reinigen von ben Spinngeweben
unb Poſſen etlicher Schwarmgeiſter". Obwohl ber von
ihm ſonſt ſehr gefeierte Hans be Ries zu ben angefochtenen
Schwärmern zählte, ſchloß ſich Vonbel ber aufgeklärten
Partei bes Spinnenbeſens an. Er fühlte ſich aber babei
boch nicht befriebigt, wie ſeine Verſe „gegen bas Gift ber
Schwarmgeiſter zur Vertheibigung von Gottes geſchriebenem
Worte" beutlich kunbgeben.

„Gottes Wort," ſo klagt er ba, „wirb in allerhanb
Formen gegoſſen burch wanbelbares Hirn, unb Chriſti Wort
wirb burch viel Stürme geprüft unb abgemattet, auf bas
eine folgt bas anbere Wehe."

Noch klarer aber zeichnet er bie Wirkungen bes Privat=
geiſtes in ben Worten:

„Unb Chriſtus wirb zum Scherz, von bem ein Jeber glaubt,
Was ſich erſinnt unb malt ſein loſ', ſein hirnlos Haupt."

———

6. Per crucem ad lucem.

Für den Dichter lag die Gefahr nahe, dem Glauben und der Theologie ganz den Rücken zu drehen, sich dem Theater zu weihen, und hier, wie in der Poesie überhaupt, eine vom Christenthume abgelöste Classicität anzustreben, wie sie heutzutage in vielen modernen Dichtern vergöttert wird. Vereinzelte Dichtungen aus dieser Zeit des Schwankens, wie z. B. ein „Bacchantenchor", beweisen, daß Vondel in dieser plastischen Nachahmung der Griechen ein Meister hätte werden mögen. Doch die Richtung seines Geistes war zu ernst und religiös, um sich ganz der glatten Lebenslust eines heidnischen Humanismus in die Arme zu werfen. Er schwankte wohl, er mochte auch etwas straucheln, aber er entsagte nicht den christlichen Idealen, noch der Offenbarung, die zerstückt und umdüstert noch den protestantischen Bekenntnissen zu Grunde lag. Hatte er schon 1613 — in der Widmung des „Gulden Winkel" an seinen katholischen Schwager Abraham de Wolf — des päpstlichen Segens mit einer Ehrfurcht gedacht, die einem recht urprotestantischen Gewissen als Frevel hätte erscheinen müssen, so schrieb er 1622 „zum Lobe der keuschen und gottesfürchtigen Martyrin St. Agnes" einen Gesang, der mit den Worten anhebt:

„Daß Rom der Heiligen Gebein'
Bewahrt, verleiht ihm höhern Glanz
Als so viel königliche Gräber
Und Tumben von gekrönten Sklaven."

Etwas später übersetzte er ein lateinisches Gedicht seines
Bruders Wilhelm, der eben auf einer italienischen Reise im
Jubeljahre 1625 die Herrlichkeit des Papstes Urban VIII.
besungen hatte. Es schloß in Joosts freier Uebersetzung
mit den Worten:

> „Das ist der große Schlüsselvogt
> Der Himmelspforte. Still! Begehrt
> Nichts mehr zu wissen. Auf die Kniee!
> Küßt seine Füße, weit verehrt.“

In einem zweiten Liebe auf die hl. Agnes (1631) wird
mit gleicher Ehrfurcht der hl. Barbara gedacht. Die dritte
Heilige, die sich Vondel noch als Protestant zur Patronin
erkor, war die hl. Ursula, deren Legende zu seinen liebsten
Jugenderinnerungen gehörte. Diese Heilige mit ihrem zahl=
reichen jungfräulichen Geleite, die heiligen drei Könige an
der Krippe des Jesukindes, die Stadt Köln mit ihren
Kirchen und Kapellen bildete für ihn ein unzertrennliches
Ganze, an dem sein Herz immer wieder neue Begeisterung
fand. Den weiteren Rahmen dieses Dombildes füllte, wie
aus mehreren seiner Dichtungen hervorgeht, die mittelalter=
liche Vorstellung einer in Christus geeinigten Völkerfamilie,
der alten Christenheit, die, unter sich eins, im Kampfe über
Heidenthum und Islam triumphirt. Das ist seine Klage,
daß die Christenheit heute nicht mehr jene große einige Fa=
milie ist, daß der Türke ihrer spotten kann, weil sich die
christlichen Nationen in unseligem Bruderzwist erschöpfen.
So singt er z. B. von der „Zwietracht der christlichen
Fürsten, an Jesus Christus“:

> „Es raust sich ohne Ruh' und Rast
> Der Christenfürsten Schaar;
> Die Christenheit ist drob erfaßt
> Von äußerster Gefahr,

Ein Schiff, das mit gebroch'nem Mast
Zur Sandbank wird geschwemmt:
Nichts mehr den Schiffbruch hemmt.

„Der Türk', der Christum schlägt an's Kreuz,
Mag froh den Haber schau'n,
Lacht in die Faust und hofft bereits,
Zu schlagen seine Klau'n,
Mit Blut gefärbt, voll Siegesreiz,
In's Herz der blinden Schlacht,
Der Er ein Ende macht.

„Dem ausgetret'nen Strome gleich
Bricht ein sein wildes Heer
Hin über's ganze deutsche Reich,
Und brausend wie ein Meer
Spült seine Fluth, an Todten reich,
Hinab gen Köln am Rhein:
Das soll die Wette sein.

— — . — — — — —

„O Jesus! Kehr' die Ahnung ab!
Vertreib' die düstre Wolk'!
Pflanz' lieber auf dein heilig Grab
Durch dein treugläubig' Volk,
Dem Türken zur gerechten Straf',
Des Abgrunds Macht zum Hohn,
Dein Kreuz, o Gottessohn!"

Wie im großen öffentlichen Parteikampf, bestand Von=
dels echtchristlicher Mannessinn auch in schweren häuslichen
Prüfungen die Feuerprobe. Er klagt wohl in seinen Liedern,
wenn Gott das Liebste von ihm fordert, aber er klagt mild,
gottergeben, starkmüthig — wie ein Christ. Seine ein=
fachen, rührenden Todtenklagen am Grabe seiner Kinder,
seiner Gattin, sein schlichtes Gebet in eigener, schwerer
Krankheit (1621) wiegen eine ganze Fluth moderner Welt=
schmerzpoesie auf. Da herrscht nicht der Taumel eines mit

Gottheit und Menschheit zerfallenen, verstörten Gemüths, sondern ein wahrer, tiefer, geheiligter Schmerz, aus dem seine Seele sich reiner und kräftiger emporringt. Der härteste Schlag, der ihn traf, war wohl der Tod seiner treuen Gattin (1635), nur zwei Jahre, nachdem der Hin= scheid seines Kindes, des kleinen Konstantin, seinen trau= lichen Familienkreis schmerzlich gelichtet hatte.

Das Kind verdankte diesen kaiserlichen Namen einem Lieblingsplane des Vaters. Als es geboren ward und die Mutter ihn fragte, wie es heißen sollte, da sagte er: „Kon= stantin." Als sie ihm nun zu Gemüthe führte, daß noch Niemand in der Familie so geheißen habe und er dem Kinde doch wenigstens lieber einen biblischen Namen geben möchte, nannte er einen. Der Name gefiel ihr noch weniger und so ging sie endlich auf den Namen Konstantin ein. Er= muntert durch den glücklichen Erfolg seiner bisherigen bibak= tischen, lyrischen und dramatischen Dichtungen, hatte Vondel nämlich den Plan gefaßt, sein Glück an einer größeren epischen Dichtung zu versuchen und seinem Volke etwas Aehnliches zu bieten, wie Tasso seiner italienischen Heimath. Seine Wahl fiel auf Kaiser Konstantins Romfahrt — d. h. auf den Triumph des Christenthums über die heid= nische Welt. Gewiß ein großer, würdiger und auch reicher Stoff für ein Heldengedicht. Vondel war ganz begeistert davon, und'. darum mußte das Kind, das ihm um jene Zeit geboren ward, Konstantin heißen. Hugo Grotius, den er über die Wahl des Stoffes zu Rathe zog, war sehr zufrieden damit und schrieb ihm unter dem 17. Aug. 1632:

„Sehr gelehrter und trefflicher Freund! Ich urtheile, daß Sie zu einem vollkommenen Gedicht einen sehr passenden Stoff ge= wählt haben, den Zug Konstantins nach Rom nämlich, welcher den Weltgeschicken einen so bedeutsamen Ausschlag gab. Die

Griechen rühmen Konstantin sehr hoch und nennen ihn den
Apostelgleichen. Mich dünkt, daß er seit Annahme des Christen=
thums kein schlechter Fürst gewesen ist; aber wie die Christen
ihn in den Himmel erheben, so sehe ich, daß Zosimus, ein blinder
Eiferer für das Heidenthum, Alles aufsucht, was er nur kann,
mit Recht und mit Unrecht, um ihn herabzudrücken. Doch Sie
wissen, daß es der Poeten Recht ist, die Fehler Jener zu über=
sehen oder nicht zu glauben, die sie als Stoff des Lobes oder
als Vorbild der Tugend verherrlichen wollen. Sie begreifen, daß
sich da Gelegenheit bieten wird, sowohl von den religiösen Ge=
bräuchen der Heiden als der Christen zu sprechen. Für die
Ersteren finden Sie genug Anhaltspunkte in den griechischen und
lateinischen Dichtern und in ihren alten Auslegern; auch haben
für unsere Zeit Giraldus und Rosinus nicht übel darüber ge=
schrieben. Die religiösen Gebräuche der Christen kann man
kennen lernen aus den Apologien des Justinus, aus den Werken
Tertullians und Cyprians, aus den Concilien von Neocäsarea,
Gangrä, Laodicea, Ancyra und dem ersten allgemeinen von
Nicäa, welches wie auch das von Elvira in Spanien und das
erste von Arles in Welschland zu Zeiten Konstantins gehalten
worden sind. Der Anfang gefällt mir gut, und wenn es so fort
geht, zweifle ich nicht an dem bleibenden Werth des Werkes.
Gott möge dazu seinen Segen verleihen und Sie mit den Ihrigen
in seinen besondern Schutz nehmen. Ihr ganz dienstwilliger
H. de Groot."

Während Vondel nach dem Rathe des gelehrten Freundes
sich in die Kirchengeschichte der ersten christlichen Jahrhun=
derte vertiefte und die fünf ersten Gesänge seines Epos
schrieb, starb das Kind, das den Namen seines Helden
trug, zwei Jahre darauf die Mutter, die fünfundzwanzig
Jahre lang die Seele und der treue Schutzgeist des kleinen
Familienkreises gewesen. Je inniger er an ihr gehangen,
desto mehr fühlte er sich jetzt verwaist und niedergebeugt.
Ergreifend ist die Klage, die er an das Liebfrauenchor

4**

richtete, wo die brave Gattin — sie hieß Maria — ihr Grab fand:

> „O heilig Chor, das du der Meinen
> Gebein und Asche deckest zu
> Und ihnen schenkest süße Ruh',
> Bis daß die Sonn' vergißt zu scheinen:

> „Nun wächst die Zahl von deinen Leichen
> Um eine, die sargt ein mein Herz,
> Und schraubt es zu mit einem Schmerz,
> Der keiner Klage mehr wird weichen."

Er versucht sich zu trösten, indem er der Dahingeschie=
denen die Worte in den Mund legt:

> „„Mein lieber Eh'genoß! Geschehen
> Ist Alles nur nach Gottes Rath.
> Umfang' dein Loos mit froher That
> Und laß dein Heldenwerk nicht stehen.

> „„Kein Gram soll deine Tage kürzen,
> Bis daß du siehst, wie du begehrt,
> Maxentius besiegt, entehrt,
> Vernichtet in die Tiber stürzen.

> „„Wenn Konstantin nach hehren Siegen
> An der Apostel heil'gem Herd
> Entgürtet sein geweihtes Schwert,
> Mag deine Seel' gen Himmel fliegen.

> „„Gib meinen Leib zurück der Scholle
> Im Chor der Jungfrau segensreich,
> Von der — für Tausende zugleich —
> Mein Name stammt, der gnadenvolle.

> „„Ich zieh', dem irb'schen Joch entschlagen,
> Hinauf in's sel'ge Vaterland.
> Sorg' du für uns'rer Treue Pfand,
> Das Kinderpaar, das ich getragen.'

„So sprechend, wich sie aus dem Leben.
Marie! Läßt du mich auch verwaist,
Dein liebevoll dienstwill'ger Geist
Wird meinem Herzen nie entschweben.

„Wie weit ich noch zu pilgern habe,
Stets wend' ich trauernd mein Gesicht
Dahin, wo vor/des Morgens Licht
Dein Stern erblassend sank zu Grabe."

Voller Trost wollte indeß lange nicht in das Herz des
Niedergebeugten einkehren, der nur erst von ferne der
„Trösterin der Betrübten" seine Huldigung darbrachte.
„Mein Muth," schrieb er an Grotius, „hat seit dem Tode
meiner seligen Hausfrau einen harten Stoß erhalten, so
daß ich meinen großen Konstantin vergessen und mich mit
etwas Geringerem zu behelfen suchen muß. Ich bin auf
Trauerspiele verfallen. Wenn ich meine Lust an Trauer=
stoffen gebüßt haben werde, will ich schauen, daß ich wieder
an meinen Konstantin komme."

Grotius antwortete ihm unter dem 15. Juni 1635
aus Paris:

„(Ich habe aus Ihrem Schreiben und der beigefügten Todten=
klage) die Schwierigkeiten begriffen, in welche Sie (das Ableben
Ihrer) Hausfrau (versetzt hat), indem ich aus Erfahrung weiß,
was eine solche Gesellschaft werth ist. Gott, der uns Alle unter
dem Gesetz der Sterblichkeit geboren werden ließ, hat uns auch
Verstand dazu gegeben, um uns unter seinen Willen zu beugen,
und um es uns mit dem Gebrauch der zugestandenen Zeit (ge=
nügen) zu lassen (und nicht) mit Undankbarkeit uns als Eigen=
thum zuzusprechen, was uns nur auf Widerruf geliehen war.
Obwohl ich weiß, daß Euer Edeln das aus sich wohl bedenken
können, auch Andere das Alles, wenn es von Nöthen ist, ein=
sehen, so finde ich es doch sehr löblich, daß E. E. das Ge=
dächtniß Ihrer Geliebten in die Herzen Aller eingegraben haben,

welche die Dichtkunst lieben. Und wie uns gemeiniglich die
Arbeit von dem alten schweren Gefühle unseres Leidens abzu-
ziehen pflegt, so meine ich, daß E. E. wohl thun würden, wenn
Sie sich ernstlich an die Förderung des Konstantin'schen Werkes
geben würden, von dem ich ganz Besonderes erwarte." [1]

Hierauf läßt der gelehrte Freund eine Anzahl historisch-
archäologischer Notizen über die „Waffenspiele" folgen,
welche Vondel nach dem Beispiele Homers und Virgils in
seinem Epos ausführen wollte. Der Dichter suchte dem
wackern männlichen Rathe zu folgen und die gebotenen Aufschlüsse zu verwerthen.

Doch alle Versuche, das Werk wieder in Fluß zu
bringen, mißglückten. Je länger sich die Arbeit hinaus-
schob, desto weniger befriedigten ihn die ersten fünf aus-
gearbeiteten Gesänge, das mühsame Werk so vieler Jahre.
Er vernichtete sie. Zahlreiche Anklänge daran in andern
Dichtungen bezeugen indeß noch die Liebe und Begeisterung,
mit welcher er zuerst den Stoff erfaßt hatte; und das liebevolle Studium, das er demselben gewidmet, lohnte sich
reichlich dadurch, daß er Zug um Zug, in den ältesten
christlichen Jahrhunderten, jene große erhabene Weltkirche
kennen lernte, welche in der Zeit Konstantins das heid-

---

[1] Vondel schrieb den Brief selbst den 18. Juni für Hooft ab.
Lennep gab ein Facsimile davon III. 212, versuchte indeß nicht, ihn
zum Drucke umzuschreiben. Die Schrift ist sehr undeutlich und
unleserlich. Erst A. Alberdingk-Thijm hat ihn entziffert (De Liefdesgeschiedenissen van twee Nederlandsche Dichters. De Gids.
1871. I. 273 ff. 291) und knüpft daran die ziemlich sichere Ansicht,
daß Vondel nicht in plötzlichem Schmerze sein Heldengedicht den
Flammen übergab, sondern dasselbe fortzusetzen versuchte, aber nach
dem Tode seiner Frau so sehr mit häuslichen Sorgen zu ringen
hatte, daß er die Arbeit endlich aufzugeben beschloß.

nische Europa so vollständig umgestaltet hatte. Ohne es zu wollen und zu ahnen, wurde Grotius für ihn ein Führer nach Rom.

Daß Vondel mit inniger Verehrung und Liebe an dem großen Gelehrten hing, begreift sich leicht aus der Persön= lichkeit des letztern und den zahlreichen Berührungspunkten zwischen beiden. Hugo Grotius oder eigentlich be Groot (geb. 10. April 1583 zu Delft) war bei weitem der be= gabteste Staatsmann des damaligen Holland, einer der her= vorragendsten und berühmtesten Gelehrten der damaligen Welt, Theologe, Philosoph, Jurist, Historiker, Humanist und Dichter. Als Jüngling von 17 Jahren hatte er schon Oldenbarneveldt auf seiner Gesandtschaft nach Paris be= gleitet, Heinrich IV. hatte ihn mit einer goldenen Kette ausgezeichnet und das „Wunder von Holland" genannt, als Vondel zu Amsterdam noch als Handelslehrling im Strumpf= geschäft seines Vaters arbeitete. Noch bevor dieser seine ersten Hochzeitslieder dichtete, erwarb Grotius sich schon als lateinischer Dichter den Beifall der gelehrten Welt. 1601 erschien sein Adam exul (Adams Verbannung), dann sein Joseph bei Hofe (Sophompaneas [1]), 1608 sein Leidender Christus (Christus patiens). Diese Dichtungen entsprachen sowohl ihrem ernstreligiösen Inhalt als ihrer strengen Schulform nach der Richtung Vondels. Aber ein noch viel mächtigeres Band fesselte diesen an den nur vier Jahre älteren Zeitgenossen. 1607 Advocat=Fiscal von Holland und Seeland geworden, war Grotius eine der Hauptstützen der patriotischen Partei. Während seine juristischen und geschichtlichen Arbeiten ihn zu einer europäischen Berühmtheit

---

[1] Sophompaneas, nach Grotius das ägyptische Wort für „Er= löser der Welt".

machten, kämpfte er treulich an der Seite Barnevelds gegen
die ehrgeizigen Machinationen des Prinzen Moritz von
Oranien und gegen die Gewissenstyrannei der calvinistischen
Prädicanten. Das Volk nannte ihn den „Getreuen Hol=
länder“ einfachhin. Als Barnevelds Haupt fiel, wurde er
— erst 32 Jahre alt — zu lebenslänglicher Gefangenschaft
und Confiscation seiner Güter verdammt. Im Kerker zu
Löwenstein verfaßte er jene Commentare zu den Evangelien,
welche Leibniz allen übrigen vorzog. Zur Erholung schrieb
er auch Verse, lateinische und holländische. Ergreifend ist
ein Lied, das er seiner treuen Gattin (v. Reygersbergh)
aus seiner Gefangenschaft zusandte. Ihrer Klugheit und
ihrem Muth gelang am 21. März 1621 die Befreiung des
gefangenen Gatten. In einer Bücherkiste brachte sie ihn
durch die Thore der strengbewachten Feste hinaus, während
sie selbst nach vierzehntägiger Haft wieder die Freiheit er=
langte.

Ueber Gorkum und Antwerpen entfloh er weiter nach
Paris. Dort vollendete er sein völkerrechtliches Werk de
jure Belli et Pacis, das noch heute als klassische Leistung
auf diesem Wissensgebiete betrachtet wird. Mehrere Höfe
bemühten sich, ihn als Diplomaten in ihre Dienste zu
nehmen. Doch der „Getreue Holländer“ hing allzu sehr an
seiner Heimath, um sich diesen Wünschen gefällig zu er=
weisen. Sobald Moritz von Oranien gestorben war und
sein Nachfolger Friedrich Heinrich eine tolerantere Regierung
hoffen ließ, machte er einen Versuch, nach Holland zurück=
zukehren. Zum freudigsten Erstaunen aller Patrioten er=
schien er gegen Ende September 1631 in Rotterdam. Doch
umsonst bemühten sich seine Freunde, den frühern Haß gegen
ihn zu dämpfen. Seine alten Feinde, die zelotischen Ultra=
calvinisten, ließen alle Minen springen, um die frühere Ver=

folgung gegen ihn zu erneuern. Ein Preis von 2000 fl.
wurde auf seinen Kopf gesetzt, 500 fl. Strafe dem gedroht,
der ihn beherbergte. So mußte der fähigste und gelehrteste
Mann von Holland abermals in's Ausland ziehen. Er
ging im April 1632 nach Hamburg. Erst im Mai 1634
jedoch gelang es dem schwedischen Kanzler Orenstjerna zu
Frankfurt a. M. endlich, ihn für die Dienste der Königin
Christina zu gewinnen. Er nahm den Titel eines schwedischen Staatsraths an und ging als solcher im folgenden
Jahre nach Paris, wo er die noch übrigen Jahre seines
Lebens als Diplomat und Schriftsteller zubrachte. Von
hier aus erließ er zahlreiche kleinere theologische Schriften,
in welchen er eine Menge protestantischer Vorurtheile dog-
matisch und kirchengeschichtlich widerlegte. Diese Schriften:
„Ueber den Antichrist", „Ueber den Glauben und die
Werke", „Von der Ausspendung des Abendmahls, wo
keine Hirten sind", „Ueber den Dekalog", „Ueber das
absolute Reprobationsdecret", wurden in den Jahren 1639
und 1640 anonym in Amsterdam selbst gedruckt und erweckten
unter den calvinistischen Prädicanten einen wahrhaft panischen
Schrecken. Sie sahen in ihm einen leibhaftigen Sendling
des Papstes und der römischen Kirche, und warnten ihre
Schäflein in Wort und Schrift vor der greulichen Gefahr,
die von Paris her drohte[1].

---

[1] Einer dieser Prädicanten hat die katholifirenden Stellen des
Grotius „zur Warnung" recht gut zusammengestellt in einem Libell,
das wohl ebenfalls „zur Warnung" 1830 in Amsterdam neu auf-
gelegt wurde. Das Büchlein heißt:
Hugo Grotius Papizans, hoc est: Notae ad quaedam loca
in Hugonis Grotii Appendice de Antichristo, Papam Romanum
et doctrinam ac religionem spectantia, et *in quibus* via *sternitur*
ad Papismum antichristianum, auctore Jacobo Laurentio, Am-

Obwohl feit Langem Verehrer und Bewunderer deß ebenfo
frommen und liebenßwürdigen, alß charakterfeften und genia=
len Manneß, fcheint Vondel erft im Jahre 1628 in nähere
Beziehung mit ihm getreten zu fein. In diefem Jahre wid=
mete er dem „Getreuen Holländer" fein Drama „Hippolytuß",
eine Ueberfetzung auß Seneca, mit einem Sonett. Drei
Jahre fpäter follte ihm die Freude zu Theil werden, ihm
nach langer Verbannung in Amfterdam felbft ein freudigeß
Willkommen! zurufen zu können.

<hr>

steldamensi, et in Ecclesia Amsteldamensi Verbi Dei administro.
Nova editio. Amstelodami ap. Fred. Kaal. 1880.

   Wie die Prädicanten mit dem Rufe deß großen Manneß um=
gingen, ift auß der artigen Vorrede p. 1 und 2 zu erfehen, worin
er alß Verfchwörer, Staatßaufwiegler und Mörder fignalifirt wird.
Hugo Grotius Belga, natus atque educatus in fide ac religione
Reformata, ubi schisma exortum in Ecclesia pariter et Politia
Provinciarum Belgicarum Unitarum per *Remonstrantes,* eo usque
dissidiis istis sese immiscuit, ut tandem publica Judicum sen-
tentia tanquam *Status Religionis* et *Politiae perturbator,* et qui
suis *machinationibus* ac *conspirationibus* (ipsius sententiae verba
sunt) *Civitatem Ultrajectinam* praesenti *lanienae* ipsumque *statum
Regiminis* ac *personam Principis* Mauricii, gloriosae recordatio-
nis, extremo periculo exposuit, ad perpetuos carceres fuerit
condemnatus. Ex quibus felici satis stratagemate, scrinio in-
clusus, elapsus, aufugit, erupit, evasit; atque nunc huc, nunc
illuc locum mutans, tandem in Gallias se recepit, et Parisiis
fixam sedem collocavit, ibidemque per aliquot jam annos com-
moratus, in gratiam, ut apparet, Papae, ac Ecclesiae Romanae,
et in odium Ecclesiarum Reformatarum, libellos quosdam con-
scripsit: *De Antichristo; De fide et operibus; De Coenae Admi-
nistratione ubi pastores non sunt,* et *An semper communican-
dum per symbola?* Itemque *De Decalogo;* ac denique *De ab-
soluto reprobationis decreto,* cujus tamen postremi, uti prae se
fert titulus, ipse non Author, sed Interpres tantum ex Anglico.
Hos omnes Amstelodamum misit excudendos, sed sine nomine,
ubi et excusi sunt anno 1039. et 1640."

„O große Seele! Meines Liebes Sonne!
Nach langem Untergang uns neu erstanden,
Erfreust bu, uns mit diesem golbnen Tag,
Den Holland wohl mit Ehren feiern mag!
Welch' Golbgeschmeid soll bir zum Gruße wählen
In Lieb und Dank die freub'ge Republik,
Um nach bes Kerkers, der Verbannung Qualen
Zu heben bich zum höchsten Erbenglück!
O stählern Herz, in Leibensgluth geschmiedet,
O Großherz! Welcher himmlische Magnet
Von Mannesmuth hat beine Seel' ergriffen,
Daß liebenb sie bem Haß entgegengeht,
Der herrlichsten Paläste Pracht verschmäht,
Unb mit bem Kuß bes Friebens küßt bas Land,
Das bich so schnöb, stiefmütterlich verbannt."

Die Freube bauerte jeboch nicht lange. Nach wenigen
Monaten mußte Grotius die geliebte Heimath, um berent=
willen er ber glänzenbsten Stellung im Ausland entsagt,
wieber meiben. Die gegen ihn angeschürte Wuth stieg zu
solchem Grabe, baß Vonbel es nicht wagen burfte, sein
Abschiebslied an ben Verbannten brucken zu lassen. Grotius
selbst anerkannte sein Bebenken als ein burchaus gerecht=
fertigtes [1]. In ben folgenben Jahren wechselten die beiben
Männer einige Briefe über bas Helbengebicht „Konstantin",
bessen Plan Vonbel bem gelehrten Freunbe auseinanbersetzte.
Als biese Arbeit aber 1635 stockte, nahm Vonbel ben
„Sophompaneas" ober „Joseph bei Hofe" bes Grotius zur
Hanb unb übersetzte bieses lateinische Drama in's Hollänbische.
Grotius war barüber sehr erfreut. „Ich höre," schrieb er,
„baß Vonbel meinem Sophompaneas bie Ehre angethan hat,

---

[1] „U. Ed. bedenkingen over het dicht van mijn vertrek
vinde ik goed. Zeer kwalijk zou men de ergernis hebben
kunnen mijden, en lichtelijk zou men zich zelven kwaad doen,
zonder mij goed te doen." Vergl. Lennep III. 147.

ihn mit eigener d. h. glücklicher Hand in ein holländisches
Kleid zu stecken. Ich bin ihm großen Dank schuldig, daß
er, der aus sich bessere Sachen hervorbringen
kann, durch Uebersetzen der meinen, zum Zeichen der
Freundschaft, seine eigene Arbeit verdingt hat."

Für Vondels literarische Entwicklung war diese Ueber=
setzung insofern nachtheilig, als sie ihn noch mehr als früher
in der strengen, abgemessenen Form des lateinischen Schul=
drama's befestigte, das auf Kosten rhetorischer Declamation
die eigentliche Handlung vernachlässigte. Der erste Act des
Sophompaneas besteht aus einem einzigen, zwar schönen,
aber bedenklich langen Monolog des ägyptischen Joseph.
Darauf folgt ein fast ebenso langer Chor. Der zweite Act
hat nur zwei Scenen: in der ersten stellt der Hofmeister
Ramses die Brüder über das entwendete Geld und den
Becher zur Rede, in der zweiten erscheint Joseph selbst und
hört aus dem Munde des Judas seine und seiner Brüder
Geschichte. Der dritte Act zeichnet in einer einzigen Scene
mehr durch Schilderung als Handlung die Wirkungen der
Hungersnoth und Josephs glänzende Stellung am Hofe
Pharao's. Im vierten Act ist die Erkennung mit an=
muthiger Lebhaftigkeit in zwei Scenen durchgeführt. Für
den fünften Act bleibt nichts übrig, als der Abschied Jo=
sephs und seiner Brüder von Pharao. Eine überaus ein=
fache Composition. Ihr ganzer Werth liegt darin, daß
aus der Menge der dargebotenen Situationen einige wenige
mit feinfühligem Takt ausgewählt, lebendig vergegenwärtigt
und in der gewähltesten dichterischen Sprache ausgeführt
sind. Das war ungefähr das Schema, nach welchem Vondel
alle seine späteren Dramen dichtete; nur gewährte er dem
Dialog nachmals etwas mehr Entwicklung.

So praktisch ein solches Schema für Jugendbühnen, be=

sonders für lateinische Schultheater war, wo es galt, die
studirende Jugend in der lateinischen Diction, in den la=
teinischen Versmaßen, in rhetorischer Declamation und ele=
gantem Vortrag zu üben, so ungünstig war dasselbe für
die eigentliche Bühnenkunst. In dieser Hinsicht erscheint es
fast wie ein Gefängniß und man kann sich des Wunsches
nicht entschlagen, daß Vondel diesem Gefängniß entsprun=
gen sein und die Form des Drama's selbständig gemodelt
haben möchte.

Für den Augenblick jedoch war die Uebersetzung des
Sophompaneas nicht ohne reichlichen Gewinn. Sie riß den
Dichter aus seinen häuslichen Sorgen und seiner Melancholie
heraus und brachte seine Ader wieder in Fluß. Er nahm
den lebhaftesten Antheil an der Gründung des neuen Thea=
ters und lieferte 1637 das erste Stück, mit welchem das=
selbe eröffnet wurde. Dem „Gijsbrecht van Aemstel" folgten
in den nächsten vier Jahren nicht weniger als fünf Stücke:
1639 eine Uebersetzung der „Elektra" des Sophokles, die
noch im November dieses Jahrs auf die Bühne kam, dann
„Die Jungfrauen" und „Die Brüder". 1640 ver=
vollständigte er den „Sophompaneas" durch zwei neue Dra=
men: „Joseph in Dothain" und „Joseph in Aegyp=
ten" [1] zu einer Trilogie.

„Joseph in Dothain" behandelt den Verkauf Josephs
durch seine Brüder, „Joseph in Aegypten" die Versuchung
desselben durch Putiphars Frau, „Sophompaneas" oder

---

[1] Die „Elektra" widmete Vondel der vielgefeierten Dichterin
Maria Tesselschade Roemer Visscher, die „Jungfrauen" der Stadt
Köln, die „Brüder" dem Philologen und Historiker Geerard Vossius,
„Joseph in Dothain" dem hessischen Residenten Ritter Joachim
von Wickevort, „Joseph in Aegypten" dem katholischen Juristen Joan
Vechters (Victorijn).

„Joseph bei Hofe" endlich die Wiedervereinigung des Patri=
archen mit seinen Brübern. Die drei Stücke, troß ihrer ein=
fachen Anlage reich an poetischen Schönheiten, wurden neben
dem Gijsbrecht die beliebtesten Stücke Vondels auf dem Amster=
bamer Repertoir. Sie wurden fast jedes Jahr gegeben, bis=
weilen als Trilogie zusammen an einem Tage, bisweilen ge=
trennt an ein paar aufeinanderfolgenben Nachmittagen. Auch
die „Elektra" und „Die Brüder" wurden zeitweilig
Lieblinge des Publikums, was den Amsterbamern gewiß
nicht zur Unehre gereicht. Während in Deutschlanb der
breißigjährige Krieg noch jede erfreulichere Entwicklung der
Literatur banieberhielt, kam die „Elektra" des Sophokles,
eines der schönsten Stücke des klassischen Alterthums, in
ben Jahren 1639 bis 1647 fast jedes Jahr auf die Bühne.

Den Inhalt der „Brüber" (ober „Gabaoniter") bilbet
ber tragische Untergang des Hauses Saul genau nach der
Erzählung des 2. Buches Samuel (2 Kön. 21). Nach
breijähriger Dürre befragt David das Orakel des Herrn.
Der Herr antwortet, baß das Blut der erschlagenen Ga=
baoniter an Saul unb seinem ganzen Hause gerächt werben
müsse. Die Gabaoniter verlangen die sieben noch übrigen
Söhne Sauls zum Tobe. Troß der Klage seiner Gattin
Michol, troß des Jammers der unglücklichen Mutter Res=
pha, troß des Eibes der Freunbschaft, den er Jonathan
geschworen, liefert David sie aus, unb sie werden auf bem
Berge gekreuzigt. Dort hält Respha Tobtenklage bei Tag
und Nacht unb wehrt die Raubvögel von ben Leichen ihrer
Söhne ab, bis die furchtbare Sühne in der feierlichen Be=
stattung Sauls unb seiner Söhne enblich ihre Vollenbung
finbet [1].

---

[1] Gryphius hat bas Stück noch zu Lebzeiten Vonbels in's Hoch=

Biographisch merkwürdig sind vor Allem die „Jung=
frauen", eine dramatische Bearbeitung der St.=Ursula=
Legende, in einer poetischen Widmung der Stadt Köln ge=
weiht. Er bezeichnet in dieser Widmung als seinen leiten=
den Gedanken, seine Vaterstadt in ihrer eigenen Schutz=
patronin so zu verherrlichen, wie Sophokles einst sein Athen
im Koloneischen Oedipus. In der Ausführung hielt er sich
mit sichtlicher Liebe und Begeisterung an die Legende der
hl. Ursula, wie sie damals noch als wirkliche Geschichte
galt, mit all den poetischen Ausschmückungen, mit welchen
mittelalterliche Volks= und Klosterdichtung sie überwoben
hatte [1].

Mögen diese Ausschmückungen uns auch heute, vom
Standpunkte geschichtlicher Kritik aus, als werthlos, Man=
chem vielleicht als bedenklich erscheinen: als religiöse Volks=
dichtung ist die gesammte Legende gewiß nicht ohne hohen
ästhetischen und sittlichen Werth. Daß das Blut der christ=
lichen Märtyrer, die Seelengröße, jungfräuliche Reinheit
und Tugend der Heiligen die christliche Civilisation des
Mittelalters, die Herrlichkeit und das Glück seines Volks=
lebens begründet hat, ist ebenso sehr eine unumstößliche ge=
schichtliche Thatsache, als ein überaus schöner, fruchtbarer poe=

deutsche übersetzt, doch wie es scheint, nur zur Uebung, da die Ueber=
setzung erst nach dessen Tode erschien. Gervinus III. 438.

[1] Ueber die Ausschmückung der ersten einfacheren Legende (Sermo
in natali) in der Passio sanctarum undecim millium martyrum
(nach ihren Anfangsworten Regnante Domino genannt), in den
Visionen der sel. Elisabeth von Schönau und des Mönches von
Steinfeld u. s. w. vergl. die ebenso gediegene als interessante Schrift:
„Die hl. Ursula und ihre Gesellschaft. Von Alb. Ger. Stein, Pfarrer
zur hl. Ursula. Köln, Bachem, 1879", worin die Legende Regnante
Dño (Beil. IV.) in lateinischem und deutschem Text vollständig mit=
getheilt ist S. 107 ff. Vergl. S. 53 ff., 67 ff.

tischer Gedanke. Diesen Kern der Legende hat noch keine
Kritik aus dem Wege geräumt und wird es auch fürder nicht
thun. Hinter dem üppigen Kranz von Wundern, womit
ein frommer Kindessinn die schlichte Ueberlieferung geschmückt
hat, stehen die unläugbaren Wunder, durch die das Christen=
thum sich als Gottesoffenbarung legitimirt hat, steht das
gewaltigste aller Wunder: die sittliche Umgestaltung der
Welt durch seine reine, heilige Lehre. Vondel wurde es
wohl in dieser gemüthlichen Atmosphäre frommen Kinder=
glaubens. Er lebte sich nicht nur mit Liebe in alle Einzel=
heiten der Legende, sondern vor Allem in ihren sittlichen
Gehalt hinein und dramatisirte ähnlich, wie Calderon so
manche mittelalterliche Legende dramatisirt hat. Obwohl
der Stoff im Ganzen einer epischen Behandlung günstiger
gewesen wäre, als einer dramatischen, fehlte es doch nicht
an kräftigen dramatischen Motiven. Sie sind zum Theile
— man vergleiche die Scene, wo die Geister Ursula's und
Aethereus' dem Attila und Julian erscheinen — sehr leb=
haft und echt dramatisch ausgeführt. Dem „deutschen Rom"
und seinen Heiligen ist wohl bis herab auf Cardinal Geissel
kaum eine herzlichere poetische Huldigung dargebracht worden,
als dieß Stück, an dessen Schluß die Heilige ihrer Stadt
die künftige Größe in folgenden Worten ankündigt:

> „Von hier aus wird der Himmel deine Thore,
> Dein Rathhaus schützen und den hehren Dom
> In Kampf und Leidenszeit. Bewahre treu
> In deinem Schooße das Triumvirat,
> Das fern von Osten kam und an der Krippe,
> Der armen, betend, opfernd bog das Knie.
> Drei Kronen sollen dir das Wappenschild,
> Drei Kronen deinen Fürstenmantel zieren.
> Weit, weit seh' deinen Mauerring ich wachsen
> In vielem Kampf. Es steht dein Erzbischof

Hoch an des Reiches Spitze, kürt und salbt
Das gottgeweihte, kaiserliche Haupt.
Und du, mein heilig Köln, bewährst im Leiben
Dich treu als wack're, echte Tochter Roms!"

Es entging den protestantischen Freunden des Dichters
nicht, daß seine Poesie in diesem Stücke eine nahezu katho=
lische Richtung genommen. „So preiswürdig auch das
Trauerspiel ‚Die Jungfrauen' in künstlerischer Hinsicht war,"
so schreibt Brandt, „fand man darin doch Dinge, die Viele
betrübten: des Dichters Vorliebe zu den Lehren und Ge=
bräuchen der römischen Kirche und seine Abweichung zu
ihren Irrthümern, die er bald in anderen Dichtungen voll=
ständig zu offenbaren sich beeilte." Hugo Grotius sprach
dagegen, obwohl Protestant, über das Stück wie über die
Elektra seine vollste Zufriedenheit aus: „In St. Ursula
haben Sie neben Ihrem glücklichen Genie auch eine sehr
löbliche Zuneigung zu Ihrer Geburtsstadt bekundet, welcher
ich zu einem solchen Sprößling gratulire, und wünsche Ihnen
langes Leben, Gesundheit und Gemüthsruhe, um nicht allein
ähnliche Stücke, wie diese, die sehr trefflich sind, sondern
auch größere zu Dienst, Nutzen und Lust aller Niederländer
hervorzubringen." (Paris, 22. Oct. 1639.)

Zwei Jahre später trat Vondel zur katholischen Kirche
zurück. Daß er da fand, was er suchte, Ruhe, Frieden,
Freude, Sicherheit des Glaubens und Trost für sein Ge=
müth, bezeugt das folgende Gedicht, das aus der Zeit seiner
Conversion stammt [1]:

---

[1] Van Lennep setzte es zuerst (II. 227) in das Jahr 1624, später
zweifelte er über das Datum, und setzte zu demselben im Alphab. Re=
gister XII. 299 die Jahreszahlen 1624 und 1640, im chronol. Register
dagegen wies er ihm definitiv die Letztere zu, was unzweifelhaft das
Richtigere ist. Es findet sich in allen 4⁰=Ausgaben des Dramas „Peter

Der Kreuzberg.

Die schönsten rothen Rosen sprießen
  Auf keinem griechischen Berg, o nein!
Dort auf dem Kreuzberg, hart von Stein,
Wo Jesu heilige Wunden fließen;
  Es sammelt sich ihr reines Blut
  Zum Diadem voll Rosengluth,
Deß' Blätter ewigen Duft ergießen
  Durch den geflocht'nen Dornenkranz,
  Von dem der Gottheit lichter Glanz
Umschattet wird und überzogen,
  Und an dem Dornenkranze hin
  Wird jedes Tröpflein zum Rubin.
Es weichet vor den blut'gen Wogen
  Der Lilienstrahl vom Angesicht,
  Aus dem die Sonne schöpft ihr Licht;
Die Sonne flieht auf ihrem Bogen
  Entsetzt zurück, machtlos, getödtet,
  Da Blut die Gotteslilie röthet,
Die Lilie, die ihr Haupt läßt hangen
  Und seufzt und stirbt und füllt die Luft
  Mit ihrem süßen Rosenduft.
Die Christenbienen mit Verlangen
  Zieh'n alsbald, wenn der Morgen strahlt,
  In Eile zu dem Rosenwald
Und schwärmen um die Rosenwangen
  Der Lebensblum', der Lenzeszier,
  Und saugen Honig für und für
Aus Allem, was die Dornen hegen
  An Galle, Wermuth, Bitterkeit.

---

en Pauwels", worin Vondel unter dem Motto „Tantae molis erat,
Romanam condere gentem" auf den vorausgegangenen inneren
Kampf hindeutet und sich offen als Katholik bekennt. Näheres hier-
über bei P. J. Koets, Peter en Pauwels. Het Treurspel van
Vondel etc. Uitgegeven door J. A. Alberdingk Thijm. Amster-
dam, Langenhuysen, 1868.

Aus Rosengluth und Lilienweiß
Ein Manna voll von Kraft und Segen,
Voll Wonne und voll Süßigkeit,
Die Engel sammeln uns zur Speis'.
Kein Morgenthau, kein Frühlingsregen
Die matte Seele so erquickt,
Das Herz, von Todesnoth umstrickt,
So stärkt, wie dieses Hauches Freuden
Vom Lebensbaum der Himmelsros',
Die bitt're Thränen trug im Schooß
Zum Troste Aller, die da leiden.
Hier springt dem Durstigen hell und rein
Ein Quell von roth und weißem Wein,
Daran das Herz sich froh mag weiden.
Hier schöpfst du reinen, seligen Muth,
Gebadet in des Lebens Fluth,
Die den fünf Bronnen rein entsprungen.
Hier quillt der Purpur für das Kleid
Der Königstochter, Gott geweiht,
Die David als Prophet besungen,
Die jubelnd pries schon Salomon,
Als an dem blutigen Opferbronn
Sie feuchteten die gold'nen Zungen.
Nach seinem Rauschen lauschend bang,
Stimmt David seiner Harfe Klang,
Hebt Salomon des Liebs Gedanken. —
Du Fels voll Wassers und voll Bluts,
Herzbronn des höchsten, ewigen Guts,
O Arzenei für alle Kranken!
Gönn' auch ein Tröpflein meinem Blatt,
So dürr und burstig, welk und matt,
Und lehr' mich, meinem Heiland danken;
An diesem hehren, gold'nen Strom,
In dieses Baumes Schattendom,
Bedeckt mit Cherubinenschwingen,
Da ruht das müdgejagte Herz [1],

---

[1] Van Vloten schreibt „het afgejaagde hart" — also Herz
Baumgartner, Vondel.   6

Da findet Linderung sein Schmerz,
Da niften wohlgemuth und singen
Die Vögelein in trautem Chor
Ihr Lied zum Paradies empor;
Da lernet ihre Luft bezwingen
Die Seel' mit Gottes Rofenzaum,
Da wacht sie auf vom eiteln Traum
Der eiteln Welt, um anzuschauen
Den Mittler in dem neuen Bund,
Sie küßt den bleichen Rofenmund — — —
Sieh', wie die Zierde aller Frauen
Am Grabe, Magdalena, kniet,
In Thränen ihr Gebet erglüht.
Gott suchet sie — ihr fest Vertrauen
Wie in der Nacht ein Leuchtthurm sprüht.

(I. 459); die Lesart „hert" (Hirsch), Anspielung auf Pf. 41:
Quemadmodum desiderat cervus ad fontes aquarum, gibt einen
ebenso schönen Sinn.

7. Die Conversion.

Von Brandt bis herab auf van Lennep wurde das Jahr 1639 oder 1640 als das muthmaßliche Datum der Conversion Vondels angegeben. Allerdings erschien es dem verdienstvollen Herausgeber seiner Werke räthselhaft, daß sich der Dichter gerade in diesen Jahren außerordentlich thätig zeigte, während im folgenden seine literarischen Arbeiten nur spärlich fließen. Er blieb indeß bei der früheren Annahme stehen. Erst anderweitige Forschungen haben seither festgestellt, daß Vondel nicht 1639 oder 1640, sondern im folgenden Jahre 1641 zur alten Mutterkirche zurückgetreten ist. Das Räthsel ist damit gelöst. Er dichtete in diesem Jahre weniger, als sonst, weil er vollauf damit beschäftigt war, sich zum wichtigsten und größten Schritte seines Lebens vorzubereiten. Dieß verbürgt der Jahresbericht der holländischen Mission der Gesellschaft Jesu zum Jahre 1641, in welchem es heißt:

„Unter den zu Amsterdam (zur Kirche) Zurückgeführten befanden sich ein gewisser schlesischer Graf, der viele Jahre hindurch zu dem profanen Abendmahl der Calvinisten gegangen war; dann der Sohn eines lutherischen Predigers; endlich Joost van den Vondel, ein durch seine in der Landessprache herausgegebenen Tragödien sehr berühmter Dichter, ein vortrefflicher Mann, einst eine Stütze der Arminianischen Secte. Als er sah, wie seine einzige Tochter, mit vorzüglichen Geistesgaben ausgestattet, in lateinischer Bildung trefflich herangeschult, schon über 30 Jahre alt, die Lehre Menno's verließ, zur wahren Religion überging,

5 *

das sühnende Bad des Heiles empfing, ja sogar das Gelübbe ewiger Jungfrauschaft ablegte, folgte auch er bald mit seinem anderen Kinde nach und begnügte sich nicht, für sich selbst das Heil gefunden zu haben, sondern führte auch viele Andere mit großem Fleiß und unermüdlichem Eifer demselben entgegen. Hierbei zeigte sich die Leitung der göttlichen Vorsehung auch noch in anderer Weise. Zur selben Zeit nämlich, wo Vonbel in Amster= dam den Glauben umfing, wandte sich demselben zu Hoorn eine Nichte von ihm, die Tochter seiner Schwester, zu, ein an Geist und Charakter treffliches Mädchen, schon 17 Jahre alt. Nach= dem sie die Taufe empfangen, war sie weder durch die Lockungen noch durch die Drohungen der Eltern (die unter den Mennonisten sehr angesehen waren) auch nur einen Finger breit von ihrem Entschlusse abzubringen." [1]

---

[1] „Fructus Nostrorum . . , qui per Provincias foederatas ad veram religionem accessere, numerus facile 600 fuit. Inter reductos Amstelodami fuere comes quidam Silesius, qui pro- fanam Calvini coenam multos per annos frequentaverat: prae- dicantis item lutherani filius: denique Justus Vondelius, tra- goediis, vernaculo idiomate editis, poeta hic percelebris, vir egregius, et sectae Arminianorum quondam fulcrum: qui ubi vidit filiam suam unicam, excellenti ingenio praeditam et latinis etiam litteris apprime imbutam, jamque trigesimum aetatis annum superantem, deserto Mennone, ad verae religionis castra transiisse et salutaribus undis expiatam, etiam propositum per- petuae virginitatis servandae amplexam esse; eam mox subse- cutus est cum alia prole, nec sibi uni salutem reperisse satis habuit; verum et alios plures magna industria et indefesso studio ad eam adduxit. Ubi et illud divinae Providentiae in- dicium enituit, quod, cum Vondelius Amstelodami fidem capes- sivit, eodem tempore ad eam ejus ex sorore neptis Hornae ad- ducta sit, puella indolis et animi admodum probi, jamque 17[m] agens annum: quae ab eo momento, quo baptismate initiata est, nec blanditiis nec minis a parentibus (qui inter Mennonistas primi) a proposito dimoveri potuit." Dieses für Vonbels Geschichte so hochwichtige Document wurde zuerst von P. H. J. Allard S. J.

Der Tag der Conversion selbst ist ungewiß. Die be=
sondere Innigkeit, mit welcher Vondel fünf Jahre später
(1646) in einem Gedichte an seinen Geburtstagsheiligen,
den hl. Gregorius Thaumaturgus, von seinem Uebertritte
spricht, gibt höchstens eine sehr entfernte Wahrscheinlichkeit,
daß derselbe an diesem Tage stattgefunden.

> „Das Leben schleißt als wie ein Kleid.
> Wie ist die Zeit dahingeflogen,

1868 an's Licht gezogen (Vondels gedichten op de Societeit van
Jesus. 's Hertogenbosch, van Gulick. bladz. 3. 4. 139) und mit
anderweitigen Notizen bestätigt und erklärt. (Vergl. P. J Knets,
Peter en Pauwels. Het Treurspel van Vondel. Uitgegeven
door J. A. Alberdingk-Thijm. Amsterdam, Langenhuysen,
1868.) Der hochwürdigste Bischof Dr. Räß (Die Convertiten seit
der Reformation, VIII. 177) gibt zwar das Jahr 1641 als das
Jahr von Vondels Conversion an, aber nur als unsicher. Dr. Paul
Alberdingk=Thijm (bei Dr. Räß, VIII. 616 ff., nach der Tübinger
Quartalschrift 1864, S. 79—96) gibt kein Datum für die Conversion
an, setzt jedoch das Stück „Petrus und Paulus" in die Jahre 1637
bis 1639, wornach auch die Conversion in diese Jahre zu verlegen
wäre. — Zu den Umständen, welche die Angabe des oben mit=
getheilten Documents bestätigen, gehört vor Allem das Alter der
darin erwähnten Personen. Vondel heirathete am 20. Nov. 1610;
die Tochter Anna war das erste Kind, also 1641 etwas über dreißig
Jahre alt, was mit der Angabe stimmt. Ebenso stimmt das Alter
der erwähnten Nichte Anna, deren Mutter Katharina, Vondels
Schwester, am 14. Juni 1624 Bruyningh zu Hoorn heirathete. Anna
war das erste Kind dieser Ehe, also 1641 gerade 17m agens annum, wie es in dem Jahresbericht heißt. Der Biograph Brandt
selbst gibt die Zeit der Conversion nicht genau an, nur deutet er an,
daß sie nach Herausgabe der „Maagden" erfolgt sei, also 1639 bis
1640. Erst zum Jahre 1642 bemerkt er: „Dat Vondel aan 't Paus-
dom zoo aanhing." Daß Vondel im Herbst 1641 nichts Größeres
herausgab, als die Tragödie „Petrus und Paulus", wurde bereits
angedeutet.

Das theure Kleinod, treu geweiht
Der Andacht, die mich lehrte kennen,
Was Gott uns ist, das höchste Gut,
Was wir in Christus unser nennen,
Der mich erlöst' mit seinem Blut,
Mich läuterte und mir gewährte
Die beste Perle, die so tief
Begraben lag im Schooß der Erde,
Eh' mild er mich zur Wahrheit rief,
Nicht aus Verdienst, nein, bloß aus Gnade!
Heil Jenen, die vor ihrem End'
Mit Fleisch und Blut nicht geh'n zu Rathe,
Noch mit hinfäll'gem Element.
Der Irrthum, den im Elternmunde
Als traute Erbschaft wir verehrt,
Wird spät verlernt durch bess're Kunde,
So lang man Demuth noch entbehrt.
Die treibt so langsam Wurzelschosse
In des bethörten Herzens Stein,
Das, längst erstarrt in Gegensprossen,
Sich bald zum Ja neigt, bald zum Nein.
Mein Heil'ger! In der Sel'gen Mitte
Erprobe deines Flehens Kraft.
Schenk' mir, schenk' Allen deine Bitte
Bei ihm, der Licht aus Dunkel schafft!"

Der Uebertritt Vondels war ein harter Schlag für seine
protestantischen Freunde, er blieb eine harte Nuß für seine
späteren protestantischen Verehrer. Daß sich ein gewöhnlicher,
beschränkter, friedebedürftiger Mann der „Grabesruhe" [1]
der katholischen Kirche überantwortet, ihrem „knechtischen" [2]
Gehorsam sich unterworfen, sein Seelenleben in ihr hätte
„dahinwelken" [3] lassen, das hätte noch Manchem begreiflich

---

[1] Van den Brink, Gids. 1837. S. 207.
[2] Van Lennep, Vondel. V. S. 562.
[3] Hofdijk, Gesch. d. Ned. Let. S. 273.

geschienen. Aber daß ein so kühner, lebhafter, kräftiger,
vielumfassender Geist, aufgewachsen in der vollen Freiheit
der Untersuchung und ausgerüstet mit den reichsten Kennt=
nissen, in der unabhängigsten Stellung, auf der Höhe eines
glänzenden Dichterlebens, sich freiwillig den „Kappzaum"
einer unfehlbaren Lehrautorität überwerfen ließ, das erschien
wie ein unerfaßliches Räthsel. Was konnte es sein, das
einen Vondel zu einem „solchen Schritte" verleitete?

Brandt, des Dichters persönlicher Freund und ältester
Biograph, suchte die erste Veranlassung in dem Vorhaben
des Dichters, sich mit einer Katholikin zu verehelichen.

„Ein gewisser Rechtsgelehrter," so meldet er, „ein glaub=
würdiger Mann, der lange gemeinsam mit ihm verkehrte, pflegte
zu erzählen, daß Vondel, nachdem er seine Gattin etliche Jahre
zuvor verloren, sein Auge auf eine wohlbegüterte Wittwe der
römischen Genossenschaft geworfen, und da er sonst keine Möglich=
keit gesehen hätte, ihr zu gefallen, bei sich zu überlegen begonnen
hätte, ob er ihr nicht guten Muthes in diesem Stück folgen
möchte: er hätte dann zuerst, mit diesem Rechtsgelehrten und
andern Freunden von der Sache redend, Alles in Zweifel ge=
zogen und endlich behauptet, daß es keine Sicherheit in der Reli=
gion gäbe, es sei denn, daß man einen unfehlbaren Richter und
Erklärer über Alles, was strittig sei, einen Statthalter Christi
auf Erden anerkännte, und daß dieß endlich auf den Papst als
Nachfolger des Petrus und auf die römische Kirche mit ihrer
Autorität hinausliefe: dieß um so mehr, da einige Priester und
andere Geistliche in der Hoffnung, einen Mann von solcher Be=
rühmtheit zu gewinnen, kräftig daran arbeiteten, daß endlich ihr
Vorhaben glückte, und zwar um so leichter, da der Dichter seinen
Verstand, sein Denken und Sinnen von Jugend auf so fleißig
dem Reimen und Dichten zugewandt hatte, daß er in dem Stücke
der Religion sehr unbewandert war. So kam er zur römischen
Kirche, ohne daß nachher die Ehe, nach der er strebte und die
ihn zuerst an's Zweifeln brachte, zu Stande kam. Aber man

muß bekennen, daß er, einmal übergetreten, nicht heuchlerisch, sondern in vollem Ernst dem Papstthum anhing, die Vorschriften und Gebräuche desselben unerschütterlich festhielt und sonder Tadel nach der Lehre der römischen Kirche gelebt hat, ihr mit seiner Feder und seiner Kunst oftmals zu Dienste stand und allzeit eiferte, um auch Andere mit sich zu ziehen. Diese Veränderung gereichte Vielen zu großem Aergerniß, die dann seine folgenden Werke, besonders so weit sie nach dem Römischen rochen, zu gering schätzten."

Die Angabe Brandts stützt sich, wie man sieht, auf bloßes Hörensagen, und bezeichnet die Hochzeitsgedanken Vondels nicht als eigentliches Motiv, sondern höchstens als ersten äußern Anlaß seiner Bekehrung. Van Lennep verwirft auch dieß, einmal wegen des vollständigen Mangels äußerer Beweise, dann auch wegen der innern Unwahrscheinlichkeit einer solchen Annahme, wobei er vor Allem auf Vondels kordaatheid en onbaatzuchtige inborst, d. h. seine Mannhaftigkeit und seine uneigennützige Gemüthsart, hinweist, mit welcher jene Angabe sich schlechterdings nicht vereinigen läßt [1].

---

[1] Auch der Protestant Dr. Eelco Verwijs (Archivaris van Friesland en schoolopziener. Nederlandsche Klassiken. IV. Brandts Leven van Vondel. Leeuwarden, Suringar, 1866. S. 59) weist diese Insinuation Brandts entschieden zurück. „So sehr es auch möglich ist," sagt er, „daß Vondel an eine zweite Ehe gedacht haben mag, so gewiß war dieß der wahre Grund von seinem Uebergang nicht. Dieser läßt sich aus seinem Charakter entsprechend (naar eisch) erklären. Mit der katholischen Wittwe kann, wie mir scheint, Tesselschade, bis 1634 mit Allard van Krombalgh vermählt, gemeint sein; eine Vorstellung, die J. A. Alberdingk-Thijm eine anziehende Novelle eingegeben hat." S. Kath. Alm. voor 1854. — Ziemlich widerstreitend mit Lennep glaubt J. van Vloten (ein freisinniger Protestant) einen theilweisen Grund der Conversion in Vondels Gemüthszartheit zu finden, anerkennt indessen ebenfalls,

Wie ein solches Gerücht dennoch etwa aufkommen und
Glauben finden konnte, schildert van Lennep[1] mit viel psycho=
logischer Einsicht: „„Wie kann,"" so stelle ich mir vor,
daß die Reformirten jener Tage ratiocinirt haben mögen,
„„wie kann Jemand, der so wacker ist und so hell denkt,
wie Vondel, wie kann der den römischen Fabeln Glauben
schenken und in seinen alten Tagen die Lehre verlassen, in
der er geboren und aufgezogen worden ist? Lebensmüde
(suf) ist der Mann nicht, das erhellt aus den Schriften,
die er liefert. Vortheil oder Nutzen in seinen Angelegen=
heiten kann es ihm auch nicht bringen; im Gegentheil, es
kann nicht ausbleiben, daß er dadurch die Gunst der Re=
genten und seiner früheren Gönner verliert. Da steckt ge=
wiß was dahinter. Es mag wohl sein, daß er die Hand
irgend einer gutgestellten röm'schen Wittwe zu bekommen
hofft und auf diese Weise sein Geschäft, das, so viel wir
hören, seit dem Tode seiner Frau nicht mehr so gut voran=
geht, wieder in Ordnung zu bringen beabsichtigt! Da ist

---

daß sein Uebertritt redlich und uneigennützig war und weder seinem
Patriotismus noch seiner dichterischen Thätigkeit schadete. „Durch
Ueberdruß an allen kirchlichen Streitigkeiten und durch den Einfluß
des Verkehrs der Patres Jesuiten auf sein verzärteltes Gemüth, nach
dem Tode seiner Frau und nach dem Uebergange seiner Tochter zur
Mutterkirche, selbst aus einem Mennoniten Römisch geworden, weihte
er in der zweiten Hälfte seines Dichterlebens einen großen Theil
seiner Poesie den Geheimnissen und dem Dienst, wie den Heiligen und
Vorzügen dieser Mutterkirche, und ließ auch unwillkürlich in der Wahl
und Behandlung seiner fürderen poetischen Stoffe diesen kirchlichen
Geist durchblicken; doch verläugnete er dabei weder seine
Dichterwürde, noch seine vaterländische Gesinnung."
Beknopte geschiedenis der nieuwe Letteren. Amsterd. Van
Kampen. 1876. p. 340.

[1] III. 621.

ja eine, um die er sich schon lange bemüht und die wahr=
scheinlich seine Glaubensveränderung zur Bedingung ihrer
Zustimmung gemacht hat. Das soll es wohl sein!"" —
Und so kommt das Gerede (praatjen) in die Welt und
macht die Runde und wird in Kurzem als unbestreitbare
Wahrheit angenommen."

So dachte sich Lennep, der Protestant, die Entstehung
jenes Gerüchtes.

Während er dasselbe entschieden ablehnte und in's Reich
der Fabeln verwies, glaubte er dagegen die Ursache der
Conversion im Mangel an theologischer Bildung zu finden.
„Vondel," so versichert er, „war eigentlich Alles, nur
kein Theologe. Von den bestehenden Religionsgenossen=
schaften hatte er nur ganz oberflächliche Vorstellungen. In
dieser Hinsicht stand er selbst hinter den nicht wissenschaftlich
gebildeten Reformatoren seiner Zeit zurück." Dieser Vor=
wurf hat nicht viel auf sich, wenn man bedenkt, wie die
in Holland damals herrschenden Religionssysteme sich prak=
tisch vor dem Blicke eines denkenden Beobachters entschleierten.
Nichts als Zersplitterung, Wirrwarr, Eigensucht, Eifer=
sucht, leidenschaftliche Verfolgungssucht, ein Vorspiel jener
Zerfahrenheit, welche der Protestantismus heute unter den
Secten Nordamerika's darstellt. Da brauchte es doch keine
tiefen dogmatischen Studien, um zu erkennen, daß hier die
Kirche Christi nicht zu finden sei. Daß Vondel übrigens
die Unterscheidungslehren der verschiedenen Hauptsecten ge=
nugsam kannte und sie auch theologisch zu würdigen mußte,
daß er vor Allem in den Schriften des Alten und Neuen
Testaments trefflich zu Hause war, zeigen seine Werke in
sehr schlagender Weise. Daß er nach Grotius' Anweisung
und Rath die ältere Kirchengeschichte, Conciliengeschichte
und Kirchenväter sehr fleißig studirt hat, ist ebenfalls aus

mehreren Dichtungen zu ersehen, die er noch vor seiner Be=
kehrung verfaßt hat. Für ein gründliches Stubium der
katholischen Glaubens= und Sittenlehre endlich bürgen
seine späteren theologischen Lehrgedichte, deren eines eine
völlige Theodicee enthält, ein anderes das Geheimniß der
allerheiligsten Dreifaltigkeit, ein anderes die Lehre der Eucha=
ristie in poetischem Gewande entwickelt. Ueber das letztere
berichtet Brandt, der selbst protestantischer Prediger war:
„Insonderheit war man verwundert, daß er die bunkeln
Worte, welche Thomas von Aquin unb andere papistische
Scholastiker über diesen Stoff ersonnen, so glücklich auf
Holländisch auszubrücken wußte." Das konnte aber nur
ein Mann, der die Scholastiker kannte und verstand, also
ein Mann von mehr als gewöhnlicher theologischer Bildung.

Viel schlichter und einfacher als nach den künstlichen,
unhaltbaren protestantischen Conjecturen erklärt sich Vondels
Rücktritt, wenn man denselben an der Hand der historischen
Daten vorurtheilslos im Lichte katholischer Anschauungen
betrachtet. Das Walten der Gnade läßt sich allerdings in
seinem innersten Wesen nicht erfassen und beobachten; aber
die Gnade bedient sich doch äußerer Umstände und An=
knüpfungspunkte, die man wahrnehmen unb verfolgen kann,
und der innere Fortschritt des Geisteslebens gibt sich in
Aeußerungen kund, die eine wenigstens annähernde Beurthei=
lung ermöglichen.

Vondel, das haben wir schon gesehen, war ein wackerer,
biederer, tief religiöser Mann. Das zeigt sich schon in der
Wahl seiner Lieblingsstoffe — sie waren zumeist religiös,
und wenn er auch bann und wann etwas weltlich tänbelte,
kehrte er mit sichtlicher Sehnsucht zu religiösen Stoffen zu=
rück. Er war ernst, nachbenklich, vielleicht bisweilen etwas
träumerisch unb melancholisch; er suchte nach innerem Frie=

ben, fand ihn aber in seinem Bekenntniß nicht. Noch viel
weniger befriedigte ihn die äußere Gestaltung des Prote=
stantismus, die Unduldsamkeit der Ultra=Calvinisten vor
Allem und die Schwärmerei der Ultra=Mennoniten. Er
stand für die politische Freiheit der Arminianer ein, ohne
zu ihnen überzugehen. Er vertheidigte die aufgeklärteren
Mennoniten gegen ihre verwandten Schwarm= und Rotten=
geister, ohne dabei ein bestimmt abgegrenztes dogmatisches
Lehrgebäude vor sich zu haben. Er stand für die Freiheit
ein, während sein Geist nach einer klaren, festen Norm der
Offenbarung verlangte und während das Privaturtheil gleich=
zeitig ein Schauspiel vor ihm aufführte, das ihn unwillkür=
lich von sich stieß. Eine der größten Schwierigkeiten der
meisten Convertiten, die Ehrfurcht für die Väter und Ur=
heber der sogen. Reformation, überwand er schon in den
Kämpfen zwischen Remonstranten und Contraremonstranten.
Calvin und seine Lehre stieß ihn vollständig ab. Die Brücke
zum Calvinismus war völlig abgebrochen. Während ihn
seine künstlerisch angelegte Dichternatur zu einer Religion
hinzog, welche die christlichen Ideen von selbst in einer sicht=
baren Gestalt, in sichtbarer Organisation und Thätigkeit,
in sichtbarer Lehrgewalt und sichtbaren Gnadenmitteln dar=
stellte, führten ihn dichterische Stoffe und Hugo Grotius'
Rath auf das Studium der ältesten christlichen Jahrhunderte
hin. Da stand eine neue, ihm bis jetzt unbekannte Welt
vor ihm auf, die ihn ebenso sehr gewann, als die Keiferei
der protestantischen Prediger und ihr zelotisches Ankämpfen
gegen freiere Dichtung und Kunst ihn mit Widerwillen er=
füllten. „Gijsbrecht van Aemstel" und die „Jungfrauen"
zeigen, wie die Vorliebe für den katholischen Gottesdienst
immer lebhafter sein Gemüth einnahm. Bei einem sehr aus=
gebreiteten Wissen, welches Vondel durch unausgesetztes

Studium täglich mehrte, war er nach Brandt's ausdrück=
lichem Zeugniß ein sehr bescheidener, demüthiger Mann, der
von seinen eigenen Werken sittsam sprach oder mit großer
Eingezogenheit [1], der die Demuth selbst als die unerläßliche
Bedingung zur sittlichen Wiedergeburt ansah:

> „Ál wie door ootmoed wordt herboren,
> Hij is van 't goddelijk geslacht." [2]

Daß Vondel betete, viel und herzlich betete, darüber
lassen seine Dichtungen keinen Zweifel übrig [3]. Eben so
schöne als ihm liebe Jugenderinnerungen neigten seine Ver=
ehrung zu den katholischen Heiligen, auch zur Königin
der Heiligen, hin. Als seine Frau starb, erschien es ihm
als ein tröstlicher, freundlicher Gedanke, daß sie den Namen
der Hochgebenedeiten getragen und in ihrem Chor begraben
lag. Die Hinneigung seiner Tochter zum Katholicismus
störte nicht nur den Frieden des kleinen Familienkreises nicht,
sondern hob und nährte sichtlich die Tugenden, durch welche
das brave Mädchen zum Schutzengel dieses Familienkreises
ward.

Während die erprobte Rechtlichkeit und Uneigennützigkeit
Vondels — nach dem Zugeständniß van Lenneps und vieler
anderer Protestanten — jeden Gedanken an irdische Vor=
theile bei seiner Conversion schon von vornherein ausschließt,
ist es schwer, in den äußern Verhältnissen auch nur irgend
eine solche irdische Rücksicht zu entdecken, die ihn etwa an=

---

[1] „Van zijn eigen werk sprak hij zedig of met groote inge-
togenheid."

[2] „Wer durch Demuth wird wiedergeboren, der ist von gött=
lichem Geschlecht."

[3] Vergl. das schöne, herzliche Gebed, uitgestort tot God over
mijn gedurige kwijnende ziekte. A° 1621. Ed. van Vloten.
I. 146.

gezogen haben könnte. Er war ein unabhängiger Mann, ein begüterter Kaufherr, ein angesehener Dichter. Sein bisheriges Katholisiren in vereinzelten Dichtungen hatte nur seine öffentliche Gunst geschmälert, ein fester Anschluß an den Protestantismus hätte ihm, nach aller Berechnung, zum größten Vortheil gereicht. Dabei hätte er sich nicht streng an eines der herrschenden Bekenntnisse anschmiegen müssen, er hätte bloß, wie die angeseheneren seiner aufgeklärten Freunde, den Namen eines Protestanten zu wahren gebraucht. Nur darauf hielt die Mehrzahl der protestantischen Bourgeoisie, die, aus dem Unabhängigkeitskampfe hervorgegangen, den Protestantismus als ein wesentliches Erbstück ihres Ursprunges festhielt, während sie dem Privaturtheil den freiesten Spielraum bot. Die Katholiken standen in der Minderzahl und hatten auf die öffentlichen Angelegenheiten wenig Einfluß. Sie wurden allenfalls geachtet, wenn sie anderweitig Ruhm, Ansehen und Geld hatten; doch zu ihnen zu gehören, war nicht eben der günstige Pfad und das goldene Thor zu jenen irdischen Gütern.

Wohl spielten vereinzelte Katholiken im öffentlichen Leben und namentlich in der Literatur eine nicht unbedeutende Rolle; aber nicht weil, sondern obschon sie Katholiken waren. So versammelte der reiche katholische Kaufherr Hendrik Laurensz. Spieghel seine poetischen Freunde in einem anmuthigen Landhaus vor dem Utrechter Thor, „Meerhuizen" genannt. Da stand eine herrliche Linde, darunter wohl zwanzig Personen Platz finden konnten. Daneben war den Musen ein Tempelchen errichtet, unten vierseitig, im ersten Stock achtseitig, oben rund. Unter der Linde und in dem wohlausgestatteten Pavillon wurden die Söhne der Musen bewirthet und lasen einander ihre Gedichte vor. Spieghel wurde durch diese gastfreundliche Gemüthlichkeit und ander=

weitige, höhere Verbienste so beliebt, daß ein Gerücht be=
sagt, man habe ihn zum Schöffen machen wollen und er
sei, um dieser Würbe zu entgehen, in den letzten Lebens=
jahren nach Alkmaar gezogen. Alles weist aber darauf
hin, daß nicht seine Anhänglichkeit an die alte Kirche, son=
dern seine bulbsame Liebenswürbigkeit und seine literarische
Bedeutung ihm so viel Ansehen und Gunst verschafften.

Nicht anders stand es in dem Freundeskreise, in welchem
Vondel wohl zuerst näher mit Katholiken bekannt ward.
Es war dieß das Haus des reichen Amsterbamer Kauf=
manns Roemer (Roman) Vißcher (geb. 1547, † 1620).
Der gemüthliche Herr, ein Freund Spieghels, verwandte,
wie dieser, seine Mußestunden auf Poesie, und hielt für
Poeten, Maler und Künstler aller Art offenes Haus [1].
Ein sehr eifriger Katholik scheint er nicht gewesen zu sein;
er heirathete wenigstens eine Protestantin, Aevchen (Eva)
Jansbr (Johanns Tochter) van Campen. In seinen Sinn=
sprüchen [2] gibt sich ein gutmüthiger, etwas leichter Sinn
kund. Den jungen Mäbchen ertheilt er den Rath:

> „Mäbchen, eh' bu dich vermählst,
> Lern' das Wörtchen T r e u e schreiben;
> Denn wenn bu bas T verfehlst,
> Wird bir bloß bie R e u e bleiben.“

---

[1] Spieghel sagt von bem Vißcher'schen Haus:

Wiens drempel wordt gesleten
Van schilders, kunstenaars, van zangers en poëten.

[2] Sinne- en Minnepoppen, b. h. Sinn= und Minnepuppen.
Eine Ausgabe berselben, bie etwa 50 Jahre nach seinem Tobe er=
schien, gruppirt bieselben unter folgenben wunberlichen Titeln:
1. Quikken, 2. Rommelsoo (Allerlei), 3. Raedtsels, 4. Tuijters
(Sonette), 5. Jammertjens (Elegien), 6. Tepelwerken (Schnißelwerk).

Die drei Kreuze im Amsterdamer Stadtwappen erklärt er weder in katholischem, noch in protestantischem Sinn:

> „Die Geusen kreuzigen uns mit Gewalt,
> Der Hof von Burgund kreuzigt uns um Geld,
> Der Rath kreuzigt die Bürger und die Bauern;
> Soll'n wir nicht drei Kreuze im Wappen führen?"

Gute Kenntniß der katholischen Lehre, aber auch Leicht= fertigkeit verräth sein Scherz an die „Schmollende":

> „Um den Ablaß zu verdienen,
> Mußt du deine Sünden beichten,
> Deine Sünden groß und klein;
> Um der Hölle Gluth zu meiden,
> Mußt du wahre Reue hegen,
> Und dein Herze machen rein.
> So bitt' ich dich, Allerliebste,
> Laß das Greinen und das Schmollen,
> Und gib mir mein Herze wieder,
> Das du hältst in Qual und Pein.
> Oder willst für dich alleine
> Du's behalten, mußt du beichten
> Deine Sünden und auch **meine**!" [1]

In seinem Hause trafen sich Peter Corneliszz. Hooft, der „holländische Tacitus", Constantin Huygens, der Diplomat und Poet, Caspar de Baerle, der berühmte Latinist und Literaturprofessor am Athenäum, der Seefahrer Reael, der Stadtsekretär Daniel Mostert, der Jurist Joan Vechters und andere Schöngeister und Künstler der Stadt. Den eigentlichen Magnet des Hauses bildeten die beiden Töchter Visschers, Anna (geb. 1584), die älteste, und Maria Tesselschade (geb. 1594) [2]. Die mittlere, Gertrud,

---

[1] Van Vloten, Bloemlezing uit de Nederlandsche Dichters der zeventiende eeuw. Arnhem. Nijhoff. 1869. p. 8—12.

[2] Diesen sonderbaren Namen erhielt die jüngste Tochter, weil

heirathete früh einen Protestanten. Nach dem Tode der
Frau führten die beiden andern Töchter dem Vater das
Hauswesen. Dazu waren sie in allen möglichen Künsten
unterrichtet, dichteten, musicirten, sangen, malten, ver=
fertigten künstliche Blumen und Nippsächelchen, schnitten
zierliche Zeichnungen in Glas und lieferten die schönsten
Kunststickereien. Anna, die ältere, war sehr mit dem
Dichter Jakob Cats befreundet und dichtete in der realisti=
schen Manier dieses Dichters, des Begründers der sogen.
seeländischen Schule[1]. Weit mehr verehrt wurde die jüngere,
talentvolle Maria Tesselschade, um deren Huld sich
die angesehensten Schöngeister bewarben. Sie sprach und
sang Italienisch und unternahm sogar eine Uebersetzung von
Tasso's „Befreitem Jerusalem", von der indeß nur eine
einzige Stanze erhalten geblieben ist[2]. Sie stickte Tapeten,

---

um die Zeit ihrer Geburt ein Kauffahrteifahrer des alten Bisscher
an der Insel Tessel „Schaden" gelitten hatte.

[1] Ihre Gedichte hat Beets voriges Jahr neu herausgegeben.
Alle de gedichten van Anna Roemers Vischer . . . naar tijds-
orde en in verband met hare levensbijzonderheden uitgegeven
en toegelicht door Nicolas Beets. Utrecht. Beijers 1881. 2 Thle.
gr. 8°. Ueber die beiden Töchter besteht eine ganze Literatur, aus
der hervorgehoben werden mögen: Jacob Scheltema, Anna en
Maria Tesselschade, de dochters van Roemer Visscher. — J. A.
Alberdingk-Thijm, Verspreide Verhalen. I. D. p. 205—264.
Maria Tesselschade Roemers. Amsterd. Langenhuyzen. 1879.
— De Bruyn, Gedichten van Anna en Maria Tesselschade
Visscher. — Dr. J. van Vloten, Tesselschade Roemers en hare
vrienden in 1632—1649. — T. Jorissen, Een paar verliefde
hollandsche dichters (Hooft en Huygens). Nederland. 1870. II.
39. — Kok, Vaderl. Woordenboek. 29 D. Bl. 264. — J. de
Vries, Gesch. der Nederl. Dichtk. I. 57.

[2] Ihre Kunstfertigkeit schildert der sterbensverliebte Baerle also:

„Vidi tabellas, Tesselae pictas manu,

malte schwebende Psychen und Amoretten im damaligen Mode=
geschmack, verfertigte aus Muscheln die artigsten Schmuck=
sachen und spielte auf der Laute zu den Liedern der verliebten
Dichter. Als in dem Kampfe zwischen Prädicanten und
Theater die Coster'sche Akademie in Versen die Preisaufgabe
stellte, welches die besten und welches die schlimmsten Zun=
gen seien, beantwortete Tesselschade die Frage in recht arti=
gen Verschen:

> „Die beste Zung', die klang hienieden,
> Sang Gottes Lob, den Menschen Frieden,
> Die beste, die durch Schweigen siegte,
> Auf der Apostel Haupt sich wiegte.
> Die schnöb'ste Zunge hier begehrte
> Das Wissen, das uns Gott verwehrte,
> Die schlimmste sprach im Himmelreich:
> ‚Gott will an Macht ich werden gleich!‘"

Das schöngeistige Kränzchen, das für die niederländische
Literatur von nicht geringer Bedeutung war (denn hier
wurden die verschiedensten literarischen Projekte besprochen,
Pläne entworfen, Dichtungen vorgelesen und kritisirt, An=
regung zu neuen gegeben), traf nicht nur öfter im Visscher=

> Psychen volantem, celsa Muydae moenia,
> Portusque et arcus, eminentis Hoofdii
> Celebres recessus. Tesselae textos manu
> Vidi tapetos, scripta Tesselae manu
> Monumenta vidi, versa Tassi carmina
> Italumque amores, quosque vatibus suis
> Modulos dicavit. Tesselae vidi chelyn,
> Quam fidibus illa pulsat exactissimis,
> Musisque sacrat, pendulum vidi mare,
> Marisque spolia, totque concharum ordines,
> Quos illa docte sedibus fixit suis
> Placidaque junxit dispares concordia."

schen Hause zusammen, sondern fast ebenso oft im vor=
nehmen Schloß und Schloßpark des Dichters Hooft, der
schon 1609 Landdrost (Drossaert) von Muyden und Ballum
von Gooiland geworden war. Von daher hat dieser Dichter=
kreis den Namen der Muyderkring [1]. Van Kampen dürfte
nicht ganz unrecht haben, wenn er von diesem niederländi=
schen Hôtel Rambouillet sagt: „Die schönen Künste ver=
einigten die Gemüther, welche falscher Religionseifer ent=
zweit hatte." Nur muß man festhalten, daß nicht eben jeder
Religionseifer falsch ist. In dem Kreise von Muyden aber

---

[1] Notizen darüber finden sich in den literaturgeschichtlichen Werken
von J. de Vries; P. G. Witsen Geysbeek; Prof. M. Siegenbeek;
Prof. P. N. van Kampen; J. van 's Gravenweert; Dr. F. A.
Snellaert; Prof. J. A. Jonckbloet; J. W. Hofdijk; Dr. J. ten
Brink; Visscher; Beets u. s. w. — Ausführlicheres über den Dichter=
kreis von Muyden bieten Hofdijk, Kasteelen in Nederland.
2. Serie. p. 118. — J. de Koning, Geschiedenis van het Mui-
derslot. — P. J. Andriessen, De Muyderkring. — A. Drost,
Meerhuyzen. Letterkundig zeden-tafereel uit den aanvang der
17e eeuw Almanak voor het Schoone en Goede voor 1834. —
Die Hauptquelle für den Gegenstand bilden Hooft's Brieven. 4 Bde.
Leyden. Brill. 1857. (Ed. J. van Vloten.) Vergl. dazu Dr. J. C.
Matthes, Leven van Hooft. — Busken Huet, Drostelijke tee-
derheid. De Gids. 1862. I. 206. — J. ten Brink, Te Muyden.
1620 Zeitschr. Nederland. 1866. I. 173. — T. Jorissen, Een
paar verliefde hollandsche dichters (Hooft en Huygens). Nederland. 1870. II. 39. — Zum Jubelfeste Hoofts (geb. 16. März
1581) brachte die Dietsche Warande eine ganze Serie von Artikeln
über Hooft, darunter von J. A. Alberdingk-Thijm, Geslachtslijst der Familie Hooft. — Dr. J. ten Brink, Een letterkundig
Eeuwfeest. etc. Vergl. in den Studien 1881. — 13. Jaarg.
8. Afl. p. 205 den Aufsatz des P. W. Wilde, Het leven en de
gedichten van Hooft. — Ueber die Genealogie Hoofts veröffent=
lichten gleichzeitig J. A. Alberdingk-Thijm und A. A. Vorsterman:
Het geslacht Hooft. Amsterd. Langenhuizen. 1881.

herrschte nicht nur wenig wahrer Religionseifer, sondern
theilweise nicht einmal viel Religion. Hooft, Baerle und
Huygens waren nämlich bei einer Sorte von „Glauben"
angekommen, die heutzutage ziemlich verbreitet ist. In den
obligaten Förmlichkeiten hielten sie sich an ihr protestantisches
Bekenntniß, im Uebrigen aber waren sie rechte Lebemenschen,
die sich hienieden gut amüsiren wollten, an die höheren Auf=
gaben der Menschheit kaum dachten. Was Huygens be=
trifft, so hat sich Vondel selbst über dessen epikuräisches
Wobetreiben lustig gemacht[1]. Dieser Diplomat ·huldigte
übrigens so frivolen Sitten, daß man seine Memoiren bis
heute nicht zu veröffentlichen gewagt hat; noch mit 67 Jahren
trieb er in Paris die Thorheiten eines jungen Liebesritters,
machte galante Verschen, wie man sie heute unter Enveloppe
verkauft, und zeichnete Minneräthsel für junge Damen[2].

Caspar de Baerle, von Hooft über Vondel gestellt (er
nannte ihn den „Fürsten der Dichter" und den „Erzpoeten"),
spielte eine heitere Doppelrolle: auf dem Katheder den ernsten,
feierlichen Rococo=Humanisten, in Gesellschaft den lustigen
Compagnon. „Ohne Scherze," schreibt er an Huygens, „an=
ständige natürlich, kann ich ebenso wenig leben als ein Aff
ohne Nüsse und Tanz, und doch geißle ich diese meine Freu=
den mit frommen und himmlischen Gedanken."[3] „Auf dem
Katheder," schreibt er ein andermal, „halt' ich mich als ein
Professor, solid und ernst, aber wenn ich bei einem Freun=
desmahl sitze, dann fühle ich mich wie vom Kerker und
Sklavenfesseln erlöst."[2] Außer den anständigen Witzen

---

[1] Roskam. Ed. van Vloten. I. 279.

[2] S. J. A. Alberdingk-Thijm, De liefdesgeschiedenissen
van twee Nederlandsche dichters. De Gids. 1871. I. 262. 289.
294. Daselbst auch ein Facsimile von einigen seiner Räthsel.

[3] Hoofts Brieven. IV. 341.   [4] Barl. Epist. p. 890.

kommen in seinen Briefen an Huygens übrigens auch un=
anständige vor, und zwar so unanständige, daß man sie,
obwohl sie ihn sehr charakterisiren, kaum mittheilen kann.
Der schulmeisterlichen Breite — prolixiteit — seiner Dich=
tungen war er sich wohl bewußt: „Ego testitudineo gradu
emetior spatia mea." Im Freundeskreis hieß er nur der
„Bettler", weil er alle Fürsten und angesehenen Personen
unaufgefordert mit Gedichten bediente. In der holländischen
Poesie lieferte er nicht viel mehr als Balde, mit dem er
ein paar Mal corresponbirte [1], im Deutschen. Vondel hat
ein paar lateinische Gedichte von ihm übersetzt, wofür er
ihm in den überschwenglichen Versen dankte:

> „Vondeli, mea quo *toties* interprete Musa
> Teutonico populis gestit ore loqui." [2]

Doch entwickelte sich zwischen den beiden Männern kein
intimerer Verkehr.

Viel ernster als Huygens und be Baerle war Corn. P.
Hooft, der sich neben Vondel wohl das meiste Verdienst
um die damalige Ausbildung der niederländischen Sprache
und Literatur erworben hat. Vondel studirte seine Ueber=
setzungen, Prosawerke und Gedichte mit dem lebhaftesten In=
teresse und schätzte ihn als die bedeutendste sprachliche Au=
torität. Von Hoofts Seite wurde diese Liebe und Hoch=
achtung jedoch nur in geringem Maße erwiedert. Einmal
Drossaert geworden, sah er mit ziemlicher Vornehmheit auf
den strebsamen Strumpfhändler herab und würdigte ihn nur
gelegentlich seiner Huldherweise. Von Italien hatte er nicht
nur Liebe für dessen Sprache und Literatur, sondern auch
eine starke Dosis mediceischer Ueppigkeit mit nach Hause

---

[1] S. Herders Terpsichore (Hempel III. 295. 296).
[2] Poëmata II. 208.

gebracht, und suchte auf seinem Schloß den florentinischen
Mäcenas zu spielen. Seine erotischen Gedichte huldigen
mitunter einem sehr lüsternen Realismus. In religiöser Hin=
sicht war er flau, wollte sich das Leben nicht durch „theo=
logisches Gezänke" verbittern lassen und ging darum den
brennenden Tagesstreitigkeiten als vorsichtiger Politiker aus
dem Wege — hierin das vollständigste Gegentheil von
Vondel.

Die katholische Maria Tesselschade, obwohl nicht eben
unreligiös, heirathete 1623 (27 Jahre alt) den protestanti=
schen Marineoffizier Abelard (Allard) van Crombalgh und
ging in der Toleranz so weit, auch ihr erstes Kind, ein
Töchterchen, vom „Domine" protestantisch taufen zu lassen.
Für einige Zeit zog sie sich nun von der Literatur zurück
und ward Hausmütterchen. Als aber schon 1634 ihr Ge=
mahl starb, suchte sie ihren Trost in der Literatur, über=
setzte an Tasso und verkehrte wieder häufig mit dem Muy=
bener Kreis. Baerle, der inzwischen Wittwer geworden, und
Huygens warben jetzt um ihre Hand. Sie wurde mit poe=
tischen Complimenten wahrhaft überschüttet. „Vielleicht,"
sagt Scheltema [1] von Baerle, „hat noch nie Jemand so ge=
lehrt und artig gefreit wie er. Eine ganze Abtheilung seiner
Gedichte, Tessalica betitelt, ist an sie gerichtet." Hooft und
Huygens übersetzten einige in's Holländische. Als Symbol
ihrer „Liebe" wählten Baerle und Huygens 1640 ein Herz
mit zwei Pfeilen [2]. Zugleich wurden verzweifelte Anstren=
gungen gemacht, um die gefeierte Künstlerin zum Prote=
stantismus zu bekehren. Man schickte ihr Bücher, um sie
eines Bessern zu belehren. Baerle hielt ganze Disputationen

---

[1] De dochters van R. Visscher. — C. Barlaei poemata. II.
428. Scheltema gibt von einigen die Uebersetzungen Bilberdijks.

[2] Alb. Thijm. im Gids. 1871. I. 292.

mit ihr. Auch Huygens scheint Bekehrungsversuche gemacht zu haben; wenigstens witzelt Baerle in einem Briefe dar=
über, daß Tesselschade (im Haag) bei ihm eingekehrt, aber noch nicht von ihm bekehrt sei [1]. Alle diese Anstrengungen waren indeß umsonst. Tesselschade wies nicht nur die Be=
werbungen der beiden Freier, sondern auch deren Propa=
gandaversuche von sich. Sie war ernster geworden und sah sich in dem ernsten Kampfe nach dem Rathe der Missions=
priester um, welche in Alkmaar, ihrem gewöhnlichen Aufent=
halt, wohnten. „Nun haben wir's hier mit den Jesuiten zu thun," klagte Baerle in einem Briefe, „wahrscheinlich weil eben von nichts als von Tesselschade gesprochen wird; so zieht das Beil den Stiel nach sich und mischt sich Vitus in des Bachius Sachen" [2] — eine Anspielung auf die bei=
den so benannten Gladiatoren in einer Satire des Horaz. Die jesuitische Partei siegte schließlich in dem romantischen Ringkampf [3]. Nachdem Tesselschade 1642 durch einen Un=
glücksfall ihr linkes Auge verloren hatte, zog sie sich mehr und mehr in ein ernsteres häusliches Leben zurück und wid=
mete die letzten Jahre mit mütterlichem Ernst der Erziehung ihrer einzigen Tochter. Ein Gedicht auf die hl. Maria Mag=
dalena, das ihr zugeschrieben wird, ist voll ernster Gesinnun=
gen der Liebe, Reue und Buße [4]. Sie starb den 20. Juni 1649, nachdem Vondel längst katholisch geworden.

---

[1] Conversam ad te, sed nondum conversam a te. Epist. 922. Vergl. van Vloten, Tesselschade Roemers en hare vrienden. p. 47. 48.

[2] S. die hieher bezüglichen Briefe bei Hoofts Brieven. IV. 274—328.

[3] Allard, Vondels Gedichten op de Societeit van Jesus. 1868. p. 23. 24. 25.

[4] Alb. Thijm, Verspreide verhalen. I. 205—264, theilt das Gedicht mit.

Die Bekehrungsversuche der Humanisten Baerle und
Huygens an Maria Tesselschade Roemer bilden sicherlich ein
interessantes Gegenstück zu Vondels fast gleichzeitiger Con=
version. Die Beziehungen des letztern aber zum Kreise von
Muyden und speciell zu Tesselschade sind von mehreren
niederländischen Schriftstellern allzu romantisch ausgemalt,
ja zum förmlichen Roman gestaltet worden. Er wurde so=
gar als dritter Freier neben Baerle und Huygens gestellt.

Wohl hatte Vondel mehrere Gedichte an Hooft gerichtet,
den Tod seines Vaters (1626) und seine zweite Hochzeit
mit Eleonore Hellemans (1627) besungen. Ihm widmete
er seine merkwürdige Epistel „Ueber die Herstellung der
deutschen Freiheit", ihn spornte er (1634?) zur Fortsetzung
seiner „Niederländischen Annalen" an. Auch an Huygens
und Baerle finden sich Gedichte. Doch weisen unter diesen
Gedichten höchstens eines oder das andere auf nähere In=
timität hin. In ähnlicher Weise hat Vondel eine Menge
anderer damals lebender, hervorragender Männer gefeiert
und ihnen sein Jo Hymenaee! zugesungen. In den um=
fangreichen Correspondenzen von Hooft, Huygens und Baerle
wird er kaum ein und das andere Mal im Vorübergehen
erwähnt, während Tesselschade's Name in Einladungen und
Artigkeiten, freundlicher Erwähnung und Besprechung un=
aufhörlich wiederkehrt. Es ist wohl die Rede davon, daß
Vondel in Muyden sein V. Buch Constantin vorlesen
sollte; aber ob er das je gethan, ist nicht nachzuweisen.
Grotius, Geraart Vossius, Plemp, Vechters standen ihm,
wie sicher feststeht, mit ihren klassischen Kenntnissen in
mehreren Arbeiten bei, aber in Bezug auf die Koryphäen
von Muyden ist nichts dergleichen ersichtlich. Das Einzige,
was man annehmen kann, ist, daß er dann und wann ein
wenig mit Hooft und dessen Freunden verkehrte, vielleicht

auch ein paar Male in dem Schlosse von Muyden zugegen war. Alle seine größern Arbeiten bekunden diesem Kreise gegenüber die größte Unabhängigkeit.

Ebenso sehr schmelzen die Beziehungen zu des Zalig Roemers huis und zu dessen Töchtern zusammen, wenn man nur die vorhandenen geschichtlichen Anhaltspunkte in's Auge faßt. Wie fast alle damaligen Amsterdamer Poeten hat auch er sein Gedicht auf Anna Roemer Visscher ge= liefert. Auf ihren Wunsch dichtete er 1622 seinen ersten Lobgesang auf die hl. Agnes, in welchem er sich über Hei= ligen= und Reliquienverehrung schon ganz katholisch. äußert. Als sich im folgenden Jahr Tesselschade mit dem Protestan= ten Allard Krombalgh vermählte, erhielt das Ehepaar nach allgemeinem Brauch sein Hochzeitslied, doch ohne alle Senti= mentalitäten. Während Baerle und Huygens die verwitt= wete Tesselschade mit Liebesgedichten und Complimenten förmlich überschütteten, liegt von Vondel kein einziges Minne= liedchen an sie vor. Denn als solches kann man doch kaum das kleine Scherzgedicht auffassen, in welchem er sich (1634) über den englischen Epigrammatisten John Donne und die Bewunderung lustig machte, welche Huygens, sein Uebersetzer, Hooft, Tesselschade und Mostert den fast un= verständlich dunkelsinnigen Spruchversen desselben schenkten:

> „„Der britt'sche Donn,
> Die dunkle Sonn'
> Scheint nicht für Aller Augen!"
> Sagt Huygens ungelogen.
> Dem sprachgelehrten Herrn vom Haag,
> Dem wässern die Zähne nach Kaviar,
> Nach Schnupftabak und Rauchen,
> Kann rohes Hirn wohl brauchen.
> Doch das ist ungewohnte Kost,
> 's ist ein Bankettchen für den Drost,

Und für unfer Kamerädchen,
Das füße Teffelfchädchen.
    O liebes Nymphlein Teffelfchaÿ!
    Verftehft du nicht, fo fchlage nach
Oder laß es dir bedeuten;
Denn das find höh're Lieder
    Als das Hohe Lied von Salomon,
    Das keine Vernunft je faffen kann,
Als hochgelehrte Smouten [1],
Von langer Hand gefalzen.
    Doch geht mir wohl das Urtheil ab,
    Weil ich meinen Senf und Sauce hab',
Ich kann mich nicht berathen
Mit ähnlichen Salaten.
    Auf, Mannen! effet ohne Ruh,
    Thut wacker Effig und Pfeffer zu;
Ihr mögt euch daran weiden:
Wir thun euch nicht beneiden!"

Der Humor diefes Gedichtes war eher fcharf und ein=
fchneidend, als gewinnend und einfchmeichelnd. Eine heitere
Ironie des Schickfals lag übrigens darin, daß der noch
proteftantifche Vondel der katholifchen Dame einen Apoftaten
lächerlich machte, der in England als ein Hort der „wahren
Lehre" galt und den König Jakob gerade wegen feiner
Controverfe gegen Bellarmin in den geiftlichen Stand hin=
ein genöthigt hatte.

Konnte es Teffelfchade nicht eben angenehm fein, als
echte femme savante wegen Ausländerei und Hang zu
unverftändlichen Dingen geneckt zu werden, fo mußte es fie

---

[1] Auch der Prädicant Abriaan Smout hatte Teffelfchade mit
einigen Gedichten beehrt, welche er über das „Hohe Lied" verfaßt
hatte; „aber," fagt eine alte Anmerkung, „fie fand den geiftlichen
Sinn mit fo fleifchlichen Worten ausgedrückt, daß fie fich fchämte,
folche Lieder vor ehrlichen Ohren zu fingen." — Ed. van Vloten.
I. 304.

dagegen sehr erfreuen, als Vondel ihr 1639 seine „Elektra" widmete. Da die begabte und feingebildete Dame ganz allgemein als Schriftstellerin verehrt wurde und wie eine Art Muse galt, so ist es durchaus willkürlich, diese Widmung als eine Liebesbewerbung zu deuten. Anderweitig ist von ihr in seinen Gedichten nicht die Rede. Erst nach seiner Conversion widmete er ihr seinen „Petrus und Paulus" unter dem Namen Eusebia. In diesem Namen Eusebia liegt wahrscheinlich eine Anspielung darauf, daß Tesselschade sich mehr und besser mit der Erziehung ihres einzigen noch lebenden Kindes beschäftigte. Der Inhalt und die Form der Widmung aber, im Zusammenhang mit dem Stück, schließt jede Deutung im Sinne des von Brandt angeführten Gerüchtes aus. So bleiben von einem Vondel-Tesselschade-Roman nur ein paar literarische Huldigungen übrig, welche sich von selbst verstehen.

Vergleicht man die Geistesrichtung, welche im Kreise von Muyden herrschte, mit den tiefernsten Anregungen, welche Vondel von Grotius empfing, so möchte man eher versucht sein, seine Beziehung zu Hooft, Huygens, Baerle, Tesselschade u. s. w. als ein Hinderniß seiner Conversion zu betrachten. Nichtsdestoweniger ward der Verkehr mit dem Roemer'schen Hause für Vondel unzweifelhaft auch zum Anknüpfungspunkte mit katholischen Anschauungen und katholischem Leben. Es zeigte sich da, daß die Katholiken — diese verrufenen Papisten — denn doch auch noch Menschen wären, ja daß es unter ihnen recht gebildete, liebenswürdige Menschen geben könnte. Die vielfache Beschäftigung mit italienischer Poesie, namentlich mit Tasso, räumte das düstere Vorurtheil hinweg, als ob jenseits der Alpen nur der leibhaftige Antichrist zu Hause wäre. Da Vondel auf den Wunsch Anna Roemers seinen ersten Lobgesang auf die

hl. Agnes dichtete, so kann man wohl annehmen, daß ähn=
liche Anregungen nicht vereinzelt geblieben sind, und daß
sie wesentlich dazu beitrugen, seine Vorliebe für den katho=
lischen Gottesdienst und für katholische Legendenpoesie zu
nähren.

Vondel ward übrigens auch mit anderen Katholiken be=
kannt und trat mit einigen derselben in intimeren Verkehr:
so mit dem erwähnten Dichter Heinrich Spieghel, mit dem
angesehenen Rechtsanwalt Bechters (Victorinus), mit dem
Juristen Cornelius Plemp, der in seiner Jugend in die
Gesellschaft Jesu eingetreten war, aber wegen schwacher Ge=
sundheit das Noviciat wieder verlassen mußte und sich nun
der Rechtsgelehrtheit zuwandte [1]; mit den Brüdern Plemps,
Timotheus und Peter, die beide Jesuiten waren (Peter war
von 1615 bis 1640 Missionär in Alkmaar); mit dem
würdigen Weltpriester Leonhard Marius, dem Vorstand des
Beguinenhofes in Amsterdam; mit den Jesuiten Augustin
van Teylingen und Petrus Laurentius.

In wie weit der Umgang mit diesen einzelnen Männern
auf die Conversion Vondels eingewirkt, läßt sich nicht genau
ermitteln, da er weder eine Conversionsschrift verfaßt, noch
ein Tagebuch oder ähnliche Aufzeichnungen darüber hinter=
lassen hat. Viele schrieben den entscheidendsten Einfluß dem

---

[1] Er war zeitweilig Advocat im Haag, sagte aber 1630 der
Praxis Lebewohl und kehrte nach Amsterdam zurück, wo er literarisch
thätig war. Er schrieb lateinische und holländische Verse und war
ein guter Musikus. Vondel zog ihn seiner vielseitigen Kenntnisse
wegen viel zu Rathe, und lobte in der Grabschrift auf ihn (1638)
seinen „Eifer für den römischen Altar, den er noch inniger um=
schlungen hielt, als Dichtung und Saitenspiel":

„Doch boven Poezij en snaar
Omhelsde ik ijvrig 't Roomsch autaar."

Pfarrer Leonhard Marius zu, welcher früher Professor zu
Köln gewesen war, seit 1631 in Amsterdam wirkte. Das
Gerücht, das ihm den Hauptantheil zuschrieb, mußte um
so leichter Glauben finden, als es für sicher galt, daß er
den berühmten Abt Berthold Nichusius von Ilfeld bekehrt
habe und als die öffentlich bekannte Sympathie Vondels für
Köln eine freundschaftliche Beziehung zwischen den beiden
Männern sehr nahe legt. Urkundlich ist indeß dieses Gerücht
durchaus nicht verbürgt. Während Vondel schon in den
nächsten Jahren die innigste Vertrautheit und Begeisterung
für die Gesellschaft Jesu an den Tag legt, ihre Heiligen
besingt, um ihre Thätigkeit sich interessirt, ihren Mitgliedern
Lieder weiht, wird Marius in seinen Schriften nur ein
paar Mal vorübergehend berührt und nur einmal, nach
seinem Tode (1652), mit einem Trauergesang beehrt. In
einem von mehreren Katholiken Amsterdams unterzeichneten
Schreiben an Papst Clemens X. aber (1670) wird Vondels
Bekehrung ausdrücklich den Jesuiten zugeschrieben [1].

„Es bedarf keiner Worte, um zu zeigen, eine wie standhafte

---

[1] Verbis non opus est, ut ostendamus, quam constantem
operam huic civitati praestiterit Societas Jesu in persecutioni-
bus, quam charitatem exhibuerit peste infectis, quam neces-
saria illa et utilis semper fuerit doctrina et moribus, non nobis
tantum, sed Hollandiae universae et in illa Ecclesiae Sedique
Apostolicae. Mutis characteribus exprimi haec non possunt;
nos ipsi vivae voces sumus, qui a Reverendis illis Patribus ab
errore conversi, in Fide solidati, olim numero pauci, nunc in-
numeri laudes Societatis pleno ore eloquimur . . .
Sanctitatis suae observantissimi filii et humillimi famuli,
cives amstelodamenses:

Johan van Mark.   J. van Vondel.
Isebrandus Plempius,   Gisbert Plempius.
    Amstelius.

Thätigkeit die Gesellschaft Jesu dieser Stadt in den Zeiten der
Verfolgung gewidmet, welche Liebe sie den Pestkranken erwiesen,
wie nothwendig und nützlich sie sich durch Lehre und Sitte nicht
bloß uns, sondern ganz Holland und in ihm der Kirche und dem
apostolischen Stuhl erwiesen hat. Stumme Schriftzüge können
das nicht ausdrücken; wir selbst sind lebendige Stimmen, die
wir durch jene hochwürdigen Väter vom Irrthum bekehrt,
im Glauben gestärkt, einst nur sehr wenige, jetzt unzählbar, das
Lob der Gesellschaft mit vollem Munde verkündigen. . . .

    Ew. Heiligkeit gehorsamste Söhne und demüthigste Diener,
die Bürger von Amsterdam:

      Johann van Mark.   J. van Vondel.

      Isebrand Plempius,   Gisbert Plempius."

      Amstelius.

Der durchschlagendste Beweis ist jedoch der bereits an-
geführte Jahresbericht der holländischen Mission der Gesellschaft Jesu, in welchem Vondel ausdrücklich unter den Convertiten aufgeführt wird, an deren Unterricht die Missionäre
dieser Gesellschaft im Jahre 1641 sich bethätigten. In
Amsterdam hielten sich damals nur zwei Jesuiten auf:
P. Augustin von Teylingen, der Sprößling einer alt-hollän-
dischen Grafenfamilie, seit 1619 Missionspriester in der
Hauptstadt, und P. Peter Laurens, gebürtig aus Saint-
Omer, von 1625 -- 1628 Rector des damals neubegründeten
Jesuitencollegs zu Breda, von wo er 1628 als Missionär
nach Amsterdam übersiedelte. Mit Beiden ward Vondel
persönlich bekannt und befreundet. Wahrscheinlich war es
der Letztere, welcher als Seelenführer den Unterricht der
Convertiten leitete und ihn in den Schooß der Kirche auf-
nahm [1]. Daß seine Betheiligung an Vondels Conversion

---

[1] Vergl. H. J. Allard, Vondels Gedichten op de Societelt
van Jesus. S. 5. ff.

nicht durch directes und ausdrückliches Zeugniß feststeht,
erklärt sich leicht aus dem Umstande, daß die Polizei seine
seelsorgerliche Thätigkeit zwar nicht völlig hemmte, aber
doch bedeutend erschwerte. „Während der Schultheiß," so
heißt es in seinem Sterbebericht, „mit andern Geistlichen,
welche ihre Versammlungen hielten, so viel als möglich durch
die Finger sah, störte er bestmöglichst die Zusammenkünfte,
welche von P. Laurens gehalten wurden. Oft mußte dieser
fliehen, oft mußte er sich versteckt halten, mitunter auch als
Verbannter umherirren."

Eine eigentliche Conversionsschrift hat Vondel, wie bereits gesagt, nicht hinterlassen. Einigen Ersatz dafür bietet
indeß seine Einleitung zu „Grotius' Testament", welche
er vier Jahre nach seiner Conversion (1645) als Flugschrift
unter dem Pseudonym Gerusthart (Ruhig Herz) mit dem
Druckort Vrodestadt (Friedensstadt, Jerusalem — Anspielung auf die wahre Kirche) herausgab. Er sucht darin
darzuthun, daß sein Freund Grotius in der wahren Kirche
gestorben sei. In dem gewähltesten holländischen Prosastil
seiner Zeit beschreibt er darin einigermaßen seine eigene Geschichte, den Entwicklungsgang seiner religiösen Ueberzeugung,
den Triumph der Gnade. Nachdem er allen „Gutwilligen
und Vereinzelten außerhalb der katholischen Kirche" seinen
Friedensgruß entboten, beginnt er folgendermaßen [1]:

„Unser Vorurtheil ist oftmals ebenso kräftig als schädlich in
menschlichen Angelegenheiten, am allerkräftigsten und allerschäd-
lichsten aber in göttlichen Dingen; denn es benebelt so sehr die
Unterscheidungskraft auch sonst überkluger und gelehrter Intelli-
genzen, daß das Licht der Gnade, wie hell es auch aufgehen
mag, kaum durchzustrahlen vermag, besonders wenn (ich sage
nicht die Macht des Ansehens oder des Genusses, sondern) eine

---

[1] Vondel, Complete werken (ed. van Vloten). I. 608.

verkehrte Erziehung und eine lange, schlechte Gewohnheit gleich
einer zweiten Natur hinzutritt und das Licht der geistigen Augen
gänzlich auslöscht. Deßhalb schlagen solche verblendete Menschen,
nicht wie leiblich Blinde, die sich noch von den Sehenden leiten
lassen, sondern wie Tollverwegene, denen schwer zu rathen ist,
Abwege ein. Wenn aber der eine Blinde den andern führt,
fallen sie Beide in die Grube. Wo ist ein Rath, wo ein Mittel,
um den Elenden zu helfen? Da wird etwas Großes erheischt,
hier ist ein Blindgeborener zu heilen. Wer kann dem Maul=
wurf, der mit Wohlbehagen im Dunkel der Erde herumwühlt,
zum Augenlicht des Verstandes verhelfen, so nicht Gottes und
Christi zuvorkommende Gnade hier zuströmt? Durch dieses
Vorurtheil geschieht es, daß gottesfürchtige und gelehrte Katho=
liken, Leuchten der heiligen Kirche, Jahrhunderte lang für eine
ganze Menge von Menschen in den Wind schreiben und mit
Christus ihren Zuhörern Ohren wünschen, um zu hören. Es ist
verlorene Mühe, die heilige Schrift zu entfalten, und diese mit
Concilien, Vätern, Kirchengeschichte, Gebräuchen und Ueberliefe=
rungen von Hand zu Hand vererbt, auch durch Wunder be=
stätigt; das Vorurtheil hört weder auf Recht noch auf Gründe,
weder auf die heilige Schrift, noch auf die Kirche, weder auf
Concilien, noch auf Väter, Geschichte, Ueberlieferung und Wunder;
es bleibt bei seinem Schritt, folgt verkehrtem oder eigenem Rath
und schreit ohne Unterlaß: ,Babel, Fabel, Antichrist, Papist!',
wie ein Wagen, der, im Hohlweg aus dem Geleise gekommen,
einherfliegt und weder auf Zaum noch auf Zügel achtet."

Man fühlt in diesem Erguß, welchen Kampf es Vondel
gekostet, zur Wahrheit durchzubringen, welche Schwierigkeiten
er zu überwinden hatte. Mit der Schwierigkeit bezeichnet
er aber zugleich auch deutlich genug das Mittel, das ihn
über jene hinweggetragen: Gottes und Christi zuvorkommende
Gnade! Daß er es aber auch an eigener Mitwirkung, an
wackerer, redlicher Untersuchung nicht fehlen ließ, sehen wir
aus den kräftigen apologetischen Winken, die er seinen noch

irrenden Brüdern im Anschluß an seinen Freund Grotius
ertheilt:

„Zweifelt ihr noch länger, ob der Papst der Antichrist sei?
Grotius hat euch gezeigt, daß dieß ein leeres Schreckbild ist.
Zweifelt ihr, ob zu Rom die Lehre der Teufel gelehrt werde und
ob die römische Kirche unfehlbar sei? Hört, was Grotius sagt:
,Gott ließ wohl zu, daß zu Rom und anderswo die Sitten ver=
dorben wurden, aber durch Gottes Fürsorge wurde durch nichts
die Lehre verdorben, die gegen die guten Sitten strittig gemacht
wird.' Wünscht ihr euch Frieden in Glaubenssachen? Grotius
weist euch das einzige Mittel an und sagt: ,Die Protestanten
können unter sich nie eins werden, es sei denn, daß sie sich
gleichermaßen mit denjenigen vereinigen, die dem römischen Stuhl
anhangen.' Sucht ihr Zeugnisse außerhalb der katholischen Kirche?
Grotius sagt: ,Diejenigen, die sich von dem katholischen Leibe
trennen, verlieren dadurch ihr Recht, in solchen Sachen zu zeugen.'
Fragt ihr, wer verwerflich ist? wem man folgen muß? Grotius
antwortet: ,Derjenige wird von der katholischen Kirche ver=
worfen, dessen Urtheil wir folgen, mit den Privatmeinungen
eines Jeden im Besonderen.' Wollt ihr wissen, wer außerhalb
der Ordnung geht? wo der Makel der Trennung liegt? Gro=
tius lobt die giltige Weihe der katholischen Bischöfe und sagt:
,Wo diese Ordnung unterbrochen wird, da liegt der Makel
der Kirchentrennung, wenn auch in den Lehrstücken des Glaubens
kein Flecken wäre.' Wollt ihr den Nutzen des Primats des
römischen Stuhles kennen? Grotius entdeckt ihn euch und sagt:
,Ohne solch einen Primat kann man nicht aus dem Zwist her=
ausgelangen, wie es noch heute unter den Protestanten kein Mittel
gibt, aus den Zänkereien, die unter ihnen eingerissen, herauszu=
kommen.' Wüßtet ihr gerne, wie hoch der Primat und die Auto=
rität der Päpste ging? Grotius mißt es ab und sagt: ,Unter
den hervorragenden Sitzen hatte der römische Stuhl den ersten
Platz und ebenso die erste Autorität.' Untersucht ihr, welche
Schriften, welche Sitten von den Aposteln stammen? Grotius
weist sie euch und sagt: ,Diese offenbaren sich uns durch die

9**

Autorität der Kirche, ohne welche Augustin der Schrift
selbst nicht glaubte.' Behagt es euch nicht, daß allgemeine
Concilien über kirchliche Streitigkeiten urtheilen? Grotius befriedigt euch, indem er sagt: ,Die Vorsteher der Kirche hielten
diese Bahn inne, als Arius, Macedonius, Nestorius, Eutyches
den Frieden der Kirche störten.' Wir geben euch hier kurz einige
Proben, das Uebrige könnt ihr selber lesen."

Noch schärfer, bündiger und schlagender stellt Vondel
das katholische Credo seines großen Freundes in der kurzen
Nachrede zu dem Testament zusammen:

„Versteht ihr nun das Geheimniß der vorgeblichen Reformation, die unter dem feinen Deck-
mantel des Gotteswortes euch ihr eigenes Wort
anpries und mit dem Wort ,Abgott' und ,Abgöt-
terei' euch wie mit einem Mummenschanz einfältig
davonjagte, ohne daß ihr nur einmal umsehen
durftet? Grotius versichert euch, daß Brod und Wein wahr-
haftig in Christi Leib und Blut verwandelt werden, daß Christus,
Gottes Sohn, in diesem heiligen Sacrament angebetet werden
darf. Er glaubt mit der Kirche und allen Altvätern, daß die
Messe ein Sühnopfer ist. Er betrachtet die Anrufung der heiligen Jungfrau Maria und aller Heiligen Gottes als frei von
dem Makel der Abgötterei und bestätigt seinen Ausspruch mit der
Autorität der Schrift, der Kirche und der kirchlichen Decrete,
vorab mit dem Concil von Trient, das so schändlich von Parteien mißhandelt wurde. Er vertheidigt die sieben Sacramente
als schriftgemäß, ebenso die Gebete und Opfer für die Verstorbenen, die Seelenmessen und die Läuterung nach dem Tode;
er stellt die ungeschriebene Tradition oder Ueberlieferung und die
kirchlichen Satzungen neben das geschriebene Wort als ebenso
glaubwürdig und verbindlich; er rechnet die Bücher der Machabäer, die von einigen Protestanten als Bücher der Lüge verlästert
werden, unter die kanonischen Schriften. Er setzt die katholische,
auch römische Kirche und die Concilien in ihr volles Ansehen,

und den Papst von Rom, den Nachfolger Petri, als Primas und
Haupt der Kirche auf den apostolischen Stuhl. Er zeigt, wo
die Ursache der Trennung liegt, nämlich da, wo
es an der apostolischen Succession, an der gil=
tigen Weihe und Sendung fehlte."

So klar und bestimmt war der Mann über die Unter=
scheidungslehren des Katholicismus orientirt, so scharf und
tief durchschaute er das innerste Wesen und die eigentliche
Achillesferse des Protestantismus, von dem van Lennep zu
behaupten wagte, er hätte in Bezug auf theologische Kennt=
niß selbst hinter den gebildeten Laien seiner Zeit zurückge=
standen!

Während diese Bemerkungen zu Grotius' Testament
einigermaßen den rationellen Theil einer Conversionsschrift
ersetzen, zeigen uns die nächsten Dichtungen Vondels nach
seiner Conversion den innern Herzensfrieden und das selige
Glück, das er nach dem großen Schritte in sich genoß.
Den „Kreuzberg" haben wir schon mitgetheilt. Die nächste
größere Arbeit war das Legendendrama „Petrus und Pau=
lus", worin er mit dem Martyrium des ersten Papstes
zugleich die Gründung und Göttlichkeit der Kirche, die Auf=
gabe ihres Primats, die weltumspannende Sendung des
Papstthums verherrlichte. Aus dem innigen, kindlichen Reue=
schmerz, mit welchem Petrus im Kerker seiner Verläugnung
gedenkt, spricht die tiefe, wahre, aufrichtige Reue, womit
der Dichter selbst auf die bisherigen Irrungen seines Lebens
zurückschaute. In der kindlichen Liebe, Ehrfurcht, Treue
der ersten Christen gegen ihren Papst malt er die liebevollen
Gesinnungen, mit welchen er sich selbst dem Statthalter
Christi unterwarf. Durch die heidnischen Gegenfiguren däm=
mert das unheimliche Dunkel der noch unerlösten, gegen
die Wahrheit ankämpfenden Welt. In den beiden Aposteln

erhebt sich siegreich die Idee des Gekreuzigten und seines
Triumphes über die Mächte der Finsterniß. Es ist dem
Dichter zu Muthe, als hätte das Christenthum von Neuem
oder eben erst die Welt erobert, und dieses Christenthum
ist ihm keine abgeblaßte Idee, kein melancholisches Con=
ventikelwesen — es ist die sichtbare, allgemeine, katholische
Kirche, eins in sich, göttlich und heilig in ihrem von Christus
gesalbten Haupt, dem ersten der Päpste.

> „Umfang' die Helden denn, die ersten Väter
> Der gottverlobten Maid, der röm'schen Braut,
> Die ihren Ruhm nicht auf Anchises' Sprößling,
> Nein, auf das Heldenblut in ihren Adern baut.
> Idole nur hob Jener, aufwärts rudernd
> Den Tiber, mit dem Schwerte auf den Thron:
> Dein Fürstenpaar erhob aus Kerkerbanden
> Das Kreuz, geheiligt durch den Gottessohn!
> Küß, lies die Blätter hier, die ewig leben,
> Die Lilien, mit Rosen überstreut,
> Auf ew'gem Schnee die purpur'nen Korallen,
> Das Marterblut auf weißem Seidenkleid.
> Ein Pfad bahnt sich zu seligen Gefilden,
> Der Kerker wird zum wonnigen Palast,
> Froh wählst du Thränen dir zum Schmuck, statt Perlen,
> Und Kronen, Scepter werden eitle Last.
> Indeß die Welt, mit Kindertand beladen,
> Die kurze Frist des Lebens schnöd verzehrt,
> Lehrt Andacht hier die Tyrannei verschmähen,
> Der Erde Staub, des Flitters schalen Werth.
> Empor, empor! wie Gottes tapf're Ritter!
> Ihr Weg führt nicht auf Purpur himmelan:
> Nein, Kreuzesnägel, scharfer Schwerter Klinge
> Durchzucken schmerzlich sie auf ihrer Bahn.
> Was ist dieß Fleisch, das doch im Grab muß modern,
> Was dieser Leib, von eitler Pracht erdrückt?
> Der Motten Raub, der Grabeswürmer Speise,
> Ein Feind des Guts, das Gott in uns beglückt!

Die Seele ist's, aus Gottes Bild geschnitten:
Gefangen hier in dieser Form von Lehm,
Strebt, ringt und kämpft sie sich mit Riesenschritten
Empor zum sel'gen, ew'gen Diadem!"

Ein furchtbares Gegenbild zu dem im Leiden triumphiren=
den ersten Papste bildet der andere Theil der Katastrophe, wo
der dem Wahnsinn verfallene Kaiser Nero bald als Schau=
spieler die Rolle des Orestes spielt, bald in abgerissenem
Schmerzruf seinen Gewissensbissen Luft macht, bis ihm die
zwei verklärten Apostel im Strahl ihrer Glorie erscheinen:

Nero.

Weh! Weh! Verbergt Orest! Doch wo wollt ihr
In Todesnoth des Flüchtlings Leben bergen?
Von woher dröhnt zum Morde die Trompete?
Dringt von Mycene her dein grauser Schall?
Ruft von Misenum her das Todeszeichen?
Ihr Furien, gönnt ihr keine Ruhe mir?
Erhebt zur Rache sich der Mutter Asche
Aus ihrem Grab? Erbarmt euch des Orest,
O gönnt ihm Rast, schirmt des Verbannten Leben!
Wohin soll vor der Furien Wuth er fliehen?
— — Da, schau' ich tief in Pluto's grausem Pfuhl
Die Geister, die das heil'ge Licht uns neiden,
Gepeinigt jeden seiner Frevel willen
Rund um den Qualm des schwarzen Höllenthrons.
Nacht ist's, ich hör' die Flammen deutlich prasseln —
Das alte Troja brennt — nein, es ist Rom!
Hab' ich, hat Simon diesen Brand gestiftet?
Was wimmeln, Bienen gleich, die todten Geister
Um meinen Leib? Was stecht ihr in's Gesicht mich?
Wer seid ihr: Sprecht! Bin ich's, den ihr beschuldigt?
Hab' ich's gethan? Ha, steckt sie zur Beleuchtung
Als Fackeln an, hüllt in Thierfelle sie.
— Nein, da drängt Vesta sich an meine Seite
Und klagt ob der entehrten Töchter Schmach;

Ich war verliebt in sie; was zürnst du, Mutter?
Wo flieh' ich hin? Es brüllen ihre Löwen,
Sie fletschen wild, Gluth strömt aus ihrem Rachen,
Zum Sprunge lauern sie — o Vater, Vater!
Was weinst du, Mutter? Was begehrst du, Weib?
Und du, Britannicus, schuldlos gemordet,
Was willst du, Bruder? Hab' ich Höllengift
Euch vorgesetzt? Da küßt des Meisters Haupt
Paulins entseelter, leichenhafter Schatten.
Bist du's? Bin trunken ich? Es regnet Leichen
Hin durch die Luft. Britannien ruft zum Krieg.
In Spanien wirft zum Herrn sich Galba auf.
Armenien flieht vor dem erbosten Perser.
Orestes! taste kühn dich selber an.
Die Bürger bringen wüthend auf dich ein —
Hier Thrasea — das Volk, die Frei'n, die Sklaven,
Senat und Ritter — horch, der Hufschlag naht.
Den Muttermörder haßt die ganze Welt,
Die ganze Welt will seine Frevel rächen.
— Seid ihr es, Galiläer? Ja, gewiß!
Nein, Castor, Pollux sind's, vom Wind getragen.
Ihr Götter, die ihr selig Hand in Hand,
In schimmerndem Gewand, den Palmzweig führend,
Lorbeergekrönt vom Himmel niederschwebt,
Was sucht ihr auf der blutbefleckten Erde?

8. Die Briefe der heiligen Jungfrauen. Das Jubiläum von Amsterdam. Die Altarsgeheimnisse.

Einen merkwürdigen Gegensatz zu Vondel bildet sein literarischer Freund und Gönner, Peter Corneliszoon Hooft, der Drost von Muyden und Ballei von Gooiland. Während der freisinnige Dichter im Palamedes laut sein Mannes= wort zu Gunsten der unterdrückten Remonstranten erhob, hielt sich Hooft, trotz aller Schöngeisterei und alles Huma= nismus, pflichtschuldigst an das Staatskirchenrecht, das eben am Ruder war, und betheiligte sich noch 1629 an der polizeilichen Jagd, welche die Regierung allenthalben gegen die Remonstranten eröffnete. Gerade verfolgungssüchtig scheint er nicht gewesen zu sein, aber, wie G. Hilhorst sagt, „auch nicht ganz gleichgiltig für seinen Antheil an den einzufordern= den Geldbußen"[1]. In diesem krämerischen Sinne übte er während des folgenden Jahrzehnts die vorgeschriebene Sicherheitspolizei gegen die in seinem Amtsbezirk wohnenden Katholiken. Diese standen nämlich noch immer unter ängst= licher polizeilicher Bevormundung und sollten den hochobrig= keitlichen Plakaten gemäß eigentlich keinen Gottesdienst halten. Wie groß die Furcht vor Jesuiten und Papistenlehrern noch war, sieht man aus der Antwort, welche Hooft am 21. Juli 1634 auf einen Amtsbefehl „der Herren Präsident und Räthe über Holland" vom 26. Mai gab:

---

[1] Het kerkelijk Gooiland. Archief voor de geschiedenis van het Aartsbisdom Utrecht. I. 268. 386.

„Wohledle, mächtige Herren! In Vollziehung des Auftrags, den ich von Ew. Ed. u. M. durch Befehl vom verg. 26. Mai erhalten, habe ich Dieselben zu verständigen, daß innerhalb dieses Amtsbezirks, meines Befindens, sich keine Jesuitenpriester, noch Lehrer des Papstthums aufhalten, es sei denn, daß sie ihren Namen dem Magistrat angegeben haben, in Conformität mit dem Plakat der Großmächtigen Herren Staaten. Conventikel der Secte werden, ich zweifle nicht, mitunter gehalten. Aber um dieselben mit Frucht zu stören, sehe ich nicht, wie man solches durchführen könnte; es sei denn, daß es Ew. Edeln und Mächtigen gedient sein möchte, den Schulzen und Amtsdienern vollkommenen Glauben zu schenken, die man bei solchen Unternehmungen nothwendig gebrauchen muß und außer welchen Niemand irreprochabel ist und Zeugniß ablegen will." [1]

Obwohl der Religionszwang im Volke gar keine Theilnahme und Unterstützung mehr fand, lieferte Hooft doch auch im folgenden Jahre getreulich wieder die Liste der Priester ein, welche ihre Namen beim Amt angegeben hatten [2], hielt Polizeiuntersuchung im ganzen District und versicherte dann die Edeln, Mächtigen Herren, daß es innerhalb seiner Schloßhauptmannschaft und Ballei seines Wissens keine papistischen Versammlungsorte gebe, auch keine Klopjens (Beghinen) oder Frauenspersonen, die zahlreicher als zu zwei oder drei beisammen wohnten, „obwohl er kaum zu behaupten wage, daß ihrer nicht mitunter mehrere zusammen-

---

[1] Hoofts Brieven (Ed. van Vloten). II. 398. S. Volks-Alm. voor Nederl. Katholieken, 1879, worin P. H. J. Allard S J. aus den Briefen Hoofts ein ausführlicheres Bild dieser kulturpolizeilichen Thätigkeit entworfen hat.

[2] Es waren ihrer sechs: vier im Bezirk von Weesp: Barthold Ingel, Arnulf Loef, Claes Janszoon Noorbingen, Claes Doebeszoon Loenen, und zwei im Bezirk von Laeren: Timan Lambertszoon und Hendrik van Aller.

kämen". Doch die klugen Nönnchen ließen sich nicht er-
wischen, und die andern Katholiken auch nicht, und wenn
die Polizei ihnen auf die Fährte kam, verschmähte es gewöhnlich das protestantische Volk, Zeugniß gegen sie abzulegen. In einem späteren Amtsbericht vom 27. Januar
1643 klagt Hooft:

„Was nun mein Debvoir im Handhaben und Executiren
der Plakaten gegen die Papisten anbetrifft, ersuche ich Euer
Edeln ehrerbietigst, zu gedenken, was ich Denselben in dieser
Rücksicht in verflossenen Jahren vermeldet habe, zu wissen, daß
ich in verschiedenen gegen sie eingeleiteten Processen succumbiren
oder selbige stecken lassen mußte, weilen das Zeugniß meiner Substituten und Assistenten als parteilich re-
prochiret und verworfen wurde. Woraus nicht nur
gefolgt ist, daß Kosten und Mühen sind verloren gewesen, sondern auch, daß vorbenannte Papisten, merkend die Difficultät
des Beweises ihrer Uebertretungen, nun um so kecker geworden
sind." [1]

So lange Vondel bloß katholisirte, ließ sich Hooft die
Freundschaftsbeweise gefallen, welche ihm der talentvolle
Dichter gab; es schmeichelte ihm, dessen Mäcenas zu sein
und ihn als Mitglied an seiner literarischen Tafelrunde von
Zeit zu Zeit in Muyden zu besitzen. Als aber Vondel nach
langem Kampf und redlicher Forschung zur katholischen
Kirche zurücktrat, da siegte der protestantische Bureaukratis-
mus über die literarische Neigung. Hooft wies dem früheren Freunde die Thüre.

Vondel empfand die Absage schmerzlich. Sie trennte ihn
von einem Kreise literarisch bedeutender Männer, einem
Kreise, dem er viel Anregung verdankte, der ihn als einen
hochbegabten Dichter ehrte, mit dem er durch seine ganze

---

[1] Hoofts Brieven. IV. 80.

Thätigkeit in engverwandter Beziehung stand. Es that ihm
weh, daß die protestantische Duldsamkeit nicht so weit reichte,
alten Bekannten ein gemüthliches Zusammentreffen auf lite=
rarischem Gebiet zu ermöglichen. Die Wahrheit galt ihm
jedoch höher, als literarischer Vortheil und Freundesgunst.
Er beantwortete Hoofts schnöde Absage auf Neujahr 1643
in ebenso fester als liebevoller Weise:

„Ich wünsche Cornelis Tacitus ein gesund und selig Neu=
jahr, und da er mir um eines unschuldigen Ave Maria willen
seine Gensentafel verbietet, so werde ich dann und wann noch
ein Ave Maria für ihn beten, damit er als ein ebenso devoter
Katholik sterbe, als er sich jetzt als devoten Politiker zeigt.“

Wie Hooft, wandten sich auch manche Andere von dem
Convertiten ab. Viele, die seinem freien Manneswort zu
Gunsten der Remonstranten zugejauchzt hatten, drehten ihm
jetzt, an der Schwelle der katholischen Kirche, den Rücken.
Die Gewissensfreiheit reichte nicht weiter. Der Dichter
grämte sich nicht allzusehr darüber, sondern beschäftigte sich
liebevoll=ernst mit den religiösen Stoffen, mit welchen seine
Conversionsstudien ihn in Berührung gesetzt hatten. Vor
Allem waren es die altchristlichen Legenden, welche sein
Interesse und seine Begeisterung erweckten, und unter diesen
wiederum jene, in welchen das Ideal der christlichen Jung=
fräulichkeit am schönsten hervortrat. Er sammelte dieselben
zum Kranze und gab das kindlich=fromme Legendenbuch als
„Briefe der heiligen Jungfrauen“ 1642 heraus,
vornan eine begeisterte Widmung an die Jungfrau der
Jungfrauen und eine metrische Paraphrase des Magnificat.

„Wem soll ich meine Jungfrau'npalmen weihen?
Wem besser als der Himmelskönigin?
Wer haucht in's Herz mir treuen Glaubenssinn?
O Jungfrau, Mutter Aller, die sich freuen

Ob du auch thronst hoch ob den Seraphinen,
    Tief in der Gottheit wonnereichem Licht,
    Den Strahl der Seligkeit im Angesicht,
Das Cherubine freuderfüllt beminnen,

Das Engelssang und Himmelsmelobieen
    Verherrlichen in Liedern ohne Zahl:
    Dringt doch von deiner Huld ein süßer Strahl
Herab in's Dunkel, wo wir seufzend knieen

Vor deinem Thron; er flammt wie helle Sonnen,
    Heller als Mittagslicht, als Abendgluth!
    Wie kommt uns dein demüthig Herz zu gut:
Durch Demuth hast du Gottes Herz gewonnen!

Der Menschheit Krone, Zierde aller Frauen!
    Erd', Himmel, Meer — das ganze weite All
    Füllt deines süßen Namens Freudenschall,
Ju dem wir froh an Christi Kirche bauen."

Dieselbe Innigkeit des Glaubens durchweht die Er=
zählungen, welche sich an diesen Widmungsgesang anreihen
und welche ebenso sinnig gewählt und zusammengestellt, als
liebevoll ausgeführt sind. Dennoch würde eine genaue,
metrische Uebertragung derselben den heutigen Geschmack
vielleicht nicht befriedigen, weil der Dichter, unter dem Ein=
fluß der damaligen Schulgelehrsamkeit, die schlichte epische
Form der Erzählung verschmähte und nach dem Vorbild
von Ovids Heroiden die Legenden sämmtlich in die künst=
liche Briefform einkleidete [1]. So erzählt die hl. Agatha
ihren Martyrtod brieflich vom Himmel aus ihrer Spiel=

----

[1] Um sich in diesem poetischen Genus zu üben, hatte Vondel
vorher die Heroiden Ovids in Prosa übersetzt, ohne indeß die Ueber=
setzung zu veröffentlichen. Sie wurde erst nach seinem Tobe, im
Jahre 1716, durch David van Hoogstraten an's Licht gezogen,
welchem G. Brandt das Manuscript überlassen hatte.

genossin Makaria, die hl. Barbara tröstet ihren Vater Dioskorus, die hl. Agnes muntert ihre Milchschwester Emerentiana auf, die hl. Cäcilia schildert ihrem Bräutigam Valerian ihren Kampf und ihre Krone. In ähnlicher Weise sind die Legenden der hl. Eulalia, Apollonia, Lucia, Katharina, Theodora, Thekla und Pelagia behandelt. Die hl. Maria Magdalena beschreibt dem hl. Johannes zu Ephesus die Höhle von Sainte Baume und ihr Bußleben in den Felsen der Provence:

„In der Provence ragt ein Berg breitausend Schritt' in die Höhe,
Drüber ein felsiger Kamm; gen Osten kehrt er das Auge
Nizza zu. Westwärts erhebt sich Massiliens Mauer,
Avignon ist ihm Nachbar gen Norden, im Süden bespület
Rauschend das Meer den Strand. Der Kamm von lauterem Felsen
Streckt fünftausend Ellen sich hin; es thürmen sich drüber,
Hörnern gleich, zwei Riffe empor und bräuen den Sternen.
An des Kammes Fuß klafft eine schaurige Höhle,
Wie ein Ofen gewölbt. Gen Westen öffnet den Mund sie,
Engen Raum nur vergönnend zum Eintritt; drinnen erhebt sich
Hüglig das Felsengestein; dahinter mit sanftem Gemurmel
Sprudelt ein lieblicher Quell und riefelt dahin durch die Höhle.

Dreißig der Winter nun weil' ich schon hier, begraben, vergessen,
Barhaupt und barfuß, versengt von der brennenden Sonne;
Schützend umwallt nur das flatternde Haar das arme Gewand mir.
Doch nicht sinnlos erkor ich den Pfad, den Wenige gehen
Hin durch's Leben. Es schien mir süß, den Schritten zu folgen,
Die, Elias gleich, der große Johannes gegangen
Durch der Wildniß Nacht, umbrüllt von schrecklichen Thieren,
Einsam: keinen Blick warf er den Freuden der Welt zu.
Fest an das här'ne Gewand zog er den ledernen Gürtel
Um sein hag'res Gebein, halb satt nur vom Honig der Wildniß
Und Heuschreckenkost; der Bach nur löschte den Durst ihm,
Nur auf dem rauhen Gestein gönnt Rast er den Gliedern, den matten.
Doch nicht Hunger, nicht Wachen, nicht Beten erschöpfet die Seele,
Und es sträubet kein Schreck das Haar, das in wallenden Locken
Hals ihm und Schultern umwogt. So bracht' er in schauriger Oede,

Fern von grünenden Au'n, bald sonnenverbrannt, bald vor Kälte
Halb erstarrt, sein Leben dahin und flehte zum Heiland.
  Zürne mir nicht, daß ich, die Schmach, die Schande der Menschheit,
Mir zum leuchtenden Bild den Gottgesandten erwählte.
Nicht gedacht' ich mich doch dem hellen Stern zu vergleichen,
Der, ohne Wandel, erstrahlt im funkelnden Reiche des Lichtes,
Ihm, der das mahnende Wort der Strenge der Tugend gesellte,
Der mit ehernem Pflug umbrach verwilderte Herzen,
Um in die Furchen zu streu'n die heiligen Saaten der Reue.
Ich, ach! eifere nur, den Leib, den schnöden, bezähmend,
Eigene Schulden zu sühnen, die schwer das Herz mir belasten,
Wie ein zertretener Wurm zu den Füßen meines Erretters,
Der mit himmlischer Gnade erquickt die dürstende Seele,
Engel sendend bei Nacht, in des Morgens dämmernder Frühe,
Engel im Abendschein, das stille Gemach zu erfreuen."

Wie die Epistolarform ein Vorwalten des beschreibenden
Elements mit sich brachte, so hatte sie auch den Nachtheil,
daß viele Züge der Legende nur gleichsam erinnerungsweise,
nicht in frischer Unmittelbarkeit eingeflochten werden konnten.
So verliert die Schilderung des Kreuzestodes auf Golgotha
im Briefe der hl. Magdalena merklich dadurch, daß sie an
denjenigen gerichtet ist, der mit ihr unter dem Kreuze stand.
Die hl. Cäcilia kann ihrem Bräutigam die bedeutendsten
Momente ihres Kampfes nur als etwas erzählen, was er
selbst mitgelebt. Dagegen bot die etwas künstliche Brief=
form hinwieder den Vortheil, Züge, die sich nur schwer in
einfacher Erzählung hätten zusammenbringen lassen, wirklich
künstlerisch in ein Bild zu vereinen und so von jeder der
Heiligen ein recht charakteristisches Gemälde zu geben. In
der Ausführung selbst ist die Lebendigkeit des Glaubens be=
merkbar, mit welcher der Dichter die Gemeinschaft der Heiligen
mit ihren kämpfenden Brüdern hienieden erfaßte. Die prote=
stantischen Zeitgenossen fanden das Legendenbuch trotz des ganz
katholischen Gehaltes und Geistes „voll Kunst und Anmuth".

Weniger wollten es sich die Protestanten gefallen lassen, als der Dichter 1645 sie in seiner religiösen Begeisterung aufforderte, ein Jubiläum mitzufeiern, welches das aller= heiligste Altarssacrament zum Gegenstande hatte. Es wurden nämlich damals eben 300 Jahre, daß sich in Amsterdam ein auffallendes Wunder mit einer consecrirten Hostie zu= getragen hatte. Eine kranke Frau, welche dieselbe in der heiligen Communion empfangen, brach dieselbe wieder aus. Man wollte nun, gemäß den rituellen Vorschriften, die ge= heiligten Gestalten durch Feuer zerstören. Doch die Flamme ließ sie unversehrt. Die Hostie schwebte mitten im Feuer unzerstörlich hin und her, bis auf die Kunde des wunder= baren Ereignisses Geistlichkeit und Volk zusammenströmten, um den heiligen Frohnleichnam in feierlicher Procession zurückzutragen. In Folge zahlreicher Heilungen und Wunder, welche die immer noch unversehrte Hostie wirkte, wurde ihr eine eigene Kapelle gestiftet, welche als Kapelle der heiligen Stätte große Berühmtheit erlangte. Geistliche und weltliche Fürsten wallfahrteten zu ihr, das Volk strömte massenhaft herbei, um an der Gnadenstätte Heil und Rettung zu suchen. Bei zwei Stadtbränden (1421 und 1452) blieb das Hei= ligthum in auffallender Weise von den Flammen verschont. Noch 1482 fand sich Kaiser Maximilian I. als Pilger an demselben ein. Im Sinne des gläubigen Volkes ward die Kapelle zum kostbarsten Schatz, zum bevorzugten Heiligthum der Stadt. Gleich als ob nun keine Kirchentrennung über Land und Stadt dahingegangen, die Stadt noch die alte, katholische Stadt wäre, erhob Vondel seine Stimme zu einem Carmen Saeculare (Jubelgedicht) und forderte im höchsten Odenschwung die alte Bürgerschaft auf, die Gnadenkapelle wie ehedem als nationales Heiligthum, das allerheiligste Altars= sacrament als Seele und Mittelpunkt des christlichen Volks=

lebens zu feiern. Menschenfurcht, das sieht man auch hier wieder, kannte Vondel nicht. Was ganz und gar sein Herz erfüllte, das konnte er nicht lassen, auch frei und muthig auszusprechen.

Aber die Zumuthung erschien nachgerade den Prote=
stanten doch etwas stark, die auf der Revolutionsbewegung des 16. Jahrhunderts ihre große Seerepublik aufgerichtet hatten und sich nun mit bürgerlicher Hoheit in den Sesseln wiegten, von welchen sie die spanischen Granden vertrieben. Hooft schrieb an den Professor Baerle:

„Vondel hat einen Vers auf das Wunder [1] gemacht, von dem die heilige Stätte ihren Namen trägt, und läßt ihn öffent=
lich vor den Buchläden zur Schau aushängen, wie die Vorfechter die Messer in die Vordächer stecken, um die Augen der Vorbei=
gehenden zu reizen, indem sie gleichsam sagen: ,Wer hat das Herz, zu fechten?' Mich dauert des Mannes, der keines Dinges eher müde zu werden scheint, als der Ruhe. Es scheint, daß er noch dreihundert Gulden in der Kasse haben muß, die ihm drohen, die Kehle abzubeißen. Noch weiß ich nicht, ob es ihm nicht vielleicht theurer zu stehen kommen und der eine oder andere Hitzkopf unzeitig die frevelnde Hand an ihn legen möchte, ben=
kend, daß kein Hahn darnach krähen sollte. Macht ja doch dieß

---

[1] Dieses Wunder hatte noch kurz zuvor an Leonhard Marius einen Historiographen gefunden. Amstelredams eer en opcomen door de denkwaerdighe miraklen aldaer geschied aen ende door het H. Sacrament des Altaers anno 1345. 'T' Antwerpen, bij Hendrick Aertsens. 1639. Das Buch wurde wahrscheinlich in Blaauw's Druckerei gedruckt, aus welcher auch die ersten Bände der Bollandisten und Martini's chinesischer Atlas hervorgingen. Prof. A. J. Pluym (später Bischof von Nikopolis i. p. und Ap. Vicar von Bulgarien) gab es neu heraus. Ueber das Wunder schrieb auch der frühere Prädicant und nachherige katholische Pfarrer Utberg: Leerrede op den jaarlijkschen gedenktag van het Mirakel te Amsterdam. Amsterd. 1822. p. 26. 27.

Spiel so viel Spectakel auf der Wacht, daß täglich neues Ge=
kritzel draus entsteht."

Wirklich wurde Vondel mit einem wahren Regen von
Schmäh= und Schimpfgedichten überschüttet, deren Verfasser
indeß wenig Originalität bewiesen, sondern meist nur Von=
dels eigene polemische Gedichte plünderten und travestirend
gegen ihn kehrten. Ein ähnlicher Lärm erhob sich wider
ihn, als er um dieselbe Zeit in einem ganz harmlosen
Trauergedichte den Brand der früher katholischen St.=Katha=
rinenkirche besang. Wieder regnete es Schmähungen, Paro=
dieen und Travestieen. Hooft kam dieser Kampf wie ein
Kampf „der Zwerge gegen den Riesen" vor. Vondel selbst
(oder einer seiner Freunde) fühlte sich endlich bewogen, den
Nakrabbelaers (Nachkritzlern) ein recht derbes Quos ego!
zuzurufen:

> „Wasserdichter, Versestehler,
> Reimer und Buchstabenzähler,
> Schlampe Sudler, plumpe Klappern,
> Könnt ein Reimchen ihr nachplappern?
>   Eitle Gecken! Sagt es auf!
> Wollt ihr dichten? wollt ihr schreiben?
> Wollt ihr knurren? wollt ihr keifen?
> Wollt ihr rasen? wollt ihr schnarren?
> Junge, dumme Schriftscholaren!
>   Hängt die Lappen aus zum Kauf!"

Wohl nicht ohne Grund legte er den ganzen Lärm den
Präbicanten zur Last, welche nun einmal Frieden und Ruhe
nicht leiden könnten, sondern unaufhörlich zum Kampfe gegen
das römische Babylon aufhetzten:

> „Babel wollen wir's vergelten!
> Ist ein Hauptspaß, drauf zu schelten;
> Besser jedenfalls, bei Leibe,
> Als beim Predigen stecken bleiben:
>   Sagt vom Papstthum allen Graus!

> Poltert auf den alten Drachen,
> Daß euch Faust und Knöchel krachen,
> Lästert, schimpft von allen Kanten:
> Das sind rechte Präbicanten,
> Denen nie der Zorn geht aus!"

Inzwischen brachte das Jahr 1645 dem Dichter eine sehr große Freude und bald darauf einen nicht geringeren Schmerz. Hugo Grotius, wahrscheinlich der „abwesende Freund", dem er 1644 die erste Sammlung seiner kleineren Dichtungen widmete, hatte mit seinem geraden, festen Cha=rakter weder bei Richelieu noch bei Mazarin viel Glück ge=habt, und war seiner diplomatischen Laufbahn gründlich überdrüssig geworden. Königin Christine, welche die Ta=lente und den Charakter des großen Mannes zu schätzen wußte, zögerte, ihm die ersehnte Abberufung zu bewilligen. Er reiste nun selbst nach Schweden, um mit der Königin zu unterhandeln. Zum größten Jubel Vondels traf Grotius im Frühjahr 1645 in Amsterdam ein und wurde dießmal ehrenvoll empfangen. Herzlich segnete der Dichter den Nord=wind, der den willkommenen Gast einige Tage länger in der Stadt zurückhielt. Auf Lenzespracht und Vogelsang, Maienwonne und Blüthenduft wollte Vondel gern verzichten, wenn nur der theure Freund, „Hollands Herz", etwas länger verweilte. Betrübt geleitete er ihn endlich zum Schiffe und weihte ihm seinen Abschiedsgruß. Grotius gelangte glück=lich nach Stockholm und erhielt nach vieler Mühe seine Entlassung. Er wollte nach Münster gehen, um dort an dem bereits eingeleiteten Friedenswerke Theil zu nehmen. Nicht unwahrscheinlich ist es auch, daß er, dem Herzen nach längst katholisch, die Absicht hatte, nach seiner Rückkehr auch öffentlich zur Kirche zurückzukehren. Er starb indessen am 28. August 1645 zu Rostock. Vondel feierte seinen Tod

in einem seiner schönsten Trauergesänge; doch er wollte ihm
noch ein werthvolleres Denkmal stiften. Die kleinen theo=
logischen Schriften, welche Grotius zur Förderung seiner
Unionsbestrebungen in Amsterdam hatte drucken lassen, hatten
den Muth der Katholiken mächtig gehoben, im protestanti=
schen Lager Angst und Entrüstung hervorgerufen [1]. Aus
einem Schriftchen gegen den Leydener Professor Rivet, das
Grotius hinterlassen, wählte Vondel das Hauptsächlichste
aus und übersetzte es in's Holländische. Das ist die Schrift
„Grotius' Testament", deren wir schon gedacht haben. Es
würde zu weit führen, sie auch nur auszugsweise mitzu=
theilen. Doch zeigen schon die Kapitelüberschriften, daß sie
eine, wenn auch bündige, doch im Kern sehr vollständige
Controverstheologie gegen den Calvinismus enthält:

Von Ketzereien, durch Mißdeutung und Verdrehung der
hl. Schrift ausgebrütet. — Von den Büchern der Machabäer,
daß sie kanonisch und nicht apokryph sind. — Von der Autorität
oder Glaubwürdigkeit der ungeschriebenen Traditionen. — Von der
Autorität der Altväter und deren Schriften. — Ueber den Primat
und die Suprematie der Päpste, und die Präeminenz oder un=
gleiche Würde der Bischöfe und Regenten der Kirche. — Von den
Griechen, wie sie mit der römischen Kirche versöhnbar sind. —
Von der Autorität und Macht der hl. katholischen Kirche und
der Concilien. — Von der Succession der bischöflichen Weihe,
nöthig, um die Kirche von Schismatikern oder Secten zu unter=
scheiden. — Von friedsamen Bischöfen, welche leichtfertige Treu=

---

[1] Die grimmigste Gegenschrift verfaßte der erwähnte Jakob Lau=
rens: Idolum Romanum, Paepschen Af-God, dat is, Wederleg=
ginge van de Verdediginge des Paepschen Psalters van Bona-
ventura, nu onlangs uijtgegeven onder de naem van eenen Fabri-
cius van Eyndhoven: door Jacobum Laurentium van Amstelredam,
Bedienaar des woords Gods binnen Amstelredam, toe-geeijgent
den Heer Hugo de Groot. Gebr. bei Nicol. van Ravesteyn. 1643.

nungen und Sectengründung fürchten. — Von dem unverehelichten
Stand der Priester und der zweiten Ehe. — Von Gelübden
und gottgeweihten Jungfrauen. — Von dem Amt der katholischen
Kaiser und Könige in kirchlichen Dingen, und ihrem Gehorsam
gegen die Kirche. — Von dem Gebet für die Todten, den Seelenmessen und den Läuterungen nach dem Tode. — Von der Anrufung und der Fürbitte der verstorbenen Heiligen. — Von der
Anrufung der heiligen Jungfrau Maria. — Von den Reliquien
der Heiligen und der Verehrung der heiligen Reliquien. — Von den
Wundern der verstorbenen Heiligen, ihren Reliquien und Offen-
barungen. — Von den sieben Sacramenten. — Von der Kinder-
taufe. — Von der Confirmation oder Firmung. — Von der
Eucharistie oder dem heiligen Sacrament des Altars. — Von
der Anbetung des heiligen Sacramentes. — Von der Communion
oder dem Empfang des heiligen Sacraments, unter einer oder
zwei Gestalten. — Von dem Versehen der Kranken mit dem
heiligen Sacrament. — Von dem Opfer der Messe. — Von der
Buße oder Genugthuung für die Sünden, und von der Exomo-
logesis, Confession oder Beicht. — Von dem Unterschied der
Todsünden und der läßlichen Sünden. — Von der heiligen
Oelung. — Von der Rechtfertigung. — Von der zugerechneten
Gerechtigkeit der Calvinisten. — Von etlichem ungebotenem Gottesdienst, der nicht allein erlaubt, sondern auch Gott wohlgefällig
ist. — Von dem aufrührerischen Wesen und dem Gewissenszwang
der Calvinisten. — Von der Ungesetzlichkeit der Calvinisten und
ihrer vorgeblichen Reformation, gegen die Anordnung der Apostel,
der ersten und ältesten Christen.

Die überaus ruhig, objectiv gehaltene Schrift, meist auf
Stellen von Kirchenvätern und Angaben der ältesten Kirchengeschichte beruhend, die Frucht eines lebenslangen Stu-
diums, das „Testament" des größten niederländischen Rechts-
philosophen und eines der größten Gelehrten aller Zeiten,
von dem ersten holländischen Dichter und Schriftsteller jener
Zeit in die Volkssprache übersetzt (so trefflich, daß van

7*

Lennep sie als ein Muster holländischer Prosa empfiehlt),
ist wohl unter die merkwürdigsten Actenstücke der Contro=
verstheologie zu rechnen, auch in apologetischer Hinsicht nicht
ohne Bedeutung. Sie läßt es kaum bezweifeln, daß Gro=
tius dem Herzen nach völlig katholisch gestorben ist, was
auch Vondels Ueberzeugung gewesen zu sein scheint.

Ob aber Grotius wirklich als Convertit und nicht bloß
als einer der edelsten Jreniker zu betrachten ist, läßt sich mit
völliger Evidenz nicht entscheiden[1]. Die Menagiana geben
die Notiz, daß er bei seiner Rückkehr nach Holland des
Socinianismus angeklagt worden; ein Dominus Bignonius,
sein Freund, habe bezeugt, daß er nicht nur niemals dem
Socinianismus gehuldigt, sondern sogar die feste Absicht
gehegt habe, in den Schooß der römischen Kirche zurück=
zutreten. Nach derselben Quelle soll der berühmte Jesuit
Petavius, dem er in Paris nahe stand, nach seinem
Tode für ihn Messe gelesen haben, wie für ein Glied der
katholischen Gemeinschaft. Moreri erwähnt das Gerücht, daß
er katholisch gestorben sei[2]. Leider hat Grotius die Briefe
Vondels an ihn aus politischen Gründen vernichten zu müssen
geglaubt[3], so daß wenig Nachrichten über ihre gegenseitigen
Beziehungen vorliegen. Doch läßt das „Testament" kaum
einen Zweifel übrig, daß diese Beziehung eine sehr innige war.

Obwohl das „Testament" pseudonym herauskam, kannte
man Vondel doch bald an seinem Stil. Den Protestanten kam

---

[1] Siehe darüber den Aufsatz von van Gilse im Gids. 1858. p. 357.

[2] Vergl. Florilegium ex Hugonis Grotii dissertatione cui
titulus Votum pro pace Ecclesiastica contra examen Andreae
Riveti et alios incorrigibiles. Hagae-Comitum. Langenhuysen.
1824. p. VI. Menagiana. Ed. Amst. 1761. p. 222. Moreri.
Ed. Paris. 1740.

[3] Grotii Epistolae. p. 261.

die Schrift natürlich ſehr ungelegen. Sie thaten Alles, um das „Teſtament" zu entwerthen. Sie klagten Vondel an, daß das ganze „Teſtament" nur aus früheren Schriften des Grotius gezogen ſei, daß er das ihm Günſtige geſammelt, das Ungünſtige darin verſchwiegen, überdieß einige Stellen aus Mangel an Kenntniß und falſchem Eifer unrichtig überſetzt, verdreht oder verfälſcht habe[1].

Der ganze Lärm, der wider ihn erhoben wurde, machte übrigens auf Vondel nicht ſonderlich viel Eindruck. Mit der vollſten Seelenruhe und mit der innigſten Liebe führte er die Grundgedanken weiter aus, welche ihn zu ſeinem Amſterdamer Jubelgedicht begeiſtert hatten, vertiefte ſich ganz in das Studium der euchariſtiſchen Lehre und geſtaltete aus deren Eindrücken ein umfangreiches Lehrgedicht: die „Altarsgeheimniſſe" überſchrieben[2]. Die drei Theile „Opferſpeiſe", „Opferehre" und „Opferdienſt" entſprechen den drei Hauptmomenten, welche das Dogma darbietet: nämlich der Euchariſtie als Gegenſtand der Anbetung — als Opfer — als Sacrament. Die Behandlung iſt aber eine ganz freie, poetiſche. Bald ſchildert der Dichter in glänzender Farbenpracht die euchariſtiſchen Vorbilder des alten Teſtaments, bald zeichnet er liebevoll das euchariſtiſche Leben des neuen Bundes, bald führt er mit theologiſcher Beſtimmtheit die Grundzüge der katholiſchen Lehre aus, bald ſchwingt er ſich in inniger Wärme zum Lobe des verborgenen Heilandes auf; jetzt löſt er in Gleichniſſen und Analogien die Schwierigkeiten, welche die Vernunft gegen das erhabene

---

[1] Brandt in Vondels Leben. Ed. Verwijs. p. 71.

[2] Eine treffliche Separatausgabe mit reichhaltigem, vorwiegend theologiſchem Commentar veranſtaltete Fr. Joh. Hoppenbrouwers (gew. Richter in Breda, geb. 1789 † 1858). J. van Vondel's Altaargeheimenissen. 's Hertogenbosch. Arkestein. 1825.

Geheimniß erhebt; jetzt läßt er wieder die Herrlichkeit des
katholischen Cultus am Blicke vorüberziehen; jetzt erhebt er
sich in zürnender Gewalt gegen die Irrlehren, welche den
Glauben an die wirkliche Gegenwart und das unblutige
Opfer untergruben; jetzt ruft er wieder sehnsuchtsvoll das
christliche Volk zum Gnadenzelt seines Erlösers. Es ist
nicht eine frostige Abhandlung, in tabellosen Versen ent=
wickelt, sondern bald Rede, bald Lobgesang eines Dichter=
herzens, das von der Schönheit seines Glaubens so gewaltig
entrafft ist, als ein Calderon und Dante [1]. Im Ganzen
möchte indeß die Dichtung eher mit den sanften, dogmati=
schen Partien zu vergleichen sein, welche Calderons Mysterien=
dramen über die Eucharistie enthalten. Als Probe seiner
Behandlungsweise sei eine Stelle angeführt, in welcher Von=
bel das Wunder der vervielfältigten Gegenwart (Replicatio)
dadurch dem Geiste zu nähern sucht, daß er es mit der
Gegenwart der Seele im Körper, mit der Gegenwart Gottes
in der Natur und endlich mit dem Geheimniß der aller=
heiligsten Dreifaltigkeit in Vergleich zieht.

> „Als Stoff zu mehr Verdienst umfängt der Glaube
> Die Wunder und lobsingt des Hirten Güte,
> Der unter so verschied'ner Früchte Hülle
> Kömmt, seine Lämmer mit sich selbst zu weiden,
> Ganz, ungetheilt verborgen unter Beiden,

---

[1] Der protestantische Literaturhistoriker van Kampen hält die
„Altarsgeheimnisse" deßhalb „für ein Meisterstück, weil selbst abstrakte
theologische Betrachtungen unter Vonbels Hand ein dichterisches Ge=
wand annehmen". Bekn. Geschiedenis der letteren etc. I. 175.
Daß den Protestanten Manches darin unverständlich blieb, fällt nicht
so sehr dem Dichter als den Lesern zur Last. S. Lulofs, Redevoering over den omvang en de uitgebreidheid van het vak
der Nederl. Letterk. en Welsprokendheid. Groningen. 1821.
p. 62 Anm.

Der Brodsgestalt, dem feuchten Opferkelch.
Dieß Fleisch, dieß Blut, trotz der verschieb'nen Hülle,
Ist ganz dasselbe, untrennbar verbunden.
Bricht die Gestalt man, bricht man nicht den Leib,
Gleichwie der Kelch, wenn draus ein Tropfen fällt,
Das ganze Blut in seinem Schooß behält.
Ein einz'ger Bissen nährt so viel wie tausend,
Weil jede Krume, jedes Tröpflein ganz
Den Heiland birgt, auf jeglichem Altar.
Zahllos vervielfacht, theilt die Gegenwart
Die Einheit nicht des heiligen Frohnleichnams,
Der segnend Wohnung nimmt an tausend Orten
Auf einen Wink: dieselbe Sonne spiegelt
In jedem Bach, in jeder Quelle sich;
Dieselbe Sonne prägt ihr ganzes Bild
Dem ganzen Glase auf und jedem Stücke,
Der Gnade Licht weiß nichts von Groß und Klein.
So geistert durch den ganzen Leib die Seele,
Durch Mark und Blut, durch Sehnen und durch Adern,
Vom Kopf zum Fuße, eins, untheilbar, ganz
Im kleinsten Fäserchen, in Haupt und Gliedern.
Den Leib magst du zergliedern, nicht die Seele:
Sie ist ganz Geist: kein Stahl trennt Theil von Theil,
Und das Unsterbliche, das Gottes Antlitz
In unserm wiederstrahlt, kann keine Macht
Zerreißen, brechen, theilen, noch verstümmeln.
So fand des Königs scharfgewetzter Geist
Der Gottheit Wesen selber unerfaßt
Vom Himmelskreis, geschweige von dem Zelte,
Wo auf den Cherubim die Wolke ruhte,
Mit Jehovah der Priester ging zu Rath.
Ein Gott, ein Geist belebt dieß große Weltall
So hoch, so tief, nach Maß, Gewicht und Zahl
Gefestigt um der reichsten Wölbung Pracht;
Und außer ihm weilt nichts mehr als die Gottheit,
Die unermeßlich, anfängt, wo sie endet,
Und an den Anfang schon ihr Ende knüpft.
Ihr Mittelpunkt ist überall; die Strahlen,

Den Umfang kann kein Menschengeist umspannen,
So weit reicht Gottes Hand nach rechts und links;
Er wohnt in jeder Blume, jeder Pflanze,
Im kleinsten Saatkorn, wie im Weltenraum —
Unendlich — keine Sprache kann's erfassen.
So bleibt ein Gott, ein einfach, einig Eins
Der Dreizahl der Dreifaltigkeit gemeinsam,
Ein Wesen, drei selbständige Personen:
Und tausend Himmelsfürsten schauen betend
Empor zu ihm, betrachten und bekennen,
· Was zürnend stolzer Wissenswahn verneint:
Wie eine Wesenheit schmelzt Drei in Eins,
Wie Eins an Drei mittheilt das volle Wesen,
· Wie Vater, Sohn und Geist verschieden sind,
Gleichwie das Licht, der Sonnenstrahl, die Sonne,
Gleichwie der Strom, das Bächlein und die Quelle,
Zweig, Stamm und Wurzel, schwache Bilder nur
Der Einheit jener drei Selbständigkeiten.
Aus Sonne und Strahl bricht hell das Licht hervor,
Aus Quelle und Bächlein quillt der volle Strom,
Der Zweig entsprießt dem Stamme und der Wurzel:
So sind die Drei im einigen Eins verloren,
Und Eins in Drei'n gefunden. Kann denn nicht
Derselbe Leib viel' Seelen Nahrung werden,
Dasselbe Blut an zahllosen Altären
Anbetung finden und zum Heil uns sein?"

Vielfach tritt in der reichen Dichtung das Streben hervor, die Vorurtheile zu zerstreuen, welche der Protestantismus sowohl gegen die wirkliche Gegenwart Christi im heiligsten Altarssacrament, als gegen das heilige Meßopfer aufgewirbelt hatte, und dieß Ziel ist in objectiver Hinsicht gewiß recht poetisch erreicht. Der Protestant Jakob Westerbaan, Herr von Brandtwyk, der mit einem Gegengedicht [1]

---

[1] Kracht des geloofs van den voortreffelijken en vermaarden Poëet Joost van den Vondel, te speuren in zijn Altaargeheimenissen.

dawider auftrat, wußte auch gegen Vondels künstlerische
Tüchtigkeit und seine dichterisch ausgeführten Beweise nichts
einzuwenden, sondern begnügte sich damit, den gegen Con=
vertiten unzählige Male wiederholten Vorwurf der Un=
beständigkeit noch einmal abzuleiern: Vondel hätte erst in
Menno's Sümpfen gesessen, dann sich den verworfenen
Arminianern angeschlossen, sich nun gar von den Römlingen
wieder bekehren lassen, und lasse sich nun mit seinem Straußen=
magen Alles gefallen, Gesottenes, Gebratenes, Gebackenes
und Gebrautes, wenn es nur aus der römischen Küche
komme,

„Und findet Spaß an Schrullen und Legenden,
  Die 's besser wär', nach Portugal zu senden!"

Vondel gab auf diese persönlichen Angriffe keine Ant=
wort, sondern erwiederte Westerbaan sachlich:

„Luther meint bei dem Mahle so Brod wie Fleisch zu vertheilen,
  Calvin bricht nur das Brod, Gleichniß und Bild für das Fleisch,
Socinus nimmt Brod und läugnet den Tod dann des Lammes,
  Das im sühnenden Blut wieder uns einte mit Gott.
Zürnendes Eif'rergeschlecht! Was wollt ihr mit eurem Betruge?
  Manna macht ihr zuerst, stürzet euch dann in den Trog.
Kehre, verlor'ner Sohn, kehr' wieder zum Hause des Vaters:
  Träber nur in Rakow stillen des Hungernden Qual." [1]

Die Fehde spann sich noch einige Zeit in Gedichten und
Epigrammen weiter: von Vondels Seite mehr in friedlicher
und positiver Weise, indem er seine katholische Gesinnung
in weiteren poetischen Leistungen an den Tag legte; von
Seiten seiner Gegner mehr negativ und satirisch, indem sie
ihn durch Spott und auch durch Schimpf beim Publikum

---

[1] Rakow im Palatinat Sendomir (Polen) war der Hauptlehrsitz
der Socinianer.

herabzuſetzen ſuchten. Vondel blieb Sieger. Seine Dich=
tungen drangen trotz aller Anfeindungen in die proteſtan=
tiſche Leſewelt und errangen Anerkennung und Anſehen; ſeine
Thätigkeit nahm einen neuen Aufſchwung; mitten in der
großen proteſtantiſchen Handelsſtadt, wo die Schulzen noch
plakatgemäß nach Katholiken fahnbeten und nach Jeſuiten
ſpürten, beſang er offen und frei die Herrlichkeit der katho=
liſchen Kirche und feierte ſelbſt die verhaßten Jeſuiten mit
Lobgeſängen, wie z. B. in dem folgenden:

Der Leuchtthurm des hl. Ignatius von Loyola.

Leuchtend ſteht der weiße Pharos,
Strahlet durch die weiten Lande,
Nicht am Nil, am Tiberſtrome,
Nicht mit Meißel, nicht mit Klöppel,
Nicht mit Beil gefügt und Säge,
Sondern in dem Namen Jeſu
Durch des Gotteswortes Hammer,
Das zermalmt den ſtärkſten Marmor —
Leuchtend ſteht der weiße Pharos,
Trotzt des Abgrunds dunkeln Pforten,
Flammet in die Nacht des Irrthums,
Flammet in die Nacht der Trennung,
Hält getreulich Wacht und leuchtet
Rings herum nach allen Seiten
Weit verſchlag'nen Seelen zu.
Auf der Welt unſicher'm Meere,
Nicht nur meilenweit, nein, weiter
Als der Sterne Bahnen ſchweifen,
Iſt kein Ufer, keine Rhede,
Die er freundlich nicht erhellt.
Wer dem Schiffbruch treibt entgegen,
Und ſchon zagt in bangem Schrecken
Vor dem Tod in grauſer Tiefe,
Athmet auf im heil'gen Lichte
Des gebenedeiten Namens,

Der in fünf geweihten Lettern
Wie in fünf blutrothen Strömen,
Ja, aus Gottes Herzen fließt!

O wie glühst du, o wie flammst du,
Du, des Volkes treuer Diener,
Christi heller Feuerthurm!
Wer rühmt würdig mir den Meister,
Sanct Ignatius, der den ersten
Stein gelegt des Wunderbaues,
Der noch kaum lag tief verborgen,
Der, so hoch zum Himmel ragend,
Zeugt, daß von des Himmels Höhen
Jesus liebend ihn gesegnet.
Schlummert nicht, getreue Wächter!
Nährt und facht die ew'ge Flamme;
Scheut nicht Schmerz, nicht Blut, nicht Thränen,
Scheut nicht Arbeit, scheut nicht Leiden!
Alles wiegt die Krone auf,
Die im Himmel euch bereitet.
Reichthum lacht dort eurer Armuth,
Himmelswonne eurer Keuschheit,
Ew'ge Macht krönt den Gehorsam,
Jesus selbst ist euer Lohn!

9. Maria Stuart. Die Leeuwendalers. Salomon.

Vondel war 54 Jahre alt, als er in den Schooß der Kirche zurückkehrte und in seiner protestantischen Heimath die Laufbahn eines katholischen Dichters betrat. Nichtsdestoweniger arbeitete er noch mit dem Fleiße eines Anfängers an seiner eigenen literarischen Bildung und brachte Jahr für Jahr, mit wachsender Productivität, so viel Neues hervor, daß wir hier nicht die ganze Reihe seiner kleineren Dichtungen aufführen können, sondern uns begnügen müssen, andeutungsweise das Bedeutendere zu erwähnen.

1646 vollendete er seine längstbegonnene Virgil-Ueber-setzung in Prosa, eine Schularbeit, wenn man will, aber eine sehr verdienstliche, indem der Dichter einestheils sich selbst daran weiterbildete, anderntheils auf die Entwickelung seiner Nationalliteratur bedeutsam einwirkte. Denn sie trug wesentlich bei, die störende Kluft auszufüllen, welche zwischen der ausschließlich lateinischen Schulgelehrsamkeit und der Volkssprache bestand. Mochte auch der Humanist Baerle in Amsterdam, ganz vertieft in die Schönheiten des lateinischen Originals, an Vondels Uebersetzung die Eleganz des römischen Kaiserhofes vermissen, so lautete das Urtheil der Gebildeten nach Brandts Zeugniß sonst überaus anerkennend und dankbar. „Diejenigen, die eine gründliche Kenntniß der holländischen Sprache und ihrer Eigenschaften hatten, urtheilten, daß seine Sprache in diesem Werke mustergiltig sei, und daß man nirgendwo, wo Deutsch (b. h. Nieder-

ländisch) gesprochen wird, Einen finden sollte, der so treffend
die Kraft von Maro's Latein in holländischen Worten und
Redeweisen wiederzugeben wüßte, wie er es durchweg gethan."

Im selben Jahr (1646) erschien „Maria Stuart",
Trauerspiel in fünf Acten mit Chören, dem rheinischen Pfalz-
grafen Eduard [1] gewidmet, der gleich Vondel Convertit war.
Die dreifache Einheit, an welcher Vondel mit unverbrüchlicher Gewissenhaftigkeit festhielt, machte es schwer, das
tragische Loos der Heldin in seinem ganzen geschichtlichen
Umfang auf die Bühne zu bringen. Die Königin steht
am Vorabend ihres Todes, ihr unwiderrufliches Urtheil ist
gefällt; kein Arm erhebt sich mehr, sie zu befreien — —
es scheint nicht viel mehr übrig, als der ergreifende Abschied vom Leben und die Todtenklage um die schönste und
unglücklichste der Königinnen. Die anziehende Gegenüber-
stellung Elisabeths, welche Schillers Drama so mächtige
Wirksamkeit verleiht, ist von vornherein ausgeschlossen:
als ihre Repräsentanten erscheinen nur die „Graven", d. h.
die Richter, die Maria das Bluturtheil verkünbigen. Nur
in kurzer, mehr epischer als dramatischer Exposition tritt
uns das ganze bewegte Leben der Dulderin entgegen. Nur
gleichsam als Reflex der großartigen historischen Verwickelung
erhebt sich noch der letzte Wortkampf zwischen Maria und
ihren ungerechten Richtern, zwischen ihren Freunden und
Feinden. Dann bringt sie das Opfer ihres Lebens, nimmt
Abschied — und betritt das Schaffot. Außer den Richtern,
die ganz in antiker Weise als Chorus auftreten, und außer
dem Chor der Kammerjungfern, sind der Personae dramatis
nur fünf — ein Beichtvater, der Hofmeister Melvil, der

---

[1] Räß, Convertitenbilder. VII. S. 137.

Leibarzt Burgoyn, die Kammerfrau Hanna Kennedy und Paulet, der Schloßvogt von Fotheringhay [1].

Trotz der enggezogenen Schranken des altclaſſiſchen Drama's hat Vondel indeß dem reichen dramatiſchen Stoff hohe poetiſche Schönheit und Wirkſamkeit abgewonnen. Mit feſſelnder Gewalt iſt die ganze verwickelte Vorgeſchichte Maria's, die freundlichen Tage am franzöſiſchen Königshof, die Heirath mit Darnley, Murray's unheimliches Intriguengewebe, Darnley's und Riccio's Ermordung, Maria's Gefangennahme, Babingtons Verſchwörung, Eliſabeths nimmer raſtender Haß gleichſam in die Kerkereinſamkeit von Fotheringhay zuſammengedrängt. Die allgewaltigen Häſcher beben auch jetzt noch vor ihrer Gefangenen: bei jedem Geräuſch träumen ſie von neuen Befreiungsverſuchen, von ſpaniſchen Flotten und franzöſiſchen Armeen, während die von Leib und Qual erſchöpfte Dulderin die tiefſte Beſorgniß ihres Arztes erweckt. Dem Chor ſchwebt das Bild einer andern Maria und Eliſabeth vor, die ſich mit dem Gruße des Engels und mit den Klängen des Magnificat begegnen — und hier? Auf ihre Schickſale zurückblickend, findet die beraubte Fürſtin, von allen menſchlichen Gewalten verlaſſen, überall bitter enttäuſcht, verrathen, verfolgt, kaum einen Strahl der Hoffnung mehr. Die treue Hanna Kennedy ſucht ihr noch einmal Hoffnung zu machen — da kommen die Blutrichter und bringen das Todesurtheil. Maria ſoll ihre Schuld anerkennen und durch ihre letzten Verfügungen ſich der ſiegreichen proteſtantiſchen Nebenbuhlerin unterwerfen. Da erwacht im Herzen der Dulderin das Vollbewußtſein ihrer königlichen Würde und ihres guten Rechts, majeſtätiſch rafft ſie ſich aus ihrem Leiden empor und weist

---

[1] Vondel ſchreibt Kenede, Burgon, Melvin, Fodringayc.

in erschütternder Selbstvertheidigung die Boten des gekrönten
Unrechts zurück. Melvil fühlt sich im Gewissen verpflichtet,
noch einen verzweifelten Schritt zu ihrer Rettung zu thun —
er wendet sich an die Richter selbst und sucht sie in der
Ausführung des gefällten Urtheils aufzuhalten. Der Dia=
log zwischen ihm und den Grafen wiederholt noch einmal
den ganzen Proceß, der um die Königin geführt ward,
zwischen Recht und Unrecht, Königthum und Revolution,
Häresie und Kirche, Wahrheit und Lüge. In sentenziöser
Kürze folgt Schlag auf Schlag, bis Melvil nichts mehr
übrig bleibt, als der Appell an Gottes ewige Gerechtigkeit.
Nun folgt der Abschied der Königin von ihren Kammer=
frauen und ihr letztes Gebet.

Maria Stuart.

Vertraut auf Gott! Er gibt euch Alles wieder,
Der höchste König wacht für euer Heil.
Der Krone Frankreichs hab' in meinem Testament
Ich euch empfohlen. Wie ich Heinrich kenne,
Wird er und wird sein Hof am Seinestrand
Euch jede Gunst erzeigen. Alle hab' ich,
So viel mein Wort bei meinem Herrn vermocht,
Verpflichtet mir und mir zur Treu' verbunden.
Laßt euch genügen, was ich Jeder sagte;
An Macht hat mir's, am Willen nicht gefehlt. —
Die Zeit enteilt. Man harret unser drunten.
Drum lasset zum Gebet uns niederknie'n
Das letzte Mal.

Mein Herzenskenner, der du droben
Hoch über Cherubinen schwebst,
Ob Myriaden, die dich loben,
Das Scepter aller Scepter hebst,
O Herrscher du der sel'gen Welten,
Wo Lieb' und Eintracht fest besteht,

Wo Recht und Treue ewig gelten,
Anbetungswürd'ge Majestät!
Erbarm' dich mein! Erhör' mein Beten,
Allschauender! Sieh' deine Magd,
Herzlos verurtheilt und zertreten,
Als Opfer in den Tod gejagt.
Nach so viel Schmach nimm auch mein Leben,
Nimm hin den letzten Tropfen Blut:
Laß nur die Kirche frei sich heben,
Zum Ruhm dir, aus des Kampfes Gluth.
Erbarm' dich mein! Zu deinen Füßen
Leg' Kron' ich, Scepter, Macht und Reich,
Seh' froh sie in ihr Nichts zerfließen;
Nur gib mir Kraft zum Todesstreich.
Zum Schlag, der Seel' und Leib soll scheiden,
Steh' mir mit deiner Gnade bei,
Laß deine Engel mich geleiten,
Daß ich der Wahrheit Zeugin sei,
Wie ich die Wahrheit treu bekannte,
Als Nacht dein heilig Licht man hieß,
Ob auch vom Erbthron als Verbannte
Des Irrthums Macht dafür mich stieß.
Du kennst die Feinde, haßverblendet —
Allwissend, alldurchstrahlend Licht —,
Die Ehr' und Namen mir geschändet,
Mich zogen vor ihr Blutgericht.
Wie einst im Leben, so im Scheiden,
Dreiein'ger, Vater, Sohn und Geist,
Durch Jesu, durch Maria's Leiden
Dich meine Seele fleht und preist:
Was Haß und Neid sich unterfangen,
O, rechn' es Keinem an zur Schuld!
Vergib, vergiß, was sie begangen,
Stärk' meine Schwäche mit Geduld.
Nur dieses Wunsches Ziel laß mich erwerben:
Der Kirche Leben blüh' aus meinem Sterben!

Chor.

Sie klopfen an der Thür' — das sind die Boten
Des Todes! — Ach, wo bergen uns're Herrin wir
In dieser Noth? Man raubt uns Trost und Stütze.
Helft! rathet! Was beginnen? Rettet Niemand
Die liebe Herrin uns? Maria, bitt' für uns!
Birg' du, Maria, unsere Königin,
Schirm' du sie, da wir Alle hilflos trauern!

Maria Stuart.

Muth! liebe Töchter, Muth! Mit allem Klagen
Und Jammern könnt ihr nicht beschirmen mich.
Die Thränen sind umsonst, stumpf ihre Waffe.
Umsonst schlingt ihr um mich die treuen Arme;
Sie sind zu zart, der Feind zu stark, zu herzlos.
Ergebt in Gottes Willen euch. Er ruft mich
Aus lichten Höh'n. Ich höre seine Stimme.
Still, Kinder, still! Nehmt meinen letzten Gruß,
Maria's letzten Kuß! — — Nun mäßigt euch,
Versinkt nicht in der Trauer. Weisheit ist's,
In's Machtgebot der Fügung sich zu schicken,
Auch in den Tod, der doch einst unser harrt.
Bleibt treu dem alten Glauben, den ich heut'
Mit meinem Blut besiegle, und gehorcht
Den Herrschern, wo der Glaube es euch verstattet.
Schöpft Muth und denket meiner armen Seele
Vor Gott in eurem Fleh'n.

Im letzten Act beschreibt der Arzt Burgoyn als Augen=
zeuge den ganzen Verlauf der Hinrichtung. Der Chor
stimmt die Todtenklage an und wird von dem Priester
getröstet. Durch die erhebenden Gedanken des Martyriums
klingt erschütternd die Trauer über die Hinfälligkeit irdi=
scher Schönheit und irdischer Macht. Während das Stück,
gegen dasjenige Schillers gehalten, arm an dramatischer
Verwickelung und Spannung erscheint, ist es dagegen eben=

so reich an tiefem Pathos und an lyrischem Schwung, eine herrliche dramatische Elegie, und das Bild Maria Stuarts tritt aus dem lebhaft geschilderten politischen Wirr= warr der Zeit viel reiner, schöner, ergreifender hervor, als dieß bei Schiller der Fall ist.

In Amsterdam schlug das Stück gewaltig ein. Unge= achtet der beständigen Rivalität zwischen England und Hol= land war die jungfräuliche Königin als Pflegemutter, Pa= tronin und Heilige des Protestantismus auch in den Nieder= landen so sehr verehrt, daß sich ein allgemeiner Schrei der Entrüstung darüber erhob, daß Vondel die Hinrichtung Maria Stuarts einfachhin als Justizmord darzustellen wagte. Es half nichts, daß er seinem Drama eine Stelle aus Camden beifügte, in welcher dieser protestantische Geschicht= schreiber die Legenden seiner eigenen Glaubensgenossen in Zweifel zog, Murray als undankbaren, ehrgeizigen Auf= rührer brandmarkte und Maria Stuart mitleidsvoll nicht als schuldige, sondern als unglückliche Fürstin hinstellte. Was? Elisabeth schuldig? Maria unschuldig? Entsetzlich! Allgemeiner Zorn. Jedermann wollte die „heilige" Elisa= beth von England an dem abscheulichen Papistendichter rächen. Ein Fräulein G(oudina) v(an) W(ert) schrieb eine „Ver= fluchung Joosts van Vondel". Ein D. P. B. sagte ihr Dank für ihr „artig und würdig Gedicht gegen den Schandfleck und Greuel aller Christenherzen Joost van Vondeln". G. K(oning) dankte ihr ergebenst „für das Fegefeuer, das sie Joost van Vondel ange= zündet". Wieder Andere erhoben klagend ihre Stimme über „Palamedes' Schuld", züchtigten den Poeten wegen seiner Maria Stuart mit schottischen „Distelruthen" und ließen den „Geist der Königin Elisabeth, auf= beschworen durch die Zauberverse ihres Lästerdichters", aus

dem Grabe emporsteigen. Die erbosten protestantischen Mu=
sen kamen vom Olymp sogar auf die Straßen herab und
ließen „Kärrnersprüche", „Straßenjungenlieder"
und „Kindergeschrei" gegen den abscheulichen Joost er=
scheinen. Ja, auch das war Einigen noch nicht genug.
Sie liefen so lange bei dem Schulzen und bei den Schöffen
herum und stellten die Sache als eine so schwere vor, daß
man den Dichter vor Gericht zog und ihn in eine Buße
von 180 Gulden verurtheilte. So erzählt Brandt. „Aller=
dings," fügte er bei, „kam das Vielen fremd vor, welche
wußten, welche Freiheit im Schreiben in gegenwärtiger Zeit
sonst geduldet wird, und daß man den Poeten von Alters
her mehr nachsah, als den Andern. Das wurde indeß
jetzt anders verstanden und die Buße an den Schulzen Pieter
Hasselaer bezahlt. Doch der katholische Buchhändler Abra=
ham de Wees, der Alles druckte, was Vondel schrieb, schoß
das Geld vor; er wollte nicht, daß der Dichter von einem
Werke Schaden leiden sollte, aus dem der Buchhändler Vor=
theil zog."

So lächerlich diese Aufführung der Protestanten war,
so konnte es doch für den Dichter nicht eben sehr angenehm
sein, bei jeder katholischen Lebensäußerung mit einem wahren
Regenguß von Grobheiten und Sticheleien, Hohn und Ver=
unglimpfung überschüttet zu werden. Manche ließen sich
durch das Gelärm der Zeloten wenigstens vorübergehend
von ihm abwendig machen. Mehr als einmal scheint er
sich bei solchen Gelegenheiten recht vereinsamt gefühlt zu
haben. Darauf weist wenigstens ein Stimmungslied hin,
das aus diesen Jahren stammt. Es zeigt sehr schön, wor=
auf er seine Sache stellte und wo er immer neuen Muth
fand:

Die christliche Geduld.

Geduld mit ihrer Kreuzeslast
Find't nur im wilden Meere Rast;
Da sitzt, zähnklappernd, sie allein
Halbnackt auf einem harten Stein,
Um den die Brandung tosend brüllt.
Die Sturmnacht jeden Stern verhüllt,
Gönnt ihrem trauernden Gesicht
Nicht einen Funken Trost und Licht,
Und wenn sie einen Strahl noch schenkt,
Ist's Feuer, das die Augen kränkt,
Sind's Wolken nur, von Gluth geschwellt;
Dem jähen Riß der Blitz entschnellt.
Es steigen aus der Tiefe Schlund
Meerungeheuer, lauern rund
Um das umtoste Felsenriff.
Von fern sieht sie ein kämpfend Schiff
Sich nähern — athmet wieder frei.
Umsonst! umsonst! Es treibt vorbei.
Wohl bracht' es alte Freunde her,
Doch flaue Herzen, liebeleer;
Und ruft auch Einer ernst: „Leg' an!"
Zittern die Andern, Mann an Mann,
Und überschrei'n ihn laut: „Stöß' ab!
Fort aus dem salz'gen Wellengrab!"
Nur Eines bleibt, wo Alles sinkt,
Nur Eines jetzt auch Trost ihr winkt:
Ein rein' Gewissen! Voller Muth
Schwingt sie sich aus der Todesfluth,
Fühlt mitten in des Leidens Schooß
Sich reich und glücklich, frei und groß,
Ruft, ohne Hilfe, Trost zu seh'n:
„Der Wille Gottes muß gescheh'n!"

Wiewohl Vondel den Kampf nicht scheute, so war es ihm bei seiner unverhohlenen Meinungsäußerung nicht um Kampf zu thun, sondern um Recht und Freiheit. Mit wahrer

Herzensfreude begrüßte er 1648 den langersehnten westphäli=
schen Frieden, der Europa nach langem, schrecklichem Reli=
gionskrieg endlich frohere und glücklichere Tage zu verheißen
schien. Er verherrlichte das große politische Ereigniß in einem
idyllischen Festspiel (Landspel): „Die Leeuwenbalers".
Von der Fabel des Stückes gibt er selbst die folgende Skizze:

„Als die Leeuwenbalers, durch Frieden und Glück verwöhnt
und übermüthig geworden, bei den Festspielen des Vieh= und
Jagdgottes Pan ihre große Landmahlzeit hielten, trug es sich zu,
daß sie Alle, benebelt und betrunken, von Worten zu Fäusten
und Messern kamen. Warandier, wegen seiner Stärke und
Frömmigkeit der Held zubenannt, ein Sohn des Waldgottes,
und Duinrijk, ein Sohn Pans, warfen sich mitten in das Ge=
fecht, um Unheil zu verhüten und die Erhitzten auseinanderzu=
bringen, und verloren dabei unschuldig das Leben. Wald= und
Landgötter, hierüber erbost, quälten nun die Landschaft, so daß
sie seither keine Ruhe mehr hatten; die Südseite und die Nordseite
blieben durch Haß und Neid geschieden und schädigten und plagten
einander täglich, die Südseite unter ihrem Führer Landskroon, die
Nordseite unter Volkaart und dessen Mitheimräthen. Godeliebe, die
Wittwe Warandiers, war an der Leiche ihres Mannes gestorben
und hatte einen Sohn hinterlassen, Adelaart mit Namen, den
Landskroon an Sohnesstatt annahm und auferzog. Vredegund,
Duinrijks schwangere Wittwe, war gezwungen, mit Kommerijn,
deren Mann unverdienter Weise umgebracht worden, auf die
Dünen zu flüchten, wie viele andere Frauen: da gebar sie ein
schön Töchterlein, gab der treuen Amme Kommerijn ihren Braut=
ring und nahm ihr das Gelöbniß ab, das Kind (weil man aus
Bosheit Duinrijks Blut ausrotten wollte und sie beßhalb Ver=
giftung befürchtete) unbekannt als Findling vor Heemrad Volk=
aarts Thür zu legen und dessen Abkunft zwanzig Jahre lang zu
verheimlichen. So wurde dieses Kind, mit einem Blutröschen
auf dem Arm geboren, im Hag gefunden, Hageröschen genannt
und dem großen Vreerik überliefert, der es sorgfältig aufzog.

Kommerijn, aus ihrer Armuth vertrieben und hier länger kein
Heil erwartend, zog nach der Fremde, wo sie sich ärmlich und
ehrlich durchschlug. Verschiedene Anzeichen von bevorstehenden
Bedrängnissen und ein schrecklicher Schweifstern, der vor ihrem
Gemach aufging und die Landsassen bedrohte, bewogen sie, bei
Velleede, der Priesterin und Prophetin des Pan, Rath zu fragen, welche jährlich einen am festgesetzten Tag durch Wahl und
Loos bestimmten Jüngling forderte, um ihn dem beleidigten
Gott zu opfern nach der Verfügung des Wildemans, der ihnen
von Pan zugesandt worden war; und obwohl man mittlerweile
oft bei Velleede um Befreiung anhielt, vertröstete sie nur mit
doppelsinnigen Antworten. Alt und arm kehrte Kommerijn
nach zwanzig Jahren wieder zurück, auf eine Erscheinung Brede-
gunds hin, welche ihr rieth, den Schlupfwinkel ihrer Verbannung, ebenfalls durch Zwietracht und Aufruhr gestört, zu
verlassen und ihr Vaterland und ihre alte Nachbarschaft wieder
aufzusuchen, wo sie ihr Glück finden sollte. Sie kam da
just am selben Tage an, als das blutige Loos auf Abelaart fiel
und er nach vielem Hader dem Wildeman zur Verfügung gestellt ward. Hageröschen bot sich aus Liebe und bewogen durch
Abelaarts standhafte Dienstfertigkeit (der sie auch früher einmal
auf der Jagd aus den Händen eines Verfolgers entrissen hatte)
an, für ihn zu sterben; aber Pan verhinderte den Schuß und
schob das Opfer auf, nicht ohne einen dunkeln Ausspruch, über
welchen die Umstehenden verblüfft standen. Kommerijn kam auf
dieses Gerücht an, hörte den Namen Bredegunde's nennen, gerieth mit den Leuten in's Gespräch, brachte die Geburt und Abkunft Hageröschens an den Tag und wurde für ihre Treue
belohnt. Da bekam man Licht über den Orakelspruch, schloß die
Ehe zwischen Abelaart und Hageröschen, den beiden Abkömm-
lingen der ländlichen Götter, und vereinigte und versöhnte in
diesem Paar die Nordseite und die Südseite. Landskroon anerkannte die Nordseite von Leeuwendal als freies, selbständiges
Land. Man bewillkommte und umhalste einander von beiden
Seiten und darauf ward die Hochzeit gefeiert."

Bei dem Entwurf wie bei der Ausführung des Stückes hatte Vondel, wie J. ten Brink nachweist, die italienischen Schäferspiele „Aminta" von Tasso und den „Pastor Fido" des Guarini vor Augen, doch ist die Uebereinstimmung mit dem ersteren sprechender, als die bloß zufälligen Berührungs=punkte mit dem zweiten[1]. Ganz mit Unrecht aber stellt Jonckbloet das Stück mit dem „Treuen Batavier" des Ritters Rodenburg zusammen, der nichts weiter als eine holprige Uebersetzung des „Pastor Fido" ist. Auch Virgils Eklogen und Georgica schweben dem Dichter noch vor, aber nicht mehr so gebieterisch, wie früher die Aeneïde im Gijs=brecht van Aemstel. Einmal in seinem niederländischen Landleben drin, überläßt sich der Dichter frei und froh den eigenen lebendigen Eindrücken, der vollen Herzensfreude, welche die Friedensbotschaft in seiner Brust erweckt. Statt genau zu allegorisiren, gibt er dem Idyll nur im Allge=meinen einen allegorischen Hintergrund und macht dann seiner Freude nur dadurch Luft, daß er dasselbe mit jugend=licher Lebendigkeit durchführt. Schon die Eröffnungsscene ist ein artiges Genrebild, von niederländischer Gemüth=lichkeit eingegeben und ebenso heiter und gemüthlich aus=geführt. Die alte Kommerijn betritt nach zwanzigjähriger Verbannung wieder ihr liebes Heimathsdorf, wo der alte

---

[1] Het lantspel van Joost van den Vondel. Auff. von J. ten Brink in Gids. 1864. IV. 117. Er vergleicht namentlich den Rath Abelaarts an Hageröschen (1. Act. 2. Scene) mit dem Rathe, welchen in Aminta (1. Act. 1. Scene) Daphne der Silvia gibt. Vondel schließt sich besonders darin an Tasso an, daß die Personen seines Idylls viel einfacher und naiver sind, während Gua=rini's Schäfer und Schäferinnen arg coquettiren. Vergl. Emile Montégut, De la nature du génie du Tasse. Rev. des deux Mondes. 1. Sept. 1864. p. 223. 228.

Walter, der Ausrufer und Bote, eben den großen Opfertag
ankündigt:

Kommerijn.

Zu guter Stunde zeigt der klare Morgenstrahl,
Der Sonne Vorbot', mir mein altes Leeuwenbal,
Mein liebes Heimathsdorf und seine schattigen Wälle,
Längs denen frisch der Bach mit ruhigem Gefälle
Glättet den Ufersand und Süd' und Norden theilt,
Indeß der Morgenwind im Baumlaub rauschend spielt.
Hier ragt der Leeuwensteg und drüben streckt die Linde,
Wo mich verstohlen einst mein Freier traf,
Bebend die Arme aus: ach, sie ist auch schon krumm
Und grämlich, wie ich selbst, von hohem Alterthum.
Im Gras hier sah ich einst von Rahm die Kühe schwellen,
Drüben das volle Obst und Pflaumen und Morellen.
Dort ragt das Heiligthum des Landgotts Pan hervor,
Das nied're, stille Dach, bedeckt mit Moos und Rohr,
Wo 's Volk um Segen fleht. Ich seh' die Bauernhäuschen,
Ich höre, wie mir däucht, von fern die Wogen brausen.
Zu guter Stund' kam ich, ob keuchend auch, hier an,
Es dämmert schon der Tag, es kräht der wack're Hahn
Und weckt den Landmann auf und tausend Nachtigallen,
Von deren freiem Sang die Hügel wiederhallen.
O guter Vater Pan! Beschützer uns'res Viehs,
O zürn' mir nicht, daß ich die Heimath wieder suchte,
Ach, meines Herzens Ziel, das sehnend sich gerührt.
Hat Bredegunde's Ruf mich bis hierher geführt,
Lenk' du mich weiter nun mit diesem krummen Stock,
An dem ich keuchend wanke, und tilg' den alten Groll,
Des Streites Wurzel aus, — sie sproßte schon zu lange —
Daß Fried' und Lieb' einmal die Herzen all' umfange!

Der blinde Walter.

Auf! Leeuwenbaler, auf! Der Sühnetag ist da!
Die Schreckensfrist ist um und fordert euch, zu loosen,
Der Wildeman hat noch die Pfeile nicht verschossen:
Sein Opfer heischt er heut' für euern freveln Streit.
Auf! Leeuwenbaler, auf! Der Gott ruft — seid bereit!

An die neugierige Frage Kommerijns, was der Ruf
bedeute, knüpft sich schlicht und natürlich die einfache Ex=
position. Die Verwickelung ergibt sich ebenso ungezwungen
aus der zunehmenden Bedrängniß des Volkes und aus der
wachsenden Liebe Abelaarts zu Hageröschen. Sie erreicht
ihren Höhepunkt, als das Opferloos Abelaart trifft, Hage=
röschen sich vergeblich für ihn zum Tode anbietet und nun
der Wildeman erscheint.

Wildeman.

Hervor, mein flinker Bogen, hast mich nie
Im Stich gelassen; bist zu zäh zum Brechen!
Komm', ich will schärfer spannen dich als je.
Nun auf dem Nagel noch des Pfeiles Spitze
Geprüft. Das Nöthigste vor Allem! Angelegt!
Halt' fest! halt' fest! Der Pfeil wird ihn durchbohren!

Hageröschen.

Zuerst triff mich! Ziel', Unhold, auf mein Herz,
Das deinem Mörderbogen muthig trotzt.
Mein Lieb! mein Abelaart! Zum letzten Abschied
Umarm' ich dich. Bewahr' mir deine Treue!
Nun weih' ich mich dem Tod, an deiner Statt.
Was säumst du. Schütze? Gibt's ein schön'res Ziel?
Leg' an auf meine Brust! Drück' ab, du Räuber!

Adelaart.

Hag'röschen, meine Blume, du mein Trost!
Was kömmt dich an?

Preerik.

Wahnsinn und Tollheit!
Fort, fort mit dir! Ich leid' es nicht!

Hageröschen.

Was kann ich
Denn Bess'res thun? So muß ein Lieb sein Lieb

Baumgartner, Bondel. 8

Beschützen und beschirmen; so stirbt es
Getrost und froh in des Geliebten Armen.

Abelaart.

Du sterben? Nimmermehr! Daß du dein Leben opferst,
Daß deine Brust mir diene als ein Schild,
Das duld' ich nicht; fort, fort, geliebte Braut!
Die Götter fordern mich als Opfersühne!

Hageröschen.

Sie zürnen mir, wenn sie mein Opfer weigern.

Freerik.

Ein Jüngling wird gefordert, keine Maid.

Hageröschen.

Dann soll der Todespfeil uns Beide treffen.
Das Herz des Bräutigams durch's Herz der Braut.

Wildeman.

So gilt es Mann und Weib, ich schwör's beim Vater!

Freerik.

Fort, fort, mein Kind! Er zielt, er schießt euch Beide!

Hageröschen.

Schieß' zu, schieß' zu nur, Unhold, keine Noth!
Aus Liebe sterben, ist ein süßer Tod!

Abelaart.

Halt' ein, halt' ein! Hag'röschen, du mein Leben!

Hageröschen.

Triff meine Brust zuerst!

Wildeman.

Ich pack' euch Beide!
Ich kenn' nicht Magd, nicht Knecht, kein Vorn und Hinten.
Der Pfeil ist blind. Hui! hui! Er fliegt! Er trifft!

Jetzt erscheint Pan als Deus ex machina und rettet die Beiden vom Tode. Kommerijns Ankunft hellt die räthselhaften Worte des Gottes auf, und friedlich löst sich der jahrelange Streit im festlichen Hochzeitsreigen der beiden Götterkinder.

„'s ist Hochzeit auf der Heiden,
's ist Hochzeit auf dem Land.
Tanzt fröhlich um die Beiden
Und hüpfet Hand in Hand
Um Hag'röslein und Abelaart,
Die wahre Liebe hat bewahrt,
Die treue Minne hält vereint,
   O trautes, süßes Band!
Freund' sind durch sie geworden
Sich wieder Süd' und Norden,
Die Zwietracht ist bezwungen,
Der Liebe Band geschlungen,
Aus ist's mit Zorn und Wuth und Streit,
Der Haber stirbt, es weicht der Neid,
Der Zwist ist fortgesprungen."

Das gemüthliche Stück entsprach der allgemeinen Volksstimmung. Es kam am 7. Mai auf die Bühne und fand so lebhaften Beifall, daß es rasch nach einander noch viermal wiederholt werden mußte (am 11. und 14. Mai, am 2. und 23. Juni).

Bei Beurtheilung des Festspiels darf man indeß nicht vergessen, daß es um mehr als zwei Jahrhunderte vor uns liegt[1] und einer Zeit angehört, wo im Gefolge des schul-

---

[1] Die „Leeuwenbalers" wurden übrigens zur Vondelfeier am

mäßigen Classicismus die italienische Schäferpoesie allüberall
Eingang gefunden hatte. Auch über die ernsthaften Bürger
von Amsterdam war der Geist Arkadiens gekommen, und
die „edel achtbaren Räthe" der Stadt ließen sich und ihre
ehrsamen Hausfrauen als Schäfer und Schäferinnen malen.
Wer sich aber deßhalb versucht fühlen sollte, Vondels Frie=
densidyll als ein Stück Rococo=Schäferei zu verwerfen, der
wird gut thun, vorher die Bemerkung ten Brinks in Er=
wägung zu ziehen:

„Joost van den Vondel war Autodidact im Beginne
der schönsten Tage der Republik, als Belesenheit in den
Classikern eine viel wirksamere Empfehlung war, als das
schönste Talent. Aergere sich darüber, wer will — Von=
dels Anschluß an den classischen Modegeschmack war natür=
lich und berechtigt, mitunter sogar heilsam für seine Ent=
wicklung. Aber es entstand zugleich ein Dualismus in
seinem Talent, es entstand ein Streben nach lateinischer
Zierlichkeit neben dem kräftigen, freien Aufbrausen seines
echt amsterdamischen hellsehenden Bürgergeistes — ein Dua=
lismus, der viele Unvollkommenheiten seines ‚Landspiels'
völlig erklärt und vielfach gutmacht." [1]

In's Deutsche scheinen die „Leeuwendalers" nicht über=
setzt worden zu sein; doch verwerthete Gryphius das Stück
zu seiner „Geliebten Dornrose" und nahm einige Stellen
aus demselben in das seinige herüber, wie die drollige Scene
(2. Act, 3. Scene), wo die Bauern Warner und Govaart
um einen lahmgeschlagenen Hahn und ein fast ertrunkenes
Lamm streiten [2]. Abgerissen von der Festgelegenheit, für

___

5. Febr. 1879 in Amsterdam zu großer Befriedigung der Festtheil=
nehmer wieder aufgeführt.

[1] S. ten Brink, Het lantspel l. c. p. 127.

[2] Vergl. Dr. R. A. Kollewyn, Ueber den Einfluß des hollän=

die es gedichtet wurde, verliert das Stück aber viel, und
zwar gerade mit das Beste, d. h. den historischen Hinter=
grund, der nach all' ·ben poetischen und religiösen Fehden
der vorausgegangenen Jahre Vondels Charakter in seiner
naiven Gemüthlichkeit und liebenswürdigen Herzensgüte er=
scheinen läßt.

Im folgenden Jahre (1649) schlug Vondel wieder ern=
stere Accorde an. Er bearbeitete den Fall Salomons in
einer fünfactigen Tragödie, die ebenfalls günstige Aufnahme
fand und· sich viele Jahre hindurch auf der Bühne hielt.
Der Literaturhistoriker Jonckbloet, der Vondel nicht sehr
geneigt ist, bezeichnet sie als das beste seiner Stücke. Diese
Ansicht wird indeß von den meisten anderen niederländi=
schen Kritikern nicht getheilt; doch spenden sie der meister=
haften Sprache wie der großartigen Ausführung des er=
greifenden Seelengemäldes hohes Lob. Und dieses Lob wird
wohl Jeder gerechtfertigt finden, der nicht von vornherein
biblische Stoffe von seinem Interesse ausschließt.

---

bischen Drama's auf Andreas Gryphius. Heilbronn, Gebr. Hen=
ninger. 1880.

---

10. Der Stadtpoet von Amsterdam.

„‚Die Kunst ist lang, das Leben ist kurz‘, sagte Hippokrat. Niemand wird mit der Kunst, wohl aber mit Anlage zur Kunst geboren. Man steigt keuchend und schwitzend auf langem Wege die steile Höhe des Parnasses empor. Uebung und Muth wetzen das Genie und Straucheln lehrt aufmerken, so daß man, im Verlauf der Zeit zurückblickend, Fehler und Abirrungen, im Reim oder sonst begangen, verwerfen lernt, auch wahrnimmt, wie nicht Alles in gleich guter Stimmung gedichtet ist. Selbst der gute Vater Homer schlummert zuweilen. Und dieselbe Jahreszeit ist nicht jedes Jahr ganz dieselbe; auch Früchte und Blumen, welche demselben Keim und Stengel entsproßten, sind oft nicht wenig verschieden. Darum wünschte ich lieber einen Theil meiner grünen und unreifen Verse nicht wieder gedruckt und habe deren abermaligen Druck einige Jahre verhindert. Da ich indeß vernahm, daß Hartgers, auf das bringliche Anhalten einiger Freunde und Gönner niederländischer Dichtkunst, meine zerstreuten Gedichte in einer Sammlung zu vereinigen und auf's Neue zu veröffentlichen gedenkt, so muß ich's gegen meinen Willen geschehen lassen, daß man als Kunst einige Reime und Verse mitversteigere, die besser ausgeschieden und verworfen würden.“

Mit diesem anspruchslosen [1] Geständniß begleitete Vondel die Ausgabe seiner kleineren Dichtungen, welche der Buch-

---

[1] Auch unter seinen Jugendarbeiten finden sich ganz herrliche Stellen. Als Beispiel citirt van Bloten (Vondel-Almanak 1876. p. 11) das muntere, kräftige Soldatenlied im „Zerstörten Jerusalem“ (Schluß des 1. Actes).

händler Hartgers 1644, drei Jahre nach seiner Conversion, herausgab. Das buchhändlerische Unternehmen beweist, daß Vondel troß aller stattgehabten Angriffe zahlreiche Freunde und Gönner zählte, troß seines Rücktritts zur Kirche auch beim protestantischen Publikum Anerkennung fand. Aber auch an Gegnern fehlte es noch immer nicht. In der Sammlung von Hartgers waren die religiös-politischen Hechelgedichte (hekeldichten) ausgelassen worden, besonders diejenigen, welche mit den religiösen Anschauungen des Convertiten nicht mehr übereinstimmten und welche er als Katholik lieber der Vergessenheit anheimgegeben hätte. Dieses Umstandes bemächtigte sich ein junger industriöser Mann von etwa 20 Jahren, sammelte alle ausgelassenen Stücke, schrieb eine Einleitung, worin des Dichters Kunst zwar gelobt, sein religiöser Charakter aber nach dem gewöhnlichen Schimpfrecept (Wankelmuth, Phantasterei, mala fides u. s. w.) angegriffen wurde, und gab das Büchlein als „Zweiter Theil von Vondels Poesie" 1647 zu Schiedam ¹ heraus. Besonders fiel der feindliche Herausgeber über die „Einleitung zu Grotius' Testament" her, welche den Protestanten ganz und gar nicht bequem war. So erzählt Brandt und fügt bei, daß es dem jungen Menschen ernstlich darum zu thun gewesen sei, Vondel zu schaden, daß derselbe aber, zu reiferen Jahren gelangt, seinen Streich bereut und Vondel, wie auch dessen Freunden, Abbitte geleistet habe. Wie jetzt ziemlich fest-steht ², war dieser junge Mann Niemand anders als Brandt

¹ Brandt sagt „zu Rotterdam", was aber ein Versehen ist. S. J. A. Alberdingk-Thijm, Portretten van Joost van Vondel. Amsterdam, van Langenhuyzen, 1876. S. 120. N. Kunstbode. I. Nr. 14, und van Lennep V. 549. IX. 145.

² Jonckbloet (Het Brandt-Vondel-Vraagstuk, in der Tijdschrift voor Nederl. Taal en Letterk. Leyden, Brill, 1881. — 1. Afl.

felbft, unb er hat fein Unrecht baburch gut gemacht, baß
er fpäter felbft Vondels aufrichtiger Freunb unb Lebens=
befchreiber geworden ift.

So nahe übrigens der boshafte Herausgeber ben reli=
giöfen Ueberzeugungen des Dichters trat, als Dichter hat
er ihm wohl nur fehr unbedeutend gefchadet. Der zweite
Theil fpendete ben Proteftanten ben allerbings nicht fehr
vielfagenden Troft, baß Vondel auch einmal ihnen angehört,
mit ihnen gegen Papiften unb Spanier gewettert unb für
bas unfehlbare Privaturtheil gefchwärmt hätte, baß fein
fchönes Talent nur durch Wankelmuth unb Charakterfchwäche
ihnen abtrünnig geworden fei, lockte fie aber burch eben
biefen fchlechten Troft an, auch ferner von feinen Leiftungen
Notiz zu nehmen unb biefelben, fo weit es anging, fich ge=
fallen zu laffen.

Vondel erleichterte ihnen biefen geiftigen Verkehr, indem
er bald nach feiner Conversion von ber ausfchließlichen Be=
handlung religiöfer unb zwar fpecififch katholifcher Stoffe
wieder allmählich auf bie freiere unb weitere Bahn zurück=
lenkte, auf welcher er fich früher bewegt hatte, feine litera=
rifchen Studien fortfetzte,. an bem öffentlichen Leben feiner

---

p. 47—59) hält es beinahe für unmöglich, in Brandts Worten (Leven
van Vondel. Ed. Verwijs. p. 72. 73) nicht ein Selbftbekenntniß bes
Biographen zu erkennen. Was bie beiben Männer einander entfrembete
unb hernach wieder zufammenführte, ift nicht völlig aufgehellt. Mir
fcheint, baß religiöfe Antipathie Brandts bie Haupturfache ber Ent=
frembung gewefen fein bürfte. Darauf weift ber ganze Angriff in
ber Vorrede zum II. Theil hin. — Von humoriftifchem Intereffe ift
bie Notiz Jonckbloets, baß bie von Brandt verfaßte unb von bem
Schaufpieler Adam van Germez gehaltene Leichenrede auf Hooft (am
28. Mai 1047), fo weit möglich, wörtlich aus ber Leichenrede bes
Carbinal bu Perron auf ben franzöfifchen Dichter Ronfarb über=
fetzt war.

Vaterstadt und Heimath den regsten Antheil nahm und durch
Gelegenheitsdichtung einen ansehnlichen Kreis von Freunden
und Bekannten erfreute. Er war wieder ganz der Vondel
von ehedem: der unermüdlich fleißige Arbeiter am Aufbau
niederländischer Sprache und Literatur, der begeisterte Sänger
der freien Niederlande, ihrer Staatsmänner, Helden, Künstler
und Gelehrten, der allzeit muntere Gesellschafter der feiner
gebildeten Bürgerwelt, der unerschöpfliche Stadt= und Fest=
poet der großen Handelsmetropole Amsterdam.

Stadtpoet von Amsterdam zu sein, war damals keine
Kleinigkeit. Die Vereinigten Niederlande waren eine Groß=
macht ersten Ranges, die erste Seemacht der Welt. Holland
war die mächtigste der sieben freien Provinzen, Amsterdam
die Seele von Holland. Die mächtigen Bürgerfamilien der
Stadt schickten ihre Söhne als Gesandte nach London, Stock=
holm, Moskau und Paris, als Admirale und Capitäne hin
über den atlantischen und stillen Ocean, als Statthalter
und Colonialbeamte nach den Molukken und nach den An=
tillen, nach Vorderindien und Brasilien, nach New=York,
das damals noch Neu=Amsterdam hieß, und nach dem fünften
Welttheil, der den Namen Neu=Holland trug. Sie regierten
die Insel Ceylon und das Capland. Sie pachteten den
Häringsfischfang an der englischen Küste und den Walfisch=
fang in Grönland, sie machten den Engländern und Dänen
die Küsten Nordamerika's streitig, den Spaniern die Phi=
lippinen, den Portugiesen nahmen sie die Herrschaft über
die Sunda=Inseln ab und für einige Zeit sogar das Scepter
über Brasilien. 35 000 Schiffe unter ihrer Flagge befuhren
den Ocean und der große Mittelpunkt dieser Seeherrschaft
war Amsterdam, dessen Paläste, Magazine, Festungswerke ein
Riesenwald von Masten umzingelte. Ihre Seehelden Tromp,
de Ruyter, Corn. de Witt und wie sie alle heißen, führten

mit den Admiralen Cromwells und der letzten Stuarts den
größten Weltkampf, der bis dahin zur See geführt war;
ihre Staatsmänner tagten neben den Repräſentanten der
älteſten Dynaſtien auf dem Friedenscongreß zu Münſter,
verhandelten mit Kaiſern und Königen über die entſcheidend=
ſten Lebensfragen der europäiſchen Politik; ihre Würden=
träger, wenn auch nur Häupter großer Bürger= und Kauf=
herrnfamilien, beanſpruchten mit vollem Recht, von den
Geſandten der Mächte al pari behandelt zu werden, ſo gut
wie die Vertreter der alten Seerepublik Venedig, in deren
Bundesgenoſſenſchaft Holland um dieſe Zeit mehr als ein=
mal die gemeinſame Sache der europäiſchen Chriſtenheit
verfocht[1].

Aber Amſterdam war nicht nur der Mittelpunkt des
damaligen Welthandels, ſondern auch der Sitz eines regen
geiſtigen und religiöſen, wiſſenſchaftlichen und künſtleriſchen
Lebens, ſo gut wie das damalige Paris oder London. Nichts
iſt falſcher, als ſich die Niederländer jener Zeit als philiſter=
hafte Krämer und Mäkler, rohe Matroſen und Schiffs=
zimmerleute zu denken. Ihr Hugo Grotius war der erſte
Rechtsphiloſoph jener Zeit, dazu ein bedeutender Humaniſt
und Theologe; ihr Johann de Witt ein Staatsmann erſten
Rangs, ein hervorragender Mathematiker, ein republikani=
ſcher Charakter von altrömiſchem Metall. Ihr Chriſtian
Hupghens förderte die Mathematik durch die wichtigſten

---

[1] Dieſe Bundesgenoſſenſchaft gefiel ſogar P. C. Hooſt. Er
fragt:

„Wo iſt ein Paar ſo beherzt, ſo kräftig und klug,
Wie der Leu mit dem Schwert und der Leu mit dem Buch?"

d. h. der holländiſche Löwe und der Markuslöwe mit dem Evan=
gelienbuch.

Forschungen, entdeckte und berechnete den großen Ring des
Saturn und stellte zuerst die Undulationstheorie des Lichtes
auf. Ihre protestantischen Theologen Voetius, Coccejus,
Maresius, Makovius, Amesius, Alting rechnen die Prote=
stanten noch heute zu den hervorragendsten Größen ihrer
theologischen Wissenschaft. Mit den blühenden Hochschulen
zu Leyden, Utrecht und Gröningen wetteiferten die Aka=
demien von Franeker und Harderwyk, von Deventer und
Amsterdam in allseitiger Pflege des intellectuellen Lebens.
Classische Philologie und Bildung waren in Amsterdam und
Leyden durch Männer von europäischem Ruf vertreten: zu
Amsterdam lehrte Caspar Barläus, zu Leyden Gerhard und
Isaac Voß. Neben den classischen Studien blühte eine ein=
heimische Geschichtschreibung und Literatur empor. Die
schönsten classischen Stücke, wie die Elektra des Sophokles,
kamen auf das Theater und fanden Beifall. Italienische
und deutsche Künstler, wie z. B. Sandrart, ließen sich in
Holland nieder. Die feinere Gesellschaft der großen Han=
delsstadt stand ganz auf der Bildungshöhe ihrer Zeit. Als
Zufluchtsort aller Bedrängten bot sie den verschiedensten
religiösen, politischen und wissenschaftlichen Richtungen Raum
zur Entwicklung dar. Hier trafen portugiesische Juden mit
englischen Puritanern, verbannte Franzosen mit deutschen
Wiedertäufern zusammen. Hier wuchs mit dem Studium
der Naturwissenschaften die neuere Philosophie auf; hier
entwickelte sich, neben dem bunten Treiben protestantischer
Secten, die moderne Aufklärung. Während Vondel sich mit
den Amsterdamer Prädicanten satirisch herumschlug, stellte
Descartes in Amsterdam, Leyden und Haarlem astronomische
Beobachtungen an. Während Vondel in Amsterdam Da=
vids Psalmen übersetzte, ward Spinoza in derselben Stadt
am Studium cartesianischer Philosophie zum Pantheisten.

Dem regen bunten Geistesleben der holländischen Haupt=
stadt ging ein nicht minder erregtes politisches zur Seite.
Kaum hatte der völkerrechtliche Friedensschluß zu Münster
dem achtzigjährigen Kampf der abgefallenen Niederlande
mit Spanien ein Ende gemacht, da trat schärfer als je der
Dualismus hervor, welcher in der Verfassung des neuen
Großstaates lag und dessen freie Bürger in zwei feindliche
Heerlager trennte. Hier die aus den tüchtigsten Bürger=
familien hervorgewachsene Aristokratie der sieben unabhängi=
gen Staaten, mächtig durch ihren Reichthum, ihr Talent,
ihre Energie und Freiheitsliebe, gestützt auf die republika=
nische Verfassung und auf ihre Verdienste um dieselbe —
dort ein Fürst, nur durch das Gebot der Nothwendigkeit
von den souveränen Staaten zu ihrem Oberfeldherrn und
in gewissen Fällen zum Schiedsrichter bestellt, mächtig durch
seinen militärischen Einfluß und die ruhmreichen Sieges=
erinnerungen seines Stammes, im Kampfe gegen die Ari=
stokratie gestützt auf die Armee, auf die Plebs, auf alle
Mißvergnügten, die an der bestehenden Ordnung etwas
auszusetzen hatten. Die aristokratische Bürgerpartei stand
seit dem Kampfe zwischen Oldenbarneveldt und Moritz von
Oranien im Bunde mit den Verfechtern der religiösen Tole=
ranz und Freiheit; die Oranische Partei stützte sich auf
die Bekenner des alten starren Calvinismus. Prinz Friedrich
Heinrich, seit 1625 Statthalter über die Provinzen Holland,
Seeland, Utrecht, Geldern und Overyssel, hatte durch weise
versöhnliche Politik die Gegensätze einigermaßen zu balanciren
und die beiden Parteien zu einheitlicher Action gegen Spanien
zu einigen gewußt. Aber bei seinem Tode (1647) brach
der innerlich fortbestehende Gegensatz wieder zum offenen
Kampfe aus. Wilhelm II., sein Sohn und Nachfolger,
21 Jahre alt, als der westphälische Friede geschlossen wurde,

begabt und ehrgeizig, benützte die erste sich darbietende Ge=
legenheit, um seine Macht zu erweitern. Als Schiedsrichter
in einem Competenzstreit, welcher sich zwischen der Provinz
Holland und den andern vier Provinzen entspann, maßte
er sich dictatorische Gewalt gegen die erstere Provinz an,
verhaftete den Admiral Witte Cornelisz de With, der ohne
seine Erlaubniß aus Brasilien in den Haag gekommen war,
ließ sechs der einflußreichsten Abgeordneten der Provinz
Holland im Schloß Loevestein einkerkern und eine Truppen=
abtheilung auf Amsterdam losmarschiren, um die Stadt
zu überrumpeln (30. Juli 1650). Nur der Muth und
die Entschlossenheit der Amsterdamer Bürger rettete die
Stadt vor dem Ueberfall und gab dem Grafen Wilhelm
von Nassau, Statthalter der Provinzen Friesland und
Gröningen, Zeit, ihre Freiheit zu sichern. Als Wilhelm II.
bald darauf starb, beschlossen die Generalstaaten, die im
Januar 1651 im Haag zusammentraten, dieses Amt nicht
wieder zu besetzen. Unterdessen aber umdüsterte sich der
politische Horizont von außen. Cromwell, als Haupt der
englischen Republik, erließ noch in demselben Jahr die
Navigationsacte, durch welche Schiffahrt und Handel der
Niederlande auf's Empfindlichste eingeschränkt wurden. Ohne
vorherige Kriegserklärung griff der englische Admiral R.
Blake am 29. Mai 1652 die holländische Flotte unter
Martin Tromp an, weil dieser sich geweigert hatte, seine
Flagge vor den Engländern zu streichen. Umsonst suchte
der Großpensionär Adrian Pauw, als Gesandter nach
London beordert, den Ausbruch eines Seekrieges zu hemmen.
Der Krieg ward erklärt und fast zwei Jahre lang beider=
seits mit größter Energie geführt. Der holländische Handel
litt empfindliche Störung, aber die holländischen Waffen
eroberten sich, trotz mancher Niederlage, den glänzendsten

Ruhm. Noch im August 1652 zersprengte der Admiral
Michael de Ruyter eine der seinigen weit überlegene Flotte
bei Plymouth. Im October mußten sich de Ruyter und Corn.
de Witt vor den vereinigten Flotten Blake's und Ascue's
zurückziehen, aber schon im December trieb sie Martin
Tromp in die Themse zurück. Eine Seeschlacht bei Port=
land (28. Februar 1653), fortgesetzt am 1. und 2. März
in der Nähe der Insel Wight, blieb unentschieden, die
Holländer verloren 18, die Engländer 24 Schiffe. Johann
van Galen, Admiral der holländischen Flotte im Mittel=
meer, errang am 15. März bei Livorno einen glänzenden
Sieg über die englische Flotte, die an der Küste von Tos=
cana kreuzte, starb aber neun Tage darauf an seinen Wun=
den. In zwei folgenden Seeschlachten (12. Juni und 10. Au=
gust) konnte Tromp gegen die Uebermacht der Engländer
keinen Vortheil gewinnen, in der zweiten fiel er von einem
der ersten Schüsse; doch die Seinigen wehrten sich so wacker,
daß der Sieger fast ebenso großen Verlust erlitt, als der
Besiegte: General Monk 8 Schiffe, die Holländer 10.

Als der Friede von Westminster 1654 dem langen See=
kampf ein Ende machte, entwickelten sich neue innere Wirren.
Durch den geheimen Vertrag mit Cromwell (acte van
seclusie), welcher die Oranier auf immer von der Statt=
halterschaft ausschloß, kränkte Johann de Witt auf's Tiefste
deren noch immer mächtige Partei. Auf religiösem Gebiet
rief die Philosophie des Descartes eine neue Bewegung
hervor, indem die eine Partei der protestantischen Theologen,
an deren Spitze Voet (Voetius) stand, die cartesianische
Philosophie als glaubensgefährlich verurtheilte, während die
andere unter Cock (Coccejus) das Studium der Philosophie
und der weltlichen Wissenschaften auf's Eifrigste empfahl.
Jene wurden von der Partei der Oranier, diese von der

Partei der Aristokraten gestützt. Bis 1672 blieb indeß bie
letztere am Ruder. Unter ihrem glänzenden Führer, dem
Großpensionär Johann de Witt, einem der größten nieder=
ländischen Staatsmänner, befestigte sie sich in ihrer Macht
durch neue Grundgesetze gegen die frühere Statthalterschaft
(„das ewige Edict" und die „Harmonieacte"), griff 1655—60
entscheidend in den schwedisch=polnischen Krieg ein und führte
siegreich einen zweiten Seekampf gegen England.

Das war die Welt, die Zeit, in welcher Vondel lebte
und dichtete. Bei einem zarten Lyriker, bei einem nur um
sein Theater besorgten Bühnendichter wäre es durchaus über=
flüssig, an all das zu erinnern. Aber Vondel war der
Sänger dieser bunten Welt, der Sänger dieser erregten
Zeit. Er hat sie als Dichter mitgelebt. In seinen Oden,
Liebern, Festgesängen, politischen Gedichten, Satiren und
Epigrammen zieht sie in buntem Schauspiele, bald jubelnd,
bald trauernd, bald kampflustig, bald Frieden athmend,
bald erhaben pathetisch, bald wild aufflammend, aber
immer von wahrer, begeisterter Vaterlandsliebe durchhaucht,
an unserem Blicke vorüber.

Jetzt dankte er in schwunghafter Ode dem sonst so ver=
haßten Boreas, daß er Hugo Grotius, die Zierde Hol=
lands, länger in der Heimathstadt zurückgehalten, jetzt
weiht er dem scheidenden Freunde das letzte Lebewohl, jetzt
klagt er trauernd am Grabe des Besten der Männer.
Katholiken und Protestanten streiten sich um Grotius: Von=
del nimmt ihn für die katholische Kirche in Anspruch. In
den Streit hinein klingt fröhliche Festmusik: die Polenkönigin
Louise Marie von Gonzaga besucht auf Weihnachten die
holländische Weltstadt, und Vondel heißt sie im Namen
derselben willkommen. Das Jahr darauf führt der Kur=
fürst von Brandenburg eine andere Louise, die älteste Schwe=

ster des Statthalters Wilhelm II., als Braut heim; in
feierlicher Hochzeitsrede mahnt Vondel sie:

> „Gemeiner Freiheit Schutz und Schirm zu sein,
> Des Landmanns Hals nicht unter's Joch zu beugen,
> Vor Qual und Druck die Treuen zu bewahren,
> Mit Mutterhuld zu walten ob dem Reich:
> Güte macht Fürst und Fürstin Göttern gleich!"

Wieder tönt die Todtenglocke. Man trägt den Humanisten Caspar Barläus zu Grabe. Statt Rache zu nehmen
für die hämische Unduldsamkeit, die Baerle und Hooft gegen
ihn bewiesen, trauert Vondel herzlich um die Beiden, welche
Amsterdam zu einem zweiten Thal Tempe gemacht, deren
Freundschaft selbst der Tod nicht lösen kann.

In vollstem Herzensjubel aber zieht er den Friedens-
boten entgegen, welche mit dem Oelzweig auch die feierliche,
völkerrechtliche Urkunde bringen, daß Europa die Niederlande als selbständige Republik anerkannt; mit gleichem
Jubel spricht er den Segensspruch zum Bau eines neuen
Stadthauses und stimmt den Bausang an.

Dazwischen klingen Grabgesänge, Glückwünsche, Hochzeitslieder aus dem Freundeskreis. Martin Lootens gratulirt Vondel, daß er, trotz so vieler Sterbefälle ringsum, den
Muth hat, die verwaiste Stadt mit einer frohen Hochzeit
zu trösten Der Braut seines Freundes Jakob Hinlopen,
des großen Walfischfängers in Grönland, wünscht er Glück,
daß sie ihn, den Beherrscher aller Walfische, in's Netz gebracht. Seinen Freund David de Leeuw (Löwe) malt er
als unzähmbaren Löwen.

> „Nein, wir sind zu frei geboren:
> Niemand legt uns Fesseln an.
> Soll die Maid den Mann beherrschen,
> Bringen in den Zauberbann?

Soll ein Leu sich zähmen lassen,
Der die eig'nen Kräfte kennt?
Vor wem soll ein Leu erblassen?
Freiheit ist sein Element,
In der Freiheit muß er leben,
Muß er sterben, wie ein Held,
Das ist ihm als Recht gegeben,
Ihm urkundlich zugestellt!"

Doch wie der grimme Wüstenkönig auch die Mähne schüt=
telt, Fräulein Cornelia Hooft macht alle seine Freiheitsideen
zu nichte, nimmt den „Löwen an's Band" und der Dichter
gratulirt zur glücklichen Bändigung. Aber während die
Einen neue Familien gründen, sinken andere liebe Freunde
in's Grab. Jetzt folgt der Dichter im Trauermantel dem
Leichenzuge des wackern Bürgermeisters Pankras, jetzt hat
er den Tod des großen Philologen Gerard Vossius zu be=
klagen, jetzt ist er in Trauer um den trefflichen Stadtorga=
nisten Dietrich Zweling und mit ihm trauert Orgel und
Stadt.

Inzwischen ist die Revolution in England ausgebrochen.
Eine ganze Reihe von Gedichten zeichnet ihren Beginn,
Fortschritt, ihr blutiges Ergebniß. Der Dichter ist wohl
Republikaner, aber nicht Revolutionär. Er ehrt als Patriot
vor Allem die gesetzliche rechtmäßige Ordnung. In Holland
ist's die Republik, in England ist's die Monarchie. Lange
bevor Cromwell als tyrannischer Gewaltherrscher der nieder=
ländischen Republik feindlich gegenübertritt, erhebt Vondel
schon seine Stimme gegen die hungrigen „puritanischen Bettel=
säcke", die aus ihren unwirthlichen Oeden herniedersteigen,
um Faß und Speicher der wackern Bürgerschaft von London
zu leeren. Zürnend verfolgt er sie in seinen geharnischten
Liedern und Satiren: Klage über die Rebellen in Groß=
britannien. — Morgenwecker der Sabbatisten. — Der

Rath der Abenteuer. — Mundus vult decipi (1644). — Henriette de Bourbon's Großmuth zu Whitehall entstellt. — Karl Stuarts gemarterte Majestät. — Auf die Königs= mörder von England (1649). — Die Pfingstblume von Schottland (1651). — Protector Währwolf (1653). — Cromwells heuchlerisches Schreckensregiment züchtigt er in folgenden derb drastischen Versen:

Protector Währwolf.

Mylord Isegrim, vom Teufel besessen,
Hat dem guten Hirten die Kehle abgefressen:
Dafür ward er selbst bestellt nun zum Hirten
Ueber Schafe und Böcke, die weitverirrten.
Fleischhalle und Beil bewacht er mit Hunden,
Die Häupter sind mit Halsbändern wie Rekel gebunden.
Er mag die Schafe scheeren, schinden, schlachten um die Wette,
Spicken und braten am eigenen Fette:
Er kriegt dafür von den Blinden und Seh'nden
Steuer und Schiffsgeld, Zoll und Zehnten.
Doch liest er die Bibel, dann ist es schon,
Als predigt' der Teufel die Passion,
Dann kann er Schweinsthränen weinen und glucken,
Ganze Sümpfe voll, draus Krokodile gucken.
Ach, arme Gentlemen! Beklagt eure früheren Sünden:
Bald wird er den Schwanz über'n Kopf euch binden.
Ihr quältet König Karl, so nach wie vor:
Jetzt putzt euch der Schrubber, der Protector.

Doch ein größerer, schönerer Horizont geht jetzt vor dem Dichter auf. Die Helden der Niederlande waffnen sich zum Kampfe gegen die Anmaßungen Cromwells, gegen die Ver= letzung des bestehenden Seerechts durch die Navigationsacte. Tromp, de Ruyter, de Witt, van Galen ziehen aus mit ihren herrlichen Flotten. Der Kanal und das Mittelmeer hören den Donner ihrer Kanonen. England macht Holland

die Weltherrschaft streitig, welche sie den Spaniern abge=
nommen. Beide Republiken bieten ihre ganze Macht auf.
Amsterdam hallt wieder von ängstlichen Befürchtungen, von
Trauerbotschaften, von neuen Rüstungen, von Kampfesruf,
von Siegesnachrichten. Die Helden der Niederlande ver=
richten Meisterstücke der Kriegskunst zur See, Wunder der
Tapferkeit. Wie glüht des Dichters Herz mitten in diesem
Kampfe! Wie wird er zum Herold der allgemeinen Be=
geisterung! Wie besingt er den Heldenmuth eines Tromp,
eines de Ruyter, eines Galen! Freilich, seine Verse sind
nun nicht immer glatt frisirt, aber Kraft glüht darin und
Feuer eines wahren Patrioten.

Schiffskrone für Johann van Galen.

Soll der Leu von Holland rasten
Nach dem ersten, zweiten Strauß?
Nein! Schon holt zum Schlage wieder
Nach dem Mittelmeer er aus,
Dort an des Toscaners Strand,
Trifft in's Herz von Engelland
Und zerreißt's — die Fetzen fliegen!
Klagt nun noch, er werd' nicht siegen!

Schiffe packt er mit den Zähnen,
Feuer trifft das Pulverhaus,
Wenn die grimmen Augen lodern,
Lunten gleich, zum Haupt hinaus;
Wenn er wüthet, wenn er rast,
Gluth aus seinen Nüstern blast,
Blutgetränkte Meereswellen
Schäumend aus dem Rachen quellen.

Um den Meerfluch abzuzahlen,
Steht am Posten Jeder treu,
Und der muth'ge, wack're Galen
Setzet alle Segel bei,

Da er fünfzehn Räuber sieht
Außer Medici's Gebiet
Taumeln auf dem salz'gen Grunde,
Wie ein Rudel Wasserhunde.

„Auf, ihr Diebe! Auf zum Streifzug!
Treibet jetzt Verrätherei!"
Rief er, „die ihr Schiffe raubtet,
Als man baut' auf eure Treu',
An des Herzogs Freundesstrand
Sich're Ruhe sucht' und fand,
In des freien Hafens Wellen,
Unbesorgt um Raubgesellen.

„Seid ihr Krieger, zieht den Schweif nicht
Ein, wie Rekel, scheu und wirr.
Stümper in Gefahr! Hier gibt es
Nicht Rebhuhn auf Zinngeschirr!
Keine Saucen, fein und gut
Kocht man in des Kampfes Gluth,
Hier schaut man ganz andr'e Tonnen,
Als der Brauer braut in Tonnen![1]

„Keine meilenbreite Brustwehr
Schützt euch. Poltern hilft nicht viel.
Rüstig Bord an Bord zu keilen:
Das ist des Bataviers Stil!"
So rief Galen. Auf sein Wort
Keilt man munter Bord an Bord.
So daß Brust und Rippen stöhnen
Unter der Geschütze Dröhnen.

Tausend Italieneraugen
Von Livorno's Mauerkranz
Spähen seewärts nach der Küste
In' den wilden Waffentanz.
Wen des Märzsturms jäher Blitz,

---

[1] Für „London".

Wen das bonnernde Geschütz,
Gluth und Dampf in wirrem Ringen
Soll erretten, soll verschlingen.

In das eine Bein getroffen,
Galen auf dem andern ruht,
Fest am Mast und unverbrossen,
Immer kühn und wohlgemuth
In der Kugeln Hagelsturm,
Ein granit'ner Felsenthurm,
Froh bereit, auch Leib und Leben
Für das Vaterland zu geben.

Keinen scheut er. In des Feindes
Räuberhöhle bringt er vor,
Stürmt und ringt, zurückgeschlagen,
Wieder zu dem Wall empor
Hei! wie toll er stößt und preßt!
Endlich fällt das Drachennest,
In dem eig'nen Netz ergriffen,
Das gespannt war unsern Schiffen.

Hurrah! wie die Funken stieben!
Wie das Schlachtgewitter rauscht!
Einer springt, Zwei sinken nieder,
Drei erfaßt des Siegers Faust.
Schreckensbleich die Andern flieh'n,
Sich dem Tode zu entzieh'n,
Bergen sich im Meer gleich Möven,
Nicht zu reizen mehr den Löwen.

Stolz mag Livius nun prahlen
Mit den Helden von Papier:
Wägt sie ab mit unserm Galen,
Unsres Heldenruhms Panier!
Fragt den Herzog, der geseh'n
Diesen Siegestag ersteh'n,
Flammen hin durch seine Lande,
Und die Pest entflieh'n vom Strande.

Das heißt fegen seine Straße
Von heillosem Schlamm und Schaum!
Frei nach Smyrna zieht die Flotte,
Füllt der Schiffe weiten Raum
Mit des Perserreiches Pracht,
Kehret fröhlich heim und lacht
Ueber Englands Königsschlächter,
Gottes und des Rechts Verächter.

Ja, das heißt die See befreien
Und den Handel von Gefahr,
Und so tauschen wir, was Stambul,
Was Italien uns beut dar,
Ein für Indiens reiche Fracht,
Ein für das, was Hollands Macht
Selbst erringt und mag ersinnen,
Gold'ne Schätze zu gewinnen!

Dieselbe Kraft patriotischer Begeisterung durchwogt die
gleichzeitigen Gedichte: Freie Seefahrt (an Admiral Martin
Tromp). — Leichenfeier Johann van Galens. — Tod des
Admirals Tromp. — Nicht Krämergeist, nicht Habsucht,
nicht blinder Nationalgeist ist der Quell dieser Begeisterung,
sondern wahre, heilige Liebe zum Vaterland. Für sich begehrt der Dichter keine Ruhmeskränze, keine goldene Beute.
Nachdem die ruhmvollen Schlachten geschlagen, die Macht
des Vaterlandes neu gefestigt ist, zieht er froh hinaus auf's
Land, ergeht sich unter den grünen Eichen der Villa Rustenbergh, freut sich mit den Bienen am Buchweizenfeld und
sehnt sich, frei und ledig aller Stadtsorge, mit den Vögeln
im Busche um die Wette zu singen.

Lied im Freien (Wildzang).

Was sang das munt're Vögelein
Im Garten auf dem Baum?
„Wie herrlich blinkt der Sonnenschein

Am gold'nen Himmelsraum!
Wie rauscht im frischen Eichenlaub
Der kühle Morgenwind,
Wie strahlt der Butterblume Gold,
Des Liebs kein End' ich find'!
Frei fliegen wir, frei geben wir
Des Herzens Wünschen Recht,
Indeß der Filz sein Potgeld spart,
O Mensch! du armer Knecht!
Kein Eichbaum grünt in Amsterdam!
O Börse, sorgenkrank,
Wohin noch nie die Freude kam,
Kein sel'ger Herzensdank!
Wir Vögel fliegen, warmbeflaumt,
Im Baume ein und aus,
Der Himmel schafft uns Trank und Kost,
Ist unser Dach und Haus.
Wir säen nicht, wir mähen nicht,
Uns nährt des Bauern Hand,
Die Tafel deckt zur Erntezeit
Für uns das ganze Land.
Wir minnen ohne Haß und Neid
Und halten Tanz und Sang,
Das Brautfest hat nicht fire Zeit,
Es währt das Leben lang!"
Wer nun ein Vöglein werden will,
Schaff' sich ein Flaumgewand,
Flieh' aus dem Stadtlärm, wild und schrill,
Hinaus in's freie Land!

Da auf grüner Au, zwischen den blühenden Büschen,
ergötzt sich der anspruchslose Sänger an den Eklogen und
Georgica seines lieben Virgil, erfreut seine Freunde mit
neuen Gelegenheitsversen und wirft auch wohl einen muntern
Scherz zu Papier, wie den folgenden [1]:

---

[1] Auf die unverheiratheten Söhne und Töchter von J. J. Hinlopen.

Der gestörte Minnegott.

Die stolze Venus sprach
Zu ihrem kleinen Zwerg:
„Geh' hin, bestürm' das Dach
Des trotzigen Rustenbergh,
Das unsrer Fackeln, unsrer Waffen spottet für und für
So frech: Es nagt schon lang am Herzen mir!"

Husch! zog Cupido gleich
Die schnellen Flügel an,
Nahm seinen zähen Bogen
Und einen Köcher voll
Der besten Pfeile — spitz und leicht und glatt,
Und schwebt dahin auf luft'gem Pfad.

Im Fluge sah der Gott,
Der alle Welt bezähmt,
Des Schlosses Giebel schon
Von fern durch Busch und Baum
Aufragen und zieht ein mit siegesfrohem Sinne:
Welch' Schloß, welch' Bollwerk trotzt der Macht der Minne!

Doch fand in diesem Kreis
Er bitter sich enttäuscht,
Bei rüst'ger Arbeit bot
Ihm Jeder Widerstand,
So rasch er auch in jugendlichem Zorn
Bei ihrem Werke Alle nahm auf's Korn.

Der Erste warf die Scheer'
Ihm grollend nach dem Haupt —
Ein fährliches Gewehr;
Wie stand der Gott verblüfft!
Ein Anderer schleuderte — es war kein Spaß —
Ihm auf den Leib ein bleiern' Dintenfaß.

Der Dritte hielt ein Messer
In seiner Faust und hieb

Und stach die Kreuz und Quer,
Wie auch der Minn'gott fluchte,
Zerschnitt den Bogen ihm, brach ihm den Pfeil,
Der lose Schütze blieb kaum selber heil.

Der Vierte spaßte nicht,
Ergriff das lange Rohr,
Das manchen Vogel schoß,
Legt' an und droht' und schwor,
Den Schützen, eh' er sich könnt' einmal recken,
In seine Vogeltasche einzustecken.

Da floh der Minnegott
Dahin, woher er kam,
Und klagt sein Leid der Mutter:
Nicht Pfeil, nicht Minneflamm'
Trifft dieß Geschlecht, das, immer treu und stet
An seinem Werk, den Müßiggang verschmäht."

Doch es ist schwer, kaum erreichbar, in kurzer Skizze
von dieser äußerst mannigfaltigen Gelegenheitsdichtung ein
deutliches Bild zu entwerfen. Von all den pikanten In-
gredienzen, mit welchen Leben und Lied der meisten modernen
Dichter durchsäuert ist, findet sich da so gut wie nichts. Keine
verschmähte Geliebte, keine untreue Geliebte, kein schmelzender
Mondenschein, keine romantischen Träumereien, keine Verzweiflung, keine Raserei, keine verzauberten Prinzessinnen, kein
glückseliges Zigeuner- und Vagabundenthum, keine Pistolen-
duelle, keine hängenswerthen Gedanken, kein Weltschmerz!
Da blüht weder die berühmte blaue Blume der Romantik,
noch die Myrthe des neueren Classicismus, weder oriental-
ische Palmen, noch wilde Lianen aus tropischer Zone.
Ist irgendwo Hochzeit im Freundeskreise, so bringt Vondel
dem glücklichen Paar sein Hochzeits-Carmen. So viele er
deren schon verfaßt, weiß er doch immer wieder etwas
Schönes, Neues, Gemüthliches zu sagen. Stirbt ein Raths-

herr, Bürgermeister oder sonst bedeutender Mann, so wird denselben bald in einer schwunghaften Ode, bald in einem treffenden Epigramm ein Denkmal gesetzt. Ist irgendwo ein neues Gemälde aufgestellt, kommt ein neues bedeutendes Werk heraus, der Maler, der Dichter oder Schriftsteller muß zum Dank dafür ein Gedicht haben. Brennt Kirche oder Stadthaus ab, so erhält die Bürgerschaft eine herzliche Elegie; wird ein neues Stadthaus, ein neues Festungswerk gebaut, so erhält sie einen Bausang. Empfängt die Stadt feierlich einen Fürsten oder eine Fürstin, so hält der Stadt= poet seine Begrüßungsrede in Alexandrinern; schickt sie Ge= schenke, so legt er ein paar Verse bei; errichtet sie Jemanden eine Statue, dann schreibt er die Inschrift; ist ein Fest, so darf sein Spruch ebenso wenig fehlen, als Blumenkränze, Glockengeläute und Festmusik. Das geht so fort von 1641 bis 1674, wo der 87jährige Greis seine letzten zwei Hoch= zeitslieder dichtete.

Die Sammlung seiner kleineren Gedichte ist wie eine große Zeitung, in welcher das bunte Menschenleben nach allen Seiten hin besprochen wird. Da treffen wir Leitartikel über die brennendsten Zeitfragen und über die wichtigsten Tagesereignisse, aber auch Todesanzeigen, Hochzeitsaufgebote, Einladungen zu Festen und Festberichte, Nekrologe, Bücher= annoncen, Kunstkritiken, persönliche Streitfragen, Alles in buntem Wechsel, wie es Jahr für Jahr mit sich bringt. Alle die bedeutenden Namen, deren wir schon gedacht, ziehen da an uns vorüber: Grotius, de Witt, die beiden Hughens, Voetius, Coccejus, Tromp, de Ruyter, Wassenaer, die bei= den Voß, Barläus; dazu die regierenden Fürsten und Po= tentaten dieser Zeit: Kaiser Ferdinand III. und Leopold I., Königin Christine von Schweden, Karl X. von Schweden, Friedrich III. von Dänemark, die Päpste jener Zeit von

Urban VIII. bis zu Clemens IX., der Protector Cromwell,
Karl II. von England, der Statthalter Wilhelm II. von Ora=
nien, Prinz Moritz von Nassau, der kriegerische Bischof Chri=
stoph Bernard Galen von Münster. Aber wie in Dante's
Gesängen mischt sich in die glänzende Procession weltgeschicht=
licher Gestalten das Bürgerthum in all' seinen Schattirun=
gen, wie es nur in Republiken zur Geltung kommt, in
Monarchien vor den Sternen höherer Ordnung meist ver=
schwindet. Ja, Vondel bringt weit mehr als der große
Florentiner in's Volk herab. Da erscheinen neben den feier=
lichen Bürgermeistern und Schöffen, Gesandten und Diplo=
maten, Bischöfen und Theologen Leute von allen Ständen,
Altern und Berufsklassen: Musiker und Maler, Aerzte und
Juristen, Mathematiker und Physiker, Land= und Seeoffiziere,
Handelsleute und Grundbesitzer; junge Brautleute, die Hoch=
zeit halten; alte Bürger, die ein Jubeljahr feiern; Stu=
benten, die doctoriren; Mädchen, die den Schleier nehmen;
Prädicanten, die Katholikenhetze treiben; Ordenspriester, die
nach mühevollem Wirken das Zeitliche segnen; Beamte, die
nach Ostindien abgehen; Krieger, die von Candia wieder=
kehren. Und das sind nicht Lieder eines demagogischen
Strebers, der nur im Interesse der eigenen Eitelkeit irgend
welcher Coterie dient: es sind die Lieder eines schlichten
Mannes, eines ehrwürdigen Greises, der in guten und bösen
Tagen ganz in und mit seinem Volke lebt, dessen Interessen
von den höchsten und würdigsten Gesichtspunkten auffaßt,
das Vaterland um Gotteswillen liebt, neidlos alles Gute
und Große anerkennt, Niemand verachtet, in der bescheiben=
sten Lebensstellung sich glücklich fühlt, von ganzem Herzen
demokratisch denkt und dichtet, für den schlichtesten seiner
Mitbürger ebenso gut ein Lied hat, wie für die Häupter
und großen Männer seiner Republik.

9*

Die Zahl dieser kleineren Dichtungen, von der Conver=
sion Vondels bis zu dessen Tode, mag zwischen 400 und 500
betragen. Er hat wohl deren noch mehr verfaßt, die dem
Fleiße der Sammler entgingen. Das religiöse Element ist
dabei lange nicht so stark vertreten, als das weltliche, was
aber gar nicht befremden kann und noch viel weniger auf
eine Abnahme des religiösen Eifers hindeutet. Wie früher,
waren es meist biblische Stoffe, die er in seinen Dramen
behandelte; religiöse Stoffe, die er in seinen langen Lehr=
gedichten ausführte, die er als seine Hauptarbeit auffaßte
und bevorzugte. Dazu übersetzte er in dieser Zeit das ganze
Buch der Psalmen in den mannigfaltigsten gereimten Vers=
maßen, so lebendig, schwunghaft, reich in Sprache, Reim
und Formvollendung, daß man sein Psalterium, der Köni=
gin Christine nach deren Conversion zugeeignet, füglich als
Kern seiner religiösen Lyrik betrachten könnte. Daran reihen
sich Uebersetzungen der schönsten Lobgesänge des Breviers,
wie des Benedictus, des Magnificat, des Stabat Mater,
Paraphrasen des Vaterunsers und des apostolischen Glaubens=
bekenntnisses, und einige sehr innige Betrachtungen zum
Leiden Christi: „Gethsemane" oder Engelstrost und „Ecce
homo". Legendenartig gemüthlich ist die

Einsame Andacht in den Fasten.

Ein stiller Klausenar
Nahm seiner Horen wahr,
Wo 's Bächlein spiegelklar
Längs seiner Zelle fließt,
Den Kleegrund glättend netzt,
Die dürren Lippen letzt,
Den Busch in Saftstrom setzt
Und mild begießt.
Da geht er sorgenlos.

Doch was taucht, hehr und groß,
Dort fern im Waldesschooß
  Auf wie ein Dom?
Andächtig, liebentbrannt
Dringt sein Blick unverwandt,
Bogengleich, straff gespannt
  Hoch über'n Wolkenstrom,
Wo Engelein singen,
Musiciren und klingen
Und tanzen und springen
Um Gott, ihre Sonne, ihr seliges Loos:
„O Jubel, o Lust, wie reich, wie groß!"

Nun saß, nun sprang er was,
Nun steht', nun sang er das,
Schrieb wohl ein Blatt und las.
  Dann pries sein Mund
In Weisen, süß und mild,
Gott, seiner Hoffnung Schild,
Der Flammen, noch so wild,
  Löscht aus zur Stund'.
Dann sprach er wohlgemuth:
„Kenn' dich, Gespensterbrut,
Schreckgeist, der nimmer ruht.
  Mit Gottes Wort
Nach langer Fastenfrist
Den Herren Jesus Christ
Mit Pracht und Höllenlist
  Drängtest an Bord.
Wie du Alles auch mengelst,
Uns lockest und gängelst,
Dein Antlitz verengelst:
Der Neid bist du, Ausgeburt höllischer Qual.
Pack' dich! Ich begehr' nicht den gift'gen Pokal!

„Kenn' beine Possen gleich,
Sind nur ein Gaukelstreich;
Höll' ist dein Himmelreich,

Voll Weh, voll Pein.
Du hüllst den Stein in Gold,
Prüfst mich gar fein und hold,
Man geizt nach deinem Sold.
　　Doch Stein bleibt Stein.
Die Kost ist viel zu rauh;
Wird's auch dem Leibe flau:
Manna wähl' ich und Thau.
　　O plumper Fund!
Thor, wer in's Netz dir geht!
Kiesel sind kein Bankett;
Leckeres Mahl nur weht
　　Lockend zum Mund.
Pech dampfst du und Kohlen,
Geh' anderswo johlen,
Geh' Andere dir holen!
Gott's Knecht hält treu sich, einfältig und recht
Zu Jesus und kämpfet mit ihm sein Gefecht.

„Böt'st du mir noch so viel,
Als einst im Bergschauspiel,
Als ohne Maß und Ziel
　　Stolz beut die Welt:
Nichts will ich, nichts davon,
Nicht süßer Freude Lohn.
Nicht Ruhm, Palast und Kron',
　　Alles zerfällt.
Wollust sei mir dieß Buch,
Dieß Plätzchen mir genug,
Das Stumme macht mich klug
　　Mit trautem Klang.
Da schützt mich Gottes Hut,
Sein Geist, das höchste Gut,
Flammet mit Lebensgluth
　　Durch meinen Sang.
Magst, Welt, du entschweben,
Jesus ist mein Leben,
Will Alles mir geben,

Der Herr und sein Kreuz, sie halten hier Wacht —
Das Traumbild der Hölle zerstiebet in Nacht."

Wie übrigens unter den profanen, so sind auch unter
den geistlichen Gedichten die meisten Gelegenheitsgedichte.
Sind jene der Wiederhall des großen politischen und bürger=
lichen Lebens, das die mächtige Weltstadt aufregte, so sind
diese der sanfte Wiederschein des katholischen Lebens, das
mitten im babylonischen Wirrwarr der protestantischen Secten,
neben dem emporkeimenden Unglauben still und unscheinbar,
aber mächtig und segensvoll emporblühte und einen immer
ansehnlicheren Kreis der Amsterdamer Bürgerschaft mit den
Interessen und Schicksalen der katholischen Weltkirche ver=
knüpfte. Sie führen dem katholischen Leser ein ähnliches,
freundliches und tröstliches Bild vor, wie es die katholische
Kirche heute vielfach in großen, vorherrschend heterodoxen
oder ungläubigen Großstädten darbietet. Sie ist die Be=
raubte, Entwürdigte, Verschmähte, gesetzlich Verbannte.
Nur ihr wird, bei allgemeinem Ruf nach Freiheit, die
Freiheit beschränkt und verkümmert. Sie, die einst ganz
Europa als Königin mit tausend Wohlthaten überhäufte,
schleicht jetzt als dienende Magd in den Straßen herum
und wird nur darum geduldet, weil sie Armen, Verlassenen,
Leidenden die Hilfe spendet, die sonst Niemand spenden will.
Aber sie ist da, spendet Wohlthaten aller Art mit voller
Hand aus; zieht, im allgemeinen Verfall und in der Zer=
splitterung der religiösen Ueberzeugungen, die edleren Ge=
müther, die klareren Geister erst vereinzelt, dann zahlreicher
an sich; wächst unter stetem Kreuz und vielfacher kleinlicher
Verfolgung; mehrt sich durch Bekehrte, durch Verbannte
und Auswanderer, durch Glaubensboten, die eigener Opfer=
geist zur Verbreitung des Evangeliums antreibt; entwickelt,
obwohl von allen Seiten gehemmt, die mächtige Trieb-

kraft, die sie schon in den ersten Jahrhunderten in den
Großstädten der Römer entwickelte, und zeitigt die schönsten
Blüthen christlicher Vollkommenheit und heldenmüthigen
Opfersinns.

Das ist das wohlthuende Bild, das uns aus Vondels
religiösen Gelegenheitsgedichten entgegenleuchtet. Noch am
27. Januar 1651 beschlossen die Generalstaaten, welche so=
eben die Oranische Statthalterschaft abgeschafft hatten, daß
die reformirte Religion gemäß der Synode von Dordrecht auch
fürder als Staatsreligion gelten und alle gegen die Katho=
liken erlassenen Ordonnanzen in Kraft bleiben sollten. Und
doch lebten Katholiken, eifrige Katholiken durch das ganze
Land hin. Katholische Missionäre, Weltpriester und Mit=
glieder verschiedener Orden wirkten in allen Provinzen.
Keine Chikanen bigotter Staatsbeamten vermochten sie
wegzuscheuchen, keine Macht der öffentlichen Meinung ver=
mochte ihre Thätigkeit aufzuhalten. Die Zahl der Katho=
liken wuchs stetig und ihr Eifer nahm zu. In Amsterdam
wirkten ausgezeichnete Priester, wie der Pfarrer Leonhard
Marius, die Jesuiten Peter Laurens und Augustin van
Teylingen, der Convertit Rihusius [1]. Söhne braver und
begüterter Familien folgten dem Priesterberuf und gingen
nach dem nachbarlichen Löwen, um dort ihre Studien zu
machen und nach Vollendung derselben als Apostel in ihre
Heimath zurückzukehren. Edle Töchter solcher Bürgerfamilien,
denen Reichthum und Schönheit die glänzendsten irdischen
Aussichten eröffneten, entsagten der Welt und weihten sich
in verschiedenen Orden dem Dienste Gottes. Angesehene
Bürger standen für die Interessen der Kirche ein, folgten
den kirchlichen Ereignissen mit innigster Theilnahme und

---

[1] S. Räß, Convertiten V. 97 ff.

befanden sich in regem Verkehr mit ihren unmittelbaren
Seelsorgern, auch direct mit dem apostolischen Stuhl. Kurz,
Rom war auch in Amsterdam, und Vondel war auch der
Sänger dieser katholischen Kreise, wie er in der Oeffentlich=
keit für ihren bedeutendsten Repräsentanten galt.

Wer sich in die Zeitlage hineindenkt, wird nicht ohne
Rührung die vielen liebevollen, glaubensfreudigen Herzens=
ergießungen lesen, mit welchen der echtkatholische Dichter
bis in's Greisenalter hinein seine Glaubensgenossen er=
muthigte: wie er bald einen Studenten der Theologie für
den Kampf begeistert, der seiner harrt; bald einem neuge=
weihten Priester herrlicher, als es die schönste Festrede
könnte, die Größe und Erhabenheit der empfangenen Würde
und des eucharistischen Opfers auseinandersetzt; bald einer
frommen Braut Christi den Ruhm einer hl. Agnes oder
einer hl. Clara besingt, oder das Glück der religiösen Ge=
lübde mit einer Innigkeit erhebt, die an die mittelalterlichen
Dichter des Franciscanerordens, an Spee und Balde er=
innert. So singt er z. B. bei der Einkleidung seiner Nichte
Anna Bruningh im Kloster der armen Clarissen zu Brüssel:

> „Wenigen hat Gott verliehen,
> All', was Herz und Aug' entzückt,
> In dem Lenze ihres Lebens
> Gott zu weih'n, das ew'ge Wort,
> Jesu rechte Hand zu trauen,
> Ihm zu folgen unter's Kreuz,
> Ohne Umseh'n, ohne Reue,
> Still, gehorsam, arm und keusch,
> Nachts zu beten und zu wachen
> Auf dem Berg, dem keuschen Mund
> Süßen Wohlschmack zu versagen,
> Immer gottgetrost und froh,
> In Gedanken stets erhoben

9 **

Zu des Himmels Heiligthum,
Voll Vertrauen drin zu harren
Auf der Seelen Bräutigam.
Solch ein Loos, das allerschönste,
Solch ein köstliches Juwel
Ist jetzt Anna zugefallen
Aus des Himmels reichem Schooß;
Cherubine, Seraphine
Steigen nieder, um der Maid
Festtag glänzend zu bestrahlen,
Da sie rüstig, froh im Geist,
Nach Franciscus' strenger Regel
Folgt der heil'gen Clara Spur,
Freudig hintritt zum Altare,
Wie von süßem Minnepfeil
Aus den Höh'n in's Herz getroffen."

Fast alle die erwähnten Männer: Marius, Teylingen,
Nihusius, hat Vondel in seinen Gedichten verewigt. In
herzlichem Trauerlied klagt er um den verstorbenen Pro=
vikar und Erzpriester Heinrich Bleß. Dankbar setzt er dem
seeleneifrigen Jesuiten Halman die Grabschrift:

„Hier ruht nun Halman, der nicht Ruhe kannte,
Bis seines Eifers Gluth im Tod erlosch."

Bewundernd feiert er die Kunstfertigkeit des durch seine
Blumenmalerei berühmten Laienbruders Daniel Seeghers;
munter fordert er den angehenden Theologen Wandelman [1]
auf, ein muthiger Vertheidiger der katholischen Wahrheit
zu werden:

„Onder 't piepen, brullen, bassen
Vlammen-spuwen en grimassen
Van 't veelhoofdig helsch gespan,

---

[1] S. über dessen Leben Dr. Räß, Convertiten XIII. 348 ff.

Wandelt wakkre Wandelman,
Zonder haar of nop te zengen,
Met een zucht, om elk te brengen
In Gods heillicht, daar men niet,
Niet dan God en klaarheid ziet."

„Einmal römiſch geworden," ſagt van Lennep, „war
es klar, daß Vondel, wie alle Convertiten, für die Lehre
einſtand, welche für die orthodoxeſte galt, und ſo viel mehr
zu jener Partei hinüberneigte, die man heute gewöhnlich
die ultramontane nennt, als zu ihren Gegnern." Das iſt
durchaus wahr, wenn man ſich den Ultramontanismus
nicht als Partei denkt, ſondern als jene ſchlichte, einfache,
kirchliche Geſinnung, mit welcher alle treuen Katholiken von
jeher den apoſtoliſchen Stuhl als Mittelpunkt der kirchlichen
Einheit, als unfehlbaren Lehrſtuhl der Wahrheit, als Sitz
der höchſten geiſtlichen Machtfülle verehrten; jene ſchlichte,
kindliche Geſinnung, mit welcher die Geſellſchaft Jeſu gleich
den andern religiöſen Orden allzeit die Rechte und Präro-
gative des Papſtthums vertheidigt hat. In dieſem Sinne
war Vondel recht ultramontan, recht jeſuitiſch.

Eine ganze Reihe von Gedichten und eine Menge von
Stellen in ſeinen größeren Arbeiten bezeugen dieſe innige
Anhänglichkeit an den apoſtoliſchen Stuhl. Sämmtlichen
Päpſten, die während ſeines langen Lebens denſelben inne-
hatten: Urban VIII., Innocenz X., Alexander VII., Cle-
mens IX., Clemens X., hat er durch feierliche Loblieder,
Grabgeſänge, Widmungen ſeine Ehrfurcht ausgedrückt; an
Clemens X. unterzeichnete der 83jährige Greis, da ihm die
Aerzte das Dichten verboten hatten, wenigſtens eine Er-
gebenheitsadreſſe. Aus ſeinen Liedern ſpricht der innigſte
Glaube an die göttliche Einſetzung und die erhabene Welt-
beſtimmung des Primats, die größte Begeiſterung für die

päpstliche Machtfülle und für die Unfehlbarkeit des im Papst
fortlebenden Apostelfürsten [1].

Eine andere Reihe kleinerer Dichtungen feiert den viel=
gehaßten und vielgeschmähten Orden der Gesellschaft Jesu;
ihren Stifter Ignatius von Loyola; den großen Apostel
Indiens, den hl. Franz Xaver; den edeln Freund Karls V.,
Franciscus von Borgia, der die herzogliche Krone mit jener
der Demuth vertauscht; den gelehrten Athanasius Kircher,
den „Oedipus der Hieroglyphen"; den Orden selbst, als
Leuchtthurm der Irrenden in sturmbewegter Zeit; die Wieder=
herstellung der Gesellschaft Jesu in der Republik Venedig,
aus welcher sie durch die Ränke Sarpi's und anderer Feinde
fünfzig Jahre (1606—1657) ausgeschlossen war [2].

Gewissermaßen den Uebergang von der religiösen zur
politischen Gelegenheitsdichtung bilden drei Kreise von Ge=
dichten, in welchen beide Elemente vereint erscheinen. Die
Heldin des ersten ist die berühmte Königin Christine von
Schweden, deren freundschaftliche Beziehung zu Grotius den
Dichter schon zu mehreren Gedichten inspirirte, deren Con=
version, Thronentsagung und Romfahrt vor Allem seine
mächtigste Begeisterung wachrief. Einen zweiten Kranz von
Gedichten von schon vorherrschend politischem Gepräge bilden
jene, welche den Seekämpfen der Venetianer gegen die Türken
gewidmet sind. Eine kleinere Anzahl von Gedichten endlich
verherrlicht das heilige römische Reich deutscher Nation,

---

[1] Die sämmtlichen Papstgedichte Vondels zusammengestellt und
genau historisch erklärt bei P. H. J. Allard, Vondel en de Paus.
Amsterdam, Langenhuysen. 1869.

[2] Auch diese Gedichte hat P. Allard gesammelt und mit umfang=
reichster Detailkenntniß erklärt. Vondels gedichten op de Societeit
van Jesus. 's Hertogenbosch, van Gulick. 1868. Die Einlei=
tung zugleich ein wichtiger Beitrag zur Conversionsgeschichte Vondels.

dessen Aufgabe und Weltstellung er ganz im großartigen
Sinne des Mittelalters auffaßt. Der Kaiser ist ihm noch
der erste und erhabenste Fürst im Rath der europäischen
Mächte, der gottgesetzte Schirmherr der Kirche, der Schieds=
richter der christlichen Völker, der Mittelpunkt ihrer Familie,
ihr Anwalt und Oberfeldherr gegen die feindliche Gewalt
des Islams. Voll von dieser hehren Aufgabe des deutschen
Kaiserthums, begrüßt er in einer Epistel an Nihusius die
Wahl Leopolds I. zum römischen König, gibt dem Prinzen
Moritz von Nassau, der für Kur=Brandenburg 1657 zur
Kaiserwahl zog, seine poetische Instruction mit und huldigt
dem neuen Kaiser Leopold I. in herzlichem Lied:

Auf die Krönung des römischen Königs und Kaisers Leopoldus, allzeit Mehrer des Reiches.

Laßt' den rhein'schen Birkenmeier [1]
Kreisen nun, wie sich's gebührt!
Denn des Reiches Fürsten haben
Einen Kaiser uns gekürt.
Goldgeschmückt, im Krönungsmantel,
Steht der Sohn des Ferdinand,
Mit des Reiches heil'gem Scepter,
Mit des Apfels Diamant.
Grüßet froh die junge Sonne,
Die im Osten sich erhob,
Da die alte uns verblichen,
Schreckensnacht das Reich umwob.
Seht am Mainstrom hell sie strahlen
Und vergolden Stadt und Land:
Nacht und Nebel, Streit und Haber
Flieh'n von dem beglückten Strand.
Türken und Tataren ziehen

---

[1] Ein Pokal aus Birkenholz.

Jeder heim, es weicht die Noth
Und was dunkler, schreckensvoller
Deutschland mit dem Fluch bedroht'.
Leopolds schmückt die Krone
Mit der Ahnherrn Majestät,
Würd'ger Väter Muth und Weisheit
Seiner Kraft zur Seite steht.
Byzanz starrt darob erschrocken;
Doch die Donau rauscht beglückt,
Freudig läuten rings die Glocken,
Und der Rheinstrom braust entzückt.
Alles jubelt, Alles jauchzet,
Hofft, vereint zum Freudengruß
Froher Jahre, gold'ner Zeiten
Freude, Frieden, Ueberfluß.
Herrlich ragt, wie Deutschlands Eichen,
Durch der Zeiten Sturmgebraus,
Sohn des Ferdinand, dein Stammbaum,
Dein ehrwürdig Kaiserhaus.
Laß auch uns, Bataviens Söhne,
Unten weit am fernen Rhein
Deiner Macht und beines Sieges,
Deines Segens theilhaft sein!

11. Lucifer. Orpheus. Salmoneus.

Im Januar 1654 vollendete Vondel das berühmteste seiner Trauerspiele, den „Lucifer", schon merkwürdig dadurch., daß Vondel in demselben, wie Johannes Scherr sagt [1], „den Stoff Miltons 14 Jahre vor Milton in wirklich erhabener Weise behandelt" hat. Erst zehn Jahre später (1664) erschien die „Sarcotis" des Jesuiten Jakob Masenius, welche, ebenfalls denselben Stoff behandelnd, später dem schottischen Kritiker, William Lauder, Anlaß und Vorwand bot, die Originalität des „Verlorenen Paradieses" zu bestreiten [2]. Zwar haben englische Kritiker den literarischen Betrug aufgedeckt, welchen Lauder begangen, indem er Verse aus einer lateinischen Uebersetzung des „Verlorenen Paradieses" in die „Sarcotis" einschob und dann Milton anschuldigte, sein englisches Gedicht nach diesem Vorbild verfaßt zu haben. Allein während so die Autorschaft Miltons im Wesentlichen gerettet wurde, ist es ziemlich wahrscheinlich, daß er die „Sarcotis" nicht nur gekannt, sondern auch in einigen Partien nachgeahmt hat [3].

---

[1] Allgemeine Geschichte der Literatur. 5. Aufl. 1875. II. 316.

[2] Die Sarcotis erschien zuerst in der Palaestra eloquentiae ligatae Dramatica. Pars III. Coloniae, ap. J. Busaeum. 1664. Lauder benützte sie zu seinem Angriff auf Milton erst fast ein Jahrhundert später, zuerst in einem Artikel in Gentleman's Magazine Januar 1747, dann in einem eigenen Werk.

[3] Vergl. Saint-Marc Girardin, Notices politiques et litté-

Vonbel dagegen kam in Behandlung des Stoffes nicht nur
Beiden zuvor, sondern man kann sogar die Frage auf=
werfen, ob Milton nicht Vonbels Dichtung gekannt und
wenigstens Anregung daraus geschöpft habe [1]. Bekanntlich
wollte er den Sündenfall zuerst dramatisch ausführen,
skizzirte zwei Entwürfe zu einer dramatischen Behandlung
und wandte sich dann erst der epischen Form zu.

Für uns Deutsche ist es auch nicht ohne Interesse, daß
dieses merkwürdige Seitenstück zum „Verlorenen Paradiese"
des Milton und zur „Sarcotis" des Kölner Professors
J. Masenius dem damaligen Oberhaupte Deutschlands,
„dem unüberwindlichsten Fürsten und Herrn Ferdinand III.,
erwählten Römischen Kaiser, allzeit Vermehrer des Reiches",
in sehr feierlicher, aber ebenso herzlicher Zueignung ge=
widmet ist.

„Die Christenheit," so heißt es da, „wird beständig wie ein
Schiff auf wilder See von allen Seiten und gegenwärtig von
Türken und Tataren bestürmt und erheischt in der Gefahr des
Schiffbruchs auf's Dringendste diese einmüthige Ehrfurcht für
das Kaiserthum, um dem Erbfeind des Christennamens Einhalt

---

raires sur l'Allemagne. Paris 1835. p. 320—341. De Backer II.
1135. 1136.

[1] Dieß nimmt Benjamin Disraeli der Aeltere (Vater des Lorb
Beaconsfield) in seinen Amenities of Literature an: „Caedmon,
Andreini and Vondel, each or all, may have led Milton to Con-
sider the subject of his Paradise Lost. But Vondel is the
one who is most likely to have impressed him. Neither the
Dutch nor the language were regarded with disrespect in those
days. *Vondel was the greatest writer of that language* and the
Lucifer is esteemed the best of his tragedies. Milton alone
excepted (an Calberon dachte Disraeli nicht), he was probably
the greatest poet then living. — Vergl. Dietsche Warande.
VIII. 232.

zu gebieten und den Reichsboden und seine Grenzen gegen den
Einbruch barbarischer Völker zu sichern und zu stärken; weßhalb
Gott zu danken ist, daß es ihm gefallen hat, Ansehen und
Krone des heiligen Römischen Reiches vor des Vaters Hingang
auf dem jüngsten Reichstag seinem Sohne Ferdinand IV. zu
sichern, ein segensreiches Ereigniß, welches vielen Völkern Muth
einflößt, im Vertrauen auf welches die Posaune unserer Niederdeutschen Musen sich erkühnt, den überwundenen Lucifer in
Michaels Triumphzug vor dem Throne Hoch-Deutschlands vor-
überzuführen."

Ueber die Wahl des Stoffes wie über die Entstehung
des Stückes haben wir keine näheren biographischen Angaben. So viel steht indeß fest, daß es für die Bühne
bestimmt war und daß der Dichter dabei von seiner Vorliebe für religiöse Stoffe geleitet wurde. Der Stoff trug
in diesem Fall allerdings nicht, wie „Petrus und Paulus",
die „Jungfrauen", „Maria Stuart", ein direct katholisches Gepräge. Er stand auf einem allen gläubigen Christen
gemeinsamen Boden. Vielleicht daß gerade diese Rücksicht
bei der Wahl des Dichters nicht ohne Einfluß blieb. Ganz
gewiß aber wurde diese von der Begeisterung bestimmt,
mit welcher Vondel an dem Princip der Autorität hing
und alle und jede Revolution verabscheute.

Mit seinen religiösen Anschauungen hatten eben auch
seine politischen im Laufe der Zeit einen gewaltigen Um-
schwung erfahren. In überströmender Bewunderung hatte
er als Jüngling dem Kampfe zugejauchzt, durch welchen
die Niederlande sich zugleich von Spanien und von Rom,
von ihrem legitimen Souverän und von der katholischen
Kirche losgerissen. Die Revolution war ihm eine glor-
reiche That der Freiheit, so groß, so herrlich, wie sie
Göthe in seinem Egmont, Schiller in seiner sogen. Geschichte

zu feiern suchte. Er war Geuse von Herzen und nahm
die alten Schlagworte der Geusen für baare Münze. Wie
er in religiöser Hinsicht über die Berechtigung, Güte und
Herrlichkeit des „Abfalls" enttäuscht ward, haben wir schon
gesehen. Aber damit stellte sich auch zugleich eine tiefe Ent-
täuschung über den politischen Charakter der Revolution ein.

Was war denn an der hochgepriesenen Freiheit, die er
selbst so begeistert besungen hatte? Im Namen dieser „gebenedeiten" Freiheit sah Vondel nicht bloß die Gewissensfreiheit, sondern auch die politische Freiheit unter das Joch
eines gehässigen Parteiregiments gebeugt, geknebelt, zertreten.
Oldenbarneveldt auf dem Schaffot, Grotius im Kerker von
Loevestein und dann für immer verbannt — war das
Freiheit? Die protestantischen Inquisitionsgerichte gegen die
Remonstranten, die elende, maschinenmäßig geregelte Polizei-
maßregelung der Katholiken — war das Freiheit? Das
unermüdliche Streben der Oranier nach Erweiterung ihrer
Macht und die servile Heeresfolge ihrer calvinistischen Prä-
bicanten — war das Freiheit? So schlimm wie sie hatte
Alba nicht gehaust.

Bald nachdem Vondel katholisch geworden, gab die englische Revolution der „Freiheit" noch eine traurigere Beleuchtung. Der Königsschlächter Cromwell errichtete in
ihrem Namen ein soldatisches Tyrannenregiment und knebelte
mit seinen „Schlächterhunden" das freie England so, daß
es sehnsüchtig nach seinem König zurückseufzte.

In Holland suchte der junge Wilhelm II. von Oranien, kaum zur Herrschaft gelangt (1647), die Statt-
halterwürde nur zur Vergrößerung seiner Hausmacht aus-
zunützen, vergriff sich an den Beamten und Feldherren der
Republik, warf widerspänstige Staatsmänner in's Gefängniß und ließ sogar seine Truppen auf die freie Stadt

Amſterdam losmarſchiren, um die Provinz Holland unter
ſeine militäriſche Oberhoheit zu beugen. Nur der Frei=
heitsſinn und Muth der Bürger retteten Stadt und Frei=
heit. Das geſchah nur einige Jahre, bevor Vondel ſeinen
Lucifer ſchrieb. Durch unaufhörlichen Parteizwiſt und egoi=
ſtiſchen Ehrgeiz war die Republik faſt an dem Punkte an=
gelangt, einer Militärdictatur zu verfallen.

Woher dieſe Zerriſſenheit? dieſe Zerſplitterung? Sie
wies hinauf in dieſelbe Zeit, wo durch die Trennung von
Rom die apoſtoliſche Succeſſion aufhörte und die religiöſe
Zerfahrenheit begann. Die Revolution war das Kind der
Reformation. Von ihren Tagen her ſchrieb ſich die Auf=
löſung der europäiſchen Völkerfamilie in getrennte feindliche
Nationen, von ihr her ſchrieb ſich der ſtete Haber, das
ruheloſe Parteigetriebe, die Knechtung der Völker im Namen
der Freiheit.

Gottgeheiligte Autorität, ruhend auf dem Felſen der
Kirche und im chriſtlichen Glaubensbewußtſein der Einzelnen,
hatte einſt den Völkern Europa's Einheit und Freiheit ge=
währt. Sie ſtürzten jene Autorität und erhielten dafür
Fürſtenabſolutismus, Glaubenszwang, Rebellion, Soldaten=
herrſchaft, die Tyrannei wechſelnder Parteien zum Antheil.
Dieſe Ergebniſſe, welche Vondel überall als Frucht der
„freien“ Forſchung entgegentraten, lenkten ſeinen wahrhaft
freiſinnigen Geiſt von dem erträumten Trugbilde der Frei=
heit auf die Grundlagen jener früheren Rechts= und Staats=
ordnung zurück, auf welchen einſt das chriſtliche Europa
ſich aufgebaut hatte.

Doch auch das Mittelalter hatte ſeine Revolutionen,
auch die alte Welt hatte die ihren. Auch vor den Männern
der Reformation hatten ehrgeizige, ſtolze, unbotmäßige Geiſter
ſchon die Fackel der Zwietracht in die beſtehende Ordnung

der Dinge geschleudert und ganze Völker, ganze Zeiträume
in's Unheil gestürzt. Das innere störende Princip, das
auch den Frieden der Niederlande untergrub, lag tiefer, als
die Verhältnisse und Bewegungen des letzten Jahrhunderts;
es war immer da in der Menschheit, es reichte noch höher
hinauf: mit der Rebellion des ersten Engels gegen Gott
begann die Reihe der Revolutionen. Was die Titanensage
nur in dunkeln Umrissen mythenhaft andeutete, darüber gab
dem Dichter sein Glaube volle und klare Gewißheit: daß
die Tragik der Menschengeschichte schließlich in der Empörung gegen Gott, in dem Geheimniß der Sünde wurzelt,
daß der Stolz der Creatur, der Mißbrauch des freien
Willens die friedliche, ursprüngliche Weltordnung gestört
und Katastrophe um Katastrophe über die Menschheit herein-
geführt hat.

Nicht die eine oder die andere dieser Betrachtungen,
sondern sie alle zusammen in ihrer innern Gedankenverbin-
dung, angeregt von den schmerzlichen politischen Erfahrungen,
welche der Dichter im Laufe eines halben Jahrhunderts
gemacht, inspirirten den Lucifer und leiteten die Ausführung
des großartigen Stoffes. „Diesem unglücklichen Vorbild
Lucifers," so sagt Vondel in der Widmung, „des Erzengels
und einstmals des herrlichsten über alle Engel, folgten seither, fast durch alle Jahrhunderte hin, die rebellischen Ge-
walthaber, von denen die alte und die neue Geschichte zeugt,
und sie zeigen, wie Gewalt, Schlauheit und listige An-
schläge der Ungerechten, ob auch vermummt in den Schein
des Rechts und der Gesetzlichkeit, eitel und kraftlos sind,
so lange Gottes Vorsehung über den heiligen Mächten und
Stämmen waltet, zur Beruhigung und zum Frieden der
verschiedenen Staaten, die ohne ein gesetzliches Oberhaupt
in keiner bürgerlichen Gemeinschaft bestehen können, weß-

halb Gottes Wort selbst, zum Besten des Menschengeschlechts, diese Autorität wie seine eigene im selben Athemzug befestigt hat, indem es gebot, Gott und dem Kaiser zu geben, was Jedem von Rechtswegen zukömmt."

Wir sehen, wie innig hier die politischen Anschauungen Vondels mit seiner Auffassung des tragischen Stoffes zusammenhängen. Doch wie man deßhalb jene in's Auge fassen muß, um die Dichtung richtig zu würdigen, so wäre es durchaus verfehlt, in dem Stücke selbst n u r oder vorzugsweise eine politische Allegorie, sei es auf Cromwell, sei es auf Wilhelm den Oranier, erblicken zu wollen [1].

In der Ausführung hielt er sich ganz an den dogmatischreligiösen Stoff und vertiefte sich zunächst darin mit jener Gewissenhaftigkeit, mit welcher er immer die Vorstudien zu seinen Dramen zu machen pflegte.

Er kennt genau die Bibelstellen bei Jsaias [2] und Ezechiel [3], von welchen für den höchsten der gefallenen Engel der Name Lucifer sich herschreibt. Er weiß, daß daselbst zunächst vom Sturz der Könige von Babylon und Tyrus die Rede ist, daß sich aber die bildliche Beziehung auf die Engelwelt sowohl auf den Ausspruch Christi bei Lucas [4], als auf die uralte Ueberlieferung der Väter stützt. Während hiermit der Stolz als Hauptursache des Falles bezeichnet ist, geben der hl. Petrus [5] und Judas [6] Thaddäus weitere Aufschlüsse

---

[1] Vondel selbst nennt Cromwell einen „vermomde Lucifer". Ueber die Anspielungen auf den Abfall der Niederlande vergl. Dr. Jonckbloet im Overijsselschen Almanak voor Oudheid en Letteren, 1850. In seiner Literaturgeschichte betont er den allegorischen Charakter des „Lucifer" wohl zu sehr. Van Vloten, Jonckbloets zoogenoemde geschiedenis, p. 34.

[2] Js. 14, 12 ff.   [3] Ezech. 28, 1 ff.   [4] Luc. 10, 18.
[5] 2 Petr. 2, 4.   [6] Judas 1, 6.

über die Zahl und über das traurige Loos der gefallenen
Engel, über einen Kampf zwischen guten und bösen Engeln,
über eine bevorzugte Stellung des hl. Michael in diesem
Kampfe. Daß Neid gegen die Menschen sich dem Stolze
der abtrünnigen Engel zugesellte, entnahm er der Lehre der
Väter, besonders der hierauf bezüglichen Stelle des hl. Cy=
prian[1], die er im Vorbericht anführt: „Auf die Majestät
der Engelsnatur vertrauend, überließ sich jener, der Gott so
angenehm und theuer war, nachdem er den Menschen nach
dem Bilde Gottes geschaffen sah, in bösem Neide der Eifer=
sucht, ward selbst durch seine Eifersucht gestürzt, ehe er
seinen Rivalen durch die Gewalt seiner Eifersucht stürzen
konnte, ward gefangen, bevor er fing, fiel dem Untergang
anheim, ehe er den Untergang bereiten konnte, und verlor
selbst das, was er früher war, während er von Neid ge=
trieben dem Menschen die Gnade der Unsterblichkeit entriß.“
Wie dieser Neid sich genauer entwickelte, darüber hielt sich
Vondel an die Erklärungsweise angesehener Theologen, welche,
gestützt auf den Hebräerbrief (1, 6), annahmen, daß Gott
den Engeln den Plan der Menschwerdung geoffenbart und
von ihnen die Anbetung des Menschgewordenen verlangt,
und daß in der Empörung gegen diesen Heilsplan (welche
Stolz und Neid zugleich in sich schloß) die Sünde der
Engel bestanden habe[2]. So wächst die ganze Tra=
gödie aus einem tiefen, dogmatischen Kern hervor, wel=
cher keimartig die gesammte Lehre von den Engeln in sich
schließt.

---

[1] Cypr. de zelo et liv. (bei Aug. de Bapt. c. Don. c. 8).
Daneben beruft sich Vondel auch auf Gregor d. Gr. und den hei=
ligen Bernhard.

[2] Vergl. Suarez, De Angelis. l. VI. c. 13. n. 13 sq. und
c. 15. n. 24 sq.

Erst in der weiteren dichterischen Ausschmückung, zu welcher Vondel übrigens bestmöglichst die theologische Lehre und Ueberlieferung herbeizog, wird die innere Verwandt- schaft sichtbar, welche die Rebellion Lucifers mit allen Re- volutionen gemein hat, indem der Dichter eben genöthigt ist, die unsichtbaren Geister als menschliche Wesen zu zeichnen. Da gestaltet sich denn die Engelwelt zu einer Doppel- ordnung, welche nicht undeutlich die damalige Staatsordnung der Niederlande spiegelt. Lucifer, Gottes Statthalter (stede- houder), nimmt den Erzengeln Michael, Gabriel, Raphael gegenüber eine ähnliche Stellung ein, wie die oranischen Statthalter gegenüber den selbständigen Regierungen der Einzelstaaten, oder vielleicht besser gesagt, wie Wilhelm, der erste Oranier, gegenüber der spanischen Herrschaft. Denn ursprünglich ist zwischen dem Statthalter und den Erzengeln kein Dualismus vorhanden, er gehört mit in die einheitliche, harmonische Ordnung, von den andern Engeln ebenso geliebt und verehrt, wie von Gott be- vorzugt.

Wie Wilhelm der Schweigsame, einst der Günstling Karls V., auch von Philipp II. ausgezeichnet, zum Statt- halter über Holland und Utrecht, zum Ritter des goldenen Vließes, zum ersten Mitglied des Staatsrathes erhoben wurde, so steht Lucifer am Beginn des Stückes als der Liebling Gottes da. Aber der Liebling ist doch darum nicht der unumschränkte Herr — es muß noch für Andere Raum bleiben. Doch das gerade erträgt der Liebling nicht. Was die Niederländer zur Empörung führte, das war im Grunde Neid auf die vielen Fremden, die Spanier, die Philipp zu den höchsten Staatsämtern berief. Adam, der Mensch, ist der „Granvella", dessen Erhöhung der stolze Lucifer nicht erträgt. „Plakkaten" heißen die Erlasse, welche

Philipp II. gegen die Protestanten erließ — „Plakaten"
heißen die Befehle, in welchen Gabriel zur Anerkennung
der göttlichen Decrete auffordert. An Wilhelm den Oranier
richtete Philipp hauptsächlich die Forderung, die „Plakaten"
auszuführen — Lucifer wird mit der Ausführung der „Plak=
katen" betraut. Trotz aller erlangten Bevorzugung stellt sich
Wilhelm — und ebenso Lucifer — an die Spitze der Miß=
vergnügten und kündigt seinem Herrscher den Gehorsam auf.
Wie die Geusen über Granvella, so klagen die Luciferisten
über Adam, den „Niedriggeborenen", den „Erdwurm", den
Fremdling", den „Gemeinen", der die Krone tragen soll
und die Macht des Statthalters bedroht. Wie die Häupter
der Geusen die Livreen ihrer Diener auf Brederode's Rath
abschafften, so gebietet Lucifer den Seinen, den Hofschmuck
und ihre Livreen abzulegen. Die Klagen der widerspänsti=
gen Engel sind jene der Geusen — Klagen über fremde
Söldner im Land, über Rechtsbruch und Verletzung der
Verträge, über Umstoß der alten Ordnung. Dem eigent=
lichen Kampf gehen noch Unterhandlungen vorher, wie sie
Ludwig von Nassau, Philipp von Marnix und Heinrich
von Brederode mit Margaretha von Parma führten. Apol=
lion, Belial und Beelzebub bringen dieselben Sophismen
vor und wenden dieselben demagogischen Künste an, wie
die Unterhändler der Geusenpartei.

Erst sollen die Massen aufgeregt und ihre Klagen ge=
schürt werden. Apollion und Belial denken dabei ihrem
Freunde Beelzebub dieselbe Rolle zu, die Brederode bei dem
niederländischen Aufstand spielte:

„Dann diente Beelzebub, ein Fürst von großem Anseh'n,
Sein Wappen ihrem Recht und ihrer Klage anzuhängen."

Denn Brederode führte als Wappen den Löwen der

Grafen von Holland, von denen er abstammte, und war
bei der Menge sehr beliebt. Aber das sollte nicht rasch,
sondern vorsichtig, mit Winkelzügen geschehen:

> „Langsam, nicht plötzlich, wie auf Seitenpfaden.“

Der Statthalter (Lucifer) sollte den Widerstand mit seiner
Macht unterstützen, erst sich verstellen und im Rath seine
Vorstellungen machen, dann aber, zurückgewiesen, an die
Spitze des Aufstandes treten:

> „Im Rathe mag Bedenken er erheben
> Und ducken sich; dann geb' er flugs die Sporen
> Und eile hin zu dem empörten Heer,
> Das einen Führer braucht.“

Genau die Taktik Wilhelms von Oranien. Beelzebub (Bre=
derode) regt die Massen so auf, daß sie sofort losschlagen
wollen. Er hält sie aber zurück und reicht erst eine Bitt=
schrift (smeekschrift) in ihrem Namen ein, wie Brederode
1566 in Brüssel:

> „Ich tret' euch vor zum Throne des Palastes
> Und schaff' euch friedlich dort Gerechtigkeit.“

Die Forderung der Luciferisten lautet wie jene der Geusen:

> „Man stelle nicht des Himmels Kronbeamte
> Den Erdensöhnen nach.“

Michael entläßt sie mit derselben Antwort, wie Marga=
retha von Parma die niederländischen Unterhändler. Wie
die Geusen bei ihrem Aufstand gegen den Herzog von Alba
dem König noch Treue bis zum Bettelsack gelobten, so
eifern die Luciferisten für Gott und Lucifer, für Gottes
Reich, für Gottes Recht, für Gottes Ehre gegen die Aus=
länder und Fremden, die seinen Namen erniedrigen. Lucifer

führt bei seiner Krönung dieselbe Sprache, wie der große
Schweiger, als die Geusen ihn zum Führer erkoren. Die=
selbe Analogie zieht sich auch in den Kampf der Engel hin=
ein — gleich Wilhelm bleibt Lucifer saevis tranquillus in
undis; gleich ihm wird er dreimal zurückgeschlagen und
bringt dreimal wieder vor; zwei Drittel der Niederländer
bleiben treu, ein Drittel fällt ab — zwei Drittel der Engel
bleiben treu, ein Drittel stürzt in den Untergang. Die
Verwandlung Lucifers in ein Ungeheuer, das aus sieben
Thieren zusammengesetzt ist (Drache, Löwe, Schwein, Esel,
Affe, Wolf, Rhinoceros), wird auf die sieben Todsünden
gedeutet; doch ist die Vermuthung van Lenneps nicht un=
begründet, daß Vondel an die sieben Provinzen gedacht
haben mag, die seit dem Abfall unter der Führung des
Oraniers standen und in traurigem innerem Parteihader
die bittern Früchte ihres Abfalls ernteten.

So verkörpert sich das erhabene Mysterium des Falles
der Engel in den Gestalten und Farben einer noch nicht
weit entliegenden Zeitgeschichte. Nicht gesuchte Anspielung,
sondern innere Verwandtschaft rückt den ältesten Kampf der
Geisterwelt in das lebendige Interesse der Gegenwart, gibt
dem Unsichtbaren faßliche Form und lebendige Färbung
und durchglüht die Dichtung mit lebensvoller Wärme und
Leidenschaft. Dem Fremden, Fernestehenden kann jene ur=
sprüngliche Kraft und Frische des Zeitcolorits nur durch
eingehende Commentation zugänglich gemacht werden. Wir
müssen uns darum begnügen, die Dichtung kurz nach ihren
theologischen Grundlinien zu skizziren.

Der Schauplatz des Stückes ist der Himmel. Die han=
delnden Personen sind die drei Erzengel: Gabriel, der
Herold der göttlichen Geheimnisse, Raphael, der Seelenarzt
und der Beschirmer, Michael, der Feldoberste der himm=

lischen Heerschaaren, Uriel, dessen Schildknappe, und ein
Chor von guten Engeln; ihnen gegenüber Lucifer, der
Statthalter Gottes, die rebellischen Engelsfürsten (Obersten):
Beelzebub, Belial, Apollion und eine Schaar aufrührerischer
Engel, Luciferisten. Während Lucifer sein gigantischer Stolz
charakterisirt, zeigt sich Beelzebub als neidischer Aufwiegler,
Belial als schlauer, boshafter Unterhändler; Apollion ist
gewissermaßen als der Geist der Wollust und des Sinnen=
genusses angedeutet.

Von einer Luftfahrt nach der Erde zurückgekehrt, schildert
der Feldoberste Apollion seinen Genossen Belial und Beelze=
bub, was er geschaut: das herrliche Wohnhaus, das der
Höchste seinem Liebling, dem Menschen, gebaut; den Wonne=
garten, in welchem sich alle Pracht und Schönheit der
sichtbaren Schöpfung vereinigen; die königliche Herrschaft,
die Adam über alle Reiche der Natur ausübt; das Glück
des ersten Menschenpaares, das, von dem Segen des All=
mächtigen begleitet, das ganze Erdenrund bevölkern, das
Glück der Gotteskindschaft auf Tausende, ja Millionen von
Nachkommen vererben und in seliger Unsterblichkeit das
Loos der Engel theilen soll. Nur in kurzen Fragen und
Bemerkungen unterbrechen die beiden andern Himmelsfürsten
die hinreißende Schilderung des Paradieses, die Zug um
Zug in allen dreien den Keim des Neides erweckt und
steigert. Dann erscheint Gabriel, der Engel der Mensch=
werdung, verkündet das Herniedersteigen des ewigen Wortes
auf die Erde und dessen gnadenreichen Bund mit der mensch=
lichen Natur, und fordert die Engel auf, sich in Demuth
und Liebe vor Gottes Rathschluß zu beugen. Während die
drei Fürsten schweigend vor sich hinstarren, leistet der
Chor der Engel in majestätischem Gesang die verlangte
Huldigung.

10*

Strophe.

Wer thront ſo hoch, wer thront ſo tief
Im unerforſchten Schooß des Lichts?
Nicht Zeit mißt ihn, nicht Ewigkeit,
Kein Kreis umſpannt ihn mit Grenzen.
Ohne Gegengewicht beſteht er in ſich,
Ohne Stütze von Außen ruht er in ſich,
Und umfängt in ſeinem Weſen,
Was um ihn und in ihm, wandellos,
Den einen, einigen Mittelpunkt kreist,
Der Sonnen Sonne, der Geiſt, das Leben,
Des Erforſchten Seele, des Unerforſchten.
Das Herz. die Brunnader, der Ocean,
Der Born alles Guten, das ihm nur entquillt,
Durch ſeine Gnade allein beſteht,
Sein Allvermögen, ſeine Weisheit,
Die aus dem Nichts es rief in's Sein,
Eh' dieſer Palaſt, der Himmel der Himmel,
Die Zinnen ſtrahlend hob empor,
Wo wir mit dem Fittig das Auge verhüllen
Vor allen Glanzes Majeſtät,
Und ſchwindend ſinken in heiliger Scheu
Auf das Antlitz nieder. Wer iſt er?
Nennt ihn, beſchreibt ihn mit Seraphsfedern —
Oder reicht kein Gedanke, kein Wort hier aus?

Gegenſtrophe.

Das iſt Gott — das unendliche, ewige Weſen
Von allen Dingen, die Weſen haben.
Vergib uns Du, nicht würdig zu preiſen,
Von Allem was lebt und des Lebens entbehrt
Nicht ausgeſprochen noch auszuſprechen,
Vergib uns Du und ſprich uns frei.
Daß keine Zunge. kein Bild, kein Zeichen
Dich melden kann. Du warſt, Du biſt,
Du bleibſt Dir gleich. Alles Engelwiſſen,

Alle Engelssprache, schwach, unzulänglich,
Ist nur Entheiligung und Schmähung.
Denn Jeder trägt seinen eigenen Namen
Außer Dir. Wer aber kann Dich nennen
Bei Deinem Namen? Wer wurde geweiht
Zu beinem Orakel? Wer darf sich rühmen?
Denn Du allein bist, der Du bist,
Dir selbst bekannt und Niemand sonst.
Dich so zu kennen, wie Du warest,
Strahlender Quell der Ewigkeit,
Wem ist dieß Licht geoffenbaret?
Wem ist des Glanzes Glanz erschienen?
Dieß schau'n ist höh're Seligkeit,
Als wir von Deiner Gnad' entlehnen,
Das überschreitet Maß und Ziel
Von unserm Können. Wir veralten
In unsrer Dauer. Du nimmermehr.
Dein Wesen muß uns tragen, stützen:
Erhebt die Gottheit, singt ihr Lob.

Schlußstrophe.

Heilig, heilig, aber heilig,
Dreimal heilig! Preis sei Gott!
Außer Gott ist nirgends Frieden,
Heilig ist sein Machtgebot.
Laßt anbetend uns umfangen
Seinen Rathschluß und Befehl,
Laßt uns überall verkünden,
Was der treue Gabriel
Kam als Herold uns zu lehren;
Laßt uns Gott in Abam ehren;
Alles, was Gott will, ist gut.

Das ist die kurze, einfache Exposition. Gott, Engel=
welt, Menschenwelt, das Paradies, der göttliche Weltplan
treten in wenigen grandiosen Zügen vor unser Auge. Die
Schönheit des ewigen Rathschlusses rafft den Geist hin,

einzustimmen in das herrliche Chorlied der Huldigung. Aus dem Wonnegarten des irdischen Paradieses entrückt uns, der Dichter gleichsam in das selige Schauen der Gottheit, in den Jubel des himmlischen Paradieses hinüber. Der un= geheure Abstand zwischen Schöpfer und Geschöpf, die un= begreifliche Liebe Gottes zum Engel und Menschen, die Harmonie beider Welten, der Geisterwelt und der Menschen= welt, läßt eine Störung dieser Ordnung, eine Rebellion als Wahnwitz, als grenzenloses Unglück, fast als Unmög= lichkeit erscheinen. Und doch, der freie geschöpfliche Wille ist da und mit ihm das Geheimniß der Sünde. Ueber den Sonnenglanz des Paradieses lagert sich die düstere Wolke des Ehrgeizes und des Neides. In den rauschenden Huldigungseid des Engels mischt sich das rebellische Losungs= wort des Aufruhrs: Non serviam!

Jetzt tritt Lucifer auf, der schöne Morgenstern der Geisterwelt. Wenn auch bereits umdüstert von Stolz und Neid, schwebt die Gottesidee noch groß und gewaltig seinem Geiste vor. Trauernd will er vor dem Allmächtigen die Waffen strecken, dem „Sohn des sechsten Tages" den Vor= rang räumen und sich in dumpfem Groll dem Unvermeid= lichen fügen. Doch Beelzebub tritt ihm als Stimmführer seiner eigenen Leidenschaft entgegen, malt ihm das Unver= meidliche als unerträgliche Demüthigung vor, verhüllt ihm den Gottesgedanken mit dem täuschenden Gaukelbild eigener Macht, und Lucifer umfaßt den Plan des Aufruhrs als den einzigen Ausweg aus seinem innern Kampfe, als eine verhängnißvolle Nothwendigkeit, die sich nicht mehr bewäl= tigen läßt. So findet ihn Gabriel, welcher kommt, seine Huldigung entgegenzunehmen. Umsonst beruft sich der Bote der Menschwerdung auf die unumstößlichen Rechtstitel der göttlichen Forderung. Jeder dieser Titel drängt den ein=

mal irre gegangenen Geist weiter auf der schiefen Bahn.
Er erklärt die Menschwerdung als eine Erniedrigung Gottes
und gibt seinem Aufruhr den gleißnerischen Vorwand, Gott
selbst gegen jene Erniedrigung zu beschirmen. Er will nicht
warten, bis der menschgewordene Gott das räthselhafte
Buch seiner Geheimnisse entsiegelt, seine Erniedrigung in
die höchste Glorie verwandeln wird. Er will selbst wissen,
richten, selbst der Erste sein. Feierlich schleubert er Gott
den Absagebrief zu:

> Bei meiner Krone, Alles setz' ich dran!
> Hoch über aller Himmel Sternenglanz,
> Hoch über allen Kreisen dieser Welt,
> Auf ihren Zinnen bau' ich meinen Thron.
> Der Himmel Himmel fordr' ich zum Palast,
> Zum Thron den Regenbogen mir, zum Mantel
> Das Sternenzelt, zum Schemel mir den Erdball.
> Auf einem Wolkenwagen, hoch und schnell
> Will ich, durch Luft und Licht, mit Blitz und Donner
> Zu Staub zermalmen, wer sich widersetzt,
> Sei's oben, unten, sei's der Feldherr selbst.
> Ja, eh' wir weichen, soll dieß Himmelsblau,
> So fest, so stolz gebaut, mit seinem hehren Bogen
> In Trümmer geh'n, vor unserm Aug' zerstieben,
> Soll ausgerenkt aus allen seinen Fugen,
> Ein mißgestalter Rumpf, der Erdball schau'n
> Des ganzen Weltalls wunderbare Pracht
> Zerstört, verwirrt in's Chaos wiederkehren —
> Laßt seh'n, wer Lucifer Trotz bieten kann!

Trotzig wie er, gesellen sich die bisherigen Engelsfürsten
Beelzebub und Apollion dem vermessenen Aufrührer bei und
verwandeln den lichten, friedlichen Himmel in eine Stätte
finsterer Verschwörung. Belial und Apollion ziehen aus,
unter den himmlischen Heerschaaren den Aufruhr zu predigen.
Trauernd sieht der Chor das Licht des Himmels umdüstert

und den Frieden der Geisterwelt gestört. Das ist der zweite Act.

Der Brand greift nun um sich. Luciferisten und Chor suchen einander in brüderlichem Wechselgespräch gegenseitig für ihre Sache zu gewinnen. Apollion und Belial schüren die Aufregung; Beelzebub, dieselbe anscheinend zurückdrängend, steigert sie mit demagogischen Künsten auf's Aeußerste. Während er dem herbeikommenden Feldherrn Michael die Zusammenrottung gleißnerisch zu vertuschen sucht, treten die Luciferisten offen hervor und kündigen den Gehorsam auf. Michael sammelt die treuen Engel um sich, die gefallenen erwählen Lucifer zu ihrem Feldherrn. Als wackere Aufrührer pochen sie alle auf ihre angeblich verletzten Rechte, und Lucifer ruft, als erwählter Herrscher von Volkes Gnaden, die drei Haupträdelsführer zu Zeugen auf, daß er nur aus Noth dem allgemeinen Ruf Folge leiste.

Lucifer.

Ich tröste mich, Gewalt zu wehren mit Gewalt.

Beelzebub.

So steig' empor die Stufen, wack'rer Held!
Nimm deinen Thron, Statthalter, laß uns schwören!

Lucifer.

Fürst Beelzebub, Ihr zeugt, und Ihr, durchlaucht'ge Herren,
Apollion, Ihr zeugt, Ihr zeugt, Fürst Belial,
Daß ich aus Zwang nur dieser Last mich beuge,
Herr über dieses Gottesreich zu sein,
Um Noth und Jammer von ihm abzuwehren.

Beelzebub.

Die Fahne her, den Fahneneid zu schwören:
Treu Gott zu sein, treu unserm Morgenstern!

Luciferisten.

Wir schwören's beiden: Gott und Lucifer!

Beelzebub.

Bringt Weihrauch nun, ihr gottgetreuen Schaaren!
Bringt Lucifer das Weihrauchopfer dar
Und süßen Duft aus reichgefüllter Schale!
Steckt Lichter an! Laßt eure Fackeln lodern!
Stimmt ihm ein Loblied an, laßt Sang, Musik,
Posaunen und Schalmeien ihm erklingen,
Gebt ihm in frohem Festzug das Geleite.

Der Chor der Luciferisten folgt diesem Aufruf und gibt
Lucifer zum Krönungszuge feierliches Geleit. Der Chor
der guten Engel betrauert den ausgebrochenen Bürgerzwist
des bisher so friedlichen Geisterreiches.

Im folgenden (IV.) Act stehen sich die beiden Parteien
als geschlossene Heerlager gegenüber. Fürst Michael waffnet
sich zur Schlacht. Lucifer hält Kriegsrath. Liebe und
Freundschaft drängt Raphael, noch einen Versuch zu machen,
den stolzen Engel zur Pflicht zurückzuführen und den be-
waffneten Aufstand durch seine Unterwerfung beizulegen.

Raphael.

Erbarmen, Lucifer! Schon' dein. Nicht trage
Den Harnisch wider mich, der ich in Trauer
Um dich hinschmachte. Rettung bring' ich dir,
Der Gnade Balsam. Aus der Gottheit Schooß
Stieg ich hernieder, die nach ihrem Rathschluß
Dich über zwölf gekrönte Legionen
Als Fürsten auf den Ehrenthron berief.
Welch finstre Wuth hat deinen Geist verwirrt?
Sein Ebenbild, sein Siegel hat der Höchste
Auf's Haupt dir, an die heil'ge Stirn geprägt,

10 **

Mit Schönheit dich, mit Weisheit und mit Huld,
Mit Allem überströmt, was ungemessen
Des Reichthums unerschöpftem Born entquillt.
Aus Wolken strahltest du von Thau und Rosen
Im Paradies, vor Gottes Sonnenglanz.
Perlen, Smaragden streiften dein Gewand,
Türkis, Diamant, Rubin und lautres Gold;
Das schwerste Scepter ward in deine Rechte
Gedrückt, als unter Trommel= und Posaunenschall
Du rauschend stiegst durch der Gestirne Kranz
Empor an's Licht. Und du willst ruchlos nun
Vom Thron dich stürzen, all die Pracht zerstören
Und Herrlichkeit? Du willst den hehren Glanz,
Der uns verdunkelt, der den Himmel ziert,
Umschaffen zum verworr'nen grausen Knäuel
Von Schreckgestalten, wüsten Ungeheuern,
Geierklauen, Drachenköpfen, Schreckniß, Greuel?
Tief unten sollen dich des Himmels Augen,
Die Sterne, schauen, jeder Ehre bar,
Der Macht beraubt, der Majestät entkleidet,
Weil du geschändet deine alte Treue?
Gott wend' es ab, dess' Antlitz ich erschaue
Im sel'gen Licht, wo wir zu sieben stehen,
An seinem Throne dienen, zittern, beben
Vor seiner Majestät, die uns umstrahlt,
Erquickt, belebt, was immer lebt und athmet.
Fürst! Laß mein Bittwort dir zu Herzen gehen;
Du kennst mein treues Herz, um dich bekümmert.
Reiß' ab den trotzigen Kamm, schüttle ab den Harnisch,
Wirf aus der Hand die Streitart, wirf den Schild
Aus beiner andern. Streb' nicht höher! Beuge,
O beuge dich und streck' dein stolzes Banner,
Und senk' den Fittig vor der Gottheit Glanz,
Eh' von des Ruhmes Thron, den höchsten Zinnen
Er dich zermalmend schmettert in den Staub,
Wo von dem Stamm der Geister keine Wurzel,
Kein Zweig, kein Leben, kein Gedächtniß sprießt!
Das wär' ein Leben voller Pein und Qual:

Verzweiflung, Tod, des ew'gen Wurmes Nagen,
Zähnknirschen magst alsdann du Leben nennen.
O beuge dich! Halt ein! Noch biet' ich Gnade;
Ergreif' den Oelzweig. Nimm! Sonst ist's zu spät.

Lucifer.

Nicht Drohung hab' ich, Herr, verdient, nicht Zorn.
Mein Heer hat Gott und Lucifer geschworen,
Unter des Himmels Eid dieß Banner aufgepflanzt.
Streut aus im Himmel, was ihr wollt: ich fechte
Den Krieg für Gott, zum Schutze seiner Chöre,
Für ihr verbrieftes, angestammtes Recht,
Das ihnen zukam durch die Erstgeburt,
Eh' Adam sah die Sonne, eh' der Tag
Sein Paradies beschien. Kein Königsjoch
Von Menschen soll der Geister Nacken quälen,
Kein Engel soll mit seinem freien Hals
Als Sklav' und Diener stützen Adams Thron;
Sollt' auch ein Pfuhl uns allesammt verschlingen
Mit so viel Sceptern, Kronen, Licht und Pracht,
Als Gott aus seinem Busen uns bescheerte
Für jetzt und immer; berste, was da birst.
Ich steh' für's heil'ge Recht, durch Noth gezwungen,
Durch Klagen, Seufzer Tausender von Zungen,
Trotz meines Widerstands vorangedrängt.
Geh', sage das dem Vater, unter dem
Für's Vaterland ich dienend hob das Banner.

Raphael.

Wozu verblümst du, Fürst, dein wahres Sinnen
Vor dem allseh'nden Aug'? Ihm hehlst du nichts,
Ein Strahl von seinem Haupt enthüllt dein Dunkel,
Den Ehrgeiz, der so plump dich aufgebläht.
Wie quält dein Geist sich, das Gespenst zu bergen!
Mir graust davor, es sträuben sich die Haare.
Verirrter Morgenstern, o schone dein!
Kein Trug verhüllt dich dem Allwissenden.

Lucifer.

Trug, Ehrgeiz? Wo ließ ich's an Pflichttreu' fehlen?

Raphael.

Was hast im Herzen heimlich du gesprochen?
„Aufsteigen will ich zu des Himmels Spitze
Durch alle Wolken, alle Sterne hin,
Gott selbst gleich, Gnade keiner Macht erweisen,
Die huldigend mir nicht den Lehnseid leistet,
Und keine Majestät erheb' ihr Scepter,
Bis ich belehne sie von meinem Throne!"
Verhüll' dein Antlitz, senke Knie' und Fittig!
Begehre über uns nicht höh're Macht.

Lucifer.

Wie? Bin ich Gottes Stellvertreter nicht?

Raphael.

Beschränkte Macht gab dir der Unumschränkte.
In seinem Namen nur gebietest du.

Lucifer.

Wie lange? Bis Fürst Adam uns beschämt
Und über unsre Engelwelt erhaben
Im Himmel an der Seite Gottes thront.

Raphael.

Will Gott die höchste Macht mit Mindern theilen,
Setzt er die erste Kron' dem Menschen auf,
Salbt er zum König ihn, zum Haupte Aller,
Die heut' und jemals Kron' und Scepter führen,
Lern' dich bemüthig beugen seinem Rathschluß.

Lucifer.

Das ist der Wetzstein, der mein Schlachtschwert schärft.

Raphael.

Sinnlos schärfst du's für beinen eig'nen Nacken.
Bebenke, wo wir steh'n. Der Himmel bulbet
Haß, Mißgunst, Neib unb Hoffart nicht; sein Zorn
Droht biesen Schanbfleck rächenb auszutilgen.
Verstellung hilft nicht. Niemanb beckt ben Frevel
Vor ber allseh'nben Sonne, vor bem Auge,
Das Alles schaut. O Freunb! Wo ist bein Glanz?

Doch alle Gründe ber Vernunft, ber Liebe, ber Freunb=
schaft — alle Verheißungen unb Drohungen scheitern an
bem Ehrgeiz bes aufrührerischen Engels. Obschon ihm bie
Hoffnungslosigkeit seines Anschlags quälenb vorschwebt, stürzt
er sich verzweifelnb in ben Kampf, währenb ber Chor ber
guten Engel zum letzten Mal um Gnabe für ihn fleht.

Bei Beginn bes letzten Actes (V.) ist bie Geisterschlacht
schon geschlagen. Aus bem Kampf zurückgekehrt, erzählt
Uriel, ber Schilbknappe Michaels, bem Erzengel Raphael
ben Verlauf bes ganzen Treffens, ben Auszug ber beiben
Heere, ben Zusammenstoß, bas Hanbgemenge, Michaels
Sieg, Alles mit ben Farben einer gewaltigen Felbschlacht,
in lebenbigster Anschaulichkeit, aber zugleich in granbiosen,
erhabenen Zügen. Es ist ein Meisterstück bramatischer
Schlachtmalerei. Vom Siegeslieb ber Seinen umrauscht,
betritt Michael bie Bühne unb rückt bie vollzogene Kata=
strophe, so weit möglich, in bie Gegenwart. Doch bie
Schlacht unb Ueberwinbung ber himmlischen Kriegsheere ist
nur ber erste Theil ber Katastrophe. Währenb Michael
bemüthig unb ernst seinen Sieg feiert, erscheint als zweiter
Bote Gabriel unb bringt bie Schreckensnachricht vom Fall
ber ersten Menschen. In eine Wolke sich hüllenb, hat ber
entthronte unb geschlagene Lucifer sich auf bie Erbe nieber=
gelassen unb burch boshafte List bie Menschheit in seinen

Fall verstrickt. Die Seligkeit des Paradieses, welche am
Beginn des Stückes so glänzend sich aufthat, ist gestört,
der Friede gelöst, die Unschuld verloren. Mit den unge=
horsamen Engeln, die besiegt in den Abgrund taumeln,
stürzt eine zweite Welt, die von Engeln beneidete Ordnung
der ursprünglichen Gerechtigkeit, der gottgeheiligten Mensch=
heit, in Trümmer. Der ganze Bau des ersten göttlichen
Weltplanes sinkt ein. Engel und Menschen zieht der Stolz
des vermessenen Lucifer mit sich in den Abgrund, in ein
Verderben, aus dem die Menschheit sich aus eigener Kraft
nicht mehr emporraffen kann, aus dem sie nur die Demuth
eines menschgewordenen Gottes wieder erhebt. Die ganze
erschütternde Tragik des Sündenfalls hat Vondel hier in
einen Brennpunkt zusammengefaßt, und mit dramatischer
Unmittelbarkeit tritt sie vor uns, indem Michael, der Sie=
ger, das Strafurtheil der göttlichen Gerechtigkeit verkündigt,
der Chor auf den Trümmern der untergegangenen Welt
das Rorate coeli anstimmt.

Michael.

Uriel! Schildknappe, der das Recht du wahrst,
Das Unrecht strafst, ergreif' dein Flammenschwert.
Flieg' hin und treib' die Zwei aus Eden fort,
Die Gottes erste Forderung so blind,
So schnöd' verletzten. Stell' dich an das Thor,
Bewache das entweihte Paradies;
Wehr' die Verbannten ab vom Baum des Lebens,
Laß sie nicht pflücken von dem heil'gen Obst,
Nicht Speise kosten der Unsterblichkeit.
Als Wache stell' ich dich vor Hof und Baum,
Daß Adam draußen schweife, früh und spät
Das Feld umack're und die träge Scholle.

Ozias, dessen Hand die Gottheit selbst
Den schweren, diamant'nen Hammer schenkte

Und Ketten von Rubin und spitze Klammern,
Geh' hin, fang' ein und schlag' in deine Fesseln
Dieß Heer von Höllenthieren Löwen, Drachen,
Die wutherfüllt uns dräu'n. Säub're die Luft
Von dem verfluchten Schwarm, kette ihren Nacken,
Die Tatzen fest!
                            Des Höllenpfuhles Schlüssel
Sei, Azarias, deiner Hut vertraut.
Pferche unsere Feinde in die grausen Höhlen.

Und du, Macedo, nimm den Feuerbrand,
Steck' an den Schwefelsee im Bauch der Erde
Und quäle Lucifer, des Unheils Stifter,
In ew'ger Gluth, gemengt mit eis'gem Frost,
Wo Trauer, Wuth, Verstocktheit, Hunger, Durst,
Unsühnbarkeit, vermess'nen Frevels Rache,
Gehüllt in Rauch, der Gottheit Glanz entzogen,
Den Fluch bezeugen, den der Herr der Welt
Heilig, gerecht, endgiltig hat gefällt,
Indeß ein Mensch aus Adams Stamm geboren,
Glorreich erneuert, was die Schuld entstellt,
Der Menschheit wieder bringt, was sie verloren!

Chor.

Komm', der du der Schlange Haupt
Sollst zertreten, von der Erbschuld
Adams die gesunk'ne Menschheit
Retten, und für Eva's Kinder
Einst ein schön'res Paradies
In des Himmels Raum erschließen!
Komm', Erlöser, komm'! Wir zählen
Die Jahrhunderte, die Jahre
Und die Tage und die Stunden,
Da du nahst mit deiner Gnade,
Die Natur, des Fluchs entbunden,
Wiederherstellst, schön're Pfade
Führest, und der Engel Throne,

Jetzt verwaist und öd und leer,
Füllst mit einem sel'gen Heer!

„Lucifer" kam bald nach seiner Vollendung zweimal auf die Amsterdamer Bühne — am 2. und am 5. Februar 1654. Die Bühnendirection hatte unter großem Kosten= aufwand eigens einen Bühnenhimmel mit complicirten Appa= raten für das Stück einrichten lassen. Es fand unter den Freunden der Poesie und der Schauspielkunst begeisterte Aufnahme, erregte aber ebenso der Zionswächter höchsten Zorn. Sie entdeckten in dem Stück „unheilige, unkeusche, abgöttische, falsche und ganz vermessentliche Dinge, spitz= findige Ausgeburten eines menschlichen Gehirns". Von mehreren Kanzeln ward der Kreuzzug gegen Vondel und gegen seinen Lucifer gepredigt. Es sei Frevel, hieß es, solche biblische Stoffe, ja sogar den ganzen Himmel mit seinen Engeln auf die Bühne zu bringen. Es sei Entheili= gung, daß Heilige und Göttliche so mit dem Menschlichen zu vermengen und zum Bühnenspiel herabzuziehen. Der ärgste der Polterer war Peter Wittewrongel, ein Seeländer. Er predigte fast täglich gegen das Theater und nannte die Schauspiele „Schulen der Eitelkeit, Götzenhügel der Sünde, Ueberbleibsel des Heidenthums, Anleitung zu Sünde, Gott= losigkeit, Unreinigkeit, Leichtfertigkeit und Zeitverlust". Noch am 5. Februar, an welchem „Lucifer" zum zweiten Mal gegeben werden sollte, versammelte sich der Kirchenrath, um dieser Religionsgefahr zu steuern. Das Protocoll dar= über lautet:

„Vormittags nach Abgang der Diaconen Wird dem Kirchen= rath Bekannt ghemacht, daß eine Tragödi ghemacht ist durch Joost vanden Vondel ghenannt Luisevaers Trauerspiel, von dem Fall der Engelen handelnde und auf eine Fleischliche manier die hohe materie von den Tiefen Gottes mit vielen ärgerlichen und

ungeregelten Erdichtungen wird fürgestellet, daß diese selbige
Tragödi diesen Tag wieder soll gespielet werden und der Kirchen
Rath urtheilet, daß dieß eine große Ungeregeltheit ist, hatt Ghe=
committiret daß D. Ruleus und D. Langhelij mit dem Bruder
Elyson dieß den Edeln Bürgern, soll remonstriren und zu er=
suchen, daß Jhro Achtbarkeiten dieß mit Jhrer Autorität sollen
wehren, daß diese Trabedye nicht gespielt wird und zu diesem
Ende Jhro Achtbarkeiten und Edeln in particulari zu begrüßen.
Also rapportiren Dieselben Brüderen daß sie selbsto In Dero
Häusern wie auch in dem Platz, wo Jhro Achtbarkeiten ver=
sammelt waren, gethan haben, und haben zur Antwort empfan=
gen, daß Jhro Achtbarkeiten durch viele Occupationes verhindert
wären, dasselbe (die Aufführung des ‚Lucifer') diesen Abend zu
wehren, aber daß es morgen soll verboten werden und Ordre
soll gestellt werden, daß es nach diesem Tag nit mehr gespielet
soll werden. Die Versammlung versteht, daß gegenwärtig nichts
mehr daran zu thun Ist und dasselbe dabei zu lassen." [1]

Der Lärm der Zeloten wurde so groß, daß die Stadt=
behörden sich wirklich einschüchtern ließen und die fernere
Aufführung des Stückes verboten.

Vondel schrieb nun einen „Bühnenschild oder Verthei=
bigungsrede des Bühnenrechtes" (Tooneelschild of Pleitrede
voor het Tooneelrecht).

Ausgehend von dem einfachsten Begriff der dramatischen
Kunst, wies er darin nach, daß sie ihrer Natur nach ein
ebenso gutes Existenzrecht habe, wie andere Künste, denen
sie verwandt sei und deren Berechtigung sich allgemeiner
Anerkennung erfreue, wie die Redekunst, die Malerei, be=
sonders die Historienmalerei. Dann machte er den sittigen=
den Zweck geltend, den die Tragödie im Sinne des Ari=

---

[1] Siehe diese Protocolle bei J. A. Alberdingk=Thijm, Portretten
S. 232. 233.

stoteles und der Alten verfolgt, ebenso die Berechtigung des
Schauspiels als einer an sich harmlosen, nützlichen Ab=
spannung und Erholung. In schlagender Beweisführung
wies er vor Allem den gegen seinen Lucifer erhobenen Vor=
wurf der Abgötterei zurück, indem er dem lendenlahmen,
unsichtbaren Puritaner=Christenthum seiner zelotischen Gegner
die ganze Heilsökonomie des Alten und des Neuen Bundes
gegenüberstellte, welche wesentlich den Charakter der Sichtbar=
keit hat, das Göttliche in den Kreis des Menschlichen herab=
zieht und das Unsichtbare durch Zeichen und Träume, Bil=
der und Worte, sichtbar und greifbar dem Menschen offen=
bart. Für den bildenden Einfluß des Schauspiels berief er
sich gegen seine zelotischen Lästerer auf das Beispiel der Gesell=
schaft Jesu, „deren Geschick und Tüchtigkeit in Leitung, Rege=
lung und sittlicher Heranbildung der lernbegierigen Jugend all=
gemein anerkannt wird, die sich aber gerade zu diesem Zwecke
frommer und erbaulicher Bühnenstücke und Bühnenvorstellun=
gen mitbedient, weit entfernt von Leichtfertigkeit und Verderb=
niß der Sitten, welche sie auf's Tiefste haßt" [1]. Anspielend auf

---

[1] Ueber den pädagogischen Nutzen der Jugendbühne hatte sich
Vondel schon in dem „Vorbericht" zum Lucifer ausgesprochen: „Das
Ziel und Augenmerk der gesetzmäßigen (wettige) Tragödie ist, die
Menschen durch Furcht und Mitleid zu rühren (vermurwen).
Schüler und aufstrebende Jünglinge werden durch das Spiel in
Sprache, Beredsamkeit, Weisheit, Zucht, guten Sitten und Anstand
gefördert: es verleiht dem zarten Gemüth Sinn für das Fügliche
und Schickliche, der auch im Alter fortdauert. Ja, es geschieht zu=
weilen, daß überfliegende Talente, die durch keine gewöhnliche Mittel=
mäßigkeit zu beugen noch zu bezähmen sind, durch geistreiche Fic=
tionen und erhabenen dramatischen Schwung angezogen werden;
gleichwie eine edle Lautensaite anklingt und Antwort gibt, sobald
eine gleichartige auf demselben Ton gestimmt und von einer geistigen
Hand gerührt wird, welche den Geist des Unmuths selbst aus einem

den griechischen Namen der Schauspieler ὑποκριταί geißelte
er derb den frömmelnden Mummenschanz und die Splitter=
richterei der theaterfeindlichen Kanzelkomödianten und ver=
wahrte sich zum Schluß gegen die von ihnen zu Hilfe
gerufene Polizei. Er gab dem „Amphiktyonenrath der
freien Niederlande" zu bedenken, ob es nicht besser wäre,
„Bühnenspiel und Bühnentanz durch allgemeinen Raths=
beschluß überall abzuschaffen und das Theater mit dia=
mantnem Riegelschloß, von Vulkan, dem Waffenschmied
der Götter, geschmiedet, auf ewig zu schließen und zu ver=
siegeln".

Trotz der „Niederländischen Freiheit" und seiner andern
guten Gründe erwirkte Vondel keine Zurücknahme des Ver=
bots. Der Kirchenrath hatte aber auch jetzt noch keine
Ruhe. „Dieweilen die Tragödi von Joost vanden Vondel
ghenannt Lucifars Trauerspiel Im Druck öffentlich zum
Verkauf aushängt, in welcher viele Schändliche Dinge ver=
faßt sind", resolvirte er am 12. Februar, es solle an
Bürgermeister und Rath ein neues Gesuch gestellt werden,
„es möge Jhro Achtbarkeiten belieben durch Jhro Autorität
die gemeldete Tragödi zu beschlagnahmen und das Verkaufen
Selbiger zu verbieten". Die zwei Abgeordneten Dr. Ruley
und Dr. Langhely brachten am 19. den Bescheid, daß die
Bürgermeister ꝛc. „im Anfang einige Difficultät hatten,
sagende, daß die Leute nur um so begieriger sein würden,
dasselbige zu kaufen". Die Brüder stimmten hiermit nicht
überein und „bewiesen das große Unheil, das daraus sollte
entstehen können und daß hier pericula (!) in mora wäre".

besessenen und verstockten Saul auszutreiben vermag." Männer wie
Petavius und Avancinus haben solche Schuldramen geschrieben, und
Jünglinge, wie der sel. Joh. Berchmans, nahmen an solchen Auf=
führungen Theil.

All ihrer Beredsamkeit ungeachtet konnten die Ehrwürdigen für diesmal nicht mehr vom Stadtrath herausbekommen. Die Versammlung vernahm dieß mit „großer Betrübniß" und beschloß, „alle möglichen Mittel gegen dieses lästerliche Buch anzuwenden". Noch einmal erschienen dieselben Herren bei Bürgermeister und Rath und erlangten endlich am 26. Februar den Bescheid, daß — nicht etwa aus seitheriger Kenntnißnahme des Sachverhalts, sondern — „aus Respect vor dem Kirchenrath die obgemeldete Tragödi soll mit Beschlag belegt werden". Die Gesandten bedankten sich bei Bürgermeister und Rath mit all dem Dank, der sich für die Abwendung einer so großen Gefahr, wie die Lesung des „Lucifers" mit sich brächte, gebührte.

Doch es war zu spät. Die erste Auflage des Stückes (1000 Exemplare) war schon binnen einer Woche vergriffen, eine zweite im Druck, ehe die Prädicanten sie hindern konnten, und nun folgte Auflage nach Auflage: der Lucifer wurde eines der gelesensten und berühmtesten Gedichte der niederländischen Literatur.

Auf die Verunglimpfungen, welche er von den Kanzeln herab und durch zahlreiche Schmähgedichte erlitt, antwortete Vondel dießmal nicht im Tone volksthümlicher Satire, sondern in zwei Gedichten, welche seine geistige Ueberlegenheit im freien lyrischen Schwung und unbesieglicher Sangeslust zur Geltung bringen: „Orpheus' Tod" und „Der Sängerstreit zwischen Apollo und Pan". Der Reichthum an Reimen macht es unmöglich, das Metrum ohne Künstelei nachzunahmen; wir wollen aber doch versuchen, wenigstens den Inhalt und die frohe Laune des einen wieder zu geben. Orpheus ist Vondel selbst — sein Titanensang ist der Lucifer — der Wald voll Masten die Rhede von Amsterdam — und in den betrunkenen Bacchanten mochten sich

die wackeren Prädicanten wiedererkennen, die nach Trig=
landts Beispiel gerne in's Glas guckten.

Orpheus' Tod.

Als im dichten Mastenwalde
Orpheus in die Leier schlug,
Als aus seinem Mund erschallte
Süßen Liebes Frühlingsflug:

Folgten Himmel, Erd' und Wogen
Tanzend seines Spieles Klang,
Kam der Vögel Schaar geflogen,
Lauschte stumm das Wild dem Sang.

Blumen aller Farben weben
Sich in's dunkle Waldesgrün,
Ihm zum Teppich. Reines Leben,
Trotzt dem Neide froh und kühn!

Lorbeer kränzt die blonden Locken,
Wie er Göttern wird geweiht,
Reiner Wolle weiße Flocken
Wob die Mutter ihm zum Kleid.

Und so griff er in die Saiten
Mit des Plectrums Silberstab;
Sang von der Titanen Streiten,
Sang von der Titanen Grab.

Sang, wie stolz die Riesenrotte
Des Olympiers Schloß bestürmt,
Fels auf Fels mit frechem Spotte
In vermess'nem Trotz gethürmt.

Sang, wie sie den Widder züchten,
Thürme stürzten, Streich auf Streich,
Fackeln warfen, Götter schickten
In des Orkus finstres Reich.

Sang, wie in des Kampfes Wellen
Endlich Zeus den Blitzstrahl schwang
Und die trotzigen Rebellen
In der Hölle Kerker zwang.

Süß sang er. Die Töne flossen
Milch und Honig gleich vom Mund:
Los von ihren Wurzelsprossen,
Drängen sich die Bäume rund.

Flüsternd neigen mit den Zweigen
Sie den Lippen sich zum Kuß,
Und der Thierwelt bunter Reigen
Schaart sich um des Sängers Fuß.

Klagend, jubelnd seine Lieder
Singt im Busch die Nachtigall,
Tausend Vögel trillern wieder
Ihren süßen Freudenschall.

Fromm und freundlich zwischen Rosen
Wie ein Lamm der Löwe ruht,
Während traut die Tauben kosen;
Sänger steh'n in Gottes Hut.

Doch indeß der Macht des Sanges
Lauschend huldigt die Natur,
Wirren Blickes, schwanken Ganges
Zieh'n Bacchanten durch die Flur.

Seh'n den Sänger und zu Füßen
Alles ihm, was lebt und webt,
Hören den Gesang, den süßen,
Der den weiten Wald durchschwebt.

Aber Mißklang ihren Ohren
Ist's, was Fels und Baum entzückt,
Qual ist's den betrunk'nen Thoren,
Was die ganze Welt beglückt.

Brüllend, in gelösten Reihen,
Toll und voll und krank vom Wein,

Dringt die Schaar mit wildem Schreien
In den Kreis des Sängers ein.

„Welch' Gezirpe! Welch' Geklimper
Störet unsern Freudenzug?
Schweige doch, du armer Stümper!
Haben deines Sangs genug.

„Das ist einer von der Bande,
Die Apollo's Leier führt,
Die kein Weinlaub schmückt, o Schande!
Die kein voller Becher rührt,

„Die nur Anb'rer Freude stören,
Weil sie Freude nie gekannt.
Mögen Götter auch beschwören,
Daß Apoll' ihn Sohn genannt:

„Auf ihn! Schlagt den Menschen nieder!
Hauet ein! Es sei euch Lust!
Reißt ihm die verhaßten Lieder
Mit der Seele aus der Brust!"

Und die rasenden Mänaden
Stürmen auf den Sänger ein:
„Keine Schonung! Keine Gnade!"
Sausend hagelt Stein auf Stein

Es verstummt des Liedes Quelle,
Von dem spitzen Schaft durchbohrt;
Dunkel strömt die Purpurwelle,
Tod des Sängers Aug' umflort.

Bebend zucken seine Glieder,
Und die mächt'ge Brust sinkt ein,
Schweigend rollt die Leier nieder
Auf das kalte Felsgestein.

Charon mocht' er einst bezwingen
Mit des Liedes Zauberwort,
Pluto rühren, lebend bringen
In des Orkus tiefsten Hort;

Die Verlor'ne, die Entseelte,
Ach! Eurydice voll Schmerz
Mocht' er wieder als Vermählte
Drücken an sein liebend Herz;

Lamm und Leu mocht' er versöhnen,
Zähmen wilde Tigerbrut:
Bacchus' weinberauschte Söhne
Sänstigt keines Liebes Gluth.

Die zerriss'nen Glieder streuen
Tobend sie durch Wald und Feld:
Keines Todtenopfers freuen
Soll sich der besiegte Held.

Sieh! Da sinkt die frohe Laute
Und der liebterreiche Mund
Und der Silberstab, der traute,
In des Hebrus tiefsten Grund.

Doch kaum ist sein Lied verklungen,
Kaum die Finger starr und kalt,
Braust empor von tausend Zungen
Mächt'gen Trauersangs Gewalt.

Nymphen klagen und Dryaden
Weinend zum Olymp empor,
Fels und Wald und Haide laden
Sich zum dumpfen Trauerchor.

Starr die Götter steh'n beim Mahle
Durch den Wehruf aufgestört.
Bacchus rächt den Tod mit Qualen,
Die kein menschlich Ohr gehört.

Mit der Schaar der Pieriden
Steigt Apoll von seinen Höh'n,
Um im öden Thal hienieden
Seines Sohnes Grab zu seh'n.

Aus dem gold'nen Köcher treibt er
Einen Strahl von Sonnenlicht,

Auf die Wand des Felsens schreibt er
Trauernd dieses Grabgedicht:

„Gönnet Orpheus, meinem Sohne,
Gönnt ihm süßen Frieden hier;
Ihn schmückt mit der Sangeskrone,
Reiner Tugend Siegeszier."

Plectrum aber hing und Leier
Phöbus in des Himmels Raum,
Dort in nächtlich stiller Feier
Glänzen sie in Silberschaum,

Während froh im Laub der Geister
Orpheus' Geist den Reigen führt
Und, im Jubelsang ein Meister,
Freudig alle Herzen rührt.

Einsam auf des Meeres Fluthen
Treibt sein Haupt nach Lesbos' Strand,
Bringt den Freunden dort des Guten
Grauser Todesbotschaft Pfand.

Hinter ihm schießt eine Schlange
Züngelnd durch die See daher,
Lechzt, daß sie die Beute fange,
Peitscht in wildem Grimm das Meer:

Sieh'! Da strahlt vor ihrem Rachen
Gott·Apoll im Flammenschein,
Wandelt jäh den gier'gen Drachen
In ein Bild von Marmelstein.

Klaffend reckt das Ungeheuer
Heute noch sein Angesicht.
Zage nicht! Sein neidisch Feuer,
Drohen kann es, beißen nicht.

So überlebte es der Amsterdamer Orpheus mit gutem
Humor, daß das herrlichste seiner Dramen polizeilich von
der Bühne ausgeschlossen wurde. Um die Bühnenverwal-

tung für die großen Ausgaben zu entschädigen, welche die
Maschinerien zum Lucifer verursacht hatten, schrieb Vondel
zwei Jahre später (1656) den „Salmoneus", ein Stück,
wobei jene Maschinerien zur Anwendung kommen konnten
und das zugleich die Grundgedanken des Lucifers in mytho=
logischem Gewande wieder auf die Bühne brachte. Wie
Lucifer Gott gleich sein will, so will der König von Elis,
Salmoneus, sich an Jupiters Stelle setzen, baut sich ein
Heiligthum, läßt sein Bild verehren und will sich endlich
selbst in feierlichem Triumphfest als Höchster der Götter
anbeten lassen. Aber mitten in seiner Apotheose trifft ihn
der Blitz. Gegen Salmoneus und Jupiter konnten die
frommen „Gottesmänner" die Polizei nicht in's Feld rufen;
Vondel benützte aber die Gelegenheit, das Bühnenrecht noch
eindringlicher als früher zu vertheidigen.

12. Lebenswinter und Dichterfrühling.

Bis zum Jahre 1657 erfreute sich Vondel einer in zeit= licher Hinsicht günstigen Lage. Er stand pecuniär ganz unabhängig, war sogar bei einem ansehnlichen Wohlstand, ein geachteter Bürger, ein gefeierter Poet. Obwohl seine literarische Thätigkeit ihn nicht bereicherte, verschaffte sie doch seinem Namen Ansehen unter allen Ständen. Königin Christine von Schweden beschenkte ihn 1644 mit einer goldenen Kette. Die Amsterdamer Malergilde gab ihm zu Ehren am St. Lucastag (18. October) 1653 · ein großes Fest. An die hundert Maler, Dichter und Liebhaber ver= sammelten sich dazu auf St. Joris Doelen (Schützenplatz); einer der Maler verkleidete sich als Apollo, Vondel mußte sich auf einem erhöhten Thron an die Spitze der Tafel setzen und wurde von Apollo feierlich mit dem Lorbeer ge= krönt. Er verdiente solche Anerkennung um so mehr, je weniger er nach Ruhm und Gewinn trachtete. Wie die Sammlung seiner kleineren Gedichte ohne seine vorherige Zustimmung oder gar Initiative veranstaltet wurde, so gaben Freunde seine Uebersetzung der Oden und der Ars Poetica des Horaz ohne seine Zustimmung in die Druckerei, und er hörte erst davon, als das Manuscript schon im Druck war. Still und anspruchslos lebte er zu Hause seinen Studien, dichtete, übersetzte, schrieb Stücke für das Theater und ließ sich durch Lob und Anerkennung ebenso wenig aus dem Gleichgewicht bringen, als durch die ge=

11*

häſſigen Angriffe ſeiner Gegner und durch den ungünſtigen
Erfolg, den, ſeiner religiöſen Geſinnung halber, mehrere
ſeiner Dramen auf dem Theater hatten. Sein Hausweſen
führte die treue Tochter Anna, die „Klopjen" (Nönnchen)
war, d. h. durch das Gelübbe ewiger Jungfrauſchaft Gott
getraut, ihrem greiſen Vater aber mit der opferwilligſten
Hingebung als wackeres Hausmütterchen zur Seite ſtand.
Wie Königin Chriſtine und viele andere hohe Damen jener
Zeit, hatte die ſchlichte Amſterdamer Bürgerstochter tüchtige
Kenntniſſe im Lateiniſchen, ſo daß ſie nicht nur die Leiſtungen
ihres Vaters bewundern und bewundern hören, ſondern an
ſeinen Studien Antheil nehmen und dieſelben mitgenießen
konnte. Auch mit dem Sohne des Dichters, der die Kauf=
mannſchaft erlernt und das Geſchäft übernommen hatte,
ging es anfänglich gut — wenigſtens erträglich. Er hei=
rathete 1643 Aeltje Adriane van Bancken und wirthſchaftete
ſo, daß das Geſchäft nicht gerade zurückging. Aber voran
ging es auch nicht. Er war nicht der Mann dazu, wie
Brandt ſagt[1]. Leider ſtarb Adriane ſchon nach ein paar
Jahren in der Blüthe ihres Alters und hinterließ dem
jungen Wittwer drei Kinder. Im Jahre 1650 ging er
eine zweite Ehe ein mit der Wittwe Baartje Hooft aus
Amersfort[2]. Dieſe Ehe war das Unglück der ganzen Fa=

---

[1] Wir folgen hier hauptſächlich Brandt's Bericht, der im Weſent=
lichen verläßlich iſt und an den ſich die anderen Biographen an=
lehnen. J. A. Alberbingk=Thijm (Portretten, S. 105) nimmt an,
daß der „nüchterne, farbloſe, aber ehrliche Brandt" in Bezug auf
Jooſt den Jüngern hauptſächlich aus ſpäteren, retroſpectiven Klagen
des Vaters geſchöpft habe, deſſen Werke ſelbſt von 1650—1656 durch=
aus keine gedrückte Stimmung verriethen, der aber ſpäter die über ihn
hereingebrochene Kataſtrophe ſchmerzlicher empfunden zu haben ſcheine.
[2] Aus einem katholiſch gebliebenen Zweige der Familie Hooft.

milie und führte über den bereits betagten Dichter eine
Katastrophe herein, wie ihm eine schmerzlichere kaum hätte
zu Theil werden können. Denn nun begann im Hause
seines Sohnes eine leichtsinnige Mißwirthschaft, welche den=
selben in Schulden stürzte, so daß der Bankbruch vor der
Thüre stand. Vergebens setzte der greise Vater sein eigenes
Vermögen ein, um, wenn möglich, diese Schande von den
Seinigen abzuwenden. Vergebens reiste er nach Kopen=
hagen, um rückständige Schuldforderungen seines Sohnes
einzutreiben. Es blieb nichts übrig, als denselben nach
Ostindien auswandern zu lassen, woher der Vater nie mehr
etwas über ihn vernahm. Wahrscheinlich starb er auf der
Reise. Der tiefe Schmerz, welchen Vondel über alle diese
Unglücksschläge empfand, durchklingt erschütternd das ganze
Trauerspiel: „David in der Verbannung", welches er
1660 dichtete. Klagend ruft er als „David" aus:

> „Wo bist du, Absalom? Wo liegt die schöne Leiche?
> Wo anders denn, als in des Vaters Herz?"

Doch nicht bloß sein ehrlicher Name war durch den
unwürdigen Sohn in Schande gebracht, auch sein eigenes
Vermögen — von 40000 Gulden, das seine frühere Wohl=
habenheit als eine sehr beträchtliche erscheinen läßt — war
dahingerafft, der reiche, angesehene Bürger als siebenzig=
jähriger Greis nahezu an den Bettelstab gebracht.

Seine Freunde, vor Allem sein Neffe Hans de Wolf,
wandten sich für ihn an Anna van Hoorn, die Frau eines
der regierenden Bürgermeister, Cornelis van Blooswijk.
Durch die Fürsprache dieser edeln Frau erhielt der ver=
armte, greise Dichter 1658 eine Anstellung an der Amster=
damer Leihbank mit einem Jahrgehalt von 650 Gulden.
Als Gehilfe des Buchhalters konnte der Fürst der nieder=

ländischen Literatur nun Tag für Tag von seiner ärmlichen Wohnung zu dem entlegenen Vorburgwall gehen, um dort die Pfänder einzuschreiben und entblößten Hauptes den Herren des Comptoirs zu Diensten zu stehen. Erst nach zehn Jahren versetzte man den achtzigjährigen Beamten in die Reihe der Emeriti und gab ihm eine kärgliche Pension.

Ein an die Güter dieser Erde und ihr Glück hinge= gebener Geist hätte einen solchen Schicksalswechsel wohl kaum ertragen. Er hätte darunter zusammenbrechen müssen. Vondel bestand den harten Schlag mit einem Muth, mit einer Seelengröße, ja mit einem Frohmuth und einer Geistes= frische, zu der man in der Literaturgeschichte kaum ein ana= loges Beispiel findet. In dieser Zeit, wo er größtentheils als Beamter auf dem Pfandhause von Amsterdam arbeitete, vom 70. bis zum 85. Lebensjahre, schrieb er nicht bloß etwa eine reichhaltige Sammlung von Lyrica, Epigrammen, Gelegenheitsgedichten, sondern übersetzte metrisch in classi= sches Niederdeutsch eine ganze Reihe von Stücken lateinischer und griechischer Classiker, verfaßte ein Epos, drei umfang= reiche Lehrgedichte und dichtete zehn Trauerspiele, — eine Fruchtbarkeit, die fürwahr einem Dichter in den günstigsten Jahren, unter den glücklichsten Lebensverhältnissen Ehre machen würde, geschweige denn einem Greise, der, aus der unabhängigen Muße eines langen, glücklichen Lebens durch die schmerzlichsten Familienereignisse in traurige Ab= hängigkeit versetzt, mit den Sorgen einer kümmerlichen Existenz zu kämpfen hat. Die Arbeitsamkeit dieses Greises müßte unser Erstaunen und unsere Theilnahme erwecken, wenn seine dichterischen Leistungen auch dem Feuer und der Kraft seiner Jugend nicht mehr entsprächen, wenn sie über eine bescheidene Mittelmäßigkeit nicht mehr hinausreichten.

Doch das ist nicht der Fall. Die Dichtungen dieser seiner letzten Periode reihen sich würdig denen seiner Mannes= jahre an. Das Unglück hat die schöpferische Gluth seiner Seele nicht zu ersticken vermocht. Der Frühlingshauch jugendlicher Kraft begleitet ihn bis an die Schwelle des Grabes.

13. Jephte. Samson. David in der Verbannung. David wieder auf dem Thron. Adonias. Die Batavischen Brüder. Phaëton. Adam. Zungchin.

So anziehend es wäre, dem Dichter in dieser letzten Zeit Jahr für Jahr zu folgen und im Anschluß an seine kleineren Dichtungen gleichsam die ganze Zeitgeschichte mitzuleben, so würde das doch zu weit führen. Wir müssen uns begnügen, das Hauptsächliche in einigen Umrissen andeutungsweise zu skizziren. Das sieht man schon aus den Namen seiner Stücke, daß dieser Greis nicht mit dürren Fingern in alten Entwürfen, Plänen, Fragmenten herumkramt, daß er nicht elegisch der Vergangenheit nachdämmert, sondern Jahr für Jahr noch neue, ganz neue Arbeiten übernimmt. Fast jedes dieser Jahre bringt ein, zwei oder sogar mehrere größere Werke, von sehr verschiedenem Inhalt und von mannigfaltiger Form.

Zunächst nun ein Wort von seinen Tragödien. In der äußern Architektur derselben ist ein Fortschritt nicht zu erkennen. Vondel hing mit der größten Gewissenhaftigkeit an der aristotelischen Norm, suchte sie tiefer zu erfassen und besser zum Ausdruck zu bringen, dachte aber gar nicht daran, neue, freiere Formen zu schaffen, Fesseln zu sprengen oder gar die bunteste Willkür zum Gesetz zu erheben. Daß er alle Mittel besessen hätte, ein modernes Drama zu Stande zu bringen, Menschenkenntniß, Leidenschaft, glühende Phantasie, gewaltige Erfindungsgabe, Leichtigkeit des Dialogs,

Reichthum und Meisterschaft der Sprache, Fülle und Schärfe der Charakteristik, tiefe Auffassung des Tragischen und lebendiges Erfassen des Menschenlebens, das wird Jeder zugeben müssen, der nicht irgend einem übelwollenden Kritiker nachredet, sondern die Stücke Vondels selbst aufmerksam prüft. Aber sich frei seinem Dichtergenius zu überlassen, hielt er nun einmal für eine Sünde, zum wenigsten für keine Kunst. Wer darum das Kind mit dem Bad ausschütten und ihm dramatische und dramaturgische Bedeutung absprechen will, der mag das thun: das braucht jedenfalls keine Kunst. Gewiß ist, daß Vondel in dieser Periode die Fehler der sogen. Stücke des Seneca durchschaut hat, sich deßhalb dem Sophokles und Euripides zuwandte und vor Allem den Erstern in der Ausführung seiner dramatischen Stoffe nachzuahmen suchte. Hat er nun auch Sophokles nicht in Allem erreicht, so hat er doch dem biblischen Drama eine Fassung gegeben, welche der einfachen Größe, Kraft und Harmonie der alten Tragödie sehr nahe kommt und im lyrischen Schwung der Chöre sie vielfach erreicht. Was die Handlung betrifft, so haben die meisten Tragödien Vondels mehr Handlung und Leben, als z. B. der „Oedipus auf Kolonos"; der Dialog ist dem ruhig getragenen der antiken Tragödie nachgebildet und die Charakterzeichnung so reich und mannigfaltig, so kräftig und, wo es sein soll, leidenschaftlich, daß sie allein hinreicht, Vondel als einen bedeutenden Tragiker zu legitimiren. Wie bei den Alten, namentlich Euripides, sind die Reden mitunter etwas lang und werden dem ausschließlichen Freunde des „Modernen" nicht zusagen; aber sie sind nicht um ihretwillen da, sondern um der Charakteristik und der Handlung willen, dramatisch gedacht und ausgeführt.

Ueber die einzelnen Stücke dürfen wir uns um so kürzer

fassen, da der biblische Stoff ja Jedermann bekannt ist und Vondel sich mit ängstlicher Gewissenhaftigkeit, ja fast mit Scrupulosität an dasjenige hielt, was die heilige Schrift darüber bot. Nur innerhalb der von ihr gegebenen Anhaltspunkte erlaubte er sich freie Fiction, so daß sein Verdienst wesentlich darin liegt, nicht über biblische Stoffe willkürlich phantasirt, sondern die tragischen Gestalten der inspirirten Bücher ganz im Sinn und Geist derselben erfaßt, durchdrungen und dramatisch ausgeführt zu haben. Seine Patriarchen, Richter, Könige und Helden sind nicht erträumte „Bühnenfiguren", es sind die Gestalten der Bibel, die, gleichsam wieder lebendig geworden, aus den heiligen Büchern heraustreten und ihr Leben noch einmal vor uns leben. Sie verwässern die Bibel nicht, sondern sie machen es fühlbar, welche Fülle von Poesie, welche Tragik, welches dramatische Leben keimartig in dem kurzen Bericht der heiligen Bücher enthalten ist.

So ist im „Jephte" (1659) die furchtbare Collision zwischen Vaterliebe und religiös-geheiligter Vaterlandsliebe, die im Stoffe selbst lag, mit dramatischer Meisterschaft ausgeführt. Der leidenschaftlich voreilige, in Freude und unsäglichem Schmerz heldenhafte Vater; die von der höchsten Freude in namenloses Herzeleid gestürzte Mutter; die dem Opfer sich willig darbietende edle Tochter; der treue Hofmeister, der mit weltlichem Rath die Katastrophe aufzuhalten versucht; der Priester und der Gesetzeslehrer, welche ebenfalls fruchtlos die schreckliche Pflichtencollision theologisch zu lösen oder praktisch zu mildern versuchen; der Chor, der die ganze Stufenleiter der Affecte in dem erschütternden Familiendrama mitjubelnd, mittrauernd, rathend, helfend, betend, tröstend wiederspiegelt — all diese einfachen Elemente gestalten sich zu einem ergreifenden, künstlerisch harmonischen

Ganzen. Als Versmaß hat Vondel hier zum ersten Mal, nach Ronsards Rath, den fünffüßigen Jambus gewählt — als kräftiger und erhabener [1] — zu nicht geringem Vortheil der Sprache wie der ganzen Dichtung [2].

Waltet im „Jephte" ein Hauch der tiefsten Wehmuth vor, so blitzt im „Samson" (1660) dagegen die Kraft des Dichters in erschütternder Leidenschaftlichkeit auf. Die Handlung ist reicher, als der Stoff erwarten läßt, die Sprache von hinreißender Gewalt.

Im „König David in der Verbannung" führt Vondel die Palastrevolution Absaloms aus bis zu des Letzteren Einzug in Jerusalem. „König David wieder auf dem Thron" (hergsteld) (im selben Jahre 1660 gedichtet) führt die Geschichte weiter bis zu Absaloms Tod. Das erste Stück ist von dem tiefen Herzeleid durchwaltet, das Vondel an seinem eigenen Sohne erfahren; im zweiten spiegelt sich nicht undeutlich die Freude, welche er über die Rückkehr der Stuarts auf den englischen Königsthron empfand.

Das Trauerspiel „Abonias" (1661) knüpft inhaltlich an die beiden davidischen Dramen an. David ist todt. Abonias, sein Sohn, will das Scepter an sich reißen, das David auf Gottes Geheiß dem jüngeren Sohne Salomon hinterlassen. Unter dem Scheine, um die Hand Abisags,

---

[1] „Naardien de edele heer Ronsard, de vorst der Fransche dichteren, deze dichtmaat hoogdravender oordeelt, en beter van zenuwen voorzien en gesteven dan d'Alexandrijnsche, van twaalf en dertien lettergrepen, die, zoo veel langer, naar zijn oordeel f l a u w e r vallen en meer op ongebonde rede trekken." Werken. Ed. v. Vloten. II. 838.

[2] S. die treffliche Uebersetzung von Ferd. Grimmelt. Münster, Russel. 1869.

der Wittwe Davids, für ihn zu werben, bringen seine Anhänger in die Stadt. Der Hohepriester Abiathar und der
Feldherr Joab unterstützen ihn. Salomon wird indeß recht-
zeitig des Complotts gewahr und überwältigt den unrecht-
mäßigen Prätendenten, der, wie Joab, seinen Verrath mit
dem Tode büßt. Vondel zeichnet solche Revolutionäre, gekrönte und ungekrönte, so gut und mit so wenig Sympathie
für ihre Ränke, daß er von den Freunden der Revolution
auf immer wenig Gegenliebe erwarten darf. Herrlich ist
die zart-lyrische Scene, in welcher Abisag die Freierschaft
des Abonias von sich weist; ergreifend die Klage Joabs
nach erfolgter Katastrophe.

„Die Batavischen Brüder oder Unterdrückte
Freiheit" (1662) sind einer kurzen Andeutung des Tacitus entnommen. Zwei Batavier, Julius Paulus und
Claudius Civilis (Vondel nennt ihn Niklaas Burgerhart),
beide aus königlichem Geblüte, übertrafen weit alle Anderen.
Fontejus Capito, der römische Statthalter, nahm Julius
unter dem Vorwande rebellischer Gelüste das Leben und
sandte Burgerhart gefesselt an Nero. Das Stück spielt
in Oud Leger (Castra vetera), unfern dem heutigen Xanten.
Der dritte Act schließt mit einem herrlichen Rheinlied.
Andere Chöre bewegen sich in dem Kampfe zwischen Römern
und Germanen. Wie schon die angewandten deutschen Namen zeigen, suchte Vondel aus dem Tacitus heraus zu
einem urgermanischen Zeitcolorit zu gelangen, was ihm
aber nicht völlig gelungen ist. Während Walburg und
Heldewijn die „Buschnonne" Walba anrufen, flehen die
anderen batavischen Frauen zum Hercules.

Im „Phaëton" (1663) dramatisirte Vondel die gleich-
namige Fabel aus Ovids Metamorphosen, mit deren Uebersetzung er vielleicht damals schon begann. Das Stück ist,

wie er selbst bemerkt, „nicht einfach, d. h. durchweg im
selben Tone gehalten, sondern ungleich im Ton. Freude
und Trauer stechen scharf von einander ab. Die Leidenschaften, Liebe und Zorn, Hoffnung und Verzweiflung,
wühlen und tosen heftig durch die gegenseitige Blutsver-
wandtschaft von Eltern und Kindern, durch die von Erbe,
Himmel und Meer gelittene Noth und den schrecklichen
Uebergang von Glück in Unglück, fähig, auch unerschütter-
lichen Gemüthern Schrecken und Mitleid einzuflößen" [1].

Viel bedeutender ist die im folgenden Jahre gedichtete
Tragödie „Adam oder aller Trauerspiele Trauerspiel", eine ganz freie Umdichtung des lateinischen Adam
exul des Hugo Grotius, aber viel reicher, lebendiger und
poetischer, als ihr Vorbild [2]. Prachtvoll sind vor Allem
die Chöre, von denen der erste das Sechstagewerk, der
zweite das Glück der ursprünglichen Gerechtigkeit in maje-
stätischer Weise beschreibt. Sie lassen den Faustprolog im
Himmel, an welchen sie erinnern, an Erhabenheit und einfach großartigem Schwung hinter sich zurück. Der Aufbau der Tragödie gleicht in seiner Einfachheit dem der
anderen Mysteriendramen. Act I zeichnet Lucifers Plan
und die Morgenandacht des ersten Menschenpaares, Act II

---

[1] Ob Vondel in diesem Spiele auf die Geschichte der Reformation anspielen wollte oder auf Ludwig XIV. von Frankreich, ist
nicht genugsam aufgehellt. Daß Vondel solche Anspielungen liebte,
ist sicher.

[2] Eine Parallele der beiden Stücke gibt van Lennep. X. 424 ff.
Vondel hat nicht nur die Zahl der handelnden Personen (Satan,
Adam, Eva und Engel) um die drei Erzengel Gabriel, Michael und
Raphael, zwei Dämonen, Asmodus und Belial, und den Gerichts-
engel Uriel vermehrt, sondern auch die Handlung viel freier und
dramatischer entwickelt.

ben Besuch der drei Erzengel im Paradies und die Ver=
fündigung des göttlichen Gebotes, Act III die Verschwörung
der Dämonen gegen die Menschheit, Act IV die Verführung
und den Sündenfall, Act V endlich die Reue nach dem
Fall und das göttliche Strafgericht. Das lyrische Element
wiegt weit mehr vor, als im Lucifer; ganze Scenen, wie
z. B. der Dialog zwischen Belial und Eva (Act IV), sind
in jenen gereimten Strophen gedichtet, durch welche Vondel
auch sonst die Rhythmen des antifen Chores zu ersetzen sucht.
Wie den Lucifer, so darf man auch dieses Mysteriendrama
denjenigen Calderons wohlgemuth zur Seite stellen, und
die vielen Parallelstellen zu Miltons Verlorenem Paradies
werden durch Vergleich mit diesem nicht verdunkelt. Milton
ist conciser, aber an Erhabenheit und Schwung steht ihm
Vondel nicht nach.

Als Probe mag der Dialog zwischen Belial und Eva
hier eine Stelle finden:

Belial.

Heil, o Braut dir! fünft'ger Zeiten
Mutter, Heil am Brautfest dir!
Mög in Lieb' euch treu behüten,
Der in Lieb vereint euch hier.
Ros' und Lilie blühen schöner
Unter beines Fußes Spur;
Schönste Blume du der Blumen,
Höchste Zierde der Natur,
Höchstes Wunder du der Schöpfung!
Jede Schönheit muß vor dir
Weichen und bald wirst du strahlen,
In noch schön'rer Siegeszier!

Eva.

Horch! Was tönet nah und näher
Aus der Blätter Dickicht mir?

Wer sucht mich mit solcher Liebe?
Bist ein Mensch du? Bist du Thier?
Komm hervor, zeig dich, laß wissen,
Wer mir bringt den Minnegruß,
Ob du schwebst in Himmelshöhe,
Ob die Erde tritt dein Fuß.
Bist du Sonne, steige nieder,
Leuchtend aus dem Wolkenflor,
Bist ein Mensch du, komme frei nur
Aus dem dunkeln Busch hervor.

Belial.

Ein Geschöpf, Genosse deines
Gatten bin ich, schöne Maid.
Menschenzunge, Menschensprache
Ward verlieh'n mir als Geschmeid.
Während stumm die andern Wesen
Nicht versteh'n der Rede Laut,
Bin ich, ob auch tiefer stehend,
Klein und niedrig, euch vertraut,
Und ich lieb' der Menschen Umgang;
Gönn' mir d'rum als Freudetheil,
Daß die Schlange dir zu Füßen
Liebend wünsche Glück und Heil.
Traute Störche freundlich nisten
Rund um euch im hohen Baum,
Der Delphin erhebt sich rauschend
Aus der Wellen salz'gem Schaum,
Ein verborgen heimlich Sehnen
Zieht unwiderstehlich mild
Ihn in eure liebe Nähe,
Hin zum schönsten Frauenbild.
Wie die Vögel euch umschweben,
Wie zum Strand der Delphin ringt
Und mit seinen Flossen schlagend
Seinen Freudengruß euch bringt,
So die wilde Antilope,

Hat von Fern sie dich erschaut,
Eilt zu dir, die Unbezähmte,
Schmiegt an deinen Schooß sich traut
Die sich keinem gibt gefangen,
Ruht vom nimmermüden Lauf,
Blickt voll Liebe, schmeichelnd, kosend,
Zu der Maid, der reinen, auf.

Eva.

Was soll dieses Lob der Thiere?

Belial.

Daß du nimmer thöricht scheust,
Die dich ehren, die dich lieben
Daß du unser dich erfreust.
Nicht um deine Liebe werb' ich,
Nur um Gunst. Du bist es werth,
Reichbegabte, himmlisch Schöne,
Daß mein armer Dienst dich ehrt.
Dir zum Wohl nur hab' ich heute
Dich an diesem Baum gesucht,
Dran der Weisheit Schätze reifen,
Allen Wissens süße Frucht.

Eva.

Schweige, hüte dich, zu locken,
Mich nach diesem süßen Obst,
Das der Herr mir hat verboten,
Das vergeblich du mir lobst.
Denn Gott sprach: Von allen Bäumen
Mögt ihr essen in der Rund',
Doch die Frucht vom Baum des Wissens
Nicht verkoste euer Mund.
An dem Tag, da ihr vermessen
Greift nach ihr, wird Angst und Noth
Euch und euern Samen treffen,
Und der Sünde folgt der Tod.

Belial.

Ist das wahr? Der Mächt'ge, Weise,
Ewig Gute gönnt euch nicht,
Was für euch er hat geschaffen
Hier in Edens Wonnelicht?

Eva.

Viele Früchte dürfen pflücken
Wir; doch göttliches Gebot
Wehrt uns diesen. Sollen holen
Wir an seiner Frucht den Tod?

Belial.

Liebes Täubchen! Diese Satzung
Hat nicht Recht, nicht Sinn, nicht Grund.
Zeigt die Gottheit sich so neidisch,
Glaubst du ihrem schnöden Mund?
Schenke, trautes Kind, ich bitt' dich,
Meinem guten Rath dein Ohr,
Schau' den Baum und seine Blätter,
Draus die Weisheit keimt hervor.
Kürze nicht der jungen Tage
Frohe Lust, laß froh dir sein;
Gott und deines Herzens Wonne
Sind dasselbe, beides dein.
Gift quillt nicht in diesen Aepfeln,
Auf der Zunge schmilzt ihr Saft,
Sie verleihen Himmelswonne,
Ew'gen Lebens Jugendkraft.
Da du sollst als Braut dich freuen.
Wer verbietet dir die Lust?
Da die Engel um dich jubeln,
Wer schnürt ein die frohe Brust?
Wer wagt um der Liebe Träume
Enge Grenzen dir zu zieh'n?
Selbst dieß Obst auf deinen Lippen
Schmilzt in süßer Liebe hin.

Eva.

Soll ich diesem Baum entraffen
Mir der Sünde Qual und Schmach?

Belial.

Gott hat Böses nicht geschaffen,
Wie schleicht Furcht und Angst dir nach?
Aberglauben! Nicht besudeln
Kann die Seele Trank noch Speis'.
Laß das Klagen, pflücke muthig,
Nütze deinen Vortheil weis'.

Eva.

Der du wagst mich anzulocken,
Sag' mir erst, warum verbot
Gott den Baum uns? Warum bringen
Seine Früchte uns den Tod?
Warum hat der Herr des Gartens
Uns an Leib und Seel' bedroht?
Schlummert unter schönen Farben
Nicht Verderben, Gift und Tod?

Belial.

Gutes Täubchen, schenk' mir Glauben,
Du stirbst nicht, auf meinen Eid.
Nimm, was Aug und Mund bezaubert:
Nicht wird dir gescheh'n ein Leid,
Und den Grund will ich dir sagen,
Daß dieß Obst verboten dir. . . .

Eva.

Dieß Geheimniß laß mich hören,
Gottes Rathschluß lüfte mir.

Belial.

Würden alle diese Blätter
Ohren, nun, es werde laut.
Zwar verboten ist's, zu melden,
Was geheim uns Gott vertraut.
Doch, soll's auch mein Leben gelten,
Dir soll's werden offenbar,
Nur bewahr' die selt'ne Kunde
Stürze mich nicht in Gefahr
Neid nur ist's, was euch der Früchte
Allerschönste hat versagt,
Auf daß euren blinden Augen
Nie das Licht der Weisheit tagt,
Daß du nicht wie eine Göttin
Dringst in des Verstandes Reich,
Daß du nicht durch Wissensfülle
Gott an Einsicht würdest gleich.
Unter dieser Aepfel Schalen
Wohnt die wunderbare Kraft,
Die das Gute trennt vom Bösen,
Die zum Gott dich selber schafft.
Greife zu, eh' Jemand lauert,
Komm', ich schüttle, sel'ges Loos!
Müh'los fällt der Güter Fülle
Dir, die Gottheit, in den Schooß.
Wie, du seufzest? Wie, du bangest?
Sieh' des Apfels gold'ne Pracht!
Willst du dir die Lust versagen,
Die dir einbringt Göttermacht?

Eva.

Edler Baum! Wie darf ich's wagen,
Dir zu rauben deine Frucht?
Bist so schön, so reich, daß sehnend,
Bebend meine Hand dich sucht.
Voller Apfel! Gold und Purpur

Strahlen von dir lieblich aus:
Kann ein Wurm in dir sich bergen?
Wär' bei dir der Tod zu Haus?
Nein! Ich muß die Lust genießen,
Muß erfreu'n mich deiner Huld.
Nur ein Biß, was kann das schaden?
Unschuld nur ist solche Schuld.
Wohl, ich pflücke. Habe Nachsicht,
Schöpfer, wenn mir Unheil droht.
Halb ist schon die That begangen — —
Welche Wangen, voll und roth!

Belial.

Schöne Maid! Nun öffne deine
Rosenlippen. Fröhlich drein!
Noch verlegen? Ei, versuch' nur,
Himmelssegen harret dein.
Sieh', da kommt schon hergewandelt
Dein Geliebter froh entzückt.
Wenn du ihm zum Mahle bietest
Diesen Apfel, frisch gepflückt,
Wie kann er's der Braut versagen,
Zu verkosten, was sie beut?
Lockt die Frucht nicht, muß er kosten,
Was sein Lieb ihm liebend weiht.

„Zungchin oder der Untergang der chinesischen Herrschaft" (1666) ist das einzige Drama, in
welchem Vondel seinen Stoff der ihm unmittelbar nahe-
liegenden Zeitgeschichte entnahm. Es ist der Sturz der
Ming-Dynastie und die Einnahme Pekings durch die Mand-
schus im Jahre 1644 — ein Seitenstück zum „Verwüsteten
Jerusalem" und zum „Gijsbrecht van Aemstel". Großartige Tragik läßt sich dem Stoffe nicht absprechen.
Tschung-tsching — ein an sich wohlgesinnter, aber schwacher
Regent, Erbe einer jahrhundert-alten Macht und Herrlich-

keit, Beherrscher eines halben Welttheils, durch Reichs-
wirren und innere Rebellion den Angriffen einer barbari-
schen Kriegerhorde fast wehrlos preisgegeben, nach und
nach von Allen verrathen, von seiner eigenen Leibwache
verlassen, sich nur durch stoischen Selbstmord schmachvoller
Gefangenschaft entziehend — der Kaiserpalast in Flammen,
Peking in Blut schwimmend, das ganze Reich aus den
Fugen — die christliche Mission nur gegen alle Hoffnung
gerettet und das Anbrechen einer besseren Zeit verkündigend
— das war eine Katastrophe, die einen christlichen Dramatiker anregen mußte und zum wenigsten der Handlung
einen großartigen Hintergrund, zur dramatischen Verwick-
lung reiche Anknüpfungspunkte bot[1]. Was Vondel aber
noch mehr dazu hinzog, das war seine glühende Begeisterung
für die christliche Glaubensverbreitung, sein Interesse an
den Geschicken und Arbeiten der Gesellschaft Jesu und vorab
an deren großem deutschen Glaubensboten Adam Schall,
dessen Name bezeichnend auf der Personenliste obenan steht
als „Adam Schal, Agrippijner (Kölner), Overste der
priesteren van de Sociëteit"[2]. Die großen tragischen
Motive in moderner Weise auszuführen, ward der Dichter
durch die strenge altclassische Form gehindert, an der er
nun einmal unverbrüchlich festhielt. An poetischen Schönheiten fehlt es übrigens dem Stücke nicht — und wer es
als das nimmt, was es ist, ein „katholisches Missionsdrama", d. h. als ein von Liebe zum katholischen Missions-
werk eingegebenes, dramatisches Gedicht; wer sich dabei in

---

[1] Vergl. „Die katholischen Missionen", 1878, S. 122 123.

[2] Vondel widmete das Drama dem adeligen Herrn Cornelius
von Nobelaer, dem Vater der beiden Jesuiten-Patres Daniel und
Heinrich. Cfr. H. J. Allard, Vondels Gedichten op de Sociëteit
van Jesus, p. 25. 26.

die Anschauungen und Gefühle des edlen Convertiten hinein-
versetzt: der wird es gewiß heute noch nicht ohne Genuß
lesen.

Den dramatischen Leistungen dieser letzten Jahre ist
endlich noch der „Oedipus Tyrannos" beizuzählen, welchen
Vondel 1660, und die „Iphigenie auf Tauris", welche er
1666 metrisch bearbeitete.

----

14. Johannes der Bußgesandte. Unterricht über die heilige Dreifaltigkeit. Betrachtungen über Gott und Religion. Die Herrlichkeit der Kirche.

Wenn schon in den Mysteriendramen und in den „Altars=geheimnissen" Vondels theologische Tiefe und Erhabenheit vielfach an Dante erinnern, so ist dieß noch mehr der Fall in den drei weiteren religiösen Lehrgedichten, welche er in dieser letzten Epoche seines Lebens verfaßte. Er zeigt sich da als einen eminent theologischen Dichter, vielleicht nächst Dante und Calderon als einen der größten, welche das katholische Dogma verherrlicht haben. Die erstaunliche All=seitigkeit, Kraft und Jugendfrische seines Geistes tritt hier noch merkwürdiger zu Tage. Er arbeitet nicht nur un=ermüdlich weiter für die von ihm begründete Bühne; er lebt nicht nur in seiner Lyrik das ganze Leben der neuen Generation mit, in welcher er als ein vereinsamter Greis steht; er übersetzt nicht nur, gleich als finge er eben an, Sophokles, Euripides, Ovid; er singt nicht nur, politisirt, jubelt, trauert, spielt, scherzt, kämpft, ringt wie früher — er liest auch Philosophen und Theologen und gewinnt noch im höchsten Alter den abstractesten Untersuchungen Blüthen der Poesie ab. Das Einzige, was ihn in der Neugestal=tung der Dinge grämt, ist der immer mehr um sich greifende Abfall vom guten, alten, christlichen Glauben und der elende materialistische Hauch, der bereits als Vorbote des

nächsten Jahrhunderts durch die Welt geht. Doch auch
dadurch läßt er sich nicht entmuthigen. Er setzt sich nicht
auf die Trümmer des einstürzenden Glaubensbewußtseins,
um in Pietistenton trübselig zu lamentiren. Er stellt sich
muthig vor das Bestehende, kämpft dafür und reagirt
jugendkräftig gegen das Schlechte. Sein Christenthum, seine
Grundsätze stehen nicht auf dem wankenden Boden des Pro=
testantismus, auf dem langsam Alles zerbröckelt und Ein=
sturz droht, sie stehen auf dem Grunde des Felsens, den
Gott selbst in die stürmenden Wogen gesetzt. Mit freudi=
gem, zuversichtlichem Siegesgefühl stellt er dem elend umher=
zweifelnden Unglauben die Sicherheit und Harmonie des
Glaubens, der nächtlichen Welt des Atheismus die „Herr=
lichkeiten der Kirche" entgegen. Mit mächtiger, gesunder
Lunge erwehrt er sich der übelduftenden Miasmen, die von
überall schon auf die Gesellschaft eindringen, und trinkt
Alpenluft aus den unversieglichen Quellen göttlicher Wahrheit.

Den Grundton seiner poetischen Weltanschauung gibt
das liebliche Gedicht auf den Tod seiner Nichte Maria van
den Vondel (1663):

> „An dieses Pilgerlebens Rand ·
> Beginnt das Leben, das nicht endet,
> Gott und den Engeln wohlbekannt,
> Verklärten Geistern nur gespendet.

> „Dort thronet Gott im Fürstenzelt,
> Um das sich alle Sonnen kränzen,
> Der Schönheit Born, das Licht der Welt —
> Allüberall und ohne Grenzen.

> „Zu dieser Sonne, ewig hell,
> Die nimmer müd wird, Licht zu spenden,
> Die aller andern Sonnen Quell,
> · Sich sehnend alle Augen wenden.

„Was tropfenweis Geschaff'nes beut,
Quillt dort in unermess'nen Fluthen,
In Schönheit, Macht und Herrlichkeit,
Ein Meer, ein Springquell alles Guten.

„Was jener Quelle einst entsprang,
Irrt hier verwaist, verbannt durch's Leben,
Muß hier in ungestilltem Drang
Zurück, empor zur Heimath streben." [1]

Zu den religiösen Manifesten, welche dieser tiefen, kraft=
vollen Gottesliebe entsprangen, ist das Hauptwerk des Jah=
res 1662 zu rechnen, „Johannes der Bußgesandte", eine
Epopöe in sechs Büchern, dem damaligen Großmeister des
Johanniterordens, Johann Moritz von Nassau, dedicirt.
Der große Vorläufer des Herrn war bekanntlich einer der
beliebtesten Volksheiligen des Mittelalters. Wie viele Kirchen
und Klöster waren ihm geweiht, wie viele Leute, hoch und
niedrig, trugen seinen Namen! Je lebendiger der Glaube
an die Menschwerdung noch das ganze Volksleben durch=
glühte, desto mehr nahm der Vorbote des Erlösers an der
Ehre dieses seines Herrn und Meisters Theil. In diesem
kindlich frommen Sinne hat Vondel das Leben des „Buß=
gesandten" aufgefaßt und nach den vom heiligen Evangelium
gebotenen Anhaltspunkten und der Legende weiter ausge=
führt. In der äußern Form und Anlage aber folgte er
jener des altclassischen Epos, wie es Tasso in seinem „Be=
freiten Jerusalem" nachgebildet hatte. Mehr diese schul=
gerechte Form, als der schlichte, fromme Erzählungston
erinnert an Klopstock. Doch ging der niederdeutsche, katho=
lische „Johannes" dem hochdeutschen, protestantischen „Mes=
sias" um ein volles Jahrhundert voraus [2].

---

[1] Vergl. Dante, Paradiso. I. 103.
[2] J. M. Schrant (ber die Epopöe, Leyden 1840, mit Anmerkungen

Nach der Anrufung, welche an die heiligen Engel und
an die fromme Nichte des Dichters im Clarissenkloster zu
Brüssel gerichtet ist, zeichnet Vondel erst die Weltlage
hienieden und steigt dann auf in den Himmel, um gleichsam
vom Standpunkte Gottes dieselbe noch besser zu beleuchten.
Gabriel wird von Gott gesandt, Johannes aus der Wüste
zu holen und an sein Werk zu rufen[1]. Er führt seinen
Auftrag aus und Johannes bereitet sich sofort zum Antritt
seiner Sendung. Die Kunde davon verbreitet sich durch
einen anderen Himmelsboten im ganzen Lande. Der San-
hedrin geräth in große Bewegung. Ein Gespräch zwischen
Nikodemus und Joseph von Arimathäa zeichnet die Gemüths-
verfassung derjenigen, welche gläubig den Messias erwarten.
Alles Volk, Alt und Jung, Gerechte und Sünder, Phari-
säer und Soldaten, strömen gen Quarantana, um Johannes
zu hören. Das II. Buch gibt die Predigt des Johannes,
nicht die strenge Bußpredigt an die einzelnen Stände, sondern eine großartige Rundschau über die gesammte Heilsökonomie des alten Bundes, dessen Vorbilder und Prophe-
zeiungen jetzt verwirklicht werden sollen. Die Stunde der
Erfüllung hat geschlagen und der letzte der Propheten wendet
sich an seine Zuhörer, um sie zum Messias zu führen. Das

---

versehen, neu herausgab) gesteht, „daß man auf schwache Stellen,
Beispiele von falscher Auffassung, kleine Unebenheiten, Wiederholungen,
Plattheiten, Härten, Ungenauigkeiten" u. s. w. stößt, meint aber doch,
daß das Gedicht einen anständigen Platz unter des Dichters Werken
einnehme und nicht verdiene, in Bausch und Bogen verworfen zu
werden. Vergl. be Gids 1842. p. 551. — J. W. B. van Sint-
Mariengraat (J. W. Brouwers) hat darnach jüngst ein Drama
gedichtet: Joannes Baptista. Haarlem, Kuppers. 1880.

[1] Die Sendung des Engels ist aus Tasso's „Befreitem Jerusalem"
(Cant. I. Str. 7, 11—16) entlehnt, sei es, daß Vondel selbst übersetzt oder Tesselschade Roemers Uebersetzung benützt hat.

III. Buch schildert dann die Thätigkeit am Jordan — Buß=
predigt und Taufe. Nach feierlichem Beschluß im Schooße
der heiligsten Dreifaltigkeit geht auch Jesus an den Jordan.
Dann folgt die Taufe und die Verherrlichung Christi.
Johannes führt Christus die ersten Jünger zu. IV. Buch.
Nun entbrennt der Zorn der Hölle. Lucifer sendet Apollion
aus, der in einem Traum Kaiphas auffordert, für das Heil
der Synagoge zu wachen, und Herodes, für seine Krone
Vorsorge zu treffen. Johannes wird an den Hof des Vier=
fürsten gerufen, hält seine Strafrede und wird in den Ker=
ker geworfen. V. Buch. Vom Kerker aus sendet Johannes
seine Jünger an Christus. Die Tochter der Herodias for=
dert das Haupt des Johannes, und dieser wird enthauptet.
VI. Buch. Malchus, ein Jünger des Johannes, bestattet
den Leib des Martyrers, während die Seele desselben in
den Limbus fährt. Hier ist eine Beschreibung der ganzen
Unterwelt eingeflochten, erst der Hölle, dann der Vorhölle.
Adam erst, dann alle Patriarchen und Propheten des alten
Bundes kommen, Johannes zu begrüßen; zuletzt der alte
Simeon und Anna, Zacharias und Elisabeth. Unter Freude-
thränen fällt er ihnen um den Hals, und mit diesem ge=
müthlichen Wiedersehen schließt die Epopöe:

> Aldus werd d'ommegang gesloten in het end.   .

Nun aber die Lehrgedichte! Der geneigte Leser wird
hoffentlich gegen diese Dichtungsart nicht eingenommen sein.
Ist im Grunde doch die Divina Commedia vorwiegend ein
großartig angelegtes Lehrgedicht, und welchen Einfluß hat
die Ars poetica des Horaz auf die Literatur der meisten
Völker ausgeübt! Nicht umsonst hat der feinfühlige Boileau
sie in Frankreich, der melodische, zarte Metastasio sie in
Italien, der wild leidenschaftliche Byron sie in England,

der gemüthliche Vondel sie in Holland eingebürgert. In ihren wenigen hundert Versen ist vielleicht mehr Poesie ent= halten, als in Hunderten von Romanbänden neuerer Zeit.

Vondel hatte schon in den „Altarsgeheimnissen" einen glücklichen Versuch gemacht, auch theologische Stoffe in dieser Art zu behandeln. Er wandte sie nun wieder an, als er mit tiefem Schmerze sah, wie Unglaube und Zweifelsucht bereits an den Grundgeheimnissen des Christenthums rüttel= ten, ja die Grundlagen aller Religiosität untergruben, wäh= rend der Protestantismus, in der Negation befangen, noch immer unversöhnlich die katholische Kirche befeindete.

Das erste dieser Lehrgedichte: „Unterricht über das Fun= damentaldogma der heiligen Dreifaltigkeit" (Onderwijs van het geloofshoofdpunt der H. Drie-eenigheid) ist gegen den Socinianismus gerichtet. Das Gerippe der Dichtung ist im Grunde nur eine einfache, schlichte Katechese, in welcher das erhabene Grunddogma des Christenthums nach der ge= wöhnlichen Erklärungsweise der Theologen auseinandergesetzt wird; aber in ihrer frischen, mittheilsamen Lebendigkeit, in der anmuthigen Ausführung der angezogenen Bilder und Vergleiche, in der begeisterten Glaubenstiefe und Andacht, welche den ganzen Unterricht durchweht, und in der künst= lerischen Verbindung dieser Elemente ist der Unterricht nicht bloße Katechese mehr, sondern wirklich Poesie. Ergreifend schildert Vondel am Schluß die unter seinen Zeitgenossen immer mehr um sich greifende „Aufklärung", das Aufgehen des Protestantismus in Arianismus und völligen Un= glauben,

> „Welcher keine Gottheit mehr
> Ehrt in Christus, unserm Hirten,
> Ihn gleich andern Menschenkindern
> Wähnt vom Vater und von Mutter

In gemeiner Art gezeugt,
Nicht durch Wunder aus der Jungfrau,
Die Gott selbst in Windeln hüllte.
Und schon läßt der Läugner Schwarm
An dem Herd der Alchymisten
Gottes reines Wort in Asche,
Nebel, Rauch und Dunst verfliegen "

Gegen diese materialistische Richtung des Zeitgeistes wandte
Vondel (1661) das zweite Lehrgedicht [1], welches den Titel
führte: Bespiegelingen van God en Godsdienst, d. h.
„Betrachtungen über Gott und Religion, gegen die Atheisten,
die Läugner der Gottheit und der göttlichen Vorsehung" —
der entschlossene, wohlmotivirte, aber zugleich liebevolle und
dichterische Fehdebrief des greisen Dichters an den damals
schon üppig aufkeimenden „modernen" Geist des Materialis-
mus, des Zweifels und Unglaubens. Wie uns aus den
Schriften Spinoza's, der jenen Geist in Amsterdam begrün-
den half, der moderne Unglaube systematisch concentrirt, im
Gewande mathematischer Demonstration, kahl und kalt, voll
ungelöster Räthsel und Widersprüche und ebenso voll Haß
gegen das Christenthum, stolz und anmaßend entgegengrinst,
so umkleidet sich in diesem Lehrgedichte Vondels die tiefe,
scharfe, folgerichtige Theodicee der alten Scholastiker mit den
schönsten Blüthenkränzen der Poesie und weist in herz-
gewinnender Klarheit und Wärme nach, wie Vernunft und
Geschichte, Natur und Menschheit ebendenselben persönlichen
Gott bezeugen, dessen heiligen Namen jedes Christenkind
zuerst von treuen Mutterlippen vernimmt, dessen Anbetung
das Glück des Einzelnen und das wahre Heil der Nationen

---

[1] Hartzheim (Bibl. Coloniensis, 340) irrt, wo er behauptet
(nach Foppens, Bibl. Belgica), daß es erst nach Vondels Tode
herauskam.

begründet. Vondel hat diese gründliche, kerngesunde Philo=
sophie nicht nur mit dem Verstande, sondern auch mit dem
Herzen studirt und entwickelt sie weit beredter und phantasie=
voller, als später Cardinal Polignac in seinem Anti=Lucre=
tius. In der Gesammtanlage des Gedichtes läßt der Dichter
allerdings die Phantasie nicht vorwalten, und das ist ein
unbedingter Vortheil, da ohne klare logische Disposition
nothwendig ein phantastisches Durcheinander entstehen müßte.
Die Theilung ist so einfach, als sie sein kann. Im I. Buch
führt Vondel den Beweis der Existenz Gottes, im II. schil=
dert er die Attribute und Eigenschaften, im III. die Werke
Gottes. Das IV. Buch begründet Existenz und Tragweite
der Religion überhaupt, das V. endlich die Existenz und
Verpflichtung der übernatürlich geoffenbarten Religion, des
Christenthums [1]. Wir haben einen wohldurchdachten und
gutgegliederten Abriß der Religionsphilosophie vor uns.
Auch in der Ausführung schreckt Vondel nicht davor zurück,
die abstracten Beweise einfach und nüchtern einzuflechten,
als festes Gerippe und Stützpunkt für die anderen Beweise,
in denen er seine reiche Naturanschauung, sein tiefes Gefühl
und den Zauber der Poesie entfalten kann. So reiht er
z. B. zwischen den anschaulichen Gottesbeweis aus der Welt=
bewegung und den noch poetischeren aus der Weltschönheit
und Weltordnung auch den trockenen Beweis aus der Exi=
stenz der zufälligen Wesen (contingentia):

> „Alle Wesen, bie bu mir zeigst, sind entweder beschlossen
> In bem Kreise ber Zeit ober behnen barüber sich enblos
> Weit in's Ewige aus, nach vorwärts und rückwärts unenblich.

[1] S. Näheres über dieses Lehrgedicht in der interessanten Mono=
graphie des Dominicaners P. de Groot, Vondel in zijne bespiegel-
lingen. Amsterdam, van Langenhuyzen, 1870.

Jene sind zufäll'ger Natur, nothwendig das And're.
Das zufällige Wesen kann sein, kann aber auch nicht sein,
Das nothwendige hat von Natur, so scharf du's betrachtest,
Nichts Zufälliges an sich; sonst widerspräch' es sich selber
Von Natur; das Gesetz der Vernunft kann Solches nicht leiden.
Ungereimt nun klingt's, daß ein zufälliges Wesen,
Das erst wird und dessen Natur selbst deutlich bekundet,
Daß es begonnen einmal, soll aus sich selber beginnen.
Soll Vernunft nun gewinnen das Feld, so mußt du nothwendig
Schließen, daß ein nothwendiges Wesen vor Allen bestehe,
Welches ewig ist, von welchem die Reihe der Dinge
Anfang nahm in der Zeit: dieß urnothwendige Wesen,
Das ist Gott, und umsonst suchst höher empor du zu bringen!"

Wo indeß der Stoff es erlaubt, wie in dem Gottes=
beweis aus der Weltordnung, aus der Weltbewegung, aus
dem Consens des Menschengeschlechts, da läßt der Dichter
seinem Gefühle freien Lauf und gestaltet den philosophischen
Gehalt durch reichen Bilderschmuck und kühnen Schwung
zum poetischen Ganzen. So reichen sich auch Philosoph
und Dichter die Hand in dem kraftvollen Epilog, der wie
ein Mahnwort besserer Tage in unsere düstere, glaubenslose
Zeit hineinklingt:

„Auf die Erde beschränkt, stützt sich auf irdische Macht nur
Aus sich selber der Staat, und schwingt sich zum Gipfel der
                      Ehre.
Aber die Religion stützt ihn mit göttlichem Anseh'n
Tief im Gewissen, wohin die Macht des Schwertes nicht hin=
                      bringt.
Wo drum die Gottheit man läugnet, besteht nicht Recht mehr, nicht
                      Ordnung,
Tugend, noch Religion: denn all das gründet auf Gott sich.
Irr auf tobender See, treibt ohne Segel und Steuer
Dann die schwankende Welt. Kein Zaum hält mehr den Tyrannen,
Keine Gewalt mehr bezwingt die stürmischen Mächte des Aufruhrs.
Rundum wüthet das Meer und wälzt die entfesselten Wogen

Braubend in kochenbem Gischt, wohin die Orkane sie treiben.
Stürze die Religion, den Glauben: was bleibt noch bestehen?
Denn es wankt das Gesetz. Nicht Lib, nicht Wehre, nicht Waffen
Schirmen uns mehr; sie bändigen nicht den entarteten Wilden,
Welcher, bürstend nach Raub, Verschwörung brütet bei Tage,
Nachts zum dunkeln Verrath hinschleicht, und jegliche Schandthat
Tückisch begeht, die zu schauen nicht wagt den Schimmer der Sonne.
Also frevelt am Heile des Staats der Läugner der Gottheit.

Aber auch wenn er, wie Macchiavell, zum Heile des Staates
Heuchelnd sein Sinnen verbirgt und bem leicht zu betrügenben Volke
Lobt die Religion durch feile, gemiethete Boten,
Straflos treibt er sein Spiel nicht mit der göttlichen Wahrheit;
Denn er frevelt an Gott und schändet die Ehre des Höchsten!
Nicht als tobten Popanz hat Gott die Lehre des Kreuzes
Unter die Völker gepflanzt; nein, alle will er an sich zieh'n
Durch den gekreuzigten Sohn! Sein Dienst, mit göttlichem Blute
Dort am Kreuze geweiht, im Meer der bittersten Qualen
Ewig besiegelt mit flammenber Gluth unsterblicher Liebe,
Welche getilgt uns're Schuld — er trotzet bem Spotte, und nie wird
Menschliche Philosophie ben Glanz des Kreuzes besiegen.
Aergerniß sei es bem Juden, bem Griechen gelt' es als Thorheit,
Göttliche Weisheit und Kraft strahlt in ihm Allen, die gläubig
Hoffen, im ewigen Licht einst ihren Erlöser zu schauen.

Selig der Mann, ber auf stürmischer See, zwischen Klippen und
Bänken
Irrend durch Jammer und Noth, umtost von der schäumenben
Brandung,
Endlich ben Hafen erreicht, ben stillen, der göttlichen Lehre,
Friedlich landet bei Gott, dem Heil, der Heimath des Menschen,
Wo Unsterblichkeit blüht. wo alles Böse entschwunden.
Dorthin wünschet mein Sang, dorthin euch Alle zu leiten
Aus des Meeres Gefahr, aus Sturmeswogen und Schiffbruch:
Drum auf Gottes Altar weiht Gott ihn betend der Sänger." —

Das dritte Lehrgedicht: „Die Herrlichkeit der Kirche"
(1663), ist in getragenerem und feierlicherem Tone gehalten,

als die früheren Lehrgedichte, und nähert sich vielfach dem
Tone einer begeisterten Hymne. Das I. Buch, Ingang
überschrieben, schildert das Vorbild der Kirche in der ge=
sammten Einrichtung des alten Bundes; das II., der
Opgang, beschreibt die Gründung der Kirche durch Christus,
ihre Eröffnung am ersten Pfingsttag, ihre ersten Kämpfe
und Siege; das III., Voortgang, entwickelt in großen
Zügen die weitere Kirchengeschichte, den Kampf mit dem
Heidenthum, den Häresien, den Persern, der feindlichen Ge=
walt der Völkerwanderung, mit dem Islam und dem morgen=
ländischen Schisma. Hier bricht dann das historische Bild
ab, um die innere Wesenheit, Größe und Schönheit der
Kirche hervortreten zu lassen. Eine Vision führt hinüber
in die Herrlichkeit der Vollendung, in das himmlische Jeru=
salem. Entzückt aus diesem seligen Anschauen zurückkehrend,
betrauert der begeisterte Sänger der einen wahren, heiligen,
katholischen und apostolischen Kirche das traurige Loos sei=
ner getrennten, irrenden Brüder!

> „Wie irrt ihr, ohne Haupt und Opfer und Altar
> Und giltig Priesterthum, durch öde Wüste!
> Wo hält die Sucht nach Trennung endlich ein,
> Und bringt nicht weiter? Wildsang ist das Lied,
> Das man von Zweig zu Zweige singen hört.
> Am eig'nen Sang schöpft Jeder nur Gefallen,
> Auf Maß und Regel horchet Keiner mehr.
> Es mischen falsche Noten, Bastarfklänge
> Sich in das reine Lied. Das schlichte Volk
> Läßt durch der Mischung Zauber sich verlocken,
> Da es von Gottes Wort und Satzung hört.“

Innig fleht er am Schluß zum Erlöser, daß er die Irren=
den zu seinem heiligen Berge zurückführen möge: ut omnes
unum!

12**

„Vereinige Du wieder die Zerstreuten
Von Ost und Westen — Alle sind ja Dein!
Versammle sie in Deiner trauten Hürde,
Laß einen Hirten, eine Heerde sein,
Laß Alle, welche Zwietracht scheu vertrieben,
Eins sein in Dir, Dich kennen und Dich lieben!"

15. Noe, oder der Untergang der ersten Welt.

Als Greis von 80 Jahren schrieb Vondel 1667 seine letzte Tragödie, merkwürdig dadurch, daß sie die letzte ist und zugleich die Reihe seiner biblischen Dramen höchst bedeutsam abschließt. Lucifer, Adam und Noe bilden nämlich eine Art Trilogie, welche der Dichter selbst als den Höhepunkt seiner dramatischen Arbeiten aufgefaßt zu haben scheint, und welche wirklich objectiv die drei größten Katastrophen der Urwelt — den Fall der Engel, den Fall des ersten Menschenpaares und den Fall der ersten menschlichen Gesellschaft — nach ihrem innern pragmatischen Zusammenhang dichterisch miteinander verbindet. Von seinem Stolz in's Verderben gestürzt, zieht der gefallene Engel neidisch auch die ersten Menschen in seinen Fall; was der Ungehorsam dieser noch verschont, reißt die Wollust in den Untergang. Das ist das Ursystem der Sünde, die Urtragik der Menschengeschichte, von der alle übrige Tragik bedingt ist. Statt des antiken Schicksals tritt hier die göttliche Providenz ein, welche die frevelhafte Durchkreuzung ihrer liebevollen, weisen Pläne unnachsichtig rächt, aber auch aus dem Bösen wieder Gutes zu gestalten weiß, statt des gegen dunkles Verhängniß ankämpfenden Menschenwillens die rebellische Gewalt der Sünde, die den creatürlichen Willen in Widerspruch mit dem göttlichen Gesetze bringt. Das Dunkel, das in dem antiken Mythos über der Gottheit waltet, geht hier in der Tragik des Christenthums auf die menschliche Willens=

freiheit über: wir stehen vor dem Geheimniß der Sünde,
die anscheinend klein, gering, unter dem Schein des Guten
verlockend, in der That als Rebellion gegen Gott die größte
Bosheit in sich birgt, den Keim der Zerstörung, des Schmer-
zes, des Untergangs, gleichsam alle zeitlichen Katastrophen
und die letzte größte Schlußkatastrophe im Leben des Einzelnen, wie in dem der Völker und der Menschheit in sich
trägt.

Die Verbindung zwischen den ersten beiden Stücken knüpft
Lucifer, mit dessen strategischem Plane die Tragödie „Adam"
beginnt, die Verbindung dieses letzten mit den zwei ersten
Apollion, derselbe lüsterne Geist, der im „Lucifer" das Paradies beschreibt und in seinem niedrigen Neide gegen den
Menschen gleichsam das Princip der Wollust verkörpert,
während im Lucifer selbst der Stolz hervortritt. Der Schauplatz des Stückes ist in dem Monolog Apollions selbst in
einigen Zügen gezeichnet. Es ist eine Lichtung im Cedernwald, am Fuß der Riesenburg am Kaukasus, vorne das
Meer mit Noe's Werft — Alles gigantisch, urweltlich —
Wald, Meer, Burg und Schiff. Hier, an der Grenze von
Meer und Land, spielt sich die ganze Handlung ab; denn
die Einheit der Zeit ist fest innegehalten. An demselben
Tag, in dessen Morgendämmerung das Stück beginnt, bricht
noch die Fluth herein. Die Verwickelung besteht wesentlich
darin, daß Gott durch Noe noch den letzten Versuch macht,
die sündige Menschheit zu retten.

I. Act. Apollion, der Geist der Nacht, steigt aus der
Dämmerung hervor. Vor ihm steht die Arche, das Werk
hundertjähriger Arbeit, das Rettungsboot, das der Höchste
erbarmend und langmüthig für die sinkende Menschheit bereit hält, dessen Anblick sie dem drohenden Strafgericht noch
entziehen soll. Der finstere Dämon möchte sie gern mit

seiner Pechfackel in Brand stecken. Schon oft hat er die
heimtückische Brandstifterei versucht; aber Schaaren guter
Engel haben die Flamme abgewehrt. Er will sich nun
hier verbergen, um dem Lauf der Dinge zuzusehen. Was
seine Hoffnung aufrecht hält, das ist die marmorne Riesen=
burg, die drüben hoch über den Cedernwald emporragt.
Frauenlist wird dem Rathschlag Lucifers zu Hilfe kommen.
Die Augen der schönen Kainstöchter werden den allgemeinen
Untergang herbeiführen, welchen die Brandfackeln der bösen
Geister nicht herbeiführen konnten. Der ganze Lustgarten
um den Königspalast des Ostens athmet Wollust.

> „Als einst des Himmels Zorn mit Schwert und Blitz
> Den ersten Vater trieb aus Edens Garten,
> Blieb von dem Fluche dieses Land verschont.
> Hier wächst und blüht, was Herz und Gaumen lüstet:
> Lustgärten, grüne Auen, Bäche, Quellen.
> Die Früchte träufeln vom Zweige in den Mund,
> Sie schmelzen auf der Zunge. Die Vögel singen.
> Tanz, Spiel und Festmahl dauert Tag für Tag.
> Es ist hier täglich Brautfest. Niemand fesselt
> Die Seelen an's Gesetz nach Henochs Vorbild.
> Nicht Vorschrift, nicht Verbot quält sie mit Zwang.
> Lust kürzt die Zeit. Göttinnen schaffen Götter.
> Dem Himmel trotzt das riesige Geschlecht.“

Stolz wie diese neuen Titanen hebt die Burg ihre Zin=
nen über den Wald empor. Von allen Enden der Erde,
vom Ganges und Indus, vom Euphrat und Tigris strömen
heute die Völker zu ihr, um der Krönung des Herrschers
Achiman und der Großfürstin Urania beizuwohnen und in
glänzendem Fest der Drohungen Gottes zu spotten.

Während Apollion das Alles beschreibt, naht Noe, der
greise Patriarch, an seinem Stabe, gebeugt, in Thränen
gebadet. Der Höllengeist verbirgt sich unter den Cedern.

Noe hält trauernd sein Morgengebet. Er weiß, es ist der letzte Morgen einer zum Untergang verurtheilten Welt.

„Da kommt das Morgenlicht gefahren,
Als Herold aus dem Gotteszelt.
Gott! willst du nicht die Menschheit sparen —
Zur letzten Reise weckt's die Welt.
Da liegen sie, in Schlaf versunken,
Und träumen ihren ersten Traum.
Wie können hoffen sie, da trunken
Ihr Herz umherschweift ohne Zaum?
Sie lauschen nicht auf meine Warnung,
Sie achten nicht auf meinen Schmerz.
Sie bäumen sich in Trotz und Frevel,
So hart wie Fels, so starr wie Erz.
Und doch, o Vater! kann's geschehen,
Gib Aufschub, Gnade, daß vielleicht
Die Irrenden dem Fluch entgehen,
Ihr Fuß der Rache noch entweicht.

— — — — —

Gedenk', wie sie durch ihren Ahnen
Verloren deines Segens Huld,
Und nun, getrennt von dir, auf irren Bahnen
Stürzen betäubt von Schuld in Schuld.
Erhöre, Vater, deinen Knecht!
Laß Gnade walten, nicht das starre Recht!"

Liebend folgt der Chor der Schutzengel dem erhabenen Greis, der vereinsamt in der entarteten Welt für sie betet und trauert:

„Laßt uns umschatten mit goldenen Schwingen
Liebend und schirmend den heiligen Greis.
Einzig sein Auge vermag noch zu bringen
Freudig und klar in des Göttlichen Kreis.
Scheu sich verbergend in dunkeln Revieren,
Fliehen die Andern das himmlische Licht,
Wenden von Gott sie gleich hungernden Thieren

> Gierig zum Boden ihr lüstern Gesicht.
> Schwindender Reize vergänglicher Reigen
> Treibt sie dem Mond gleich in flüchtigem Traum.
> Wild und verwirrt in entarteten Zweigen
> Kranket der Menschheit heiliger Baum."

Umsonst tröstete sich Eva an Seth, vergeblich suchte Henoch das Gute in der Menschheit wieder zur Geltung zu bringen. Seinen Klagen entsprechend, entrückte ihn Gott wohl der irdischen Pilgerschaft, aber der heilige Schmerz, der ihn betrübte, lebt fort in Noe, seinem Nachkommen, dessen Pfad mit Dornen besäet ist. Denn „es horchet keiner mehr auf Gott".

II. Act. Von Neugier und geheimer Unruhe getrieben, kommt Achiman, der Monarch des verkommenen Orients, an den Stapelplatz der Arche und erfrägt sich Aufschluß über das seltsame Fahrzeug, dessen Bau er theilnahmslos oder spottend nun schon hundert Jahre zugesehen. Der Baumeister, ein nüchterner Mann, gibt ihm Aufschluß über den Bau, seine Maße, seine Einrichtung. Alles ist bereits vollendet. Die Thiere sind schon drinnen und mit Allem versorgt. Wunderbar kamen sie alle von selbst paarweise zur Arche, noch wunderbarer vertragen sich alle wie einst im Paradies. Auf weitere Fragen schildert der Bauherr Noe's strenges Leben, seine Nachtwachen, seine Buße, sein Fasten, sein Gebet, seine Bußpredigt: wie trotz seines unbezweifelten Ernstes, seiner erschütternden Ueberzeugungskraft Niemand ihm glauben will, außer seiner Familie, in welcher selbst Cham, obwohl weniger gehorsam, sich doch im Zaume hält und sich mit einer Frau begnügt. Achiman bestreitet Noe's Auftreten mit Scheingründen. Wie bedenklich, daß Einer gegen Alle auftritt! Sollte nur Einer gerecht sein? Sollte sein Wort nicht endlich Auf-

ruhr stiften? Das beunruhigt ihn. Der Bauherr tröstet ihn:

> „Getrost! Ein Mann allein verändert nicht
> Den Lauf der Zeit, schreibt nicht Gesetze vor
> Den Mächtigen, die Königsherrschaft festigt."

Achiman, der sich bisher Noe's Reden entzogen, will
sie nun doch einmal hören. Noe erscheint, um seine letzte
Strafpredigt zu halten:

> „Ihr Völker! hört mich, wenn Prophetenwort
> Noch etwas gilt. Ich hab' nun hundert Jahre
> Den letzten Tag verkündet. Doch umsonst.
> Nun ist er da, der langverheiß'ne Tag.
> Sein Sonnenuntergang droht euch zu stürzen
> In ew'gen Fluches finst're Todesnacht,
> In eine Nacht, auf die kein Dämmerlicht,
> Auf die kein froher Morgen mehr erwacht.
> Mein Antlitz seht ihr heut' zum letzten Mal."

Lange genug hat der Bau der Arche zur Buße gemahnt.
Die Zeit der Rache hat endlich geschlagen. Der Patriarch
enthüllt den Quell der Frevel, in welche die Menschheit
sich verloren: es ist der rebellische Geist der Sünde, der
im Geschlechte des Brudermörders Kain fortlebt, der die
Herrschaft der Gewalt an die Stelle des Rechtes setzte, in
götzendienerischer Selbstsucht Besitz, Ruhm und Wollust
vergötterte; es ist die feige Sinnlichkeit, die auch die Nach=
kommen Seths erfaßt hat und sie zu Sklaven der Kains=
töchter erniedrigte:

> „Wacht auf! Verlaßt sie, eh' zu späte Reue
> Euch quält. Denn theuer steht euch ihre Liebe.
> Verlaßt die Buhlerinnen, eh' der Gottheit Zorn
> Sie mit euch stürzt in die grundlose Tiefe.
> Schon schlägt die Fluth den Boden dieser Werft."

Achiman entschuldigt sich wie die Wollüstlinge aller
Zeiten:

> „Soll unser Aug' der Schönheit sich verschließen?
> Natur schuf nichts umsonst. Sie schuf das Weib."

Noe antwortet:

> „Gott schuf ein Weib und traut' es einem Mann,
> Und also galt der reine Ehebund
> Von Adam bis auf Seth, so lang Furcht Gottes,
> So lang der Völker Ueberlieferung,
> Wie ein Gesetz, in's tiefste Herz gegraben,
> Zu Recht bestand, so lang des Himmels Licht
> Der Sünde Dunkel aus dem Herzen scheuchte."

Doch der Abfall vom Patriarchalglauben zog auch den
Abfall von der alten Sitte nach sich, und nun hat die
Sittenlosigkeit in den abstoßendsten Formen sich über die
Menschheit verbreitet und sie so entehrt, daß es Gott ge=
reut, den Menschen geschaffen zu haben.

Achiman macht gegen Noe's Warnruf die Sage geltend,
daß selbst unsterbliche Geister nach irdischer Wollust ver=
langt hätten; epikuräisch pocht er auf die Kürze des Lebens,
auf die Verwandtschaft des Menschen mit dem Thier und
fordert keck zum unbeschränkten Lebensgenuß auf. Der
Hofmeister ruft ihn zum Festgelage. Der Chor der Engel
betrauert den tiefen Fall des Menschen, feiert die Triumphe
des Menschengeistes in Jubals Erfindungen, beklagt seine
Ohnmacht im Kampfe des Fleisches wider den Geist.

III. Act. Obwohl von Noe's Rede anscheinend nicht
gerührt, geräth Achiman doch in Bestürzung, da der Oberste
seiner Hirten herbeieilt und die Kunde bringt, zwischen den
Hirten der Ebene und des Gebirges sei ein Kampf aus=
gebrochen, indem das Meer steige, die Ebene bereits unter

Wasser gesetzt und die Hirten genöthigt habe, in's Gebirge
zu fliehen. Ohnmächtig steht der mächtigste Herr der Erde
der entfesselten Naturgewalt gegenüber. Er fängt an, an
Noe's Wort zu glauben. Obwohl der Hofmeister dieser
frommen Anwandlung spottet, denkt er daran, Urania im
Stich zu lassen und sich in die Arche zu flüchten. Da erscheint Urania und wird von dem Höfling alsbald über
die ihr drohende Absage in Kenntniß gesetzt. Urania gehört zu den merkwürdigsten Frauenfiguren, die Vondel in
seinen Dramen gezeichnet. Man wird bei andern Dichtern
kaum eine Analogie dazu finden. Es ist die stolze Hetäre
der Titanenwelt, ausgestattet mit dem Zauber der noch
jugendlichen Menschheit, aber innerlich geknickt und vergiftet
von der Sünde, losgerissen von Gott und Glauben, Ueberlieferung und Sitte, gefesselt von den Ketten des Lasters,
durch das sie eine Art Weltherrschaft ausübt, frech wie ein
Titane und lüstern wie eine Buhlerin. An Trotz, Frechheit
und Unglauben ist sie dem weichlichen König weit voraus.
Während dieser beim ersten Steigen des Meeres zagt, verhöhnt sie seine Furcht und erklärt Alles für eine rein
natürliche Erscheinung:

„Wer die Natur der Dinge wohl erforscht,
Mag jeder Wirkung eine Ursach' finden.
Tausend Bewegungen umschlingt ein Band.
Wie unsern Leib der Adern Netz, durchströmt
In tausend Adern Wasser diese Erde
Der Sonne Gluth zieht dampfend es vom Meer;
Geballt zu Wolken, steigt's als Regen nieder.
Der Mond beherrscht die See und ihre Thiere;
Ebbe und Fluth bezeugen's, Krebs und Auster.
Anziehung und Abstoßung, von Natur
Den Wesen eingepflanzt, regiert das Weltall.
Laß Ignoranten nach den Wolken gaffen

Und beben vor blutrothen Wolkenpfeilen,
Schweifsternen, zuckender Blitze Widerschein
Und Donnerrollen. Kleine Kinder hält man
Mit solchen Schreckgespenstern wohl in Zucht
Doch wer Natur in ihren Werken kennt,
Weiß, wo sie anfängt, fortsetzt und vollendet.
Einst pflegtest unermüdlich der Geliebten
Du einzuschärfen, was du neu erforscht,
Riethst ihr, dem Rufe der Natur zu folgen
Und zu genießen ihre süße Lust:
Kein Mißklang störte dann die frohe Seele,
Kein Schmerz den Leib, wenn zwischen Wiege und Grab
Man frei genöße dieses Lebens Gaben.
So sprachest du und folgst dem Gaukler nun,
Den hundert Jahre schon ein Jeder auslacht.“

Ihre Philosophie verfängt nicht gegen die schrecken-
erregenden Erscheinungen. Aber wie sie mit Buhlerkunst die
Erinnerung früherer Tage wachruft, sinkt der schwankende,
weichliche Fürst besiegt wieder in ihre Netze. Jetzt tritt
Noe auf und richtet seine Mahnung auch an die Titanin.
Schroff stehen sich nun die Gegensätze gegenüber: Unglaube
und Gottesfurcht, Weltlust und Tugend, ein verkommenes
Geschlecht und der zweite Stammvater einer besseren Zukunft. So einfach die Zeichnung, so großartig ist sie. Hier
das stolze Titanenweib, umringt von der blumenbekränzten
Schaar ihrer Mädchen, dort der einsame Patriarch, gebeugt
am Stabe, der Herold des Weltuntergangs. Ernst und
gewaltig vertheidigt der ehrwürdige Greis das Naturgesetz,
die Einheit, Heiligkeit und Unauflöslichkeit der Ehe. Frech
und trotzig beschönigt die buhlerische Titanin den unum-
schränkten Lebensgenuß und die freie Liebe. Da sie Gründen keine Gründe entgegenzusetzen hat, spottet und schmäht
sie. Noe hält ihren Schmähungen die Schilderung der
schon begonnenen Katastrophe entgegen:

„Nicht Damm, nicht Deich, nicht Schleuse schützet mehr.
Der Vater sucht den Sohn, die Mutter ihren Säugling
Zu retten. Ach, zu spät! Ein Jammerschrei
Dröhnt schaurig durch der Wogen finst'res Rauschen.
Das Brautlied schweigt. Scherz, Jauchzen und Gelächter
Löst sich in eisigkalten Wehruf auf.
Todt starrt im Arm des Bräutigams die Braut.
Ein Schwarm von todesbleichen Schatten, klimmt
Der Menschheit letzter Rest auf zum Gebirge
Von Riff zu Riff, nach einem Zufluchtsort.
Doch zürnend bringt der weite Ocean
Den Leichenblassen nach — die Wogen schwellen —
Im Meer versinkt die höchste Bergeszinne
Und mit ihr Alles, was noch lebt auf Erden —
Ein Aufschrei noch — — und Todesstille rings" — · —

Auf Urania macht das Alles keinen Eindruck:

> „Den wackern Vogel scheuchet kein Popanz,
> Und keine leere Furcht beschleicht den Weisen.
> Singt, Mädchen, singt und tanzt im grünen Busch,
> Laßt euch nicht stören in des Brauttags Freuden."

Sie stimmt mit ihren Mädchen das „Schwanenlied" an:

> „Soll Alles versinken im Ocean?
>   Wo bleibt der Schwan?
>   Wo bleibt der Schwan?
> Der Schwan, der munt're Geselle der Fluth,
>   Stets am Küssen und Spielen;
>   Keine Wogen kühlen
>   Der Minne Gluth.

> ———

>   Froh pickt er die Eier,
>   Verachtet die Schreier,
>   Scheut keine Noth.
> Flügge Jungen schwimmen mit daher
>   Durch Strom und Meer,
>   Durch Strom und Meer.

Herrlich schwellt er im Wogenbraus,
　　Putzt sein Gefieder,
　　Zieht auf und nieder
　　　Sein Leben lang.
Sterbend fingt er sein fröhlich' Lied
　　Im Zuckerriet,
　　Im Zuckerriet,
Neckt spielend den Tod noch und kost
　　Und schlägt die Schwingen
　　Mit Jauchzen und Singen
　　　Und stirbt getrost.
Und sterbend sucht sein Gesicht
　　Noch einmal das Licht,
　　Noch einmal das Licht,
Den Brautschatz, von Natur ihm gelieh'n,
　　Allen gegeben,
　　Fröhlich zu leben —
　　　So fährt er dahin!"

IV. Act. In die eigene Familie Noe's ist die tolle
Weltlust gedrungen. Cham will nicht mit in die Arche
und verhöhnt diese in frivolster Weise. Erst auf des Vaters
eindringendste Zurede ergibt er sich darein, in das rettende
Gefängniß zu steigen. Die Fluth wächst. In tiefergreifen-
den Worten nimmt der Patriarch von der dem Untergang
geweihten Welt Abschied, schildert prophetisch ihr schreckliches
Loos und steigt dann in die Arche. Ein majestätisches
Chorlied fleht zu Gott um Schutz für die in die Arche ge-
flüchteten Pilger.

V. Act. Die Riesen, welche nach Uraniens Wunsch
das Schiff in Brand stecken sollten, bleiben aus. Ihre
Rachepläne wie ihr Fest sind vereitelt. Gewaltiger, immer
gewaltiger schwellen die Wogen an. Kein Fluchtversuch
verspricht mehr Rettung. Die Arche schwebt schon auf der
Todesfluth dahin. Verzweifelt ruft jetzt Urania den macht-

losen Fürsten, dann den Himmel selbst um Gnade an.
Uriel, der Engel des Gerichts, erscheint und verkündet des
lange verzögerten Strafgerichtes unnachsichtliche Vollstreckung:

> „Die Klage kommt zu spät.
> Fort, fort aus unserem Angesicht. Zu weit
> Seid auf des Fluches Pfade ihr gerathen.
> Nur Eines bleibt. Denkt an ein reuig' Sterben,
> Dann mögt ihr drüben Gnade noch erwerben.“

So hat der Dichter dem an sich ungünstigen Vorwurf
mehr dramatische Bewegung abgewonnen, als er auf den
ersten Blick zu bieten scheint. Der erhabene lyrische Schwung
leiht ihm eine Großartigkeit, die an Aeschylus erinnert.
Es ist kein abgelebter Greis, der hier die Eitelkeiten der
Welt verurtheilt. Die lebensvollen Gestalten des stolzen
Achiman, der lüsternen Urania, des frechen, genußsüchtigen
Cham bezeugen ein noch jugendliches Feuer der Phantasie.
Aber der Dichter seufzt nicht unter dem Joche der Leiden=
schaften, die er darstellt. Sein heller Mannesgeist hat
durch den Glauben sich emporgerafft über das tolle irdische
Treiben zu den Höhen der göttlichen Anschauung und Rath=
schlüsse. Von da aus verurtheilt er durch Noe's Mund
die glänzende Lüge der Sünde weniger als strenger Sitten=
richter, denn als theilnehmender, warnender, liebevoller
Freund, der Alle in die rettende Arche führen möchte. Ein
würdiger Abschied des 80jährigen Dichters von der Bühne,
der er einen so großen Theil seiner Thätigkeit geweiht.
Das Stück schließt mit den Worten: Soli Deo gloria.

16. Letzte Werke. Tod.

Während Vondel seine letzte Tragödie schrieb, brachte der Seekampf mit England den Waffen seiner Heimath neue Tage des Ruhmes. In der Seeschlacht von Dün= kirchen (1. Juni 1666) verloren die Engländer 23 Schiffe, 5000 Todte, 3000 Gefangene. Als die darauf begonnenen Unterhandlungen in Breda sich in die Länge zogen, fuhr der Admiral de Gent am 20. Juni des folgenden Jahres in die Themse hinauf und zerstörte das Schloß Sheerneß; de Ruyter folgte ihm mit der ganzen Flotte und drang bis Chatham. Verwirrung ergriff Londou. Der kühne Hand= streich, an welchem Cornelis de Witt persönlich Antheil genommen, führte Ende Juli 1667 den Frieden von Breda herbei. Mit der ganzen Begeisterung der Jugend folgte der achtzigjährige Dichter diesen Ereignissen und verherr= lichte sie in Liedern, welche das Feuer früherer Tage athmen: so die „Siegesfeier der freien Niederlande auf der Themse"; „Der Seelöwe auf der Themse"; „Der Friedens= pfeiler der freien Niederlande". Sie enthalten wohl An= klänge an Früheres, aber wieder in ganz neuer, lebendiger Form. Recht volksthümlich ist „Der Seelöwe auf der Themse", worin Vondel die Demüthigung Englands als eine gerechte Strafe des stolzen Absolutismus auffaßt, mit welchem Karl II. sich thatsächlich den kaum erlangten Thron wieder untergrub.

„Ich, der König aller Briten,
Bin so mächtig, groß und reich —

Keiner hat es mir bestritten --,
Gott im Himmel selber gleich,
Seh' aus ungestörten Höhen
Sich die Welten um mich drehen.

„Hin von Calais bis nach Dover
Uns're Meereskette hängt,
Daß kein Mast zum andern Ufer
Sich durch ihre Ringe drängt,
Unser donnerndes Metall
Brennt die ganze Erde fahl.

„Tausend Schätze aus dem vollen
Schooße beut uns Thetis an,
Seine Wasser muß verzollen
Uns Altvater Ocean,
Der Seegötter stolzem Chor
Schreiben wir ihr Seerecht vor.' —

„So sprach Karl in trotz'gem Grolle
Auf dem Thron, wo kurz zuvor —
Endet nie die Trauerrolle? —
Vater Karl den Kopf verlor.
Doch das Haus der Stuarts lehrt,
Wie sich rasch das Schicksal kehrt.

„Gott der Höchste, der zum Sinken
Bringt im Nu, was prunkt und pocht,
Der dem Frevler gibt zu trinken,
Was er Andern schlau gekocht,
Aus der Rache bittern Schalen,
Hörte des Vermess'nen Prahlen.

„Sieh! da rauscht der Staaten Flotte
Themsewärts nach Englands Strand,
Und die Kette wird zum Spotte,
Die der Brite dort gespannt,
Da der Leu von Holland brüllt,
Todesschreck die See erfüllt.

„Stahl reißt er wie Tuch in Fetzen,
Burgen schleift er längs dem Strand
Wer kann ihm sich widersetzen?
Schiffe setzt sein Blick in Brand,
Seines Feuerodems Kraft
Thürme in die Lüfte rafft.

„Karl, als du die stolzen Schiffe
Brennen sahst im eig'nen Nest,
Als mit einem kühnen Griffe
Fiel, dein Seeschloß, Nachbars Pest,
Meerbeherrscher, sag' es mir,
Wie war da zu Muthe dir?

„Rittert nun mit Hosenbändern!
Ruyter, Gent und Ruwart Witt
Sagen euch, was freien Ländern
Theilt den echten Adel mit:
Muth, den Mächtigen zu wehren,
Die nicht Gott, nicht Menschen ehren!"

Mit diesen feurigen Siegesliedern überschritt Vondel
die Schwelle jener Jahre, in welchen alle Thätigkeit zu
versiegen, das Leben selbst nur noch ein trauriger Nachhall
früherer Zeit, Verfall, Noth und Elend zu sein pflegt.
Er hielt auch jetzt noch aus. In dem hohen Alter eines
Euripides und Sophokles übersetzte er noch die Phönicie=
rinnen des einen, die Trachinierinnen des andern; statt zu
jammern und zu seufzen, statt zu sittenrichtern und sich in
seinen eigenen Werken zu spiegeln, freute er sich noch an
den Metamorphosen Ovids, bearbeitete sie mit froher
Lebendigkeit und mahnte die frommen Leser: „Niemand sei
denn im Lesen ängstlich ohne Noth, und das um so
weniger, als uns der heilige Altvater Augustin, diese
große Leuchte der katholischen Kirche, mahnt, die Schriften
der Heiden zur Zierat und zum Aufbau des Glaubens zu

gebrauchen." Noch sechs Jahre sang und dichtete er, wie
ehedem, verherrlichte die Patrioten seines Landes, mahnte
zum Türkenkrieg, feierte die Waffenthaten Koninghsmarcks
auf Candia, besang die Canonisation des hl. Franz von
Borgia (1671), betrauerte die beiden der Parteiwuth zum
Opfer gefallenen Brüder be Witt, jubelte noch über den
Sieg von Groningen (1672) und die Eroberungen von
Koevorden (1673). Seine letzten patriotischen Klänge galten
dem Unterabmiral Johann be Liesbe, der am 21. August
1673 in der Seeschlacht von Kijkduin fiel. Im folgen=
ben Jahre (1674), 87 Jahre alt, dichtete er seine
beiden letzten Hochzeitslieder auf die Vermählung seiner
verwittweten Verwandten Agnes Block mit Sybrant be
Flines. Der Gedanke an das ewige Brautfest im Himmel
klingt durch den innigfrommen Gruß, mit welchem er
seine beiden Verwandten zum Tische des Herrn labet,
um im heiligsten Sacrament die Bürgschaft zeitlichen Se=
gens und das Unterpfand einstigen vollen Glückes zu
holen [1]:

> „Zum Brautfest ruft das reine Lamm,
> Das aus dem Schooß des Vaters kam
> Und für die Menschen hat gelitten.
> Es brängt. Hört, Alle, seine Bitten!
> Der Bräutigam kommt: Macht Euch bereit!
> Zieht an das weiße Hochzeitskleid!
> Die treu sein harren, wird in Freuden
> Er zu dem hohen Fest geleiten.
> Kein Ohr, kein Auge nahm es wahr,
> Was hier an euch wird offenbar;

---

[1] So beutet J. A. Alberbingk=Thijm mit großer Wahrscheinlich=
keit bieses Gebicht (Portretten p. 221). Ganz sicher steht freilich
nicht fest, baß Braut und Bräutigam katholisch waren.

Kein sterblich Herz, kein Menschenwille
Umspannt der Güter Ueberfülle;
Ein ew'ges Paradies blüht hier,
Verborg'nes Manna beut es dir;
Hier klingen süße Harfenlieder
Den Chorgesang der Engel wieder.
Ihr Lieben, die heut' Gottes Hand
Zum heil'gen Ehebund verband,
Das ist mein Wunsch, er woll' euch geben
Die volle Freud' im andern Leben."

Das war Vondels letztes Lied; es gibt den Grund=
accord seiner Poesie: Freud und Leid dieser Erde durch den
Hinblick auf das ewige Brautfest zu heiligen.

Wie ernst und fleißig er bis in's höchste Alter hinein
auch für Reinheit und die selbständige Ausbildung der
Niederländischen Sprache thätig war, bezeugt eine Hand=
schrift aus seinem 84. Jahre, die bei Lennep 13 Seiten
klein Folio füllt. Dieselbe enthält eine lange Reihe sprach=
licher Fragen, die Arnold Moonen, Präbicant zu Deventer,
dem Dichter vorgelegt hatte. Durch Unterstreichen bezeichnete
er die Redensarten und Worte, die er guthieß; andere
strich er durch oder setzte seine Correctur daneben. So
billigte er z. B. die Uebersetzung Moonen's Het zitten für
„Das Sitzen Christi zur Rechten des Vaters", Verantwoor-
ding oder Verdadiging für Apologie, Losgelt oder Losprys
für Rantsoen; dagegen wollte er für Rechtvaardigmakinge
und Heiligmakinge lieber die einfacheren Worte Recht-
vaardiginge und Heiliginge u. s. w. [1]

Endlich begann aber auch dieser urkräftigen, gesunden
Natur die Kraft zu versiegen. Eigentliche Krankheit trat
nicht an ihn heran; aber die Körperwärme nahm ab, so

---

[1] Van Lennep. XII. 9—24.

daß er im Winter empfindlich litt. Die Aerzte verboten ihm gegen Ende des Jahres 1674 das Dichten, weil es ihn zu sehr anstrenge. Scherzend erbat er sich nur noch die Vergünstigung, seine Grabschrift machen zu dürfen. Er schrieb:

> „Hier leit Vondel, zonder rouw,
> Hy is gestorven van de kouw."

> „Hier liegt Vondel sonder Gram,
> Kälte ihm das Leben nahm."

An die Nachwelt stellte er keine Forderungen. Er rechnete darauf, selbst anderswo und ewig selig fortzuleben. Aus- gehen und Besuche machen konnte er nicht mehr, da ihn der Frost zwang, beständig am Feuerherd zu sitzen. Einige alte treue Freunde besuchten ihn da noch mitunter in seiner Einsamkeit, so der Jurist Plemp und dessen Bruder, Ger- hard Brandt, Jakob Leeuw, der Maler de Koning, der Dichter Antonides van der Goes und der Präbicant und Dichter Johann Vollenhove. Die beiden Letzteren bevorzugte er sehr und bezeichnete sie sogar als seine literarischen Söhne. Als er Vollenhove's „Triumph des Kreuzes" gelesen, soll er gesagt haben: „Es steckt ein großes Licht in diesem Mann, nur Schade, daß er ein Präbicant ist!" Im Gan- zen waren es fünf harte, einsame Jahre, die er noch zu leben hatte.

Ein harter Schlag traf ihn am 2. December 1675. Die treue Tochter Anna, die ihn bis dahin mit der hin- gebendsten Liebe verpflegt hatte, wurde dem 88jährigen Greis durch den Tod entrissen. Schon am 16. Juli hatte sie feierlich ihr Testament gemacht und darin Vorsorge für ihren Vater getroffen, indem sie ihm die Nutznießung ihres Vermögens zuwies, um ihm aber dieselbe für jeden Fall

zu sichern, zwei der angesehensten Katholiken Amster=
dams, Peter Bles, und falls dieser stürbe, den Advocaten
Gijsbert Plemp zu Erben einsetzte. Außerdem vermachte
sie an ihren Neffen Joost, den Sohn von Baertje Hooft,
und an dessen Descenbenten 6000 carolus guldens: falls
diese stürben, sollte die Hälfte hievon an ihre Nichte Rebecca
Bruiningh, die andere an den Beghinenhof (Maagdehuis)
auf dem Spui zu Amsterdam fallen, zum Nutzen der armen
Jungfrauen, die allda wohnten. Durch besondere Cobicille
hatte Anna festgesetzt, daß ihr greiser Vater fürber durch
zwei Mägbe bedient und daß ihm nichts verweigert werden
sollte, was er verlangte[1].

Trotz dieser liebevollen Fürsorge wurden die Beschwerden
des Alters immer brückender. Er war an's Haus gebannt.
Die Beine trugen ihn nicht mehr. Wie Brandt erzählt,
hätte er seine Bücher einem Priester zugewiesen, dieser aber
hätte nicht die Gebuld gehabt, den Tod abzuwarten, sondern
ihm schon etliche Jahre vorher Alles weggeschleppt. Da
hätte er geklagt, „daß man ihm alle seine Papiere weg=
genommen und nichts übrig gelassen". Der Prediger Brandt
ist indeß hierüber der einzige Ankläger und Zeuge. Nach
seinem Bericht soll Vondel eine Menge Papiere noch ver=
brannt, eine weitläufige Auslegung des Palamedes aber
schon früher den Flammen übergeben haben[2].

So schwach, daß man ihn halb führen, halb tragen
mußte, ließ sich Vondel in seinem neunzigsten Jahre (Ende
1677) in einem Schlitten zur Wohnung zweier Bürger=
meister fahren und bat sie mit gebrochener Stimme, „sie
möchten seines Sohnes Sohn, der seinen Namen trüge,
ihnen Beiden von mütterlicher Seite verwandt wäre, doch

---

[1] ib. p. 61. 62.   [2] Brandt. p. 112. 113.

mit irgend einem Amt oder einer Anstellung versehen, damit
derselbe, der jetzt bei einem Schuhmacher arbeitete, so viel
verdienen möchte, daß er davon leben könnte". Doch die
beiden hochedeln Verwandten speisten den ehrwürdigen Greis,
den größten Dichter ihrer Vaterstadt, mit etlichen guten
Worten ab, ohne für seinen Enkel etwas zu thun; ja der
eine der Regenten, der von Jan Gijsberts;. de Vries ab=
stammte, hatte sogar die Gemeinheit oder Dummheit, dem
90jährigen Greis die Knittelverse zu verweisen, die der=
selbe vor mehr als einem halben Jahrhundert auf die
längst vergessene und verschollene Magistratsperson verfaßt
hatte.

Früher hörte Vondel nicht gerne vom Tode reden. Als
man seinen Enkel Wilhelm van den Vondel in den Sarg
legte, sagte er zu seiner Tochter Anna: „Was ist doch der
Tod ein häßliches Scheusal! Da liegt nun der schöne
Jüngling und ist eine faulende Leiche." Ein anderes Mal
sagte er zu seiner Verwandten Agnes Block: „Der Tod
will mir nicht in den Sinn." Als sie darauf erwiederte:
„Aber das ewige Leben will dir doch in den Sinn!" da
antwortete er: „Ja, dazu hab' ich Lust; aber ich wollte,
ich könnte wie Elias dahinfahren." Nachdem indeß die
Altersschwäche ihm jede Thätigkeit entzogen, begann ihn
doch die Last seines einförmigen Daseins zu drücken und
er seufzte nach einer baldigen Auflösung. „Bitt' für mich,"
sagte er zu Agnes, „daß Gott der Herr mich aus diesem
Leben holen möge." Als sie sagte: „Willst du denn jetzt,
daß das häßliche Scheusal komme?" da antwortete er: „Ja,
es soll kommen; ich mag lange warten, des Elias Wagen
wird doch nicht kommen; man muß den gemeinen Weg
gehen."

Agnes Block, die zweite Frau seines Neffen Hans be

Wolf, des Jüngern, nachher mit Sybrant de Flines ver=
mählt, war, nach dem Tode seiner Tochter Anna, die
treueste Stütze des vereinsamten Greises. Sie war eine
feingebildete Frau, hatte Verständniß für Malerei und
Dichtkunst und nahm an seinen dichterischen Arbeiten den
innigsten Antheil. Hans be Wolf war der Vertraute all
seiner häuslichen Sorgen gewesen und hatte in seinen alten
Tagen meist alle Geschäfte für ihn besorgt. Bei Wolf und
seiner Frau pflegte er seit mehr als 15 Jahren wöchentlich
einmal, des Freitags, zu speisen. Das setzte er auch fort,
als Hans be Wolf starb und Agnes wieder heirathete.
Es hat dies zur Vermuthung geführt, daß Wolf und seine
Frau katholisch gewesen. Doch ist diese Vermuthung nicht
näher bestätigt. Sicher ist, daß Agnes die letzte Trösterin
seiner alten Tage gewesen und ihm die Freundlichkeit reich=
lich vergalt, die er ihr und ihren Verwandten erzeigt hatte.
Ihr übergab er seine Uebersetzung von Ovids Heroiden,
und manche seiner Excerpte.

Nur acht Tage wurde er an's Bett gefesselt, mehr aus
Schwäche, als aus Kränklichkeit. Er entschlief so sanft,
daß die umstehenden Freunde es kaum bemerkten. Das
war am 5. Februar 1679, des Morgens zwischen vier
und fünf, nachdem er die heiligen Sacramente mit großer
Andacht empfangen hatte. Er hatte ein Alter von 91 Jahren,
2 Monaten und 19 Tagen erreicht. Am 8. Februar wurde
er in der sogen. neuen Kirche, die früher in der katholischen
Zeit der hl. Katharina geweiht war, nahe am Chore bei=
gesetzt, in derselben Kirche, in welcher manche seiner Freunde
bereits ruhten, u. A. Daniel Mostert, Jakob Baak, die
Katholiken Johann Victorijn, Gyselbert Plemp, die Schrift=
steller und Dichter Hooft und Baerle. Zahlreiche Dichter,
unter ihnen Antonides, Vollenhove, Oudaan, ehrten sein

Andenken mit Trauergesängen. Die silberne Denkmünze, welche unter die Träger der Leiche vertheilt wurde, zeigte auf der einen Seite Vondels Bild, auf der andern einen singen= den Schwan, mit Angabe des Geburts= und Todestages und der Inschrift D'OUDSTE · EN · GROOTSTE · POEET (der älteste und größte Dichter). Sein schönstes Denkmal sind seine Schriften.

Da Vondel mit vielen Malern befreundet war, so sind viele Portraits von ihm aus verschiedenen Lebensperioden erhalten. Nach Brandt's Beschreibung war er von mittlerer Statur, kräftig gebaut und gut gewachsen. In seinem Wesen zeigte sich Klugheit und ein gedankenvoller Ernst. Sein Angesicht war in der Kraft seiner Jahre bleich und hager; aber im Alter voll und von gesunder Farbe; die Stirne nicht zu hoch. Unter seinen hohen Augenbrauen, von denen das rechte sich etwas höher wölbte, als das linke, doch ohne ihn zu entstellen, hatte er braune, lebendige, durch= bringende, scharfe oder wie man sagt, Adleraugen, voll Feuer, als ob er ein Spottgedicht im Kopfe hätte. Die Nase war groß und voll, der Mund nicht zu groß, die Lippen dünngeschnitten; sein Haar so kurz, daß es die Ohren kaum halb bedeckte, der Bart klein und wie das Haar, schwarzbraun, bis es im Alter ergraute. Am besten haben ihn die Maler Govaart Flink und Flips de Koning getroffen.

Zu seiner Charakteristik ist nur Weniges nachzutragen. So geistvoll und gesellig er war, so waltete doch ein ernster, fast träumerischer Zug zur Beschaulichkeit vor. In der heiter= sten Gesellschaft konnte er still und schweigend dasitzen und seinen Gedanken nachhängen, ohne sich am Gespräch zu betei= ligen. Sogar in Gesellschaft der bedeutendsten Männer, wie Hugo Grotius, Vossius und Vaerle, kam es vor, daß er bei Tisch kein einziges Wort verlauten ließ. Mitunter warf er

auch wohl einen schneibigen Witz dazwischen, der großen
Lärm hervorrief.

„Sonst," erzählt Brandt, „war er in all seinem Handel
und Wandel tabellos, ehrbar, demüthig, friedsam, ohne
Gewinnsucht und so mäßig im Trinken, daß ich nicht weiß,
ob man ihn je angeheitert gesehen hat. Dagegen aß er
wacker, besonders kräftige Speise, bis in sein höchstes Alter.
Seine Kleidung, die von der gewöhnlichen Weise nicht viel
abwich, war einfach und solid."

Wie schon aus der großen Zahl und sorgfältigen Durch=
arbeitung seiner Werke hervorgeht, war er von unglaublichem
Fleiß, immer bemüht, durch Lesung und Studium sich weiter
auszubilden und durch Verkehr mit Leuten aller Stände
seinen Sprachschatz zu vermehren. Bauern und Seeleute,
Maurer und Zimmerleute, Maler und Geschäftsleute fragte
er über ihr Leben und Treiben aus, um die Volkssprache
nach allen Richtungen kennen zu lernen und zu beherrschen.
Mit gelehrten Freunden, wie Mostert, Victorijn u. A. be=
rieth er sich nicht nur über den Stoff und die Anlage seiner
größeren Arbeiten, sondern zog sie auch über Einzelheiten
zu Rathe und legte ihnen seine Werke zur Beurtheilung
und Correctur vor, immer bereit, Fehler und Härten, die
ihm nachgewiesen wurden, sei es in Sprache oder Compo=
sition, zu verbessern. Unter seinen literarischen Vertrauten
wird auch ein einfacher Kaufmann, Jakob de la Rue, ge=
nannt, der zwar keine gelehrten Studien gemacht, aber
längere Zeit in Spanien gelebt, sich auf Reisen einen reichen
Schatz von Kenntnissen und ein sehr einsichtsvolles literari=
sches Urtheil erworben hatte.

Ohne den mindesten Neid anerkannte er die Leistungen
der zeitgenössischen Dichter und Schriftsteller, hielt sie in
Ehren und suchte sich an ihnen weiter zu bilden. Obwohl

Hooft sich nach seiner Conversion nichts weniger als edel gegen ihn benommen hatte, trug er ihm doch nichts nach und stellte ihn wie früher unter den Mustern des Stils oben an. Von Hooft's „Niederländischer Geschichte" sagte er: „In den ganzen Niederlanden kenne ich Niemanden, der fähig ist, nur ein Blatt zu schreiben, wie der Drost das ganze Werk durchgeführt hat." Den „Hartspiegel" des Dichters H. L. Spieghel las er wiederholt ganz durch und empfahl ihn dem jüngeren Poeten Antonides zum Studium. An Constantin Huygens, der in seinem ganzen Wesen so sehr von ihm abstach, lobte er die geistreichen Gedanken und die feine Eleganz, an den Dichtern Anslo und be Dekker ihre gefällige Zierlichkeit. Gegen jüngere Literaten war er überaus zuvorkommend, regte sie an, corrigirte sie mit liebevoller Schonung und bildete sie freundlich zu immer besseren Leistungen heran.

Obwohl streng kirchlich gesinnt, ultramontan, jesuitisch, wie man heute sagen würde, war er doch im täglichen Verkehr gegen Andersgläubige milde, duldsam und liebevoll. Nur wo sein Glaube herausgefordert wurde, legte er beherzt dafür Zeugniß ab und vertheidigte ihn mit seinem vielseitigen Talente. Er scheute es nicht, sich den verhaßten Jesuiten anzuschließen und gleich ihnen entschieden für die katholische Sache Propaganda zu machen. Dennoch fand er auch unter den Protestanten viele Freunde und Bewunderer, darunter sogar Diener am Worte. Als Künstler und Patriot war er allgemein geachtet.

„Liebe für das Land," sagt Potgieter, „das seiner verfolgten Jugend die Freiheit verlieh, Liebe für die Kunst nicht bloß mit Aufopferung von Zeit, Ruhm und Gold, sondern bis zur Verläugnung seiner selbst an den Tag gelegt, das ist's, was der achtzigjährige Mann uns in ergreifendster Weise veranschaulicht."

Nur zwei Jahre vor Vondel starb im Haag, erst 44 Jahre alt, einer seiner berühmtesten Zeitgenossen, Ba=ruch Spinoza. Gleich Vondel hatte auch er den Glauben seiner Jugend verlassen, gleich ihm für die Freiheit der religiösen Ueberzeugung gekämpft, gleich ihm den Haß des Protestantismus bis zum Tode erfahren. Beide gehörten zur politischen Richtung Jan de Witts und betrauerten die Ermordung dieses Staatsmannes mit tiefstem Schmerze. Aber während der jüdische Philosoph im stolzen Gefühl seiner Unfehlbarkeit mit der ganzen Vergangenheit der Wissen=schaft brach, eine verbotene Weisheit nur im Stillen zu lehren wagte, und vor der Zeit gebrochen, freundlos, vater=landslos, vor der Veröffentlichung seines Hauptwerkes in's Grab sank: ist der ebenso freisinnige niederländische Dichter mit kindlicher Demuth in den Schooß der Kirche zurück=getreten, hat ihren göttlichen Glauben laut und offen be=kannt, die Schmach des Kreuzes kühn auf sich genommen und in der Gnade des Glaubens jene unerschöpfliche Jugend=kraft gefunden, die ihn über die härtesten Schicksalsschläge siegreich emportrug. Die heldenmüthige Festigkeit seines Charakters, seine Liebe und Geduld haben schließlich auch über die Unduldsamkeit des Protestantismus den Sieg da=vongetragen. Das protestantische Holland hat den katho=lischen Dichter als seinen größten Dichter, als einen seiner größten Männer anerkannt. Sein Standbild schmückt einen der schönsten Plätze von Amsterdam. Ein nicht minder ehrenvolles haben ihm die tüchtigsten Schriftsteller Hollands in ihren Werken errichtet. So lange es ein Holland gibt, wird ihn kein ausländischer Kosmopolit aus dem Bewußt=sein seiner Nation verdrängen!

17. Rundschau über Vondels Werke.

Abgesehen von der Grenzlinie, welche die Conversion des Dichters zieht, lassen sich in Vondels langem, fruchtbarem Dichterleben streng getrennte Perioden kaum unterscheiden. In langsamem, stetigem Fortschritt arbeitet er sich aus dem barocken Poetenwesen der Rederijker zur Höhe classischer Vollendung empor, die sich schon in seiner Frühzeit durch manche treffliche Leistungen ankündigt, während da und dort noch auch in seiner späteren Periode vereinzelte Züge an die Schwierigkeit der von ihm gelösten Aufgabe gemahnen. Auch die Conversion begründet nicht im strengsten Sinn eine neue literarische Periode. Sie übte wohl einigen Einfluß auf Wahl und Behandlung vieler Stoffe; aber die ästhetische Richtung des Dichters blieb im großen Ganzen wesentlich dieselbe. Nur arbeitete er, nachdem er festen religiösen Boden gewonnen, mit größerer Einheit und Klarheit des Geistes, mit größerer Kraft und Energie, und entwickelte in jenen Lebensjahren, wo bei den Meisten die Ader versiegt, die merkwürdigste Fruchtbarkeit. Seine erste Periode vom zwanzigsten bis fünfzigsten Jahr hat mehr den Charakter von Lehrjahren; um die Zeit seiner Conversion beginnt seine Blüthezeit und dauert über das achtzigste Lebensjahr hinaus. — Es wäre durchaus unrichtig, ja unbillig, Vondel ausschließlich oder auch nur vorzugsweise als Dramatiker zu betrachten und darnach zu beurtheilen. Seinen Dramen gehen zahlreiche epische und bibaktische

Werke, Uebersetzungen und eine solche Fülle von lyrischen Gedichten zur Seite, daß an eine richtige Würdigung nicht zu denken ist, wenn man diese übersieht.

Uebersetzungen. Schon als Uebersetzer hat Vondel Erkleckliches geleistet — so viel, daß ihm seine Uebersetzungen eine bedeutende Stelle in der Literaturgeschichte seiner Heimath sichern würden, wenn er auch sonst nichts geliefert hätte. Zudem bedenke man, daß die ersten dieser Uebersetzungen das Werk eines Autodidakten sind, der ohne den Vortheil einer classischen Jugendbildung, in schon vorgerückterem Alter, sich mühsam in die classische Literatur hineinstudiren mußte; die späteren aber das Werk eines Greises, der nach schmerzlichen Unglücksschlägen mit der härtesten Prosa des Lebens zu ringen hatte. Vondel hat aber nicht bloß v i e l übersetzt, er hat auch g u t übersetzt[1]. Wir können auf seine Uebersetzungen unbedenklich anwenden, was der Vondel sonst durchaus ungünstige Jonckbloet von seinen dichterischen Werken im Allgemeinen sagt: „Da er wesentlich inspirirt ist, so bleibt er bei all seiner Erhabenheit immer e i n f a c h und n a t ü r l i c h; seine Form ist m e i s t e r l i c h; was holländische Sprache, Stil und Versbau unter seiner Hand geworden sind, das sieht man am besten, wenn man seine früheren Werke mit seinen späteren vergleicht. In Vondel erreichte die niederländische Dichtkunst ihre Sonnenhöhe."[2]

---

[1] Witsen Geysbeek (Biogr. Woordenb., VI. 75.) meint allerdings, Vondel hätte besser gethan, diese „fehlerhaften" Uebersetzungen nicht drucken zu lassen, und beruft sich auf van Baerle, welcher an Const. Huygens schrieb, Vondels Virgil sei ohne Leben und Kraft und habe die Lenden gebrochen. Doch sind die tüchtigsten holländischen Sprach- und Literaturkenner durchweg anderer Meinung. S. Lennep, V. 426. 427. Dietsche Warande. 1874. X. 21.

[2] Geschiedenis der Nederlandsche Letterkunde, door J. A. Jonckbloet. Groningen. Wolters. 1872. II. 316.

Hiermit ist erst der volle Werth von Vondels Ueber=
setzungen ausgedrückt. Sie sind die harten, schwierigen
Pionierarbeiten einer werbenden Literatur, die sich aber
reichlich lohnen, indem sie den muthigen Pionier und mit
ihm Sprache und Dichtkunst seines Landes aus rohen An=
fängen und trüber Geschmacklosigkeit zur höchsten Form=
vollendung emporführen. Vondel hatte nicht die Vorarbeiten,
die reichen Hilfsmittel, die mächtige Anregung, welche einem
Voß, Wieland, August von Schlegel zu Gebote standen.
Kein Kritiker wie Lessing erhellte ihm den Weg, keine
anderen Uebersetzer hatten denselben geebnet, keine glänzen=
den Dichter stellten ihm schon eine meisterlich gebildete
Sprache zur Verfügung. Er mußte sich selbst aus dem
Chaos herausarbeiten, selbst Sprache und Vers gestalten,
selbst in der Wahl des Stoffes Kritik üben.

Seine Jugend fiel, wie wir gesehen haben, noch in
jene wilde Gährungsperiode der Niederlande, in welcher
diese unter den Bannern des Protestantismus um ihre
politische Selbständigkeit rangen, in welcher die Wellen=
schläge der allen Protestanten so heiligen und theuern Revo=
lution noch das ganze Volksleben erregten, in welcher
aber — und das verdient wohl beachtet zu werden — Litera=
tur, Kunst und Sprache in Folge des stattgehabten Um=
sturzes elend darniederlagen und von der herrschenden reli=
giösen Richtung, dem Calvinismus, mit der Gewalt finsteren
Hasses und Zwanges darniedergehalten wurden. Womit
sollte nun der junge Dichter beginnen, als er, ohne classische
Studien, ohne literarische Vorbildung, ja fast ohne Sprach=
kenntniß, nur mit seinem lebhaften Geist, seiner kühnen
Phantasie, seinen glänzenden Talenten ausgerüstet, als
Knabe von dreizehn Jahren der alten Kammer „in Liebe
blühend“ beitrat? Da waren allerdings alle Kräfte bei=

sammen, welche die damalige Literatur repräsentirten. Aber diese Literatur lag selbst noch in den Windeln. Da das Land mit seiner ganzen bisherigen Vergangenheit, Religion, Geschichte, Politik, Literatur und Kunst gebrochen hatte, mußte man eben von vorn anfangen. Nur sehr unwesentliche, ja ungünstige Elemente hatte das Zunftwesen der Rederijker aus der früheren Zeit in die Neugestaltung der Dinge her= übergerettet. Die neuen nationalen Stoffe lagen noch in wilder Gährung. Der alte, gemüthliche Volkston war in den religiös=politischen Wirren verstummt. Unter dem Ein= fluß eines protestantisch=gefärbten Humanismus rang das neue Bürgerthum nicht so sehr nach Volkspoesie, sondern nach einer vornehmeren, feineren Schulpoesie, führte sämmt= liche Götter und Göttinnen des alten Olymp in seine schön= geistigen Zunftstuben, begrüßte jedes „hohe" Gedicht mit Begeisterung und bewunderte gleich in greisenhafter Reflexion die ersten eigenen Leistungen:

„In Amsterdam sind't man den, der mit Prachtgedicht
Dem düstern Weg, so führt zur wahren Freud', gibt Licht,
Und Fechter, die auf's Best' den Alltagslauf der Dingen,
Zur Kund' von Gut und Bös, mit Angenehmheit singen,
Viel Geister, jung und alt, die klug und redgewandt
Vollenden ihr Gedicht mit Nutzen und Verstand." [1]

So sang Hooft noch um die Zeit, als Vondel schon längst der Rederijker=Kammer beigetreten war. Solche „Dichter, Fechter und Geister", welche „den Alltagslauf

---

[1] „In Amsterdam men vint die met sijn hóóch gedicht
De duister wech, die leyt tot ware vreucht, verlicht,
En vechters die omt best tgemeen beloop der dingen
Tot goets en quaets beken, met aengenaemheit zingen,
Veel geesten jonck en out, die cloeck en welbespraeckt
Met wesen int verhalen haer gedicht volmaeckt."

der Dinge" in so holperigen Alexandrinern zur Kunde des
Publikums brachten und „den düstern Weg zur wahren
Freude" so zunftmäßig erleuchteten, waren Vondels erste
Meister und Vorbilder, die Führer, durch welche er mit
der Poesie des classischen Alterthums bekannt ward. Weder
seine Lebensstellung noch seine Vorbildung befähigten ihn,
diesem Poetenwesen sofort ein Ende zu machen, oder ihm
im Handumbrehen eine bessere, natürliche und künstlerische
Richtung zu geben. Es blieb dem jungen Zunftmitgliede
nichts übrig, als hier erst zu hören und zu lernen, dann
mitzudienen und mitzusingen von der Pike auf.

In dem Wirrwarr, der ihn umschwirrte und ihm selbst
die alten Classiker umdunkelte, fand sich Vondel nicht gleich
zurecht, er tastete suchend herum, übersetzte erst Stücke von
Bartas, ahmte in seiner Hecuba Seneca nach, übersetzte
dessen Hippolyt, bearbeitete dann ein neulateinisches Drama
des Grotius: erst 1639 — schon im Alter von 52 Jahren —
übersetzte er die „Elektra" des Sophokles nach dem Latei=
nischen. Nachdem er aber einmal in Sophokles zu den
besten Vorbildern der Alten vorgedrungen, blieb er in echter,
ungeheuchelter Künstlerdemuth ihr treuergebener Schüler bis
an's Grab. Der Einfluß der Franzosen und des Seneca
tritt völlig zurück. Seine folgende Periode beherrschen Vir=
gil, Horaz, Sophokles, Ovid. Als er mit 73 Jahren die
metrische Uebersetzung der Eklogen, der Georgica und der
Aeneis vollendet hatte, wandte er sich zu Ovid, Sophokles
und Euripides. Sein Noe beweist, daß er noch als Achtziger
die Metamorphosen mit der Begeisterung eines Jünglings
verkostete.

Das Hauptverdienst seiner Uebersetzungen besteht nun
zunächst darin, daß er mitten im allgemeinen Verfall des
Geschmackes Muster der schönsten Einfachheit und Natür=

lichkeit, der reinsten Formvollendung und künstlerischen Har=
monie vor das Forum der weiteren Lesewelt stellte, sie in
allgemeinen Umlauf setzte, sie aus der Lateinschule heraus=
riß und dem gesammten Volke genießbar machte. Das
wurde auch von den Gelehrten anerkannt. „Scribis aeter-
nitati", antwortete der gelehrte Philologe Ger. Vossius
auf die Widmung der „Brüder". Für Sprache und Lite=
ratur war es ein reicher Gewinn. Indem der echtpoe=
tische Uebersetzer sich Mühe gab, alle Schönheiten des
Originals so treu als möglich wiederzugeben, den seh=
lenden Rhythmus durch den Reim zu ersetzen, gewann
er einen täglich sich mehrenden Reichthum der Sprache,
des Reims, des Versbaues, der Darstellungskunst, einen
stets reineren Geschmack, immer neue Anregung, Schwung,
Kraft und Schönheit. Und das Alles kam als frucht=
bringendes Kapital der Lesewelt, dem Theater, der Sprache
und der Literatur zu gut. Auf der Bühne verdrängte So=
phokles die Stücke des Seneca; die ausschließliche Herrschaft
der Gelehrten über die Literatur wurde gebrochen, aber
auch durch würdige, edle, poetische Vorbilder zugleich jenem
literarischen Volksthum, welches nur in possenhafter Dar=
stellung des Gewöhnlichen und Gemeinen sein Ideal sucht,
ein Damm entgegengesetzt. Während Brederoo u. A. hierin
die Ehre der niederländischen Nationalität anstrebten, wies
Vondel seine Nation auf das Große, wahrhaft Schöne,
Edle und Erhabene, und schuf Werke, welche dasselbe
wirklich zur Darstellung bringen.

Daß Vondel als Uebersetzer und Humanist überall und
immer das Rechte und das Höchste getroffen, soll hiermit
nicht behauptet sein. Die griechische Literatur blieb ihm
zum größeren Theil verschlossen, zu Homer drang er nicht
vor. Um seine Uebersetzungen zu Staube zu bringen, mußte

er weite Sandwüsten von Schulcommentationen und Ströme
barocker Schulweisheit durchwaten. Die Fessel des Alexan=
driners suchte er zwar zu brechen — einmal, zweimal —
kehrte aber immer wieder zu ihr zurück. Den Reim im
dramatischen Vers wie in den Chören hat er nie abzuschütteln
versucht[1]. Kurz, er ist in vielen Punkten allzu abhängig

---

[1] Trotz Racine, Corneille, Molière und der ganzen französischen
Literatur, trotz der schönen Alexandriner, in welchen Göthe's Jugend=
dramen geschrieben und der ebenso schönen, welche in seinen Faust ver=
flochten sind, trotz der eleganten Sprünge, zu welchen Freiligrath das
„Wüstenroß von Alexandria“ dressirt hat, kann ich nicht umhin, dieses
Versmaß für eine hemmende Fessel der dramatischen Dichtkunst zu
halten. Vgl. hierüber die gediegenen Bemerkungen des englischen
Kritikers Matthew Arnold. Nineteenth Century. Aug. 1879. Daß
dieser Vers eine naturgemäße Entfaltung des Dialogs fast unmöglich
macht, haben mir auch Holländer zugegeben. Hätte Vondel sich
dieser Fessel entrafft, so hätte sich nicht nur seine poetische Kraft viel
lebendiger entwickeln können, auch seine Dichtungen hätten im übrigen
Europa höchst wahrscheinlich viel mehr Anklang gefunden. Aus der
Vorrede zu Jephte sieht man übrigens, daß er in diesem Punkt sich
an die Autoritäten des Tages hielt und zu diesen gehörten Ronsard
und andere Franzosen. Dazu hatte der Vers bereits allgemein Herr=
schaft erlangt und mir scheint es nicht unwahrscheinlich, daß der
Geschmack des Publikums Vondel von seinem zweimaligen Versuch in
fünffüßigen Jamben wieder zum Alexandriner zurückgedrängt hat.
Dieser Geschmack selbst entbehrte nicht des innern Grundes, da die
Sprache keine ausgebildete Prosodie hatte, der Reim sowohl in der
Volkspoesie, als in der Ueberlieferung der Rederijker die Hauptrolle
spielte. Man konnte sich ohne Reim kaum eine Poesie denken. Was
nicht gereimt war, das war Prosa. Die seitherigen Versuche, eine
Prosodie auszubilden, sind mißglückt. Der Hexameter nach deutschem
Muster fand keine günstige Aufnahme. Der ältere Homer-Uebersetzer
s'Gravenweert, wählte den Alexandriner „weil ihm dieses Versmaß in
unserer Sprache als das wohllautendste vorgekommen sei und die
Proben, welche man uns von niederdeutschen und selbst deutschen

von der gelehrten Schulpoesie geblieben. Aber wer kann
von einem Mann Alles verlangen? Ist es nicht genug, .
daß er zwischen den extremen Bahnen einer schwerfälligen
und schwülstigen Kunstpoesie und einer rohen, verwilderten
Volkspoesie den richtigen Mittelweg fand und einschlug, die
tüchtigsten Bildungselemente des Humanismus in den Be-
reich des Volkslebens herabzog und seine Volkssprache, mit
Ausschluß alles Fremden, zu ebenso reiner als reicher Gestaltung emporhob?

„Vondel," das ist das Urtheil Van Blotens, „bildet
die nahezu allumfassende Vorrathskammer der schönsten
,höheren, mittleren und niederen' Niederländischen Sprache,
die man sich als selbständige Volkssprache zu eigen machen
und denken kann. Nehmen wir einen Augenblick an, daß
sich alle übrigen Niederländischen Schriftsteller und Dichter
von seiner bis zu unserer Zeit wegdenken ließen; man
braucht nichts als seine Dichtung und Prosa anzuwenden,
um sich das reinste und geschmackvollste Niederdeutsch, in

Hexametern habe geben wollen, wie verdienstlich auch an sich, hier zu
Lande bei sehr Wenigen Gefallen gefunden hätten und nicht das
flaueste Echo des ursprünglichen Griechischen und Lateinischen Wohl-
lauts wiedergeben zu können schienen." C. Vosmaer's neue Ilias-
Uebersetzung in Hexametern ist auf vernehmlichen Widerspruch gestoßen.
Der Dominikaner P. van Hoogstraten (Dietsche War. 1879. III. 50.)
erklärt den Hexameter geradezu als „lächerlich, weil in ihm ein
schreiender Mangel an Harmonie mit unserer Sprache liegt", als
mühsam um des Zwanges willen, den Schreiber und Leser dabei
empfinden." Da indeß van Hoogstraten das Verdienst des deutschen
Hexameters bei weitem unterschätzt, so vermuthe ich, daß er auch
gegen den holländischen nicht frei von Voreingenommenheit ist. Und
obwohl nun einmal die größten holländischen Dichter in Accentversen
geschrieben haben, so mag doch noch vielleicht die Zeit kommen, wo
sich das holländische Ohr an freiere Formen der Poesie gewöhnen wird.

den drei angegebenen Stilarten, dem erhabenen, mittleren und
gewöhnlichen Stil, zu vergegenwärtigen." [1]

Das läßt ſich von keinem ſeiner Zeitgenoſſen ſagen,
weder von Hooft, noch von Breberoo, noch von einem der
Späteren.

Dieſe Leiſtung verdient um ſo mehr Anerkennung, als
der Humanismus Vondels von den ernſt-ſittlichen Grund=
ſätzen des Chriſtenthums geleitet war. Der ſittlichen Fäul=
niß der antiken Welt, welche heute als „reine Menſchlichkeit",
als „ſchöne Natur", als „Hellenengeiſt" u. ſ. w. ſo hoch
erhoben wird, ging er mit dem Ernſte und der Verachtung
eines Chriſten aus dem Wege. Sind die überſetzten Werke
auch leider nicht caſtigirt und darum nicht einfachhin der
Jugend zu geben, ſo weiſen ſie doch darauf hin, daß er die
Formvollendung des claſſiſchen Alterthums nicht als das
höchſte zu erſtrebende Ziel anſah, ſondern nur als Mittel,
um einem höheren, beſſeren Inhalt, der chriſtlichen Idee
und ihrer unvergänglichen Schönheit, zu dienen.

Epiſche und bibaktiſche Werke. Schon in ſeiner
Frühzeit, noch als Proteſtant, rang Vondel mehr nach be=
deutendem, ernſtem, großem Gehalt, als nach geglätteter,
tabelloſer Form der Dichtung. Es lag dieß zum Theil in
der Richtung der Kreiſe, in welchen er hauptſächlich ſeine
Bildung ſchöpfte, zum Theil in ſeinem ernſten tiefreligiöſen
Charakter. Die Natur der einzelnen Dichtungsarten hielt
er in dieſer erſten Periode faſt ebenſo wenig auseinander
als ſeine „in Liebe blühenden" Collegen. Epik, Lyrik und
Dramatik miſchten ſich wunderlich in ihren Productionen,
wie Politik und Religion im äußern öffentlichen Leben.

---

[1] Vondel-Almanak. 1876. door J. van Vloten. Haarlem.
W. C. de Graaff.

Durch Alles aber ging ein bibaktiſcher Zug, getragen von ernſtreligiöſer Weltanſchauung. Es war, als hätten dieſe Poeten inſtinctiv ſich gebrängt gefühlt, durch Pſalmen, Hymnen und predigthafte Dibaktik eine Art Erſatz für das Schöne zu geben, was durch den Abfall von der Kirche abhanden gekommen war. Uebrigens lag es in der Natur des noch jungen und lebendigen Proteſtantismus, daß Jeder= mann predigen und pſalliren wollte: warum nicht auch die Kunſt? Dieſer Richtung entſprangen Vondels erſte Uebungen und Verſuche, „Der goldene Laden" (1613), ſein umfang= reiches Fabelbuch „Königlicher Park der unvernünftigen Thiere" (1617) und ſeine bibliſche Portraitgallerie „Die Gotteshelden des Alten Bundes" (1620). Obwohl die Neigung der Zeit zum Dibaktiſchen darin vorwiegt, tritt doch ſchon in dieſen Anfängen ſeine dichteriſche Begabung hervor. Angeregt von der Lectüre Virgils und geleitet von ſeiner eigenen Neigung zum Epiſchen, trat Vondel nun völlig aus der Miſchung der Dichtungsarten heraus, faßte den Plan zu ſeinem Epos „Konſtantin" und ſchrieb deſſen erſte fünf Geſänge. Seine Idee war, die chriſtliche Welt= herrſchaft des Kreuzes in ähnlicher Weiſe zu verherrlichen, wie Virgil die römiſche in ſeiner Aeneis. Doch da durch= kreuzte unerwartet der Tod ſeiner Gattin den Plan, den er ſich bereits zur Lebensaufgabe geſtellt hatte. Anſtatt eines bloßen Sängers des Urchriſtenthums wurde er ſelbſt Mit= glied der wahren, alten Kirche. Wie rang er nun darnach, für den höchſten, heiligſten Schatz ſeines Lebens, die volle Chriſtusreligion, welche er nach ſo langem Kampf wieder erobert, den ihr entſprechenden ſchönſten poetiſchen Ausdruck zu gewinnen! Aber als Convertit, in einer Metropole des Proteſtantismus, in einer officiell proteſtantiſchen Republik, ſtand er dieſer lockenden Aufgabe nicht ſo günſtig gegenüber,

wie die Zeitgenoſſen ſeiner Jugend, Calderon und Lope de
Vega. Er hatte keine Bühne für katholiſche Myſterien=
dramen bereit. Er ſtand nicht mitten drin in der Herrlich=
keit katholiſchen Cultus und katholiſchen Lebens. Den Glau=
ben, zu dem nur vereinzelte ſchöne Jugenderinnerungen ihn
hinlenkten, mußte er erſt durch ernſte, mühevolle Studien
nach ſeinem ganzen Umfang zu erfaſſen ſuchen Dazu ſtand
er nun früheren Freunden als Gegner gegenüber. Die
einen verachteten ſeine Kirche, die andern deren Sacramente
und ihren Gottesdienſt. Schon dämmerte die Zeit gänzlichen
Unglaubens heran und erhoben ſich Zweifel gegen die Grund=
geheimniſſe, gegen Gott und Religion ſelbſt. Kein Wunder,
daß Vondel, auf's Innigſte für ſeinen heiligen Glauben
begeiſtert, ſich zum Lehrgedicht hingetrieben fühlte, um als
Dichter in dichteriſcher Weiſe das zu bekämpfen, was ſeinen
heiligſten Ueberzeugungen entgegentrat, und das zu feiern,
worin er Heil und Leben gefunden hatte. Sein Uebergang
vom Epiſchen zum Dibaktiſchen läßt ſich hierdurch völlig
genügend erklären.

Was den Stoff betrifft ſo hat Vondel in ſeinen Lehr=
gedichten aus dem Bereiche der Apologetik und Theologie
mit umfaſſendem Blick gerade das herausgegriffen, was für
ſeine Zeit das Bedeutendſte war und das Uebrige einiger=
maßen in ſich ſchloß.

Seine „Betrachtungen über Gott und Religion" (1661)
geben eine ſehr umfangreiche Theodicee und Religions=
philoſophie, gegen die Läugner der Exiſtenz und der Vor=
ſehung Gottes gerichtet, wie die Ueberſchriften der fünf Bücher
ſchon andeuten. Im I. weiſt er die Exiſtenz Gottes nach,
im II. ſchildert er die göttlichen Attribute, im III. die
Werke Gottes, im IV. weiſt er die Exiſtenz der Natur=
religion, im V. die Exiſtenz und Göttlichkeit der übernatür=

lichen Religion im Christenthum nach. — Das zweite seiner
Lehrgedichte „Die Herrlichkeit der Kirche" entspricht einem
tractatus de Ecclesia, und ist der Natur des Gegenstandes
entsprechend mehr geschichtlich als philosophisch gehalten, in=
dem das I. Buch die Propyläen der Kirche, ihr typisches
Bild im Alten Bunde, das II. ihre wirkliche Gründung,
das III. ein Gesammtbild ihrer Fortentwickelung zur Dar=
stellung bringt und in dieser Schilderung selbst die Göttlich=
keit der Kirche nachweist. In dem „Unterricht über die
heilige Dreifaltigkeit" (1659) erklärt Vondel dieses große
Fundamentaldogma des ganzen Christenthums, in den „Altars=
geheimnissen" entwickelt er an diesem Mittel= und Höhepunkt
der Sacramentenlehre zugleich die Geheimnisse der Mensch=
werdung und des Erlösungstodes Christi, welche sich im
sacramentalen Gebetsleben der Kirche, in Communion und
Opfer wunderbar erneuern und fortsetzen. An die vier
Lehrgedichte reihen sich inhaltlich die zwei größeren epischen
Arbeiten „Briefe der heiligen Jungfrauen" und „Johannes
der Bußgesandte". Sie entsprechen den zwei großen Cardinal=
punkten, auf welche sich die christliche Vollkommenheit stützt:
Jungfräulichkeit und Buße. Wie Vondel sie ausführt, sind
sie zugleich eine dichterische Apologie für die Verehrung
Maria's und der Heiligen und für die katholische Recht=
fertigungslehre, soweit diese im Gegensatz zu den protestan=
tischen Systemen die Mitwirkung des Menschen mit der
Gnade zur Erwerbung der Heiligkeit betont.

So bietet Vondel in der Gesammtheit seiner didaktischen
und epischen Gedichte eine Fülle von Stoff, welche dem in
der Divina Commedia enthaltenen sehr nahe kommt. Wie
Dante steigt er in erhabenem Schwung zu den höchsten Ge=
heimnissen empor, umkleidet die abstraktesten Gedanken mit
herrlichen Bildern und Vergleichen, umgibt die gründliche

Lehre der Scholastik mit dem Zauber der Poesie. Während der Dichter-Theologe von Florenz indeß kurz, gebrängt, darum oft schwer verständlich ist, ist derjenige von Amster= dam klar, weitläufig, gesprächig und geht mitunter gar zu homerisch in's Breite. Während jener seine Theologie in das bunte, farbenreiche Schauspiel seiner Weltreise einkleidet, entwickelt dieser sie in einem stricten Lehrgedicht. Sein Muster war die „Dichtkunst des Horaz". Wie der römische Dibaktiker seine poetischen Vorschriften, so versteckt Vondel seine philosophischen und theologischen Ausführungen in einem anmuthigen Kranz von Bildern, Vergleichen, Anek= boten, Witzen, Schilderungen, so daß sie wie Blumen aus dem mannigfaltigen Blättergrün hervorstechen. Nur ist die Form weniger knapp und dem lyrischen Affect bedeutender Raum verstattet. Obwohl das Lehrgedicht überhaupt, na= mentlich das theologische, nach all dem Spott, den unsere deutschen Genies dawider losgelassen haben, in keinem sonder= lichen Respect steht, so glaube ich doch, daß nächst Dante wenige katholische Dichter das Interesse der Theologen so sehr verdienten, wie Vondel, ja daß er schon als „theo= logischer Dichter", ohne Rücksicht auf seine übrigen Leistun= gen, eine sehr bedeutende Erscheinung ist.

Lyrik und Gelegenheitsdichtung. Doch die Uebersetzungen und Studien Vondels bilden gleichsam nur das Fundament, seine epischen und bibaktischen Werke nur den Unterbau, auf welchen sein monumentum aere per- ennius ruht. Das ist seine Lyrik und seine Dramatik. Als großen Lyriker erkennen ihn auch diejenigen an, welche seine ganze Dramatik nebst allen einschlägigen Studien und Vorarbeiten verwerfen, welchen katholische Theologie ein Nichts und theologische Dibaktik ein Unsinn ist, die einen Musset jedem Horaz und Balbe, und irgend ein paar deutsche Liebeslieder dem ganzen „verlorenen Paradies", der Divina Commedia, der Aeneis, ja fast dem guten Vater Homer vorziehen. Albert Lindner nennt ihn [1] den „formen= gewandtesten, herzensinnigsten Sänger des Liedes" und fragt: „Kennen denn die Holländer ihren großen Lyriker Vondel gar nicht? Oder entsetzen sie sich noch heutzutage, wie es vor zweihundert Jahren geschah, über die geniale Kühnheit, mit der dieser Poet sich dem Alexandriner entzog, um sein reiches Gefühl in den naturkräftigsten, fast modern klingen= den Rhythmen zu entladen, kennen sie sein Schwanenlied nicht? . . . Oder die erhabene Ode ‚Der Rhijnstrom' oder das Idyll (?) ‚Wiltzang' (Lied im Freien) u. dgl. m.?

[1] In einem Feuilleton der „Frankfurter Zeitung", Februar 1879. Dem guten Herrn, der Vondel als „Dramatiker" absetzen und dafür als „Lyriker" einsetzen wollte, ist dabei etwas sehr Menschliches passirt. Er schreibt nämlich: „Es ist geradezu verblüffend, zu sehen, wie Vondel, der formengewandteste, herzensinnigste Sänger des Liedes, von diesem lyrischen Talent im Drama ganz im Stiche gelassen wird, denn seine Dramen enthalten eben viel, ja viel zu viel der lyrischen Elemente. Singt er das Lied um seiner selbst willen, so ist es prächtig, so ist es gut. Aber singt er's im Dienst der dramatischen Muse — sofort erklingt es gestumpft, sieht es wie schimmelüberzogen aus und schreitet einher, wie im Reifrock und Haarzopf der Väter." Um das zu beweisen, erinnert er dann die Holländer an das „Schwanenlied", das — wer sollte es glauben? — „verschimmelt", im „Reifrock und Haarzopf der Väter" richtig in der letzten Tragödie Vondels, „Noe" (Act III, letzte Scene), steht — das herzensinnigste Lied! Und jeder Holländer, der seinen Vondel auch nur etwas kennt, wird dem Herrn Albert Lindner sagen können, daß es in den Dramen Vondels noch eine Menge solcher „herzinnigster" Lieder gibt, die ebenso „prächtig" und „gut" sind, als diejenigen, die er um ihrer selbst willen gesungen; daß es aber für einen Kritiker sehr verblüffend sein sollte, wenn er so von „seinem kritischen Talent im Stich gelassen" wird und die Stellen, aus denen er argumentirt und auf die es ankommt, nicht einmal im Contert gelesen hat.

Klingen diese wenigen Proben nicht, als fehle nur noch der
Componist, um dem letzten Reste der lyrischen Stimmung
die Zunge zu lösen?" Das Lob, das Hr. Lindner hier
Vondel spendet, ist durchaus gerechtfertigt. Nur ist zu be=
merken, daß man es ganz unbedenklich auf die lyrischen
Chöre seiner Dramen ausdehnen darf und daß die Holländer
ihren „Lyriker" Vondel besser kennen und zu schätzen wissen,
als Hr. Lindner. Ueber die hohe Bedeutung Vondels als
Lyriker ist unter den Kritikern Hollands nur eine Stimme.
Selbst Jonckbloet, der mit seiner „ästhetisch=kritischen Brille"
deutschen Fabrikats an allen Dramen Vondels herumnergelt,
sagt von seiner Lyrik: „Im lyrischen Genre hat er hervor=
gestrahlt wie kein Anderer. Wo aufrichtiger Seelendrang
ihn zur Leier greifen ließ, wo sein Herz sprach und inner=
liche Gewalt ihn zum Singen nöthigte, da hetzt er auch uns
in's Feuer, reißt uns mit sich fort und zwingt uns Sym=
pathie und Bewunderung ab." Der nämliche Jonckbloet,
nach Lindner „der erste, der in seiner kritischen Geschichte der
niederländischen Literatur seinen Landsleuten die so lange ehr=
würdig conservirte Binde vom Auge zu reißen wagte", stimmt
gar nicht mit Lindner überein, wo dieser die lyrischen Par=
tien in Vondels Dramen seiner übrigen Lyrik gegenüberstellt,
denn er findet auch in Vondels Dramen „unübertreffliche Schön=
heiten", Stellen, „die uns durch Schilderung und Gedanken
in Entzücken bringen", „dichterische Schönheiten ersten Rangs"
und anerkennt sogar in den Chören derselben „lyrische Ergüsse,
welche, in sich selbst betrachtet, meisterliche Bruchstücke sind".

Wie reich und mannigfaltig Vondels Liederbuch ist, das
haben wir, einigermaßen wenigstens, nachgewiesen und an
Proben gezeigt. Man braucht übrigens seine kleineren Ge=
dichte nur nach den bei den neueren Lyrikern üblichen Ge=
sichtspunkten zu ordnen, um sich von dieser reichen Mannig=

faltigkeit zu überzeugen. Gott, Welt, Mensch, Natur, Wissenschaft, Kunst und Freundschaft, Vaterland und wie die Titel in lyrischen Sammlungen alle heißen, sie finden ihre stattlichen Vertretungen. Auch das Kapitel Liebe fehlt nicht ganz, obwohl sich der Dichter hier Schranken zog, von welchen die moderne Kunst nichts wissen will.

Vondel war ein deutscher Dichter, ein echter deutscher Sänger, wie von Geburt, so durch seinen offenen, biederen Charakter, seine wackere, deutsche Gesinnung, durch seine Sympathien für Kaiser und Reich; ein Deutscher war er vielleicht auch ein wenig in seiner Liebe und Verehrung für Gelehrsamkeit und Schulpoesie, aber auch ein Deutscher in der Herzlichkeit, Gemüthlichkeit, Innigkeit und Wahrheit seines Sanges, ein Deutscher gleichsam aus den schönsten Zeiten des Mittelalters in seiner edlen, muthigen Begeisterung für Recht und Freiheit, in seiner gläubig-frommen Hingebung an Gott und Religion, an Papst und Kirche.

Das ist der eigentlichste Charakter seiner Lyrik. Sie ist in ihrem innersten Wesen eine Fortsetzung mittelalterlicher deutscher Gesinnung und Denkweise unter allerdings äußerlich veränderten Umständen. Er hat die Literatur seiner Heimath wieder da angeknüpft, wo der Protestantismus sie losgerissen hatte, und sie mit neuer echt deutscher Lebenskraft durchdrungen. Ueber die ästhetischen Vorzüge seiner Lyrik im Allgemeinen sagt Lennep mit vollem Recht:

„Was ein durchaus eigenthümliches Kennzeichen der Gedichte Vondels ist und wodurch sie sich vortheilhaft von denjenigen Anderer unterscheiden, das ist, daß ihr Inhalt, so mannigfaltig er auch sein mag, immer in deutlicher Beziehung zu der Person oder Sache steht, welche den Hauptgegenstand bildet, und zu der Gelegenheit, für die das Gedicht verfaßt wurde. Nie trifft man bei ihm die loci com-

14*

munes an, die sich bei allen Stoffen und bei allen Gelegen=
heiten anbringen lassen, und erlaubt er sich als Dichter
eine Erweiterung, so steht diese allzeit mit dem Stoff im
Zusammenhang und fließt natürlich aus demselben hervor."

Dramatische Werke. Die Dramen eingerechnet,
welche Vondel aus dem Lateinischen übersetzte und bearbeitete,
hat er ungefähr ebenso viele dramatische Werke hinterlassen
als Shakespeare; es sind ihrer 32. Sehen wir auf das
diesen Dramen Gemeinsame, so wird jedem Leser, der sie
zum ersten Male vergleicht, die Aehnlichkeit oder, wenn man
will, Gleichheit auffallen, die in ihrem äußeren Aufbau
herrscht. Sie haben alle ziemlich dieselbe Länge, sind alle
in fünf Acte getheilt, sind alle in den Zwischenacten durch
Chöre verbunden, welche fast ausnahmslos wieder eine regel=
mäßig stabile Form haben, meistens eine oder zwei Strophen
mit Antistrophe und Schlußstrophe. Die Stücke sind, mit
Ausnahme von wenigen, sämmtlich in Alexandrinern ge=
schrieben, die Chöre in kürzeren gereimten Verszeilen, Jam=
ben oder Trochäen. Die Stücke halten sämmtlich auf's
Pünktlichste die drei Einheiten inne: Einheit der Handlung,
des Ortes, der Zeit. Der handelnden Personen sind wenige.
Lebhafte Beweglichkeit und Mannigfaltigkeit der Handlung
ist ausgeschlossen. Spannende Verwickelung ist selten an=
gestrebt. Theatercoups fehlen gänzlich. In großer Einfach=
heit, Ruhe und Würde entwickelt sich die Handlung, ganz
auf ihre innere Bedeutsamkeit gestützt, aus einem Haupt=
charakter und einigen wenigen secundären Charakteren, hält
inne, wo zur Entfaltung lyrischen Schwungs Gelegenheit
und Raum geboten ist, bewegt sich mehr in längeren, affect=
vollen Reden, als in kurzem, lebhaftem Dialog und schließt
meistens mit einer Peripetie (Katastrophe), die sich nicht
auf der Bühne vollzieht, sondern nur durch Boten gemeldet

wird, mehrere Male auch durch die Dazwischenkunft eines
Deus ex machina, wo eine solche in der Natur des Stoffes
begründet ist. Die Charakteristik der wenigen handelnden
Personen ist durchweg eine sehr tüchtige, und die schöpferische
Kraft des Dichters erscheint als eine wahrhaft großartige,
wenn man die ganze Reihe der von ihm gezeichneten Charaktere zusammenstellt und vergleicht. Aber die einzelnen
Stücke bieten ebenso wenig wie die des Sophokles jene bunte
Welt, welche sich in einem einzigen Drama Shakespeare's
entfaltet. Doch sind sie durchaus nicht auf bloße Lectüre,
sondern für die Bühne berechnet, und geben der Kunst des
Schauspielers, wie auch der Bühnentechnik, einen reichen
und bedeutenden Spielraum. Die lyrischen Chöre sind durchweg von großer Schönheit, gedankenreich, schwunghaft, musi-
kalisch und auf's Innigste mit dem Stücke verbunden. Viele
davon sind Meisterwerke lyrischer Poesie, obschon die Sprache
es versagte, den reichen, wechselnden Rhythmus der Alten
nachzubilden.

Wie der Dichter mit Vorliebe diesem lyrischen Zuge
folgt, so überläßt er sich auch nicht selten seinem Talent
und seiner Neigung zu epischer, besonders beschreibender Darstellung, und zu den glänzendsten Partien seiner Dramen
gehören solche Stellen, in welchen entweder eine der handelnden Hauptpersonen eine der Bühne entrückte, aber in
die Handlung verflochtene Thatsache in reicher lebendiger
Darstellung gewissermaßen für Auge und Ohr zu ersetzen
sucht, oder schließlich ein Bote in erschütterndem Bericht die
Katastrophe mittheilt, welche sich außerhalb der Scene voll-
zogen hat. So die Schilderung des Paradieses im ersten
Acte des „Lucifer", die Erzählung vom Martertode der
beiden Apostel am Schlusse des „Petrus und Paulus".
Dieses Vorwiegen des epischen Elementes kann gewiß an

sich nicht als Vorzug einer dramatischen Dichtung bezeichnet
werden; doch ist die Verwerthung desselben sehr oft durch
die Natur des Stoffes, der Situation u. s. w. im Einzel=
falle gerechtfertigt.

Ein anderes viel bedeutsameres Element der Gemeinsam=
keit, das die ganze Dramatik Vondels beherrscht, ist der
religiöse Charakter seiner Dichtungen. Obwohl er fast alle
seine Stücke für die Bühne schrieb, für die Bühne einer
großen protestantischen Handelsstadt, so ist doch die Hälfte
derselben unmittelbar religiösen Inhalts; die profanhistori=
schen sind ganz und gar von religiösen Motiven und An=
schauungen durchdrungen; die wenigen, welche altclassische
Stoffe ausführen, sind ebenfalls von religiösem Ernste be=
seelt, und selbst das einzige Idyllendrama, die „Leeuwen=
dalers“, hat einen durchaus frommen, ernst=sittlichen An=
hauch. Die eigentliche Sphäre des Dichters war das
Göttlich=Erhabene, das Wunderbare, das Religiöse, das
Biblische, das Kirchliche: das Nationale und Profane
erscheint erst an zweiter Stelle und wird von dem religiösen
Element beherrscht. Hätte er von Jugend auf in einem
katholischen Lande gelebt, so hätte ein Autos=Dichter wie
Calderon aus ihm werden mögen. Aber da sein vorwiegend
protestantisches Publikum biblische Stoffe liebte, er selbst
vor Allem in der Bibel am besten zu Hause war, so ward
er vor Allem ein biblischer Dichter. Was ihm, wenn auch
Anfangs nicht deutlich, als Ziel vorgeschwebt zu haben
scheint, war, der dramatischen Kunst jene hohe, religiöse
Weihe und Würde wiederzugeben, welche sie bei den Alten
besaß [1]. Bei dem religiösen Ernst, der seine Zeitgenossen

[1] Dasselbe Ziel, das Racine erst unter der Arbeit zum klaren
Bewußtsein kam, wie er 1689 schrieb: „Je m'aperçus qu'en tra-

beseelte, und bei dem Ungenügen, das sie an ihrem kahlen
Calvinismus hatten, fand dieses Bestreben Anklang und
bot dem greisen Dichter, auch als er katholisch geworden
war, noch die Möglichkeit, als Bühnendichter fortzuwirken.
Weder mit der englischen, noch mit der französischen und
spanischen Bühne jener Zeit genau bekannt, gestaltete sich
Vondel seine eigene Bühne, indem er dabei hauptsächlich im
Auge hatte, religiöse, christliche und biblische Stoffe in
ähnlicher Weise dramatisch zu gestalten, wie die Alten ihre
religiösen Mythen gestaltet hatten. Den griechischen Dichter,
mit dem er die meiste Geistesverwandtschaft hatte, Aeschylos,
scheint er nicht näher kennen gelernt zu haben. Die alten
Dramatiker, an denen er sich bildete, waren Seneca, dann
Sophokles und Euripides. Seine eigentlichen Lieblings=
dichter blieben, zum Nachtheil seiner dramatischen Entwicke=
lung, die Epiker Virgil und Ovid, der Lyriker Horaz und
neben ihm die Psalmen. Befangen in den Kunstregeln der
Alten, gewann sein hohes dramatisches Talent nie jene volle
Freiheit, mit welcher Shakespeare seine Stoffe modelte, ver=
mied aber auch die traurige, inhalts= und formarme Zügel=
losigkeit, in welche die Nachahmung des großen Briten
viele neuere Dichter gestürzt hat. Sobald man vorurtheils=
frei dem nachgeht, was Vondel eigen ist und worin er sich

---

vaillant sur le plan qu'on m'avait donné, j'exécutais en quelque
sorte un dessin qui m'avait souvent passé dans l'esprit, qui était
de lier, comme dans les anciennes tragédies grecques, le chœur
et le chant avec l'action et d'employer à chanter les louanges
du vrai Dieu cette partie du chœur que les païens employaient
à chanter les louanges de leurs fausses divinités." — J. W.
Brouwers (Joost v. d. Vondel, Dichtwerk. Roermond, Romen.
1861. p. 145) bemerkt hierzu richtig, daß Vondel in der Ausführung
dieses Planes praktisch um fast ein halb Jahrhundert zuvorgekommen ist.

an die antike Tragödie anschließt, wird man in seinen
Dramen zum wenigsten das finden, was selbst Johannes
Scherr darin anerkennt, „reichen poetischen Gehalt, kühne
Gedankenfülle und ergreifende Gefühlstiefe". Wenn Scherr
meint, daß „die Composition und Durchführung in Vondels
Dramen mangelhaft, dem Monolog ein viel zu weites Feld
eingeräumt" ist, so läßt sich dieser Vorwurf nicht einfachhin
bestreiten; daß es aber in denselben überall „an dem
rechten dramatischen Leben fehle", ist unzweifelhaft zu viel
gesagt. Mit Recht weist van Vloten, Vondels Vertheidiger
gegen die Angriffe Jonckbloets, auf die hinreißende Gewalt
hin, mit welcher Vondel die verschiedensten Leidenschaften,
Gemüthsbewegungen, Affecte zu zeichnen weiß; auf die ein=
fache Größe und Erhabenheit, mit welcher er die einzelnen
Handlungen durchführt; auf die Mannigfaltigkeit und das
lebendige Colorit seiner Charaktere; auf die tragische Wirk=
samkeit und Kraft, die er, ähnlich den Alten, darin be=
währt, mit verhältnißmäßig einfachen Mitteln das Ziel der
Tragödie — Läuterung der Affecte durch Furcht und Mit=
leid — zu erreichen. Wo das vorhanden, da fehlt es doch
wahrlich nicht überall an dem „rechten dramatischen Leben".
Vloten gibt zu verstehen, daß er Vondels Dramen nicht
gerade neben die höchsten „dramatischen Meisterstücke" stellen
will, bemerkt aber — wie uns scheint, vollkommen richtig:
„Zwischen dramatischen Meisterwerken und weniger als
mittelmäßigen Bühnenwerken, wie die Trauerspiele früher
hießen, liegt noch ein so weiter Abstand, daß noch Raum
genug für einen schönen Platz weit über dem Mittelmäßigen
übrig bleibt, den Vondel mit seiner Bühnenpoesie nächst der
von Göthe z. B. und selbst über Corneille und Racine ein=
nehmen mag. Den wollen wir ihm fortan auch gönnen!"
Hiermit ist der Klage Jonckbloets, „daß unter dem

Einfluß der lateinischen Muse sowohl das ernstere hollän=
dische Nationaldrama, als auch das Nationallustspiel eines
allzufrühen Todes gestorben sei" [1], die Spitze abgebrochen.
Gerade durch Vondel und unter dem Einfluß der „lateini=
schen Muse" hat Holland sein ganz eigenartiges classisches
Drama erhalten, das man nicht ohne schreiendes Unrecht mit
Gryphius unter die literarischen Antiquitäten verweisen darf.

Wie neuere Forschungen dargethan, ging der Richtung
Vondels im 17. Jahrhundert noch eine ganz andere drama=
tische Richtung zur Seite, die man als französisch=spanische
oder im Gegensatz zu Vondels Classicismus als „romantische"
bezeichnen mag. J. te Winkel führt etwa 30 Stücke an,
welche, unmittelbar aus dem Französischen übersetzt, im
Grunde spanische Stücke waren [2]. Von 70 spanischen oder

---

[1] II. 170.

[2] U. a. wurden von Calderon aus französischer Uebersetzung
übertragen: La gran Zenobia (1635). — Zenobie, reine d'Arménie.
— Zenobia, treurspel met de doodt van Kaizer Aureliaen (1667).
La dama duende (1629). — L'Esprit follet. — De nachtspookende
juffer (1670, 1713). — El alcaide de si mismo. — Le geôlier
de soi-même (1655). — De sipier van zich zelven (1678). — El
mayor monstruo los zelos. — Marianne (1630). — Herodes en
Mariamne (1685). — En esta vida todo es verdad y todo mentira.
Heraclius (v. Corneille). — Heraclius (1695). — El astrologo
fingido. — Le feint astrologue (Th. Corneille). — Den Valschen
Astrologant (1763).

Früher erschien zu Brüssel übersetzt: La vida es sueño als Het
leven is maer droom. (1647). — El mayor encanto es amor
(1637 gebr.) als Ulysses in 't eylandt van Circe oft geen grooter
tooverij als liefde (1668).

Die holländische Uebersetzung der Zenobia fällt ganz nahe mit
Vondels letzter Tragödie zusammen; doch war er schon in einem
Alter, wo er sich kaum mehr mit einer neuen poetischen Welt be=
freunden konnte, die von der seinigen so ganz verschieden war.

14**

französischen Stücken, welche er erwähnt, wurden wenigstens
40 vor dem Jahre 1672 in's Holländische übersetzt und
kamen fast sämmtlich, neben den Stücken Vondels, zu Amster=
dam auf die Bühne. Mit Recht sagt deßhalb te Winkel:
   „Wenn es gilt, eine erklärende Geschichte der nieder=
ländischen Literatur im Allgemeinen oder des niederländischen
Schauspiels im Besondern zu geben, so darf man den Ein=
fluß des Spanischen ebenso wenig außer Acht lassen, als
denjenigen des Lateinischen. Mehr als die englische und
italienische Literatur, selbst mehr als die französischen
Romane und die Ueberlieferungen des Mittelalters (welch
letztere belangreichere Beiträge zu unserer Literatur im
17. Jahrhundert geliefert haben, als man gewöhnlich
annimmt), hat die spanische Literatur dazu beigetragen,
gegenüber dem Classicismus und auch nach demselben,
die Romantik hier zu Lande kräftig aufleben zu lassen.
Erst seitdem diese Romantik voll an's Licht getreten, be=
greift man das Streben der Männer aus der classischen
Schule, begreift man den eigenartigen Platz, welchen Von=
del unter den Literatoren nicht bloß der Niederlande, son=
dern von ganz Europa einnimmt. Während die romantische
Richtung im 17. Jahrhundert eigentlich die Richtung der
Zeit war und sicher auch die populärste, verfolgte Vondel

Zahlreicher waren die Uebersetzungen aus Lope de Vega; daneben
wurden Stücke von Luis Velez de Guevara, J. Perez de Montalvan,
Antonio de Solis, Agostin Moreto, Tirso de Molina, Alarcon,
A. Hurtado de Mendoza, Francisco de Rojas, Diego und José
Figueroa in's Holländische übertragen. Näheres in dem Aufsatz:
De invloed der Spaansche Letterkunde op de Nederlandsche in
de zeventiende eeuw. d. J. te Winkel. Tijdschrift voor Nederl.
Taal- en Letterkunde. Leiden, Brill. 1881. 1. & 2. Aflev.
p. 59—114.

die Richtung des 16. Jahrhunderts, worin er geboren
wurde, bis zur höchsten Vollendung. In keinem andern
Land hat der Geist der Reberiker sich so kräftig erwiesen,
als hier durch das Genie Vondels; aber sein langes Leben
machte ihn schon vor seinem Tode zu einer hochverehrten,
aber wenig nachgeahmten Antiquität. Lebte er auch noch
lange genug, um auch die Romantik durch eine neue Rich=
tung, diejenige des französischen Classicismus, verdrängt zu
sehen, so war es doch ein Irrthum von ihm, wenn er
meinte, in derselben ein Wiederaufleben seiner eigenen Ideen
erblicken zu können. Gegenüber seiner lebendigen Poesie
sticht die kalte Prosa der Dichterzunft Nil Volentibus Ar-
duum jämmerlich ab; seinem Idealismus ist der halb=
gebackene Realismus der französischen Schule ebenso wenig
verwandt, als die grillenhafte Romantik."

Das ist sehr wahr, wenn man dabei nicht wieder in's
andere Extrem geht und die sogen. Romantik, insbesondere
die der Spanier, zu Gunsten Vondels niederdrückt. Beide
Richtungen hatten ihre tiefen, naturgemäßen Wurzeln in
den betreffenden Völkern, beide haben herrliche Blüthen der
Poesie getrieben. Statt zu fragen, welche von beiden
schöner seien, lassen wir lieber beide blühen und freuen
uns an beiden!

Doch, wäre Vondel sowohl in seiner Heimath als im
Ausland nicht volksthümlicher geworden, wenn er sich von
dem lateinischen Humanismus freigemacht und etwa in der
Art Shakespeare's oder Calderons gedichtet hätte? Aber
im Grund ist das eine müßige Frage. Die Zeit, das
Volk, die Umstände, die Verhältnisse, unter welchen er
dichtete, waren wesentlich andere. Man vergleiche nur die
Eigenthümlichkeit der drei Nationen und ihrer großen Lieb=
lingsdichter.

In seinem Charakter, in seiner ganzen Geistesrichtung, in seiner Entwicklung steht Vondel weder Calderon noch Shakespeare sehr nahe. Durch lange innere Kämpfe nur gelangte er zu dem Glauben, der Calderon schon als Knaben mit einer ganzen Welt von Poesie umgab. Eben dieser tiefe Lebensernst aber, welcher die Religion zu seiner innigsten Lebensaufgabe machte, hinderte ihn, sich so ungetheilt als Schauspieler und Schauspieldichter der Bühne zu widmen, wie Shakespeare es gethan. Mit Göthe hat er jene großartige Anlage zur Lyrik gemein, welche die geringsten Lebensbegebenheiten in Lieder gestaltet; aber während Göthe sich von der Politik ganz in sich und die „Menschheit" zurückzog, war Vondel vor Allem der Lyriker seiner Nation, ihres großen öffentlichen Lebens, der unermüdliche Stadtpoet. Die Aehnlichkeit mit Milton, dem er viel näher steht, ist bekannt. Dagegen fand ich noch nie die Berührungspunkte erwähnt, die er mit Lessing und Schiller hat.

Wie der Geist Schillers war auch der seine vorherrschend dem Idealen zugewandt, wie Schiller rang Vondel sein ganzes Leben lang nach dem Schönen, als nach einem noch immer nicht völlig erreichten Ziel. Gleich Schiller hat er mit innigster Liebe Virgil studirt und übersetzt, gleich ihm eine „Phädra" bearbeitet, gleich ihm eine „Maria Stuart" geschrieben. Erinnert der Kampf Vondels mit den calvinistischen Prädicanten um Gewissens= und Schauspiel=Freiheit mehr an Lessings Kämpfe mit dem „Gottesmanne" von Hamburg, so erinnert der „Palamedes" doch weit mehr an „Don Carlos", als an „Nathan den Weisen". Beide sind wesentlich politische Tendenzschriften in dramatischer Form, beide verherrlichen das Opfer eines traurigen Justizmordes, beide sind voll Rhetorik und doch voll wahrer poetischer Imagination; nur hatte Schiller einen bloß er=

dichteten Justizmord vor sich, Vondel einen wirklichen — Schiller konnte darauf rechnen, daß die ganze revolutionäre Welt seinen antispanischen und antikirchlichen und antiköniglichen Tiraden zujauchzen würde, während Vondel den Palamedes begann, als Moritz von Nassau noch lebte und am Ruder war — und später, als derselbe starb, dennoch durch Veröffentlichung seines Stückes seine Freiheit, vielleicht das Leben auf's Spiel setzte und nur mit Noth dem Kerker entging. Wie Schiller, war Vondel ein ernster Denker, Philosoph, Theoretiker; er arbeitete mit emsiger Reflexion, studirte die Alten, rang nicht bloß nach schöner Form, sondern auch nach tiefem, gediegenem Gehalt, nach dem Wahren, Großen, Erhabenen. Während indeß Schiller es umsonst versuchte, die Form des antiken Dramas auf der neueren Bühne wieder einzubürgern, ist Vondel der Versuch wenigstens für seine Zeit geglückt. Später hat die Dramatik freilich, besonders seit Lessing, ganz andere Bahnen eingeschlagen. Fehlte dem holländischen Dichter aber auch das spätere „Pumpen- und Räderwerk", so fehlte ihm der lebendige Born der Poesie nicht, und im Kampf um Gewissens- und Bühnenfreiheit steht er viel offener, edler, muthiger und siegreicher da, als der verbitterte deutsche Kritiker in seinem „Nathan".

Uebrigens sind Vondels Tragödien, so gut wie diejenigen Lessings und Schillers, nicht alle von gleichem Werthe und von gleicher Vollendung, ja auch nicht alle in demselben Genre, sondern in Stoff und Charakter sehr verschieden.

Von den fünf ersten sind zwei: Hecuba (1625) und Hippolytus (1628), Uebersetzungen aus den sogen. Stücken des Seneca und beanspruchen nur den Werth, den wir vorher Vondels Uebersetzungen vindicirt haben. Die drei

anderen darf man wohl noch als Jugendverſuche und erſte
ſelbſtändige Pionierarbeiten bezeichnen. In der rhetoriſchen
Breite und andern Fehlern iſt der Einfluß Seneca's deut=
lich ſichtbar; doch zeigen ſich daneben auch ſchon die glänzen=
den Eigenſchaften des Dichters, Kraft, Schwung, lyriſche
Begeiſterung, mächtige Leidenſchaft, lebendige Phantaſie und
großartige Auffaſſung des Menſchenlebens und der drama=
tiſchen Motive. Das „Paſcha" eröffnet die Reihe der bib=
liſchen Dramen, das „zerſtörte Jeruſalem" diejenige der ge=
ſchichtlichen Stücke; der „Palamedes", vorzugsweiſe berühmt
als politiſche Allegorie und Tendenzſtück, ſteht an der Spitze
der wenigen Dramen, denen ein antiker Stoff zu Grunde liegt.

Hiermit ſind ungefähr die Gruppen bezeichnet, in welche
Vondels übrige Dramen ihrem Inhalt nach ſich reihen
laſſen. Es ſind 1. Ueberſetzungen und Stücke mit alt=
claſſiſchem Sagenſtoff; 2. patriotiſche Stücke; 3. religiöſe
Legenden und Geſchichtsdramen; 4. bibliſche Tragödien.
Die letzte Gruppe iſt die anſehnlichſte. Ganz vereinzelt
ſteht das idylliſche Märchendrama „Die Leeuwendalers",
wenn man daſſelbe nicht den „patriotiſchen Stücken" bei=
zählen will, was man füglich thun kann.

Der Ueberſetzungen ſind fünf: Elektra (1639), König
Oedipus (1660), Iphigenie auf Tauris (1666), Die Phö=
niſſen (1668), Die Trachinerinnen (1668). Sie ſind ſämmt=
lich gut gewählt, treu überſetzt und dem niederländiſchen
Idiom trefflich angepaßt. Sie bereicherten die kaum ent=
ſtandene Amſterdamer Bühne mit einigen der ſchönſten Er=
zeugniſſe des claſſiſchen Alterthums mehr als anderthalb
Jahrhunderte, ehe dieſelben für deutſche Bühnen eine wür=
dige Bearbeitung finden ſollten. „Elektra" gehörte zu den
Stücken, die öfter gegeben wurden, wie aus den noch
erhaltenen Bühnenliſten zu ſehen iſt.

Altclassische Mythen bearbeitete Vondel nur zwei: „Sal=
moneus" (1656) und „Phaeton" (1663). Die erste schöpfte
er aus Virgil (Aeneis VI. 585), die andere aus Ovid.
Beide haben dem Stoff nach Verwandtschaft mit „Lucifer",
sofern darin ein Kampf des Creatürlichen gegen die Gott=
heit versinnbildet wird; in beiden erhält dieser Kampf aber
wieder eine verschiedene Charakteristik, welche Vondel meister=
lich ausführt.

Als nationale oder patriotische Stücke lassen sich bezeich=
nen: „Gijsbrecht van Aemstel" (1637), „Die Leeuwendalers"
(1648) und „Die batavischen Brüder" (1662). Das erstere
ist bis auf den heutigen Tag im schönsten Sinne National=
schauspiel geblieben, das zweite, keineswegs eine bloße
Nachahmung von Guarini's „Pastor Fido", wie Jonck=
bloet meint, sondern eine selbständige Erfindung Von=
dels, erhielt sich nur während des Friedensjahres 1648
auf dem Amsterdamer Repertoir.

Die Zeit, in welcher das erste größere Theater Amster=
dams mit „Gijsbrecht van Aemstel" eingeweiht wurde und
in welcher Vondels Bühnenthätigkeit so recht erst begann
(1637), fällt ziemlich nahe mit seinem Rücktritt zur katho=
lischen Kirche zusammen (1641). Aus dieser Zeit stammen
seine zwei Legendendramen: „Die Jungfrauen" (1639) und
„Petrus und Paulus" (1641), an die sich später mit dem=
selben religiös=kirchlichen Charakter (1646) „Maria Stuart"
und viel später in der letzten Lebenszeit des Dichters (1666)
das katholische Missionsdrama „Zungchin" anschloß. Das
Gemeinsame dieser Stücke ist, wie gesagt, ihr specifisch katho=
lischer Charakter. In der Legende der hl. Ursula feierte
Vondel Jungfrauschaft, Martyrium, Heiligenverehrung und
zugleich seine katholische Vaterstadt Köln, in „Petrus und
Paulus" verherrlichte er die Gründung der katholischen Kirche,

in „Maria Stuart", wie er diese Königin auffaßte, das
Martyrium einer katholischen Königin, in „Zungchin" das
katholische Missionsleben. Besonders diese vier Stücke sind
es, die als schöne Leistungen eines echtkatholischen Dichters
noch heute das Interesse der katholischen Lesewelt verdienten.
Eben weil sie eine Art Glaubensbekenntniß enthielten, hatte
Vondel als Bühnendichter damit wenig Glück. Nur die
„Maagden" entzogen sich merkwürdigerweise dem Zauber=
bann der Intoleranz, sie wurden im Jahr 1650 zweimal,
1651 noch einmal gegeben, während die Präbicanten gegen .
den „Lucifer" solchen Lärm schlugen, daß er nach den ersten
zwei Aufführungen verboten wurde.

Die biblischen Stücke Vondels, 13 an der Zahl,
gruppiren sich in drei Trilogien und vier ganz von einander
unabhängige Stücke. Die erste Trilogie behandelt die Ge=
schichte des ägyptischen Joseph, die zweite ist derjenigen
Davids entnommen, die dritte umfaßt die Urgeschichte der
Welt. Von den vier andern Trauerspielen zeichnen zwei
die großartigsten und rührendsten Gestalten im Buche der
Richter: „Jephte" und „Samson", die zwei andern die in
Davids Haus fortwaltende Schuld und Rache: Abonias'
Palastrevolution und des greisen Salomon Fall.

Auf die Geschichte des ägyptischen Joseph wurde Vondel
durch das lateinische Drama des Hugo Grotius geführt:
„Sophompaneas oder Joseph bei Hofe". Er übersetzte es
(1635) und führte (1640) die früheren Abschnitte der
Geschichte in zwei Trauerspielen aus: „Joseph in Do=
thain" und „Joseph in Aegypten". Die drei Stücke wur=
den sehr beliebt und kamen viele Jahre hindurch oft zur
Aufführung.

Auch in der Trilogie „David" ist das dem geschichtlichen
Inhalt nach letzte Trauerspiel „Die Brüder" (d. h. Sauls

Söhne, nach 2 Kön. 21), das erste, welches Vondel (schon 1639) bearbeitete. (Erst einundzwanzig Jahre später (1660) schrieb er: „David in der Verbannung" und „David wieder auf dem Thron".

Zwischen diese beiden Trilogien fallen die Tragödien „Salomons Fall" (1649), „Jephte" (1659), „Samson" (1660) und „Adonias" (1661), zugleich auch der Anfang der dritten Trilogie durch den „Lucifer". Diese letztere hielt Vondel selbst für die bedeutendste seiner Leistungen, und die niederländische Kritik, zum Theil auch die ausländische, hat ihm hierin beigepflichtet.

Während in der Trilogie „Joseph" jener gemüthlich-einfache Ton des Patriarchallebens waltet, der auf jedes Menschenherz seinen unbesieglichen Zauber ausübt, charakterisirt den Cyclus „David" mit seinen Palastrevolutionen und seinem Familienunglück mitten auf der Höhe äußeren politischen Glanzes schon eine viel tiefere, leidenschaftlichere Tragik. Sie setzt sich fort im „Salomon" und „Adonias", wallt im „Jephte" auf zum tiefergreifendsten Schmerz, im „Samson" zur gewaltigsten, erschütterndsten Leidenschaft. Aber zur ganzen Fülle der Erhabenheit steigt Vondel erst in seiner letzten Trilogie empor: im „Lucifer" (1654), „Adam" (1664) und „Noe" (1667). Haben seine Tragödien über das Unglück in Davids Königshaus eine gewisse Analogie mit jener Reihe von Dramen, in welchen die griechischen Tragiker die Schicksale des Tantalus und seiner Familie von einer Katastrophe zur andern verfolgen, so bringt Vondel in diesen drei Stücken gleich Aeschylos in die Herrlichkeit und in die Schrecken der Urwelt ein, zeichnet in gigantischen Umrissen ihre Licht- und Schattengestalten, verkörpert in riesigem Bilde die ersten, ältesten tragischen Thatsachen der Welt, von denen alle Tragik des Menschen-

lebens und der Menſchengeſchichte nur als ſchwächere Wellen=
ſchläge ausgehen. Er ſteht da im Nachtheil gegen Aeſchylos,
weil er nicht ſo freien Raum der Fiction hat; aber er ſteht
in hohem Vortheil, weil der Kern deſſen, was er darſtellt,
Thatſache, Wirklichkeit, — göttlich geoffenbarte Thatſache,
göttlich erhabene Wirklichkeit iſt. Daß er in „Lucifer"
„den Stoff Miltons vierzehn Jahre vor Milton in wirk=
lich erhabener Weiſe behandelt" hat, anerkennt ſelbſt
Scherr, der an Bibel und Offenbarung nicht glaubt. Die=
ſelbe Erhabenheit waltet, einfach und groß, ungekünſtelt,
majeſtätiſch in ſeinem „Adam" und „Noe". Wir haben an
Vondel wirklich einen chriſtlichen Aeſchylos, einen katholiſchen
Milton — und was Macaulay von dem letzteren ſagt,
dürfen wir herzhaft auf Vondel anwenden [1]:

„Seine Poeſie erinnert uns an die Wunder der Alpen=
welt. Traute Plätzchen und ſonnige Lichtungen, ſo ſchön
wie ein Märchenland, lagern ſich ſanft zwiſchen ihre wild=
zerriſſenen, rieſigen Felſenhöhen. Die Roſe und Myrthe
blüht unverſehrt am Abhang der Lawine."

Wir fürchten nicht, der Uebertreibung bezichtigt zu wer=
den, wenn wir ſchließlich behaupten: In Vondel ſprudelte
eine reiche Quelle edelſter Poeſie. Zwiſchen den gewaltigſten
Accorden ſeines majeſtätiſchen Harfengeſangs tönen uns wie=
der Klänge an's Ohr, ſo einfach, kindlich, ſchlicht, wie ſein
Troſtlied an der Leiche ſeines Kindes. Der prophetiſche
Herold des geſtürzten Engelreichs, des verlorenen Paradieſes,
des erſten Weltuntergangs iſt jener ſelbe gemüthliche Vondel,
der trauernd dem verſtreuten Spielzeug ſeines hingeſchiebenen
Kindleins nachſieht, der die niederländiſche Flotte jauchzend
in der Themſe begrüßt, der Kaiſer und Reich wider die

---

[1] Essays (Tauchnitz Collect.) 185 v. p. 68.

Türken zum Kampfe ruft, der die zürnende Geißel wider
Calvin schwingt, der zu Gustav Adolph um Schutz für das
heilige Köln fleht, der froh den westphälischen Frieden feiert,
der die höchsten Grundbogmen und Geheimnisse des katho=
lischen Glaubens poetisch entwickelt; es ist derselbe Vondel,
der sich als schlichter Gewerbsmann durch eigenen Fleiß zum
literarischen Freunde eines Hugo Grotius emporarbeitet, alle
irdischen Vortheile und allen irdischen Ruhm aber entschlossen
in die Schanze schlägt, um den katholischen Glauben, den er
als den wahren anerkannt, zu umfangen; es ist derselbe
Vondel, der im Zusammensturz seines häuslichen Glücks den
Muth nicht verliert, der als verarmter Greis den Frohsinn
und die Lebensfrische eines Jünglings entwickelt; es ist der=
selbe Vondel, von dem Alberdingk=Thijm mit vollstem Recht
sagt:

„Vondel war nicht nur ein Genie, er war ein Charak=
ter. Gerecht, bieder, ehrlich in Handel und Wandel, Gott
liebend und pflichtgetreu, bekämpfte er seine Leidenschaften.
Weder im Großen noch im Kleinen gab er seinen Neigungen
nach. Für Eitelkeit stand er zu hoch; Rache und Neid
fanden in seinem edeln Herzen keine Stätte. Bei all seiner
feurigen Liebe für das Schöne wehrte er der verbotenen
Lust unbedingt den Zutritt zu seiner gesunden, reinen Seele.
Er war muthig und ebenso liebreich, hatte einen scharfen,
witzigen Geist, aber ebenso viel aufrichtige Milde; er liebte
seine Freunde ohne Arg und konnte seinen Feinden ohne
Mühe vergeben. Bei aller Reife und Erfindungskraft seines
Geistes besaß er etwas Kindliches, das ihm Aller Herzen
gewann. Er hat in allen niederländischen Fragen, von der
Zeit vor dem Waffenstillstand (von Antwerpen, 1609) bis
nach dem Münster'schen Frieden, sein Wörtchen mitgesprochen,
und die Tausende und aber Tausende von Exemplaren, in

welchen seine herrlichen Dramen und Lieder abgesetzt wurden,
haben zur Hebung des niederländischen Geistes mehr bei=
getragen, als wohl irgend Jemand ahnt."

Warum ist nun ein so wackerer Dichter in Deutsch=
land so wenig bekannt, in vielen Kreisen fast wie ver=
schollen? Mehr als einmal wurde diese Frage an mich
gerichtet.

Sie findet eine theilweise Erledigung in dem Umstand,
daß niederländische Sprache und Literatur überhaupt seit
mehr als einem Jahrhundert in Deutschland sich verhält=
nißmäßig geringer Theilnahme erfreuten. Das Holländische
gehört nicht zu den Weltsprachen, die jeder Gebildete lernen,
die holländische Literatur nicht zu denjenigen, die Jeder
kennen will. Dann hat Vondel das Unglück gehabt, daß
einige wenige seiner Stücke von Gryphius u. A. zu einer
Zeit übersetzt und nachgeahmt wurden, in welcher die hoch=
deutsche Sprache noch tief unter der niederländischen stand,
und daß mit diesen Uebersetzungen er selbst in eine Art
Mißcredit gerieth. In England und Frankreich konnte
Vondel als guter niederländischer Patriot keine günstige
Aufnahme finden und so hat die deutsche Kritik auch von
daher keine Anregung zu Vondels Studium bekommen.
Endlich ist Vondels Dichtung nicht ganz frei von den üblen
Eigenschaften der Geschmacksrichtung seiner Zeit. Ich glaube
aber nicht, daß das alle Gründe sind.

Vondel ist Convertit, begeisterter Katholik, Jesuitenfreund,
     ein entschiedener Ultramontaner.

Vondel ist ein durchaus religiöser und tiefreligiöser
     Dichter.

Vondel ist vor Allem ein Dichter des Erhabenen, das
     in der christlichen Religion liegt.

Vondel ist endlich ein entschiedener Vertheidiger christ=

licher Grundsätze in Familie und Staat, Wissenschaft und
Kunst.

Der Leser mag sich es selbst überlegen, ob diese Um=
stände nicht beigetragen haben, daß viele der verkommensten
französischen Literaten in Deutschland eingebürgert sind, der
echt=deutsche Vondel nicht. So lange ein bißchen süßer Un=
glaube und Verachtung des Christenthums als Grundforde=
rung „deutscher" Bildung gilt, wird das wohl fortdauern.
Drum spotte man nur über den frommen „Biedermann"!
Es ist ein wohlfeiler Spott! Das Christenthum ist damit
vorläufig noch nicht aus der Welt gespottet, und es wird
deßhalb auch der Tag anbrechen, wo Vondels ideale Bedeu=
tung wieder Anerkennung findet, wie sie Schaepmann sehr
schön besungen hat:

> „Vondel! — Dichter du vor Allen,
> Dichter ganz aus Herzensgrund,
> Wiederhall des ew'gen Lobliebs.
> Das entströmt der Engel Mund!
> Himmelsideale zauberst
> Du in irb'scher Form hervor,
> Raffst den König dieser Erde
> In sein Heimathreich empor!"

18. Vondel-Literatur.

Obwohl es mir nicht möglich, eine vollständige Uebersicht der sehr reichen holländischen Vondel-Literatur zu geben,
will ich doch kurz das Wichtigste zusammenstellen, das sich
mir darbot [1].

1. Die erste Gedichtsammlung Vondels erschien 1644
bei Hartgers in Amsterdam unter dem Titel: J. V. Vondels
verscheide gedichten; Bestaande in Zegezangen, Klink-
dichten, Lof- en Eerrijmen, Bruiloftdichten, Lijk- en
Grafdichten, Mengelrijm en Zangen. Verzamelt door
D. B. D. L. B. Ihr ließ ein boshafter Sammler (wahrscheinlich der junge Brandt) einen zweiten Theil folgen:
J. V. Vondels Poesy, ofte verscheide Gedichten. Het
tweede Deel. Tot Schiedam. Gedruckt voor den
Autheur. — Alle anderen Werke Vondels erschienen erst in
Einzelbänden oder als Flugschriften und Flugblätter, die
politischen und satirischen meist anonym unter verschiedenen
Chiffern: „Liebe überwindet Alles“ — „Durch Einen ist es
nun vollbracht“ — „Eifer“ — „Juste“ — P. L. (Pro
libertate) — P. V. K. (Palamedes von Köln) — „Justus
fide vivit“. Ein reichhaltiges Verzeichniß der zahlreichen

---

[1] Zur Vondel-Literatur im weiteren Sinn gehört ein großer
Theil der zeitgenössischen Kirchen-, Staats-, Literatur- und Amsterdamer
Special-Geschichte, die Geschichte des damaligen Theaters und vor
Allem des Muydener Kreises. Alle diese Werke zu verzeichnen, würde
indeß zu weit führen

alten Drucke gibt der **Catalogus** der Vondel-Tentoon-
stelling, gehouden in Februari 1879 in Arti et Ami-
citiae te Amsterdam. Amsterdam, Binger. 1879. —
Ueber Stiche mit Text von Vondel vgl. F. Muller, De
Nederlandsche geschiedenis in Platen. I. D. Amst.
1863—1870. Auf Vondel beziehen sich Nr. 1649 1651,
1663, 1677, 1720, 2082, 2084, 2151, 2218.

2. Die Grundlage der Vondel-Biographie bildet die von
dem protestantischen Prediger Geraardt Brandt verfaßte
Lebensbeschreibung (J. v. Vondels Leven), die zuerst 1683
als Beigabe zu J. van Vondels Poëzy of verscheide
gedichten bei Leonh. Strick zu Franeker erschien. Der
Verfasser, anfänglich ein heftiger Gegner, später ein Freund
und Bewunderer Vondels, ist im Ganzen verläßlich, doch
in Einzelheiten nicht immer genau, in Bezug auf die Conversion und die religiösen Anschauungen des großen Convertiten parteiisch. Eine treffliche kritische Ausgabe veröffentlichte Dr. Eelco Verwijs in seiner Series von Nederl.
Klassieken. Leeuwarden, H. Suringar. 1866.

3. Weit überholt ist diese Biographie, sowie alle bisherigen andern Biographien (Camper, Leid. 1818; Zeemann,
Amsterd. 1831, u. s. w. und Ausgaben Vondels, durch das
große Prachtwerk: De werken van Vondel in verband
gebracht met zijn leven etc. door Mr. Jacob van
Lennep. Amsterdam, Binger & Zonen. 1855—1869.
— 12 Bde. kl. Fol. mit vielen Porträts, Facsimiles, Illu-
strationen, — zugleich die vollständigste kritische Ausgabe der
sämmtlichen Werke und die genaueste, streng historische Biographie, die Basis aller weiteren Vondel-Literatur, obwohl
die Kritik seither in manchen Einzelpunkten Correcturen und
Ergänzungen gebracht hat. In religiöser Hinsicht zeigt sich
van Lennep überaus edel und duldsam gegen die Katho-

liken. Noch vor Vollendung dieser Ausgabe erschien eine wohlfeilere Gesammtausgabe durch den Literaturhistoriker Dr. J. van Vloten: Al de dichtwerken van Joost van Vondel, met inleiding en aanteekeningen. Volks-uitgave in 2 deelen. Schiedam, Roelants. 1864—66. (Nachlese dazu im Levensbode. III. 544 ff.) Dieselbe Ausgabe erschien auch mit einer kurzen Lebensskizze Vondels von P. H. J. Allard. 's Hertogenbosch, H. Bogaerts. 1870. 2 Bde. kl. Fol. Eine handlichere 16°=Ausg. be= sorgte ebenfalls van Vloten. Schiedam, Roelants. 1876, wovon die einzelnen Bändchen (I. Palamedes, II. Hekel-dichten, III. Leeuwendalers, IV. Geschieddichten etc.) separat zu haben sind. In der größern Ausgabe van Vlotens sind Vondels Werke chronologisch geordnet.

4. Obwohl weniger gelesen und verbreitet, als andere Dichter, wie Cats z. B., wurde doch Vondel durchweg von den holländischen Dichtern, Literaten und Kritikern als der größte ihrer Dichter verehrt. Vgl. die literaturgesch. Werke von J. de Vries, M. Siegenbeek, P. N. von Kampen, J. van 's Graveweert, F. A. Snellaert, J. W. Hofdijk, J. ten Brink, Visscher, Nic. Beets, Busken Huet u. s w. Bevor van Lennep in seiner Prachtausgabe dem Dichter das schönste Denkmal setzte und ihn begeistert auf den Leuchter hob, suchten schon Sybrandi, Backhuizen van den Brink und Lulofs das Studium Vondels wieder zu heben, was ihnen auch im Verein mit van Lennep in hohem Grade gelungen ist. Hervorragende Zeitschriften wie De Gids unterstützten Lennep in seinen Arbeiten und widmeten Vondel die eingehendsten literarischen Besprechungen.

S. im Gids die tüchtigen Aufsätze von R. C. Backhuizen van den Brink, Vondel met roskam en rommelpot. 1837. p. 161, 197, 277, 407. — E. J. Potgieter, Een Prospectus (van van

Lennops uitgave van Vondel). 1850. I. 622. — J. ten Brink, Het Lantspel van J. v. d. Vondel. 1864. IV. 102. — J. A. Alberdingk-Thijm, De liefdesgeschiedenissen van twee Nederlandsche Dichters. 1871. I. 239.

5. Zu einem viel reicheren Repertorium von Bonbel= Stubien entwickelte sich die von J. A. Alberdingk=Thijm 1855 begründete Zeitschrift Dietsche Warande (Lustgarten), Tijdschrift voor Nederl. oudheiden en nieuwere kunsten en letteren. Amsterdam, Langenhuysen.

1855. Over Vondel (Inschrift vom 25. März 1671). I. 68.

1856. Bilderdijk en Vondel door Mr. Js. da Costa. II. 490.

1857. Vondels Geboortehuis (falsche Notiz). III. 274.

1858. Huygens en de Paters Jezuïten (van Vloten). IV. 462.

1864. C. van Hasselt, Wanneer is Vondels vader overleden? VI. 66.

J. A. Alb. Thijm, In hoe verre was Vondel burger van Amsterdam? VI. 68.

Dr. J. van Vloten, Over Joost v. d. Vondel. VI. 141.

Bij wie is Vondels dochter te Keulen opgevoed? VI. 257.

Hoe Vondel over het heilige in dramatische voorstellingen dacht. VI. 564.

1866. Verschiedene Vondeliana (van Vloten). VII. 277.

Het Standbeeld voor J. v. d. Vondel (Alb. Thijm). VII. 283.

1867. Loffelt, A. C., Vondel en de Vondelfeesten door een Engelschman beoordeeld. VIII. 229.

J. A. Alberd. Thijm, De Vondelfeesten. VIII. 340.

1871. Vondels geboortehuis. IX. 86.

H. Prins de Jong, De betrekkingen tusschen Hooft en Vondel. IX. 245. 301.

Vondels „dichterlijke moraliteit". J. A. A. Thijm. IX. 458. 560.

Golgotha naar Vondel d. Wilh. Berg (Lina Schneider). IX. 299.

Auf den Tod meines Töchterleins. Chor von Clarissen.

Der Rheinstrom. Naar Vondel door Andr. Jansen. IX.
487. 488. 601.

1874. Vondels „dichterlijke moraliteit". J. A. A. Thijm. X. 17.
Tesselschade's vertaling van Tasso. J. A. Alberdingk-
Thijm. X. 364. 516. 519.
De Visschers en van Wesels. H. J. Allard en J. A.
Alb. Thijm. X. 372.
Lina Schneider (W. Berg), Vondels familie en geboorte-
huis. X. 413.
C. N. Wijbrands, Vondel op het Amsterdamsche tooneel.
X. 423.

1876. Fr. J. V. de Groot, Vondel in zijne „Bespiegelingen".
2. Ser. I. 31. 225. 456.
A. D. de Vries, Een vergeten gedicht van Vondel.
2. Ser. I. 389.
J. A. Alb. Thijm, Een paar onuitgegevene vaersjens van
Tesselschade. 2. Ser. I. 594.

1879. Vondel in zijne „Bespiegelingen". J. V. de Groot. 2. Ser. II. 79.
P. Génard, Vondel en de zijnen. 2. Ser. II. 484.
N. de Roever, Vondels woning in de Warmoesstraat.
2. Ser. II. 501.
J. W. Brouwers, Iets nieuws over Vondel. 2. Ser. II. 529.
De Schim van „Bakkes" aan den Heer A. Ising, oud
mederedacteur van den Spectator. 2. Ser. II. 583.

1880. J. A. Alberdingk-Thijm, Geslachtslijst der Familie Hooft.
2. Ser. III. 252.
Dr. Jan ten Brink, Een letterkundig Eeuwfeest (Hooft).
D. C. Meyer Jr., Tot de genealogie Hooft. ib. 372.

Als „letzte Lieferung" zu Lenneps Ausgabe veröffentlichte
der unermüdliche Vondel=Forscher Jos. Alb. Alberbingk=Thijm
seine Portretten van Joost van den Vondel. Amst.,
Langenhuysen. 1876 — eine novellistisch ausgeführte Bio=
graphie, die aber in den Anmerkungen die werthvollsten
Details enthält. Der ebenfalls von demselben Gelehrten
begründete Volksalmanach voor Neerlandsche Katholieken,

ber bereits 80 Jahrgänge zählt, brachte fast jebes Jahr
Beiträge über Vondel unb beſſen Zeitgenoſſen.

6. Um bie Converſionsgeſchichte Vondels unb bas Stu=
bium ſeiner religiöſen Dichtungen haben ſich beſonbers zwei
Jeſuiten verbient gemacht: P. J. Koets (Peter en Pauwels, Het Treurspel van Vondel etc. Amst., Langenhuysen. 1868) unb P. H. J. Allarb, ſowohl burch zahl=
reiche Beiträge in ber Zeitſchrift Studiën, als auch burch
mehrere werthvolle Monographhien: Vondels gedichten
op de Societeit van Jesus. 's Hertogenbosch, van Gulick. 1868. — Vondel en de Paus. Amsterd., Langenhuysen. 1869. — Vondel en de Moeder des Heeren.
Utrecht, Rossum. 1869. — Vergl. Tübinger Quartal=
ſchrift. I. 1864. — Dr. A. Näß, Biſchof von Straßburg,
Die Convertiten ſeit ber Reformation. VIII. 176 177
unb 616 - 622; XI. 172, 173; XII. 126, 137; (23),
100, 107, 114; XIII. 509 — 562. — Vondels overgang
tot de Katholieke Kerk (De Katholiek. 1867. LI. 352).
Vondels overgang tot de Katholieke Kerk, wederwoord
aan J. van Lennep (De Katholiek. LIII. 20). —
S. Muller, Kerkhistorische bijdrage ter opheldering
van sommige gedichten van Vondel. Jaarb. v. d.
Doopsgezinden etc. 1838—39, p. 143.

Zu ben theologiſchen Lehrgebichten Vondels liegen zwei be=
beutenbere katholiſche Commentare vor: von Fr. J. Hoppen=
brouwers zu ben „Altargeheimniſſen", 's Hertogenboſch. 1825;
von bem Dominikauer P. be Groot zu ben „Betrachtungen
über Gott unb Gottesbienſt". Amſterbam 1879. — Einem
längern Gebichte auf Vondel gab J. W. Brouwers (J. van
den Vondel. Dichtwerk met aanteekeningen. Roermond, Romen. 1861) intereſſante Bemerkungen, nament=
lich über beſſen Dramatik, bei.

15*

7. Den bedeutendsten Angriff auf das Ansehen Vondels und seinen Einfluß auf die niederländische Literatur führte P. G. Witsen Geysbeek: Biographisch etc. woordenboek der Nederduitsche Dichters. Amsterd., Scheijer. 1827. VI. 42—391 [1]. Er unterwarf nicht nur die einzelnen Werke einer schneidenden Kritik, sondern suchte Vondels ganze literarische Thätigkeit als eine im Grunde verfehlte hinzustellen. Uebertrieben und einseitig wie sie war, verfing indeß seine Kritik nicht; im Gegentheil mag sie dazu beigetragen haben, daß Vondel durch Lenneps Ausgabe eine Art Auferstehungsfest feierte. Einen neuen, wenn auch lange nicht so herben Gegner hat Vondel in jüngerer Zeit an Dr. W. A. Jonckbloet gefunden in seiner Geschiedenis der Nederlandsche Letterkunde. Groningen, Wolters. 1872. (Deutsch von W. Berg.) Er versuchte Vondel als Dramatiker abzusetzen und ihn nur noch als Lyriker gelten zu lassen. Dieser Versuch, der sich auf wirkliche Schwächen Vondels stützt, ist von einzelnen deutschen Gelehrten sehr belobt worden; in Holland dagegen hat er den ernstlichsten Widerstand gefunden. An die Spitze der Vertheidiger Vondels stellte sich der tüchtige Aesthetiker und Literaturkenner Dr. J. van Vloten und ließ über Jonckbloets modern-deutsch gefärbtes Geschichtswerk eine unerbittliche Kritik ergehen, die in ihrer Kraft und Schärfe an Lessing erinnert: Jonckbloets zoogenoemde Geschiedenis der Nederlandsche Letterkunde, ten dienste van haar lezers getoetst en toegelicht door J. V. VI. Arnhem, J. Rinkes Jr. 1876 (bes. p. 16—48: Hoe

---

[1] Bei ihm findet man eine Menge von Schriften und Aufsätzen angeführt, die vor dieser Zeit sich direct oder indirect mit Vondel beschäftigten.

Jonckbloet met Vondel omspringt). Je weniger er die vorhandenen Schwächen der Vondel'schen Poesie zu verhehlen sucht, desto wirksamer erweist sich seine kräftige und wissen= schaftliche Argumentation. — Van Vloten parirte aber nicht nur glücklich diesen Angriff, sondern hat durch ander= weitige wissenschaftliche und populäre Werke auch positiv das Studium Vondels gefördert. Schets van de geschie- denis der Nederl. letteren. 1871. — Bloemlezing uit de Nederl. Dichters der zeventiende eeuw. Arnhem 1869. — Geschiedenis der nieuwe Letteren. Amster- dam 1876 (über Vondel p. 339). — Vondel-Almanak voor 1876. Haarlem 1876 u. s. w.

8. Außer den erwähnten Zeitschriften hat sich auch die übrige periodische Presse viel mit Vondel befaßt:

Algemeene Konst- en Letterbode. Haarl. en 's Gravenh. 4⁰. 1858, 154. Bloedverwanten van Vondel.

Algemeen Magazijn van Wetenschaap, Konst en Smaak. V Dln. Amst. 1785—91. 8⁰. Lof van Joost van den Vondel als Dichter. I. 495.

Simons A., Over den aanleg van Vondel en zijne poëzij met die van Cats en Hooft vergeleken. Mnemosyne. XI. 153.

Lauts, U. G., Over Joost van den Vondel en den „Lucifer". Schull en v. d. Hoop, Bijdragen tot Boeken- en Menschen- kennis. Dordr. 1832. I. 219.

J. de Vries, Iets Vondel betreffende, uit een oud memoriaal. Vaderlandsche Letteroefeningen. 1806. II. 296.

Snellaert, F. A., Drie autografen van Joost van den Vondel. Algemeene Konst- en Letterbode. 1854, 58.

Jonckbloet; Vondel's Lucifer, eene politieke allegorie. Drenth- sche Volksalm. 1850, 205.

Pui-aanteekeningen te Amsterdam van huwelijken eeniger voorname mannen, zooals Abraham Bloemaert, Joost van Vondel etc. Werken van het Histor. Genootsch. te Utrecht. Kronijk. V. Jg. 60.

Zwagerschap tusschen Hooft en Vondel. De Navorscher. IV. 365.

J. van Lennep, Coster's Akademie; de nieuwe en de her-
bouwde schouwburg. Holland. Almanak. 1868, 1.

Bij het oprichten van het grafteken voor J. van den Vondel in
de Nieuwe Kerk te Amsterdam. 1. Febr. 1772. De
Denker. Amsterd. 1772. X. 33, 145.

Het standbeeld voor Joost van den Vondel. De Nederlandsche
Spectator. 1864, 365.

De Vondelsfeesten. Ned. Spectator. 1867, 340.

J. ten Brink, De Vondelsfeesten in de hoofdstad, 17.—19. Oct.
1867. De Tijdspiegel. Arnhem. 1867. II. 472. 1868. I. 142.

De Vondelsfeesten te Amsterdam. Europa. Dordr: 1867. IV. 246.

Geslacht Hooft. De Navorscher. 1863, 378. 1864, 89. 90. 150.

Geslacht Vondel. De Navorscher. 1867, 347. 1864, 220.

A. de Jager, Lof van Vondel. Mémoires couronnés etc. publ.
par l'Académie Roy. etc. de Belgique. XVII. Nr. 1.

J. A. Alberdingk Thijm, Levensbericht van Joost van den
Vondel. Kathol. Volksalmanak. 1869, 151.

M. C. van Hall, Redevoering over J van den Vondel, als
schrijver in ondicht. v. Kampen en de Vries. Holl. Mag. 157.

M. Siegenbeek, Verhandeling over de dichterlijke verdiensten
van Joost van den Vondel. Bat. Maats. v. Taalk. II. 35.

Potgieter, E. J., Vondel voor burgemeesteren. Nederland. 1855.
IV. 72.

Le portrait de Vondel et un mot sur lui. Bulletin du Comité
Flamand en France. 1868. Lille. IX. 86.

9. Vereinzelte Stücke Vonbels wurden schon zu seinen
Lebzeiten in's Deutsche übertragen: bie „Gabaoniter" von
Heybenreich, 1662, unb von Gryphius, „Maria Stuart"
von Kormarten, 1672, u. a. — Andere Stücke wie bie
„Maagben", ben „Palamebes", bie „Leeuwenbalers", hat
Gryphius nachgeahmt. Ueberhaupt hat Vonbel auf ihn unb
bie gleichzeitige beutsche Literatur einen nicht unerheblichen
Einfluß ausgeübt. S. Kollewevn, Ueber ben Einfluß bes
holländischen Drama's auf Anbreas Gryphius. Heilbronn,
Henninger. 1880. — Schon im folgenben Jahrhundert trennten

sich indeß die beiden Literaturen so sehr, daß von Vondel in Deutschland kaum mehr die Rede war. Die deutschen Classiker wie die Romantiker[1] nahmen von ihm gar keine Notiz. Erst in neuerer Zeit hat er wieder Aufmerksamkeit und allerdings spärlich auch einige Anerkennung gefunden.

„Lucifer" wurde wiederholt übersetzt: von Luise von Plönnies (Berlin 1845), von M. W. Quadt (Aachen 1868), von Alexander Kaufmann, von Ferdinand Grimmelt (Münster 1868), von Wilde (Leipzig).

Den „Jephte" übersetzte F. Grimmelt (Münster, Russel. 1869), den „Gijsbrecht" Wilde (Leipzig 1867).

„Petrus und Paulus" übersetzte L. van Heemstede (Aachen, Tepe. 1873).

„Adam in der Verbannung" übersetzte ebenfalls Heemstede, in den „Historisch-politischen Blättern" herausgegeben von Jos. Blum. Wien 1876. S. 557 u. ff.

Eine gut getroffene Auswahl lyrischer Gedichte Vondels veröffentlichten F. Grimmelt und Andr. Jansen (Münster, Russel. 1873) in sehr schöner Uebersetzung.

Ueber Vondels Conversion schrieb Bischof Dr. Räß, Convertiten. Die periodische Presse Deutschlands hat sich nur wenig mit Vondel befaßt: Eine schöne Medaille auf den berühmten holländischen Poeten Joost van den Vondel. Münzbelustigungen. XIV. 193. — A. Hagen, Die Trauerspiele Joost van den Vondels. Deutsches Museum. 1867. II. 417. — A. Glaser, Joost van den Vondel und sein

---

[1] Achim von Arnim erwähnt ihn in der artigen Novelle „Holländische Liebhabereien", aber nur, um seinen Humor an der holländischen Schulpoesie auszulassen und Jan Vos, den grausigen „Romantiker", zu feiern. Der frühere Glaser und spätere Schauspieldichter Jan Vos, der zeitweilig Vondel auf der Amsterdamer Bühne verdrängte, war übrigens wie dieser ebenfalls Katholik.

Lucifer. Herrigs Archiv. 1857. XXII. 119. — Vondels
Palamedes von Ernst Martin. Schnorr von Carolsfeld's
Archiv. 1874. III. 202—224.

10. Es läßt sich wohl kaum läugnen, daß die Be=
wunderer Vondels in ihrer Verehrung mitunter zu weit
gegangen sind. Wenn z. B. Sybrandi sich bemühte, Vondel
als Dramatiker neben Shakespeare zu stellen, so hat selbst
Potgieter diese Vergleichung als eine „unmögliche", den
Versuch Sybrandi's als einen „undenkbaren" bezeichnet [1].
Dagegen scheint mir, daß Vondel in Deutschland entschieden
unterschätzt worden ist, und zwar hauptsächlich beßwegen,
weil man ihn mit Gryphius auf eine Linie stellte. Das
ist aber eine ganz ungerechte Abschätzung. Vondel hat in
seiner Lyrik und Dramatik die niederländische Sprache in
treuem Anschluß an ihre frühere Entwicklung zur reinsten,
vollsten und reichhaltigsten Entfaltung gebracht, Gryphius
die hochdeutsche dagegen nur sehr unwesentlich gehoben, und
das, was Vondel geleistet, einer späteren Periode über=
lassen. Vondel hat einer ganzen Literatur den Stempel
seines Geistes aufgedrückt, Gryphius ist nur eine vereinzelte,
vorübergehende Erscheinung geblieben. Vondel verkörpert
in seinen Liedern die niederländische Republik in ihrer
höchsten Blüthe, in Lust und Leid, Wissen und Handeln,
Religion und Politik; Gryphius ist nur eine traurige Er=
innerung, was Deutschland hätte sein können, wenn innere
Zwietracht nicht sein bestes Mark verzehrt hätte. Die Chöre
Vondels kann sich jeder holländische Dichter zum Muster
nehmen, die „Reyen" des Gryphius sind durch die classische
Lyrik Deutschlands weit überholt. Obwohl aus gemein=
samem Stamm entsprossen, haben sich die beiden Idiome

---

[1] De Gids. 1850. I. 622 ff.

nach sehr verschiedener Richtung entwickelt. Wie manches
Wort, das für uns nur noch im Dialect besteht, uns
platt und komisch klingt, hat im Holländischen seine ursprüngliche, ernste Bedeutung bewahrt! Wie manche Wendung, die uns wegen der Beziehung zum Dialect humo-
ristisch anmuthet, hat für den Holländer einen durchaus
ernsten, oft sogar erhabenen Sinn! So leicht es dem Ber-
liner sein mag, sich über das Holländische lustig zu machen,
so schwierig und mühevoll wird es ihm sein, sich vollständig in die zwar verwandte, aber doch so grund-
verschiedene, ja in Vielem fremde Sprache hineinzuarbeiten.
Je mehr man sich aber in dieselbe hineinlebt, besto mehr
wird man gewahren, wie viel die holländische Sprache und
Literatur Vondel dankt. Mag der enge Anschluß an ihn
in ästhetischer Hinsicht namentlich für die freiere Entwicklung
des Drama's unverkennbare Nachtheile gehabt haben, so
hängt derselbe doch so innig mit der selbständigen Entwicklung der holländischen Literatur zusammen, daß man denselben billiger Weise nicht verurtheilen kann. Der Abfall
von Vondel zieht fast nothwendig den Abfall von der
eigenen selbständigen Literaturentwicklung nach sich, und
öffnet der Ausländerei in Stil, Geschmack und Sprache die
Thüre. Sehr begabte holländische Schriftsteller, die sich anfänglich in's Schlepptau des modernen Allerweltsgeschmackes
hatten nehmen lassen, sind darum nach reiflicheren Studien
zu Vondel zurückgekehrt.

So klagte sich Beets im Jahre 1845 gegenüber Vondel
also an:

> „Wehe! In der Jugend heißem Sturmgedränge
> Unreif ist mein erstes Lied ertönt;
> Hab' mich an den Ton der heimathlichen Klänge
> Ach, so früh! doch nicht genug gewöhnt;

Hab' mißbraucht die heil'gen Saiten deiner Leier,
   Halb ergriffen nur mit schnödem Maß,
Jetzt zu Wildsang, jetzt zu fremder Ruhmesfeier,
   Bis ich dich, Ruhm meines Lands, vergaß.
Bis ich dich vergaß und beine königlichen Lieder,
   Deinen Adlerflug und beine reine Gluth,
Deinen Freisinn, beine Mannheit ernst und bieber,
   Deinen Reichthum, beinen Jugendmuth![1]

Wie Beets haben sich die tüchtigsten Dichter, Schrift=
steller und Sprachkenner Hollands entweder unmittelbar an
Vondel angeschlossen, oder haben sich nach tastenden Ver=
suchen wieder ihm zugewandt. Sein Ansehen und sein Ein=
fluß hat längst die Feuerprobe bestanden. Allerdings haben
sich in neuerer Zeit die Versuche wiederholt, die Autorität
Vondels zu stürzen und die niederländische Literatur zu
einer ergebenen Filiale der beutschen zu gestalten. Indessen
ist es nicht die Stimme eines vereinzelt stehenden Mannes,
wenn J. van Bloten sagt[2]:

„Selbständigkeit, kräftige Selbständigkeit, das ist das
klare Losungswort, die zieltreffende Mahnung für jedes
Volk, das einen glücklichen Zustand anstrebt und eines
beneidenswerthen Looses theilhaftig sein will. Einen eigenen,
charaktervollen Geist zu hegen und denselben in Sprache
und That zu äußern, das ist's, was ein Volk auszeichnen
muß und was dasselbe, so klein es an Zahl und Aus=
behnung sein mag, auch groß macht. Nicht ohne Miß=
muth und Betrübniß höre ich beßhalb einige unter uns von
einem französischen oder beutschen Geiste prahlen, dem das
gebildete Europa sich zinsbar machen soll und nach dem

---

[1] Verpoozingen op letterkundig gebied. Amst., Funke. 1873.
p. 116.

[2] Vondel-Almanak. 1876. p. 6 u. 7.

die Vortheile und Nachtheile für und wider von beiden
Seiten ängstlich abgezirkelt und abgewogen werden sollen.
‚Bewahrt doch euern eigenen Geist, ihr Unglücklichen!'
möchte ich diesen zurufen; was kümmert ihr euch immer
um den Geist Anderer? Nicht Deutsch, nicht Französisch,
nicht Englisch, nicht Germanisch, nicht Romanisch aus=
schließlich, sondern selbständig Niederländisch muß
euer Geist sein. Während dieser das Schöne und Edle,
das diese verschiedenen und so viele andere Nationalitäten
früherer und späterer Zeit zu Stande brachten, zu genießen
weiß, während er alles minder Lobenswerthe und Schöne
zu vermeiden sucht, wodurch er jene etwa entstellt sieht,
muß er seinen eigenen selbständigen Weg der Erkenntniß
und Entwicklung verfolgen und seinerseits in Wort und
That ein eigenes kräftiges Leben zu Tage treten lassen."

Beilagen.

A. Vondels nächster Familienkreis.

Peter de Kranen (Rederijker in Antwerpen, Mennonit).

Sara Kranen (kath. getauft, nachher Mennonitin), vermählt 1585 (?) zu Köln mit I. v. d. Vondel, Hutmacher aus Antwerpen, zog 1596 aus Köln über Frankfurt, Bremen, Utrecht nach Amsterdam, wurde daselbst Bürger 27. März 1597, starb daselbst und wurde 12. Febr. 1618 in der Alten Kirche begraben.

1) **Clementine** (Clemensken), geb. 1586, vermählt 1607 mit Hans de Wolf aus Köln, Wittwer von Neelje Cornelis.

Hans ob. Joan be Wolf der Jüngere, vermählt 1) 1644 m. Cornelia Blod. 2) 1649 m. Agnes Blod, diese nach Joh.'s Tod verm. in 2. Ehe m. Egbrant be Flines. — Ihre Schwester Iba Blod, geb. 1632, † 1693.

2) **Joost v. d. Vondel,** der Dichter, geb. 17. Nov. 1587, vermählt 20. Nov. 1610 mit Mayken de Wolf, † 1655, Schwester des Abraham de Wolf, der katholisch.

1) Anna, geb. 1611. Beginchen, treue Pflegerin des Vaters.

2) Joost, geb. 1612, vermählt 1) mit Baltje Abriana v. Banden 1644; 2) mit Baartjen Hooft, Wittwe v. Dirt Hooft v. Amersfort 1650.

3) Sara. 4) Constantin.

1) Joost v. d. B., geb. 1650, verm. m. A. v. Nech= teren 1674.

2) Willem v. d. B.

3) Maria v. d. B., geb. 1653, † 1663.

3) **Wilhelm v. d. V.,** geb. 1599, ging nach Italien. † 1628, unverheirathet. Doctor juris zu Orleans.

4) **Katharina,** geb. 1602, verm. 14. Juni 1624 mit Jan. Kris. Bruyningk. † 1631. Sie wurde mit ihren Kindern katholisch.

1) Johann B. 2) Anna B., angeheiratet 1658. 3) Rebecca B., verm. mit Meinier von Stwelt 1659.

B. Vondels Werke

in chronologischer Reihenfolge.

1587. 17. November Vondel zu Köln geboren.

1597. Die Familie Vondel läßt sich zu Amsterdam nieder.

1605. Biblische Hochzeitsverse auf Jacob Haesbaert und Clara von Tongerlo.

1607. Neujahrslied. — Cupido's Jagd. — An die Jungfrauen von Friesland und Over-Yssel. — Abschiedslied.

1609. Auf den zwölfjährigen Bestand der Niederlande.

1610. Trauergedicht auf Heinrich (IV.) den Großen von Frankreich.

1612. Das Pascha oder die Erlösung der Kinder Israels aus Egypten. (Drama in 5 Acten.) — Vergleich Israels mit den Niederlanden.

? Lobgesang an W. Bartjens. — Hymnus auf die weitberühmte Schiffahrt der Niederlande.

1613. Der goldene Laden des kunstliebenden Niederländers. (84 meist epische Gedichte.) Widmung an Abraham de Wolf. — Räthsel des Dichters.

1616. Die Väter (übersetzt aus Bartas).

1617. Der fürstliche Thierpark. (125 Fabeln.)

1618. Auf W. Schoutens Reise um die Welt. — Grabschrift auf Breberoo.

1618—1620. Die vier letzten Dinge. — Das letzte Gericht. — Himmelfahrtslied. — Zwei Pfingstgesänge. — Auf das Leiden Christi. — Neujahrslied. — Eitelkeit der Menschen. — Minne zwischen Gott und der Seele.

1620. Die Herrlichkeit Salomons (übersetzt aus Bartas). — Auf
die Ankunft der Königin des Südens in Jerusalem.
Die Gotteshelden des Alten Bundes. — (38 epische Gedichte).
Der christliche Ritter. — Das zerstörte Jerusalem. (Tragödie
in 5 A.) — Davids Lobgesang auf Jerusalem — Hochzeits=
lied an L. Jacobs.

1621. Gebet zu Gott in schwerer Krankheit. — Auf Prinz Wilhelms
Grab. — Auf Heinrich de Keyzer. — Auf Erasmus von
Rotterdam. (3 Gedichte.)

? Davids Klage um Saul. — Moses' Gesang. — Die Baby=
lonische Gefangenschaft. — Der 19. Psalm.

1622. Auf Anna Roemers Geburtstag. — Auf den Mathematiker
Willibrord Snellius. — Zum Lob der hl. Agnes. — Trauer=
lied auf C. Vorstius.

1623. Auf ein Mordpasquill. — Auf Bans Sängerkunst. — Hoch=
zeitslieder auf Alard Krombalch und Maria Tesselschade
(Roemers). — Lob der Seefahrt (an Lor. Reael).

? Auf Arminius. — Auf Uytenbogaert. — Auf Episcopius. —
Mißbrauch des Kirchenbanns.

? Auf einen Traupfennig. (4 Sprüche.) — Auf Mathilde van
Kampens Tod. — Auf die Uebersetzung des Bartas durch Wessel
v. Boetselaer.

? Der Römische Bürgerkrieg. — Nereus' Weissagung (nach Horaz).
— Todtenklage um Ovid.

? Trahit sua quemque voluptas. — Gecken. — Wijkfang (Lied
im Freien). — Christliches Freierlied.

? Auf Magdalena van Erp. — An J. Baeck. — Auf das
Verunglücken des Dr. Roscius. — Streit zwischen Keuschheit
und Minne. — Sang auf die Melodie: ‚Jetzt muß ich, Laura,
dich fragen.'

1624. An die Drostin van Muyden. — Auf das Bild v. de Ries'
und Gerrits.

1625. Auf Papst Urban VIII. — Auf Huygens ‚freie Stunden". —
Die Amsterdam'sche Hecuba. (Tragödie in 5 A.) — Die

Buchdruckerkunst. — Auf das Drama Cassandra. — Auf das Drama Jephte. — Auf eine Denkmünze Hoofts. — Die Sinnbilder S. Heyns. — Prinzenlied. — Gruß an Prinz Friedrich Heinrich. — **Palamedes oder die Ermordete Unschuld.** (Tragödie in 5 A.)

? Drei Gedichte auf Friedrich Heinrich und dessen Gemahlin Amalia. — Das Stöckchen Oldenbarnevelds. — Auf das Bild und Grab Oldenbarnevelds. — Geusenvesper. — Kraftlose Pfaffenblitze. — Auf den Tob meines Töchterchens. Auf R. Hoogerbeets.

1626. Auf eine Geldbuße Schrijvers. — Auf den Hinscheid C. Pz. Hoofts. — Geburtglocke Wilhelm von Nassau's. — An L. Reael. — Oranisches Mailied. — Gegen das Gift der Rottengeister. — Auf der Wage von Holland. — Bitte an die Oberfeinde der Freiheit in Leiden. — Seifenblasen oder erdichtetes Gerücht. — Rommelpot van 't Hanekot (Der Lärmtopf im Hühnerstall).

1627. Das Sprüchlein von Reineke dem Fuchs — Die Eroberung von Grol. — Auf P. C. Hoofts Hochzeit mit Eleonore Hellemans. — An P. Vers.

? Auf den Tob seines Bruders W. van Vondel. — W. van Vondels Abschied von Italien.

1628. **Amsterdams Willkomm an den Prinzen Friedrich Heinrich.** — Auf den Gesandten L. Reael. — An Kaiser Ferdinand II. (auf die Befreiung L. Reaels). — Brief an den Drost van Muyden. — An denselben. — Gustav Adolph von Schweden. — Auf P. Heyn. — Die Absetzung P. Heyns. **Hippolytus oder unglückliche Keuschheit.** (Tragödie in 5 A.) — An J. Witz. — Der Bauernkatechismus.

1629. Auf die Haaglaufer. — Neujahrsgedicht (für S.) — Auf K. Lenertsz. — Auf das Verunglücken des jungen Kurfürsten von Böhmen. — Siegeslied auf Friedrich Heinrich. — Die triumphirende Aemilia. — Auf den „Wegweiser zur Seligkeit".

? Die Poeten gegen das Consistorium. — Frage. — An den Drost van Muyden. — Hugo Grotius an de Thou.

? Der Rheinstrom.

1630. Die Akademie von Amsterdam. (Antwort von Tesselschade Roemers u. s. f.) — Der Roßkamm. — Die Harpune. Medaille für den Gommaristen Ketzermeister zu Dordrecht. — Einweihung des gekrönten Prinzenbildes. — Auf den Bau und die Einweihung des Christentempels (der ersten Remonstrantenkirche). — Haec libertatis ergo. — Eine Otter im Bollwerk. — Auf den Puterhahn (Triglandt).

1631. Blitze der Nordholländischen Synode. — Decretum horribile. — Auf Amsterdam. — Auf Joost. — An Broekhuyzen. — An den Künstler Serwouters. — Auf Trajan Bokkalijn (d. h. Hoofts Uebersetzung der Ragguagli di Parnasso. Venedig. 1612). — Jahrzeit Oldenbarnevelds. — Die Befreiung der Loevenstein'schen Gefangenen. — Niederlage der königlichen Flotte auf dem Slaak. — Das Todtenopfer von Magdeburg. — An Gustav Adolph. — Auf ein Bild Gustav Adolphs. — Einweihung des Athenäums von Amsterdam. (2 Gedichte.) — Willkomm an Hugo Grotius. — Hugo Grotius' Befreiung. — In's Stammbuch von Chr. Kas, Diener des Grotius.

1632. Oelzweig an Gustav Adolph. — Todtenklage auf den Statthalter Ernst Kasimir von Nassau. — Städtekrone für den Prinzen Friedrich Heinrich nach der Einnahme Maestrichts. Grabschrift auf Pappenheim.

? Auf das Landhaus L. Baecks. — An das Bächlein daselbst. — Hochzeitslied für G. Bartelotti. — Trauring P. Cz. Hoofts.

? Der Hafen (an J. Nikolasz) — Auf Corn. Anslo. — Auf die Schreibkunst H. Meurs'. — Auf Judith Kokermans. — An Apollonia van Been.

1633. Dankopfer an D. be Wilhem. — Friedenswunsch an Huygens. — Liedchen an Pabbruś. — Trauerlied auf Gerhard Vossius. — An Baerle, beim Tode Gerhards Vossius. — Gedächtniß an Benningen. — Der Hinscheid der Erzherzogin Isabella.

? Kinderleiche. — Auf unser Waisenhaus. — Auf das Tollhaus. — Sporen für Hooft. — Dankgedicht an Baeck.

1634. An alle Hunbetöbter. — Auf Donne's Epigramme, von C. Huygens übersetzt.

1635. Tobtenklage an das Liebfrauenchor. — An Nik. Hasselaer. — Die Flucht des Carbinals Ferbinanb von Brüssel. — Auf D. Mostert. — Auf die Hochzeit C. le Blons. — Vertrag zwischen Schweben unb Polen. — Sophompaneas ober Joseph bei Hofe. (Trauerspiel in 5 A, aus bem La= teinischen bes Hugo Grotius.)

? Auf Michael le Blon. — Die glückliche Regierung von Leiben — Jackel für Dr. Blaeu. — Körbe.

1636. Ansprache Baerle's an J. Baeck. — Auf Jsabella le Blon. — Trost an Jsabella's Eltern. — Das Vögelchen Susanna Bartelots. — Warnung an bas Vögelein. — Hochzeitlieb für J. Hinlopen. — Glückliche Reise, an Pizo. — Glückwunsch an Gerharb Schaep. — Auf Maria unb Cornelia Spiegel. — An C. Huygens beim Tobe seiner Gattin.

? Bacchantenchor. — An Spiegel. — Auf M. Blaeu. — Hochzeitslieb für J. van be Pol.

1637. Auf ben Tob J. Baecks. — Glückwunsch an M. Pompe. — Das Fest Hillebranb Bentes'. — Siegessang auf Vinckenroy. — Schauspielreime. — Auf Nic. van Kampen. — Auf bas neue Theater. — Gijsbrecht van Aemstel. (Trauerspiel in 5 A.)

? Die römische Leier. — Die königliche Harfe. — An J. Julus. (Horat. IV. 2.)

1638. Tobtenklage auf Cornelia Bossius. — Auf ben Einzug Maria's von Mebici. — Die Korporalschaft H. van Swieten's. — Auf bie Steinbrücke. — Auf ben Bürgermeister be Graef.

? Auf ben Rechenmeister S. Karbinaal. — Auf bas Grabbuch W. Blaeu's.

? Auf ben 3. Theil bes Lichtes ber Seefahrt. — Bitte an bas Westwindchen. — Spirings Verwanbelung.

? Der Honigkorb. — Rosamunbe. (Dramat. Fragment.)

1638. An W. Blaeu. — An C. Plemp.

1639. **Elektra.** (Trauerspiel in 5 A., nach Sophocles.) — **Die Jungfrauen.** (Trauerspiel in 5 A.) — Auf die Zwietracht der christlichen Fürsten. — Klage. — Auf Cabrools Anatomie des Menschen. — **Die Brüder.** (Trauerspiel in 5 A.) — Dankopfer an den Magistrat.

? Auf den Streit des Drosts van Muyden mit Frau von Wickefort, wer die Kerze tragen sollte. — Geburtstagsgedichte an K. Wickefort und K. Kerckrinck. — Auf Kath. Baeck. — Auf Alba's Standbild. — An Looten. — Auf Vossius, Hooft, Baerle, Dr. Koster. — Auf mein Bild von Sandrart. — An Sandrart. — Inschriften auf die 12 Monate. — Auf das Bild des hl. Sebastian, von Sandrart. — Auf Maria Magdalena, von Sandrart.

1640. Auf Johanna und Gerhard Vossius. — Grüße an Gerhard Staeckmans. — **Joseph in Dothain.** (Trauerspiel in 5. A.) — **Joseph in Egypten.** (Trauerspiel in 5 A.)

? Klage an J. Sandrart. — Auf Malereien, Zeichnungen, Marmorbilder im Hause Sandrarts.

1641. Bankett für Adam van Lockhorst. — Hochzeitslied für N. Pankras. — Der Kreuzberg (an Magd. van Erp). — **Peter und Paul.** (Trauerspiel in 5 A.) — Grabmal für Lord Strafford — Auf Graf Strafford.

? An die Börse von Amsterdam. — Mailiedchen an Anna Engels. — An W. de Geest. — **Uebersetzung der Heroiden Ovids.**

1642. Das Ausmalen des Haarlemer Meers. — Henriette Marie in Amsterdam. — Die Ehe von Oranien und Britannien. — Auf die Ilias der Medicäer (d. h. Hoofts Werk über die Medicäer). — An de Blaming van Oudshorn — An M. Vossius. — **Briefe der heil. Jungfrauen** (Widmung an Maria, das Magnificat und 12 Episteln).

? Zacharias' Lobgesang. — Weihnachtslieder. — Auf Medaillen des Englischen Grußes und des hl Johannes. — Aus dem 118. Psalm. — Der 119. Psalm. — Psalm 122 und 125. — Das Gebet des Herrn. — Das Apostolische Glaubensbekenntniß.

— Der auswendige und inwendige Tempel. — Herzeleid. —
An Joachim Wickefort. — An Maria de Brune. — Die fünf
Sinne. — Der Jäger von Eickhof. — Phaeton. — Das Schau=
spiel des Erbreichs. — An Hugo Grotius in der Verbannung.

1643. Stabat Mater. — Der 86. Psalm. — Die sieben Bußpsalmen.
— Hahnenschrei. — Der Todtenschädel. — Auf den Rosen=
kranz des hl. Franz Xavier. — An Fr. Junius.

1644. Nachrede zur Ausgabe seiner Gedichte. — Klage gegen die
Aufrührer in Großbritannien. — Morgenwecker
der Sabbatisten. — Der Rath der Abenteuer. —
Mundus vult decipi. — Dankopfer an Königin Christine
von Schweden. — An C. le Blon. — An Königin Christine.
— An Pfalzgraf Ludwig. — Oelzweig an Papst Inno=
cenz X. — An Joost Buick. (?)

1645. Auf den Brand der St.=Katharinenkirche. — Kennzeichen
des Abfalles. — Jubiläum der heil. Stätte in
Amsterdam. — Schild des Glaubens. — Die Altarsge=
heimnisse. (Lehrgedicht in 3 Büchern.) — An Jakob Boonen,
Erzbischof von Mecheln. — An Westerbaen. — Die äußerliche
Kirche. — Der Leuchtthurm Ignatius Lopola's. —
Dankgedicht an Boreas wegen des Zurückbleibens Hugo Grotius'.
— Abreise und Tod des Hugo Grotius. — Ein=
leitung und Nachrede zu Grotius' Testament. —
An Jakob Heiblock. — Elegie auf van den Pol. — Auf
Storms Uebersetzung der Pharsalia. — Gratulation an
die Königin von Polen. An die Gesandten, an die
königliche Braut und an den König Wladislaus.

? Der hl. Bruno von Köln. — Die christliche Geduld. —
Geburtstag von C. Kerckrinck.

? An den Lästerer des Hugo Grotius. — Der Prüfstein. — Epi=
gramme (übersetzt aus Martial, Claudian, Juvenal).

1646. P. Birgilius Maro's Werke (in Prosa übersetzt). — Maria
Stuart. (Trauerspiel in 5 A.) — Goldenes Jahr J. de
Witte's. — Der Hofschwan von Cleve. — An T. Velius und
B. Abba. — Auf die Wachtthürme in Utrecht. — Auf ein

Bild Masaniello's. — Auf den Organisten Swelingh. — Auf
P. Schrijvers holländische Geschichte. — Auf ein Bild Johanna
Gray's.

? Hooft unerreichbar. — Lieven Koppenol. — Die fünf Sinne.
— Auf de Lange. — Auf die edle Schreibkunst. — Der todte
Leander (nach Rubens Bild). — Ein italienisches Bild Su=
sanna's. — Gespräch über den Löwen. — An den Blumen=
maler Daniel Seghers, S. J. — Goltzius' Sarg.

1647. Auf die sieben Kurfürsten. — Auf einen nach Ostindien ge=
sandten Globus. — Trauerlied auf den Priester J. B. Wuitiers.
— Geburtstagslied an den hl. Gregorius Thau=
maturgus. — In ein gewisses Stammbuch. (?)

1648. Todtenklage auf C. van Baerle. — Der gezähmte Mars. —
Friedenssang. (Auf den Abschluß des Friedens zu Münster.) —
Die Leeuwendalers. (Idyllisches Drama in 5 A.) — Virgils
erste Ekloge. — Auf den Wittwen= und Waisenhof. — Das
Stadthaus. — Bausang. — An Jakob de Graef.

? An Anna Wijmers. — Kretzer's Maria Magdalena. — Last=
mans Opferfeier. — Bleekers Venus und Danae.

1649. Salomon. (Trauerspiel in 5 A.) — Hochzeit G. van Zu=
sterens. — Die Königsmörder von England. —
Auf G. Vossius' Tod. — Niederlage der türkischen
Flotte bei Foja (Smyrna). — Maibaum für J. de Wolf.
— Auf den Traupfennig. — Auf G. Bicker. — Priesterjubi=
läum des Erzbischofs J. Rovenius. — Die Todtenbahre
G. Pancras'. — Auf ein Wachsbild Baartjen Hoofts. —
Lobgedicht auf Famian Straba, S. J.[1] — Auf den Maler
P. Lastman.

1650. Anleitung zur niederdeutschen Dichtkunst. (Zur
Einleitung seiner Gedichte bei Hartgers.) — Schlußgedicht. —
Auf mein Porträt. — Das Tafelsilber des Bischofs Christoph
Bernard von Galen. — An die Blockhäuser von

---

[1] NB. Weder bei van Lennep, noch bei van Bloten. Steht vor
dem 2. Theil der 1655 in Rotterdam erschienenen Ausgabe. Dietsche
Warande. Nieuwe reeks. I. 389.

Amsterdam. — Der gefesselte und entfesselte Löwe. — Grab=
schrift auf ein Vögelein. — Auf die Bicker. — Räthsel. —
Frage. — Die Ungeheuer unserer Zeit. — Denkmünze des
Ueberfalls und Abfalls. — Grabmal Montrose's. —
Die Pfingstblume von Schottland. — M. Teelings Aufruhr.
— Der „getreue Hirte". (Gemälde von Bloemaert.) — Räthsel.

1651. Auf den Erbprinzen Friedrich von Norwegen. — Vliegers
Tod. — Der Löwe am Band. — An Le Blon. — Auf
die Consecration der Bischöfe von Brügge und Antwerpen. —
Antwerpen, Köln, Rom. — Einkleidung Dina Norbijl's. —
An van Os. — Mein Porträt von Koning. — Porträt des
Bischofs Rovenius. — Auf das Meer. — An Susanna Baerle.

1652. Der Oedipus der Hieroglyphen (Athanasius Kircher). — Brand
des Stadthauses von Amsterdam. — Jahrzeit M. le Blon's.
— Die Orgel in Trauer. (Auf den Tod des Organisten
Dietrich Swelingh.) — Tod des Pastors Leonhard Ma=
rius. — Drei Epigramme auf Marius. — Tod A. Bickers.
Jubelfest des hl. Franz Xavier.

1653. Freie Seefahrt (an Admiral Tromp). — Schiffskrone
für den Admiral Joh. van Galen. — Leichenfest Joh. van
Galens. — Grabschrift auf denselben. — Tod des Admiral
Tromp. — Drei Epigramme auf Tromp. — Der Protector
Währwolf (Cromwell). — Auf Christine von Schwe=
den. (4 Gedichte.) — An den russischen Commissär Winius.
— Hochzeit von M. Looten. — Brautfest von J. Hinlopen.
— Brautmusik für J. Papenbroch. — An den Carmelitenprior
Couvrechef. — An den Dekan Stephan Kracht. — Tulp's
Betrachtungen über Heilkunde. — Die Theatergesellschaft des
Erzherzogs Leopold an den Magistrat von Amsterdam. —
Brief an Berthold Nihusius. — Das Bild Wilhelms von
Brandenburg. — Malerweihe auf St.=Lukasfest. — Mein Por=
trät von Flinck.

? Der gestörte Liebesgott. — Wildfang. — Die getreue
Eidechse. — An Fräul. Anna Hinlopen. — An G. Flinck (Maler).

1654. Lucifer. (Trauerspiel in 5 A.) — Theaterschild. — Auf
Wittewrongel. — Orpheus' Ausfahrt. — Der Sänger=

streit zwischen Apollo und Pan. — Nöthiger Bericht
über falsche Orthographie. — **O. Horatius Flaccus' Oden
und Dichtkunst** (in Prosa übersetzt). — An Westrenen, Licentiat
der Theologie in Löwen. — Die Stadt Hoorn. — Bild von
Utrecht. — Das Kunstbuch Sachtlevens. — Hochzeit A. Hoofts.
Die Thronentsagung der Königin Christine. —
Oxenstijerna's Tod. — Das Unwetter zu Delft. —
Der niederländische Phidias Quellijn. — Verse auf ver-
schiedene Gemälde von Stokkade, Brizé, Flinck, Bol und Joan
Lievensz.

? Einsame Fastenandacht. — Gethsemane. — Ecce Homo.
— St. Agnes. — St. Clara. — An Diepenbeek.

1655. Auf die Hochzeit Jan de Witts mit W. Bickers. — Papst-
wahl und Thronbesteigung Alexanders VII. —
Die Herrschaft von Venedig. — An Terhaar. — Hoch-
zeit Joan Six'. — An Margar. Tulp. — An J. Six. —
Einweihung des Stadthauses von Amsterdam. —
Auf die Denkmünze dieses Festes. — Die Waffenkrone von
Amsterdam. — An J. Huydecoper. — An Hooft de Graef.

1656. An G. Hulft, bei dessen Abfahrt nach Ostindien. — An mein
Porträt von Flinck. — An Rijkloft Goensz. — Jagdgesang
an Joh. Moritz von Nassau. — Hochzeit J. Huydecopers. —
Einzug der Königin Christine zu Rom. — Der
Seetriumph von Venedig. — Der Brand von
Aachen. — Hochzeit von G. Flinck und P. Rooms. — Die
Befreiung von Valenciennes. — Auf Don Juan von
Oesterreich. — Leichenklage auf Don Antonio de Camarra. —
Jubelfeier des hl. Ignatius von Loyola. — Auf
Bilder des hl. Ignatius von Loyola und des hl. Fr. Xavier.
— Auf ein Bild Konst. Huygens'. — **Salmoneus.** (Trauer-
spiel in 5 A.) — An Margaretha van Rijn. — Prometheus.
— Der Friede. — Auf mein Bild von Koning. — **König
Davids Psalmen.** (In gereimter Uebersetzung. Widmung an
Königin Christine von Schweden.)

? Maria von Outshoren (Bild). — Orestes und Pylades. (Bild.)
— Konings Venus. — Venus und Cupido. — Der Triumph
des Bacchus. — Davids Marmorbild.

1657. Ankunft Estevan de Gamarra's. — Die Wiederherstel=
lung der Gesellschaft Jesu in Venedig (an Papst
Alexander VII.). — An Le Blon. — Der Parnaß am Belt.
— Grüße an die niederländischen Gesandten in Kopenhagen.
— An Tobias Morstin, Gesandten von Polen. — An Joachim
Gerstorf, Reichshofmeister. — An den Maler Karl van Mander.
— An Friedrich III. von Dänemark. — An Königin Sophie
Amalia von Dänemark. — An Eryk Zeesteed, dänischen Mi=
nister. — An mein Bild von Mander. — An den Kronprinzen
Christian von Dänemark. — Abschied Sophie Amalia's von
ihrem Gemahl. — Auf Friedrich und die Bürgerschaft von Kopen=
hagen. — Die Beständigkeit der Kirche (an B. von Rebollebo,
spanischen Gesandten in Kopenhagen). — Die Nachtigall von
Amersfort. — Auf J. van Campen. — Als Johann Moritz
von Nassau zur Königswahl zog. — Auf mein Bild von
C. de Visscher. — An F. Bol.

1658. Das Seemagazin. — Geburt Philipps V. von Spanien.
— An Katharine Questiers (Malerin). — Hochzeitslieder
für Waveren, Riccen, Kamay, Kana, Blof, Linnich. — Jung=
frauenpalme für Anna Bruningh. — Auf die Einkleidung
der Nonnen J. Blezen, H. Blezen, M. Krulis. — Gesang der
geistlichen Jungfrauen. — Zur Jubelfeier des Carmeliters
C. Couverchef. — An Westerbaen. — An J. Koenerding. —
Das Wappen A. de Graefs. — Der Friedenshof. — Auf ver=
schiedene Porträts holländischer Familien. — Die Krönung
Leopolds I. — Freie Seefahrt nach Osten. — An
Wassenaer. — Staatwecker.

1659. Der Sieg von Kopenhagen. — Der Triumph über
Fünen. — Hochzeit W. Blaeu's. — Fürstliche Hochzeit
in Amsterdam (Joh. Georg von Anhalt und Kath. von
Oranien). — Auf die Geschichtsmalereien im Stadthaus. —
Auf Moritz von Oranien. — Auf die Ehrenmünze, die ihm
Prinzeß Amalia von Oranien geschenkt. — Auf Helmbach's
Hochzeit. — Auf Fräulein Maria van Blof. — Auf das
Feuerwerk. — Flincks Porträt von J. Moritz, Prinz von Nassau.
— An Johann Moritz. — Auf den Dichter Jan Vos. —
Ländlicher Brautsang für Estvelb. — An die Jünglinge Blasius

und J. Wandelman. — Primiz J. Ackerbooms. — Auf
den Priester und Minderbruder A. Motman. — Auf A. Bloe=
maert. — Auf N. Dusselius. — **Unterweis über die heiligste
Dreifaltigkeit** (Lehrgedicht). — An die Schützengilde von
St. Michael in Amsterdam. — An Frau van Hoorn. —
Jephte oder Opfergelübde (Trauerspiel in 5 A.). — Grab=
schrift auf Bloemaert. — Auf van Wijnbergen. — Auf G.
Flinck. — Zum Gedächtniß G. Flincks. — Auf Zeichnungen
G. Flincks. — Die marmorne Pallas, von der Stadt Amster=
dam dem Prinzen Joh. Moritz geschenkt.

1660. Hochzeit C. Backer's. — Die Prüfsteintafel. — **Samson oder
heilige Rache** (Trauerspiel in 5 A.). Jahrzeit der Frau
van Hoorn. — Gegen die falsche Druckmünze
(d. h. Protest gegen den zu Schiedam erschienenen 2. Theil seiner
Dichtungen). — Begräbniß P. Schrijvers. — **König David
in der Verbannung** (Trauerspiel in 5 A.). — Auf Karl II.
und die Wiederherstellung der Stuarts. (8 Gedichte.)
König David wieder auf dem Throne (Trauerspiel in 5 A.).
— Die Vermählung der Themse und Aemstel. —
Die Ritterschaft von Amsterdam. — Adrian van Reede. —
Kunstkrone für den König von Britannien. — Die nordische
Nachtigall. — **König Oedipus** (Trauerspiel in 5 A.,
aus Sophokles). — **Publius Virgilius Maro's Werke**
(Eklogen, Georgica, Aeneis, metrisch übersetzt). Auf Isabella
Benzi. — Die Seeräthe zu Enkhuizen. — Das rothe Pferd. —
Nothwehr gegen die Türken. — Auf ein Gemälde. —
Das neue Rathhaus. — Das gestrenge Kriegsrecht des Manlius
Torquatus. — Die Glockenmusik von Amsterdam. —
Schauspielkranz für Blooswijk. — Die Heilkunst P. Barbette's.

1661. Todtenklage auf de Mets. — **Adonias oder unglückliches
Streben nach der Krone** (Trauerspiel in 5 A.). — **Betrach=
tungen über Gott und Religion** (Lehrgedicht in 5 Büchern).
Jahrzeit von J. Bicker.

1662. Hochzeit P. de Graefs. — Auf den Maler N. Krauevelt. —
An P. de Graef. — An Jacoba Bicker. — **Johannes der
Bußgesandte** (Epopöe in 6 Büchern). — Frohe Mahlzeit
für den Kurfürsten Max Heinrich von Köln. — Auf Margar.

16*

van Blooswijk. — Auf deren Hochzeit mit R. Honiwood. — **Die Batavischen Brüder** (Trauerspiel in 5 A.).

? Auf die Städte Genua, Poitiers, Avignon, Tours, Narbonne, Toulouse, Arles, Bordeaux, Marseille ꝛc. — Auf die Abtei Clermont. — Auf Jeanne d'Arc. — Auf Ludwig XII, Heinrich III. — Bilder einiger Könige — Grabschrift auf Wilhelm den Eroberer. — Auf Bilder Petrarca's, Seneca's ꝛc.

1663. Auf Jacoba Bicker. — **Die Herrlichkeit der Kirche** (3 Bücher). — Gedächtniß an C. de Graef. — Tod Maria's van Vondel. — Hochzeit B. Kromhouts. — Räthsel. — **Phaëton oder Ruchloser Starrsinn** (Trauerspiel in 5 A.).

1664. **Adam in der Verbannung oder aller Trauerspiele Trauerspiel** (Trag. in 5 A.). — An M. de Wolf. — Kaiser Leopolds Adler, gesegnet an der Raab.

1665. Das glückliche Unglück Joh. Moritzens. — Auf Tanneken van Ergekom. — Sturz der Gallerie in Hofsliet. — Vorspiel des Seekampfs. — Hochzeit P. de Wolfs. — Zuckerlieb. — Die Hafenschänderei zu Bergen. — Unter den Kneipzangen. — Minneverschen. — Narcissus. — Hippomenes. — Apis und Isis. — Das Bild Homers von Joan den Esel. — Gebet an Jesus Christus. — Concordes (Mädchen und Einhorn).

? Auf das Almosenierhaus. — Leichenpfennig P. Blocks. — Paris' Urtheil. — An Iba Block. — Auf eine silberne Denkmünze.

1666. Hochzeit von N. Bur. — **Zungchin oder der Untergang der chinesischen Monarchie** (Trauersp. in 5 A.). — Auf Hochzeiten J. Leeuws und F. van Jmstenraedts. — Seetriumph der freien Niederlande. — Siegesgesang auf M Ruyter. — Tod van der Hulsts. — Grabschriften. — Auf die Admiräle Tromp und de Ruyter. — An Blooswijk. — Die Noth von London. — **Iphigenie auf Tauris** (Trauerspiel in 5 A. nach Euripides). — Jahrzeit von Agnes Block.

1667. Auf St. Agnesfest. — **Noe oder der Untergang der ersten**

Welt (Trauerspiel in 5 A.). — Tob Papst Alexanders VII.
— Auf Papst Clemens IX. — Siegesfeier der freien Nieder=
lande. — Der Seelöwe auf der Themse. — Die
Friedensäule der freien Niederlande.

1668. Auf das chinesische Drama des Antonides. — Auf Cosmo
de Medicis. — Auf C. Speeman. — Umzug der Schützen=
gilben. — Auf das Trauerspiel Dibo. — Leichenfeier Anna
van Hoorns. — Grabschrift. — **Die Phönicierinnen** (Trauer=
spiel in 5 A. nach Euripides). — Jahrzeit von Agnes Block.
— **Herkules in Trachin** (Trauerspiel in 5 A. nach Sophokles).
— J. de Witts Eintritt in den Orden der Minderbrüder. —
Auf den Künstler P. de Bianen. — An den Goldschmied
Lutma.

1669. Tobtenklage auf die Jesuiten A. van Teylingen und Hendrik
Halman. — Auf Katharina Questiers. — Auf den Seekapitän
Joh. van Aemstel. — Auf den gut übersetzten Agrippa. —
Candia auf dem Aeußersten.

1670. Lorbeerkranz für den General Koninghsmard auf Candia. —
Auf Hoofts Lustspiel Warenar mit seinem Topf. — Auf die
Uebersetzung der Menächmen des Plautus. — Tobtenklage
auf Blessius. — P. Ovidius Naso's Metamorphosen (metrisch
übersetzt). — An J. Antonides. — Ovids Grabschrift. —
Auf den Tod W. van den Vondels. — An G. Bicker. —
Jahrzeit von Jacoba Bicker.

1671. Hochzeit M. le Blon's. — Auf W. und D. Crabeth. — Auf
das Lob des Ijstroms, durch Antonides besungen. — Auf
J. Antonides v. d. Goes. — Epigramme auf einige Gedichte.
— Erinnerung an C. Syen. — Grabschrift auf Verschuur.
— Die Heiligsprechung des heiligen Franz von
Borgia.

? Schönheit. — Räthsel. — Auf die Heilkunst.

1672. Reisewunsch an Bergh. — Zum Gebächtniß J. de Witts.
— Auf Bilder der beiden de Witt. — Der Sieg von Gro=
ningen. — Die neue Heerengracht.

1673. Die Eroberung von Koevorden. — Verkauf italienischer Male=

reien. — Ueber den Schwindel im Kopf. — Auf den Unter=
admiral J. de Liefde. — An J. Blaeu.

1674. Auf die Hochzeit Sybrandt de Flines' mit Agnes Block. —
Zur selben Hochzeit.

?   Grabschrift (die zwei letzten Verschen).

1679   5. Februar †.

(Der Zweck dieses Verzeichnisses, zu welchem die Ausgaben van
Lenneps und van Vlotens benützt wurden, ist lediglich, das in Kap. 10
entworfene Bild, sowie die Biographie überhaupt im Wesent=
lichen zu vervollständigen. Ich strebte deßhalb gedrängte Kürze an,
nicht erschöpfende Ausführlichkeit.

C. Vondel auf der Amsterdamer Bühne.

So wunderlich das heute unserem „Veilchenfresser"-Publikum vorkommen mag, so sind doch Vondels ernste biblische und religiöse Dramen bis zu seinem Tode (allerdings neben den verschiedensten anderweitigen, auch fremden Producten) ein Hauptelement auf dem Repertorium der Amsterdamer Bühne op de Keizersgracht geblieben. Als Beleg gebe ich die Liste der Aufführungen von 1638—1678, welche Herr C. N. Wijbrands sorgfältig nach archivalischen Notizen zusammengestellt hat [1]:

1638. Gijsbrecht van Aemstel: 3. 4. 5. 10. 11. 14. 17. 21. 31. Jan.;
      1. 5. 9. 16. Febr.
     Sophompaneas: 25. 28. Oct.; 8. 19. Nov.

1639. Sophompaneas: 19. 24. Jan.; 22. 25. Sept.; 20. Oct.
     Elektra: 13. 17. 21. 24. 28. Nov.; 1. 5. 8. Dec.

1640. Joseph in Aegypten: 28. 20. 31. Jan.; 4. 5 7. Febr.;
      5. März.
     Joseph in Dothain: 4. März; 26. 27. 28. 31. Dec.
     Joseph bei Hofe: 6. 11. März.
     Elektra: 29. Oct.; 15. Nov.

1641. Joseph in Dothain: 7. 10. 21. 23. 24. Jan.; 22. Juli.
     Die Brüder: 8. 9. 11. 15. 16. 18. 20. 22. 23. April;
      15. Juli; 27. Sept.; 13. Dec.
     Joseph in Aegypten: 23. Juli.

---

[1] Vondel, op het Amsterdamsch tooneel, door C. N. Wijbrands. Dietsche Warande. 1874. X. 423 ff.

Joseph bei Hofe: 25. Juli; 26. Sept.
Gijsbrecht van Aemstel: 13. 23. 26. 27. 28. 30. Dec.

1642. Gijsbrecht van Aemstel: 2. 6. 9. Jan.; 26. 27. 29. 30. Dec.
Die Brüder: 27. März; 11. 14. Aug.; 24. Sept.

1643. Die Brüder: 5. 9. März; 25. Aug.; 30. Dec.
Joseph in Dothain: 23. März; 11. Mai; 28. Sept.
Joseph in Aegypten: 26. März; 11. Mai; 29. Sept.
Joseph bei Hofe: 26. März; 18. Mai; 29. Sept.
Elektra: 30. Sept.; 5. Oct.
Gijsbrecht van Aemstel: 24. 26. 30. Dec.

1644. Die Brüder: 18. Mai.
Joseph bei Hofe: 1. 24. Sept.; 3. Nov.

1645. Elektra: 9. 19. Jan.
Die Brüder: 16. Febr.; 2. Oct.; 23. Nov.
Joseph in Dothain: 2. März.
Joseph in Aegypten: 7. März.
Joseph bei Hofe: 7. März; 10. April; 15. Juni; 13. Nov.
Gijsbrecht van Aemstel: 21. 27. Dec.

1646. Gijsbrecht van Aemstel: 1. 11. Jan.; 28. Juni; 3. 6. 24.
27. Dec.
Joseph bei Hofe: 1. März; 16. Juli; 6. Sept.
Die Brüder: 19. März; 11. 22. Oct.; 28. Dec.
Elektra: 23. Juli; 13. Sept.; 12. Nov.
Joseph in Aegypten: 3. Sept.
Joseph in Dothain: 3. Sept.

1647. Elektra: 14. Jan.; 21. Febr.
Gijsbrecht van Aemstel: 17. Jan.; 23. 27. 28. Dec.
Joseph bei Hofe: 25. April; 12. Juni; 1. Oct.
Die Brüder: 16. Mai; 5. Aug.
Joseph in Dothain: 11. Juni.

1648. Die Brüder: 14. April; 19. Oct.
Die Leeuwendalers: 7. 11. 14. Mai; 2. 23. Juni.
Gijsbrecht van Aemstel: 1. Mai; 24. 28. 29. Dec.
Elektra: 25. Mai; 27. Juli.
Joseph bei Hofe: 13. Aug.; 28. Sept.

1649. Die zwei Theile von Joseph (?): 29. März.

    Joseph in Dothain: 8. April.

    Joseph in Aegypten: 8. April; 18. Nov.

    Joseph bei Hofe: 10. Mai; 18. Nov.

    Die Brüder: 15. Nov.

    Elektra: 29. Nov.; 27. Dec.

    Gijsbrecht van Aemstel: 16. 20. 22. 30. Dec.

1650. Joseph bei Hofe: 27. Jan.

    Salomon: 7. 14. 17. 21. 24. Febr.; 7. 11. 21. April;
      20. Juni; 21. 27. Sept.

    Elektra: 17. März.

    Gestrafte Kronsucht[1]: 28. 31. März; 4. April; 2. Mai;
      12. Sept.; 13. Oct.

    Die Brüder: 20. April.

    Gijsbrecht van Aemstel: 23. Sept.; 12. 27. 28. Dec.

    Die Jungfrauen[2]: 19. 22. Dec.

1651. Salomon: 5. Jan.; 16. März; 12. April; 2. Oct.

    Gijsbrecht van Aemstel: 9. Jan.; 26. Juni; 5. Oct.; 21. 27.
      29. Dec.

    Die Brüder: 12. Jan.

    Die Jungfrauen: 19. Jan.

    Gestrafte Kronsucht: 13. Febr.; 7. Sept.; 14. Dec.

    Joseph bei Hofe: 30. März; 16. Oct.

1652. Salomon: 4. 8. Jan.; 11. April; 7. Oct.; 16. Dec.

    Gestrafte Kronsucht: 1. Febr.

    Joseph bei Hofe: 2. April.

    Die Brüder: 4. April; 21. Oct.

    Elektra: 18. April; 24. Oct.

    Gijsbrecht van Aemstel: 12. 19. Dec.

---

[1] Welches Stück dieß war, ist nicht genugsam aufgehellt. „Abonias", welcher diesen Beititel trägt, ist erst 1661 geschrieben. Vielleicht war es eine erste Bearbeitung für die Bühne, die Vondel nachher umarbeitete.

[2] Das Stück ist im Repertor verzeichnet als „St. Ursel met
al haar maagden".

16 **

1653.   Joseph in Dothain: 10. März; 7. April.
        Salomon: 8. Oct.
        Die Brüder: 3. Nov.
        Die drei Theile Joseph: 15. 18. Dec.
        Gijsbrecht van Aemstel: 22. 27. Dec.

1654.   Salomon: 19. Jan.; 26. Oct.
        Lucifer [1]: 2. 5. Febr.
        Die drei Theile Joseph: 19. März; 10. Dec.
        Die Brüder: 12. Oct.
        Gijsbrecht van Aemstel: 24. 28. 31. Dec.

1655 [2]. Gestrafte Kronsucht: 15. Febr.
        Salomon: 1. April; 12. Aug.
        Die Brüder: 18. Mai.
        Die drei Theile Joseph: 19. Mai.

1656.   Gijsbrecht van Aemstel: 7. 10. 14. Jan.; 27. 28. 29. Dec.
        Die drei Theile Joseph: 20. April; 22. Juni; 23. Nov.
        Die Brüder: 28. Aug.

1657.   Gijsbrecht van Aemstel: 1. 4. Jan.; 24. 27. 28. 31. Dec.
        Salomon: 8. Jan.
        Die drei Theile von Joseph: 5. März; 31. Mai; 27. Aug.
        Die Brüder: 4. April.
        Joseph bei Hofe: 11. Oct.
        Salmoneus: 1. 5. 8. 12. 15. 19. Nov.; 20. Dec.

1658.   Die drei Theile Joseph: 23. April; 5. Sept.
        Salomon: 29. April; 9. Sept.
        Gijsbrecht van Aemstel: 23. 27. 28. 30. Dec.

1659.   Salomon: 20. Febr.; 31. Juli.
        Die drei Theile Joseph: 27. Febr.
        Die Brüder: 1. Mai.
        Elektra: 27. 30 Oct.; 3. Nov.

---

[1] Ueber das Verbot des Stückes S. 233.
[2] Wegen der großen Pest feierte die Bühne vom 2. Sept. 1655
bis 31. Jan. 1656.

Jephte: 24. 27. Nov.; 1. 4. 8. 11. Dec.
Gijsbrecht van Aemſtel: 22. 27. 29. Dec.

1660. Gijsbrecht van Aemſtel: 1. Jan.; 23. 27. 28. 30. Dec.
Jephte: 5. 25. Jan.; 1. Oct.
Die drei Theile Joſeph: 12. Febr.; 31. Mai; 21. Oct.
David in der Verbannung: 10. 14. Juni; 25. Oct.
Samſon: 13. 16. Sept.; 9. Dec.

1661. Gijsbrecht van Aemſtel: 3. 6. Jan ; 22. 27. 28. 29. Dec.
König David wieder auf dem Thron: 10. 14. 21. März;
28. April.
Die drei Theile Joſeph: 17. März; 21. Sept.
David in der Verbannung: 28. April.
Joſeph bei Hofe: 17. Oct.

1662. Gijsbrecht van Aemſtel: 2. 5. Jan.; 27. 28. Dec.
Joſeph bei Hofe: 27. Febr.; 12. Oct.
Die drei Theile Joſeph: 11. April.
Jephte: 2. März.

1663. Gijsbrecht van Aemſtel: 1. 4. 18. Jan.; 24. 27. 28. 31. Dec.
Die Bataviſchen Brüder: 11. 14. 18. Juni.
Jephte: 15. Oct.
Die drei Theile Joſeph: 8. Nov.

1664. Die drei Theile Joſeph: 28. Febr.; 1. Mai.

1665 [1]. Gijsbrecht van Aemſtel: 13. 15. Jan.
Joſeph (?): 9. Febr.
Palamedes: 25. Febr. [2]; 10. 27. März.
Oedipus: 12. 23. März.
Joſeph (?): 5. Mai.

1666. Oedipus: 25. Mai; 11. Oct.
Gijsbrecht van Aemſtel: 25. 28. 30. Dec.

1667. Gijsbrecht van Aemſtel: 28. 29. Dec.

---

[1] Während dieſes Jahres wurde das Theater umgebaut.

[2] Dieß war das erſte Mal, daß der Palamedes, 40 Jahre nach
ſeiner Veröſſentlichung, auf die Bühne kam.

1668. Gijsbrecht van Aemstel: 24. Dec.

1669. Die drei Theile Joseph: 8. 12. Aug.; 20. Sept.; 12. Dec.
Gijsbrecht van Aemstel: 12. Sept.; 24. 27. Dec.
Die Brüder: 28. Nov.; 2. Dec.

1670. Die drei Theile Joseph: 10. März.
Die Brüder: 17. März.

1671. — — —
(Von 1672—1677 blieb das Theater aus politischen Gründen
geschlossen.)

1678. Gijsbrecht van Aemstel: 22. 24. Dec.

Permanente Lieblinge des Amsterdamer Publikums blieben,
wie man aus diesem Verzeichniß sieht, Gijsbrecht van
Aemstel, Joseph in Dothain, Joseph in Aegypten
und Joseph bei Hofe — bald einzeln, bald als Trilogie —, die
Brüder, Elektra. Längere Zeit erfreuten sich der öffentlichen Gunst Salomon, Jephte, Gestrafte Kronsucht
(Abonias?) und Oedipus. Vorübergehend als Novitäten erschienen auf der Bühne die Leeuwendalers, Salmoneus,
Samson, König David in der Verbannung, König
David wieder auf dem Thron, die Batavischen
Brüder. — Palamedes wurde erst 40 Jahre nach seinem
Erscheinen ein paar Mal aufgeführt, die Jungfrauen (oder,
wie das Verzeichniß sagt, St. Ursel mit all ihren Jungfrauen)
dreimal gegeben, Lucifer nach den ersten zwei Aufführungen
untersagt.

Unaufgeführt blieben auf der Amsterdamer Bühne seit 1638
während des Dichters Lebenszeit:

1. Seine Jugendwerke: Das Pascha, Das zerstörte
Jerusalem, Die Amsterdam'sche Hecuba, Hippolyt;

2. die beiden ausgeprägt katholischen Stücke: Peter und
Paul und Maria Stuart;

3. seine letzten sieben Dramen: Phaeton, Adam,
Zungchin, Iphigenie, Noe, Die Phönicierinnen, Herkules in Trachin.

Wenn man bedenkt, mit wie großen Schwierigkeiten der
katholische Dichter in der protestantischen Hauptstadt zu ringen
hatte, so darf man seine Erfolge als sehr große und auffal-
lende betrachten. Ich weiß nicht, ob Shakespeare so viele Aufführungen seiner Dramen erlebt hat. Daß die drei Josephe und
Gijsbrecht die populärsten Stücke waren, während die größten
Meisterwerke Vondels, wie der Lucifer, sich nicht behaupteten, ist
aus den Zeitumständen leicht erklärlich.

Personenregister.

Ueber die Artikel in den „Stimmen aus Maria=Laach", welche der vorliegenden Schrift zu Grunde liegen, äußert sich der hochwürdigste Bischof Dr. Räß von Straßburg (die Convertiten seit der Refor= mation. XIII. 530):

„Nachdem wir einige belehrende und erbauliche Auszüge aus der zweiten Lieferung der gründlichen biographischen Forschung von P. Baumgartner über Vondel mitgetheilt, gehen wir auf die dritte diesbezügliche Fortsetzung über, die eben im Maihefte 1880 der ‚Stimmen aus Maria=Laach' erschienen, als welche sich ausschließlich mit dem Übertritt Vondels zur katholischen Kirche beschäftigt . . . Diese Conversion an und für sich wird durch die ganze Reihenfolge der Geisteswerke des großen Dichters und Christen in ihrer Ent= wicklung erörtert und schlußgerecht zu Ende geführt, gleichsam chronologisch erwiesen, unangezweifelt, unerschütterlich und logisch festgestellt."

L. v. Heemstede (Literar. Rundschau. 1881. Nro. 8) sagt darüber:

. „Großen Dank sind wir insbesondere — ich darf hier als ge= borener Holländer im Namen meiner Landsleute das Wort führen — den Studien des P. Baumgartner S. J. in dem letzten Jahrgang der Laacher ‚Stimmen' schuldig. Sein Aufsatz über unsern vor= züglichsten oder ‚puik'-Dichter Joost van den Vondel zeugt von einem so liebevollen Eingehen und Verständniß, von einer so minutiösen und gewissenhaften Prüfung seiner Werke und seines Bildungsganges, daß mancher unserer eigenen Literaturkenner hinter dem fremden Pater zurückstehen muß."

Von demselben Verfasser sind im gleichen Verlage erschienen:

Lessing's religiöser Entwicklungsgang. Ein Beitrag zur Geschichte des „modernen Gedankens". (Ergänzungshefte zu den „Stimmen aus Maria= Laach". 2.) gr. 8⁰. (IV u. 168 S.) M. 2.

„Baumgartner's Endresultat ist ein hartes, aber keineswegs un= gerechtes . . . Es ist daher Pflicht des aufrichtigen Gelehrten, dem die Wahrheit über der Parteisucht steht, nach Kräften zu streben, daß die Baumgartner'sche Studie mit ihrem scharf logischen, quellenmäßig begründeten Urtheil nach und nach die größtmöglichste Verbreitung gewinne. Den gegnerischen Schriftstellern aber können wir fortan den Vorwurf der Unvollständigkeit machen, so lange sie das Werk Baumgartner's nicht beachten und in ihrem Lob des ‚göttlichen Lessing‘ beharren." (Sonntagsblatt der Germania. 1877. Nro. 4.)

Die „Blätter für literarische Unterhaltung", 1878, Nro. 42, S. 658, tadeln den „beschränkt orthodoxen Standpunkt", anerkennen aber doch theilweise „eine löbliche Objectivität; Versuche, dieselbe auch ferner zu wahren, kehren in dem übrigens mit großer Sachkenntniß, mit Geist und Schlagfertigkeit geschriebenen Buche mehrfach wieder."

Longfellow's Dichtungen. Ein literarisches Zeitbild aus dem Geistesleben Nordamerika's. (Ergänzungshefte zu den „Stimmen aus Maria-Laach. 5.) gr. 8⁰. (IV u. 176 S.) M. 2.25.

„Abgesehen von dem religiös-philosophischen Kern bietet die Broschüre nach der literarischen Seite hin eine vollständige Uebersicht über die dichterischen Leistungen dieses größten amerikanischen Dichters und eine gediegene Analyse seiner bedeutenderen Werke, sowie treffliche Uebersetzungsproben schöner Stellen und Gedichte. Wir können deßhalb die anziehende Schrift nicht nur als einen schätzbaren Beitrag zur Geschichte der modernen Ideenrichtungen, sondern auch als eine sehr angenehme und belehrende Unterhaltungslektüre anempfehlen."

(Kölnische Volkszeitung. Mai 1878.)

Göthe's Jugend. Eine Culturstudie. (Ergänzungshefte zu den „Stimmen aus Maria-Laach". 10.) gr. 8⁰. (IV u. 154 S.) M. 2.

„Baumgartner ist ein kenntnißreicher Mann; er weiß in der Literaturgeschichte des 18. Jahrhunderts, in den Schriften von und über Göthe gut Bescheid; er ist geistvoll und schlagfertig, ein gewandter Stilist; er hat auch einen gewissen Sinn für Poesie, und

in manchem Einzelurtheil befleißigt er sich eines löblichen Strebens
nach Objectivität."
(Blätter für literarische Unterhaltung. 1880. Nro. 20.)

„Die auf sorgfältigen Untersuchungen ruhende, höchst maßvolle
Darstellung hat nicht verfehlt, im Lager der Göthe=Männer Aufregung
hervorzurufen: der beste Beweis für ihre Bedeutung."
(Dr. Haffner in den „Frankfurter zeitgemäßen Broschüren",
II. Bb. 1. Heft.)

„Wir haben uns von den protestantischen Theologen, Philosophen
und Geschichtschreibern emancipirt; von der protestantischen Literatur=
geschichte aber und Ästhetik noch lange nicht in gleichem Maße. Und
doch ist gerade dieses Gebiet besonders einflußreich. Wir können aber
beßhalb uns nur Glück wünschen, daß ein hiefür · so sehr begabter
und wohlunterrichteter Mann, wie A. Baumgartner, nachdem er erst
Lessing's Bild richtiggestellt, nunmehr auch Göthe in gleich energischer
Weise sich zum Vorwurfe wählt." (Katholik. 1879. S 542.)

„Eine eigenartige Erscheinung ist das Heft eines Jesuiten
A. Baumgartner: ,Göthe's Jugend 2c.', das von einseitig katho=
lischem Standpunkt aus lieb= und begeisterungslos, aber durchaus
nicht geist= und kenntnißlos über Göthe's Jugend handelt."
(Meyer's Konversationslerikon. Jahressupplement 1880—1881.
Art Göthleliteratur.)

„Streng katholisch. Behandelt in 12 Abschnitten die Jugend=
geschichte, beginnend mit ,liberaler Jugenderziehung' und mit ,Titanen=
poesie und Prosa' schließend. Beständige Wendung gegen den
Liberalismus" 2c.
(Dr. L. Geiger, Göthe=Jahrbuch. Frankfurt a. M. 1880. S. 443.)

Calderon. Festspiel zum 25. Mai 1881. Mit
einer Einleitung über Calderons Leben und Werke.
Mit dem Bildniß Calderons in Lichtdruck. Zweite,
vermehrte und verbesserte Ausgabe. 12°. (LII
u. 67 S.) M. 1.60. Elegant geb. in engl. Lein=

wand mit reicher Goldbeckenpreſſung und Gold=
ſchnitt *M.* 2.70. — Das Bildniß Calderons
apart 50 *Pf.*

„In mehr als einer Beziehung ſcheint uns das Gedicht ſelbſt
auch den höchſten Anforderungen der Kritik Stand halten zu können.
Selbſt die mit den entſprechenden allegoriſchen Dichtungen Calderons
Unbekannten, die ſich etwa durch die Frembartigkeit des Feſtſpieles
abgeſtoßen finden möchten, werden der kunſtvollen Durchführung der
Grundidee, dem reichen poetiſchen Gewande, welches tiefgehende
Verſtandesſpeculationen umkleidet, endlich dem ſeltenen Wohllaute
der Sprache ihre Anerkennung nicht verſagen können. Der Tendenz
des Stückes pflichten ſicherlich Alle bei, deren Ueberzeugung dahin
geht, daß für den Einzelnen und für die Welt nur im K r e u z e das
Heil zu finden iſt. — Die dem Feſtſpiele vorangeſchickten, auf das
Leben und die Werke Calderons bezüglichen Abhandlungen orientiren
in gedrängter, anſprechender Weiſe den Leſer in Bezug auf alles
betreffende Weſentliche.“   (Germania. 1881. Nr. 121.)

„. . . während der Jeſuit A. Baumgartner ein intereſſantes
Feſtſpiel zur Calderonfeier veröffentlichte, dem ich in Spanien nur die
loa (Feſtſpiel) „La mejor corona“ an die Seite zu ſetzen müßte,
die, von den erſten Dichtern Sevilla's, im Bunde mit der unvergeß=
lichen Fernan Caballero, verfaßt, am 17. Januar 1868, am 208. Ge=
burtstage Calderons, im Teatro de San Fernando zu Sevilla auf=
geführt wurde.“
            (Dr. Joh. Faſtenrath. Wochenbl. der Frankf. Zeitung.
                        1881. Nro. 22.)

„El Padre Baumgartner presenta en lucha los principios
del moderno filosofismo con los principios del teatro de Calderon,
y demuestra la supremacía de estos sobre aquellos. Este último
trabajo es el que tiene mayor importancia, siendo verdaderamente
admirable desde el principio hasta el fin.“
            (Boletin Bibliografico de Madrid. Mayo. 1881. Nro. 4.)